Killerkarten

Gabriela Hofmann

Killerkarten

Copyright © 2017 Gabriela Hofmann

ISBN: 978-3-9524855-0-7

Foto und Umschlaggestaltung: Gabriela Hofmann

Dieses Buch ist ein Roman. Die darin agierenden Personen und beschriebenen Handlungen sind frei erfunden. Ähnlichkeiten mit tatsächlichen Begebenheiten oder lebenden oder verstorbenen Personen wären rein zufällig und nicht gewollt.

Für

Peter

1

Das Telefon klingelte. Eine unterdrückte Nummer erschien auf dem Display. Elenor zögerte, hob dann aber doch ab.

«Detektei Epp.»

«Frau Epp?» Eine leise Frauenstimme.

«Am Apparat.»

«Machen Sie auch Hausbesuche?»

«Wer ist denn da?»

«Entschuldigen Sie. Moleani. Mein Name ist Gianna Moleani.»

«Guten Tag, Frau Moleani. Kommt darauf an.»

«Auf was denn?»

«Frau Moleani, Sie müssen mir schon sagen, worum es geht, bevor ich mich dazu äussern kann.»

«Natürlich. Ich glaube, mein Mann betrügt mich.»

«Aha.» Elenor ahnte schon, was nun kam.

«Observieren Sie auch? Männer, äh ich meine Menschen.»

«Die Observation ist eine meiner Spezialitäten, auch die von Männern.» Elenor war wirklich gut darin. Bei der Berner Polizei war immer sie es gewesen, die für diese Aufgabe ausgewählt worden war. Irgendwie schaffte sie es perfekt, in der Menge unterzugehen und im Gelände unsichtbar zu sein. Ihre Tarnung war nie aufgeflogen.

«Es geht um meinen Mann, Alberto. Ich habe den Verdacht, dass er fremdgeht.»

«Leben Sie noch mit Ihrem Mann im selben Haushalt?»

«Ja, warum?»

«Dann wäre es besser, wenn Sie bei mir im Büro vorbeischauen würden.»

«Ich verstehe nicht …»

«Wenn ich zu Ihnen auf Besuch komme, könnte es sein, dass Ihr Mann mich sieht. Dann wäre meine Tarnung aufgeflogen, bevor ich überhaupt meine Arbeit begonnen habe. Die Observation kann nur funktionieren, wenn Ihr Mann von mir nichts weiss.»

«Das leuchtet ein.»

Elenor hörte die Frau am anderen Ende denken. Dann, nach einigen Sekunden Bedenkzeit, gab Gianna Moleani sich einen Ruck. «Wann wäre es Ihnen recht?»

«Ich habe den ganzen Vormittag Zeit. Kommen Sie, wann Sie möchten.»

Elenor hatte kaum den Hörer auf die Gabel gelegt, da klingelte es an der Tür. In ein graues Deuxpièces gekleidet, einen Sonnenhut mit breiter Krempe tief ins Gesicht gezogen, eine dunkle Sonnenbrille auf einer delikat kleinen Nase, stand eine Frau vor ihr.

«Frau Epp?» Die Stimme der Frau war nur ein Flüstern.

«Ja?», flüsterte Elenor unwillkürlich zurück.

«Wir haben telefoniert.» Die Frau sah sich verstohlen um. «Darf ich eintreten?»

Elenor konnte sich ein Grinsen kaum mehr verkneifen. «Frau Moleani?»

Die elegant gekleidete Dame nickte, drückte sich an Elenor vorbei und nahm auf dem Stuhl vor dem Bürotisch Platz. Sie rieb sich den Knöchel. «Verdammtes Kopfsteinpflaster.»

Elenors Mitleid dauerte nur die paar Millisekunden, bis sie sah, dass Frau Moleani auf zwölf Zentimeter hohen Absätzen durch die Altstadt gestöckelt war. Schönheit muss leiden. Sie sah sich die Frau genauer an. Das Kleid war edel und sass ihr wie auf den Körper geschneidert, was es wahrscheinlich auch war.

Aus grossen Goldgliedern geschmiedet, lag ein Collier schwer auf ihrem Dekolleté. Passende Ohrringe baumelten an ihren Ohrläppchen und zogen diese mit ihrem Gewicht in die Länge. Frau Moleani war nicht mehr jung, das konnte Elenor an ihren Händen und am Hals sehen. Einiges über 50, schätzte sie. Die Sonnenbrille hatte sie immer noch auf. Am Rahmen glitzerten kleine Steine. Wahrscheinlich Brillanten.

«Frau Epp, es ist mir sehr unangenehm, mit dieser Angelegenheit zu Ihnen zu kommen.»

«Machen Sie sich keine Gedanken, Frau Moleani. Ich bin gut darin, mit solchen Problemen umzugehen. Sie können sich meiner Verschwiegenheit sicher sein. Ich werde diese delikate Sache mit Bedacht angehen.»

«Hm, ja», sagte Frau Moleani gedehnt und nahm die Sonnenbrille ab.

Botox oder geliftet, oder beides, schoss es Elenor durch den Kopf. Kein Fältchen war zu sehen. Sie spürte die Unsicherheit, die von der apart gekleideten Frau ausging.

«Was ist es, was Sie verunsichert?»

«Darf ich offen mit Ihnen sprechen?» Die perfekt geschminkten Lippen zitterten ein wenig.

«Ich bitte darum.» Obwohl Elenor es nicht wirklich wissen wollte. Es schien etwas Unangenehmes zu sein, das ihr Frau Moleani sagen wollte.

«Sie wurden mir empfohlen.»

Elenor freute das natürlich und nickte aufmunternd.

«Ich habe allerdings nicht gewusst, dass Sie so jung sind und … na, ja, verstehen Sie mich nicht falsch, eine Frau.»

Ein wenig beleidigt war Elenor jetzt schon und auch verwirrt. «Sie dachten, ich sei die Assistentin von Herrn Epp. Hat Ihnen die Person, die mich Ihnen empfohlen hat, nicht gesagt, wer ich bin und was ich mache?»

«Doch natürlich. Aber wissen Sie, ich – mein Mann …»

«Es gibt keinen männlichen Detektiv Epp. Dieses Unternehmen gehört mir.»

Da brach Frau Moleani doch tatsächlich in Tränen aus. Peinlich berührt schob ihr Elenor eine Schachtel mit Papiertüchern hinüber. Nicht gerade ladylike blies sich diese die Nase und tupfte sich vorsichtig die Augenwinkel.

Elenor hatte mittlerweile einige Kringel mit dem Bleistift auf den Papierblock vor ihr gezeichnet. Nicht weil sie übertrieben taktvoll sein wollte, sondern um ihre Ungeduld zu zügeln. «Wenn ich etwas für Sie tun soll, dann müssen Sie mir schon vertrauen, Frau Moleani. Sonst wird das nichts mit uns beiden. Wer hat mich Ihnen empfohlen?»

«Benedikt Egger.» Gianna Moleani zeigte über ihre Schulter in Richtung der Galerie. «Der Galerist. Unser Hausgalerist.»

Was denn sonst. «Vertrauen Sie seiner Meinung?»

«Ja.»

«Was ist dann das Problem?»

Gianna Moleani schluckte schwer. «Es war in allen Zeitungen.»

Elenor sagte nichts dazu. Sie kannte ihre eigene Vergangenheit nur allzu gut. «Da Sie jetzt vor mir sitzen, gehe ich davon aus, dass Sie immer noch an meiner Arbeit interessiert sind. Was kann ich also für Sie tun, Frau Moleani?»

Diese kramte umständlich in ihrer teuren Tasche, bis sie gefunden hatte, was sie suchte. Sie schob Elenor ein Foto über den Bürotisch zu. Elenor nahm es entgegen und warf einen flüchtigen Blick darauf.

«Mein Mann geht nicht nur fremd, er benimmt sich auch überaus seltsam.»

Elenor sah überrascht auf. «Seltsam? Was meinen Sie mit seltsam?»

Gianna Moleani tupfte sich wieder die Nase. «Er macht das nicht zum ersten Mal. Fremdgehen meine ich.»

Ja, das war immer die gleiche Leier. Schöne Frau trifft reichen Mann. Mann wird der Frau überdrüssig und sucht sich anderes, um sich zu beschäftigen. Das musste allerdings nicht zwangsläufig eine andere Frau sein.

«Sie denken sich jetzt sicher, dass dieser wohlhabende, gut aussehende Mann sich mit seiner älteren Frau langweilt und Ablenkung sucht. Das kann gut sein, aber die Geschichte hat einen nicht zu vernachlässigbaren Haken. Ich besitze das Geld. Mein

Mann verfügt über kein nennenswertes Vermögen.»

Elenor spürte, wie ihre Wangen zu glühen begannen und vermied den direkten Augenkontakt mit ihrer Klientin. Stattdessen besah sie sich das Foto in ihrer Hand genauer. Das Gesicht, das ihr entgegenblickte, war das eines Mannes um die Dreissig. Höchstens.

Erstaunt schaute sie auf. Dunkle Augen taxierten sie.

«Sie haben Recht. Unsere Ehe entspricht dem Klischee, dass es früher oder später zu Schwierigkeiten kommt, wenn eine ältere Frau einen so viel jüngeren Mann an ihrer Seite hat. Da sind wir leider keine Ausnahme. Mein Mann hatte während unserer Ehe unzählige junge Dinger gehabt.» Frau Moleani schniefte in ihr Taschentuch. «Ich habe von jeder Einzelnen gewusst und, ja, ich habe es geduldet. Ich kann einfach nicht aus meiner Haut. Ich liebe meinen Mann noch immer.»

Elenor hätte sagen können, was sie wollte, es wäre in diesem Moment falsch gewesen. Sie hütete sich, in die Falle zu tappen und schwieg.

Frau Moleani liess ihre Wortkargheit nicht gelten. «Nun, wie soll ich Ihr Schweigen deuten, Frau Epp?»

«Ich verstehe nicht ganz, Frau Moleani. Wenn Sie wissen, oder zu wissen glauben, dass Ihr Mann Sie erneut betrügt, wozu brauchen Sie mich dann?»

Eine kleine rote Zunge benetzte die sorgfältig mit rotem Lippenstift bemalten Lippen. «Das Fremdgehen ist nicht das eigentliche Problem. Es ist sein verändertes Verhalten, das ich nicht deuten kann. Er geht immer zur gleichen Zeit aus dem Haus und kommt immer zur selben Zeit wieder nach Hause. Tag für Tag.»

Diese Aussage half Elenor nicht weiter. «Und wo ist das Problem? Vielleicht hat er damit aufgehört.»

Frau Moleani tat, als hätte sie den Einwand Elenors nicht gehört. «Das tut er etwa seit drei Monaten. Vorher wusste ich nie, wann er nach Hause kommt und jetzt kann ich meine Uhr nach ihm stellen.»

«Ja und weiter?»

«Das ist eben das Ungewöhnliche daran. Das ist kein normales Verhalten und ich will wissen, warum er das tut.»

Elenor atmete einmal tief ein und aus. Das einzig Seltsame an dieser Geschichte war die Frau selbst. Hormonelle Schwankungen oder Einsamkeit, irgendetwas war, was die reiche Dame nicht mehr logisch denken liess. Elenors Bauchgefühl sagte ihr, dass sie die Finger von dieser Frau lassen sollte. Zudem konnten reiche Leute mitunter sehr anspruchsvolle Klienten sein.

«Sie schweigen schon wieder, Frau Epp. Haben Sie kein Interesse, den Fall aufzuklären?»

Nein, doch, ja. Elenor war hin und her gerissen. Der Fall interessierte sie kein bisschen, doch das Geld konnte sie gut gebrauchen. Über einen Ansturm an Klienten, die sich um ihre Dienstleistungen prügelten, konnte sie sich auch nicht beschweren. Rechnungen mussten bezahlt und die Katzen wollten gefüttert werden. Sie konnte, mit aller Anstrengung zwar, etwas mehr Interesse zeigen und die Neugierde aufbringen, um herauszufinden, warum Alberto Moleanis regelmässiges Kommen und Gehen für seine Frau seltsam war. Warum auch nicht? Sie war wirklich gut darin, Menschen zu beschatten, da hatte sie Frau Moleani nichts vorgemacht. Elenor nickte langsam.

Die adrette Frau schien irgendwie überrascht zu sein. «Was sagen Sie? Sie nehmen den Fall an?»

Diese Reaktion überraschte nun auch Elenor. War es nicht das, was die holde Dame von ihr wollte? Sie nannte ihr kühn ihren Preis. Abrechnung auf Stundenbasis plus Spesen. Gianna Moleani zuckte mit keiner Wimper. Warum sollte sie auch. Elenor füllte ein Vertragsformular aus, das ihre erste Klientin in ihrer neuen Detektei ohne zu zögern unterschrieb.

2

Die Polizeifotos, die vor Elenor fächerförmig auf dem Holztisch ausgebreitet lagen, verhiessen nichts Gutes. Zuerst konnte sie nichts Verdächtiges erkennen, obwohl sie wusste, dass es vor ihrer Nase lag. Sie sah nichts weiter als eine Schar weisser Hühner, die auf einem kleinen Hügel sassen. Dann entdeckte sie es. Unter dem Wust von Federvieh lugte auf einem der Bilder ein Bein hervor. Auf einem anderen Foto war zusätzlich ein Arm zu sehen. Sie wusste, dass beide Extremitäten zu einem Mann gehörten, den man auf dem Rücken liegend in der Scheune gefunden hatte. Tot. Das schien die Vögel nicht weiter zu stören. Neckisch hatten einige ihre Köpfe zur Seite geneigt und schienen den Fotografen und die Kamera mit Interesse zu beäugen. Elenor meinte fast, das fröhliche Gackern der Tiere hören zu können. Sie suchte das letzte in der Reihe liegende Foto, auf denen keine Hühner mehr zu sehen war. Erst jetzt konnte sie den ganzen Körper des toten Franz Friedrich, in der Einstreu auf dem Rücken liegend, sehen. Der Anblick war verstörend. Sein ganzes Gesicht war übersät von Wunden und überall klebten Federn an seiner Haut.

Mit einem Seufzer legte Elenor die Bilder weg und beugte sich über die Kopie des Polizeiberichtes. Sie las sich durch das ganze Drama, das sich an dem Tag, als die Fotos entstanden waren, abgespielt hatte. In ausführlichen Beschreibungen wurden die Verletzungen Franz Friedrichs aufgeführt. Als man ihn gefunden hatte, waren nicht nur seine Kleider von spitzen Schnäbeln und scharfen Krallen zerfetzt gewesen. Auf seinen Händen, dem Gesicht und einem Teil seiner nackten Schienbeine, da wo die Hosenbeine zum Knie hochgekrempelt gewesen waren, klebte dunkles Blut. Die Polizei vermutete, dass die Tiere in einem Anfall von wilder Raserei auf den bereits am Boden liegenden Mann eingehackt und tiefe Scharten in seinem Fleisch hinterlassen hatten. Zum Glück hatte Franz Friedrich von dieser Attacke nichts mehr mitbekommen. Als seine Schützlinge sich an ihm ausliessen, war er bereits tot gewesen. Warum der Hühnerbauer mitten in der Nacht in den Stall zu seinen Hühnern gegangen war, war nicht im Bericht vermerkt. Wie er zu Tode gekommen war, allerdings schon. Herzstillstand, las Elenor weiter. Darüber hinaus konnte sie keine neuen Erkenntnisse finden. Nur sein Cholesterin war leicht erhöht gewesen. Sie schaute vom Bericht auf und in das traurige Gesicht Greta Friedrichs, Franz' Frau, die ihr gegenüber sass und Elenor die ganze Zeit beim Studium der Akten stumm beobachtete. Elenor hatte schon einige Fotos von Leichen gesehen, doch diese waren besonders schlimm. Der Anblick der Leiche Franz Friedrichs auf den Fotos war nichts für zarte Gemüter und sie fühlte mit der Frau mit. Elenor verkniff sich die Frage, wie die Witwe Friedrich an die Fotos gekommen war und versuchte, ihre Gedanken aus ihrer Mimik fernzuhalten.

Was für ein grausiger Fund. Elenor konnte ihre Verzagtheit nicht verdenken. Sie schaute wieder auf die Fotos, die auf dem grossen hölzernen Tisch in Greta Friedrichs Stube lagen. Natürlich hätte Elenor der Witwe die gleichen Fragen wie die Polizei stellen können, wie damals bei der Einvernahme nach dem Tod des Gatten. Aber sie liess es bleiben. Die Fragen und Frau Friedrichs Antworten konnte sie im Protokoll nachlesen. Franz Friedrichs Frau wusste weder damals noch heute, wie ihr Mann in die Scheune gekommen war, noch was er dort gewollt hatte. Sie glaubte ihn an diesem Abend krank in seinem Bett liegend.

Der Kaffee in der zart geblümten Porzellantasse, die neben den Fotos stand, war unterdessen kalt geworden. Elenor mochte keinen kalten Kaffee trinken und liess ihn stehen, obwohl ihre Kehle trocken war und sie liebend gerne einen Schluck Wasser gehabt hätte. Doch irgendwie scheute sie sich, die Bäuerin darum zu bitten. Sie hatte das Gefühl, diese Bitte könnte eine zarte Bande des Vertrauens zwischen ihnen beiden zerstören. Nur langsam war Frau Friedrich während ihres Gespräches aufgetaut und hatte begonnen zu erzählen. Sie war so wortkarg gewesen, dass Elenor beinahe bereut hatte, hergekommen zu sein, so mühsam war es, die nötigen Informationen zu erhalten. Der Hühnerbauer Friedrich hatte eine jüngere, etwas pummelige Frau geheiratet. Durchaus hübsch, blond, mit dem Charme einer Frau aus dem europäischen Osten. Genauer gesagt, stammte Greta Friedrich aus Polen, aus einem kleinen Dorf in der Nähe von Lodz, wie sie berichtete. Elenor war aufgefallen, dass unter der nun müden und abgekämpft wirkenden Erscheinung ihrer Klientin eine Bäuerin steckte, die in besserten Tagen auf ihr Äusseres geachtet hatte. Doch jetzt waren ihre blonden Haare fahrig zu einem Pferdeschwanz gebunden und matt geworden. In ihrem pausbäckigen Gesicht glänzten fiebrig grosse rehbraune Augen, die in den Schatten der Augenringe dunkler erschienen.

Greta Friedrich war vor einer Woche in der Detektei in der Oberen Altstadt ohne Voranmeldung aufgetaucht. Elenor hatte zuerst gar nicht verstanden, was die Frau, die sie stumm aus traurigen Augen angestarrt hatte, von ihr gewollt hatte. Also hatte sie der Fremden einen Stuhl und eine Tasse starken Kaffee angeboten und gewartet. Lange hatten sie sich angeschwiegen, Elenor in Erwartung, dass die Frau sie bald über ihr Erscheinen aufklären werde und Frau Friedrich im irrigen Glauben, Elenor könne Gedanken lesen.

Sie hatte sich in Geduld üben müssen und es waren lange Minuten vergangen, ohne dass etwas geschehen war und als Elenor schon gedacht hatte, die Frau müsse stumm sein und werde, nachdem sie die Tasse ausgetrunken hatte, wieder aufstehen und gehen, hatte diese endlich zu erzählen begonnen.

Sie hatte Elenor mit kaum hörbarer Stimme berichtet, wie sie ihrem bettlägerigen Mann am Abend einen Tee ans Bett hatte bringen wollen und ihn dort nicht mehr vorgefunden hatte. Sie war darauf auf dem Hof suchend umhergeirrt, bis sie den Gatten tot im Hühnerstall gefunden hatte. Sie hatte darauf die Polizei gerufen, die vorbeigekommen und alles durchsucht und durchwühlt hatte und ihren Franz im Leichenwagen und sie im Polizeiauto mitgenommen hatte.

Nach einer kurzen Pause und noch mehr Kaffee hatte Frau Friedrich Elenor beschrieben, wie sie in Polen auf einem Bauernhof mit den Eltern und Geschwister aufgewachsen war und dass die Milchwirtschaft das Geschäft ihres Vaters war. Ihre Familie wohnte dort noch immer, ihr jüngerer Bruder und dessen Frau sollten den Hof irgendwann übernehmen. Sie hatte weiter erzählt, wie sie als junges Mädchen den Schweizer Bauern Franz Friedrich an einer Agrarmesse in Deutschland das erste Mal getroffen hatte. Für ihn war es Liebe auf den ersten Blick gewesen, sie hatte zuerst keine Augen für den viel älteren Mann, der ihr auf den ersten Schein ungehobelt und roh vorgekommen war. Doch er hatte nicht aufgegeben, hatte sie bezirzt, umschwärmt und ihr immer wieder kleine Geschenke zukommen lassen. Auch später noch, als sie längst verheiratet waren. Greta Friedrich hatte sich eine farblose Strähne aus dem Gesicht gewischt und hinter das Ohr zurückgestrichen, von wo diese sich in regelmässigen Abständen wieder löste und ihr über die Augen fiel. Nervös hatte sie an den halblangen Ärmeln ihres T-Shirts gezupft, wie um die Unterarme zu bedecken, die sie bloss und leicht gebräunt in ihren Schoss gelegt hatte.

Elenor hatte nichts Auffälliges an den Armen feststellen können, obwohl die regelmässigen Zupf- und Streichbewegungen Frau Friedrichs ihren Blick immer wieder darauf gelenkt hatten. Wahrscheinlich war es nur eine Marotte oder die Nervosität.

«Aber er war so lieb, dass ich mit der Zeit Gefallen an seinem unermüdlichen Werben um mich fand. Noch niemals zuvor hat mir jemand so viel Aufmerksamkeit geschenkt.»

Das hatte ihr Elenor nicht abgenommen, denn sie hatte in dem ungeschminkten Gesicht der Bäuerin eine unverbrauchte, sanfte Schönheit gesehen, trotz der Trauer, die ihr Gesicht zeichnete und unter den Augen dunkle Ringe hinterliess. Davon sagte sie nichts, sondern hatte genickt und weiter der Geschichte dieser Frau zugehört, die ihren Mann tot im eigenen Stall aufgefunden hatte.

«Ich bin dann mit ihm hierher in die Schweiz auf seinen Bauernhof gezogen und wir haben bald darauf geheiratet. Er hat es mir leicht gemacht, mich einzugewöhnen. Er hat mir jeden Wunsch von den Lippen abgelesen und mich auf Händen getragen, wissen Sie.»

Einen Moment lang blieb die Witwe reglos sitzen und atmete einige Male tief ein und aus, so als müsste sie sich stark zusammenreissen, um überhaupt weitersprechen zu können.

«Nach und nach, so wie die Zeit verging, liessen seine Aufmerksamkeiten immer mehr nach. Vor allem in den letzten Wochen hat er sich stark verändert. Ich habe bemerkt, dass ihn etwas belastete, etwas, das ihn so vereinnahmte, dass er sich nicht mehr im gleichen Masse um mich kümmern konnte. Etwa zur gleichen Zeit wurde er krank und kränker und versorgte die Tiere nicht mehr richtig. Er vernachlässigte nicht nur mich, sondern auch unser Vieh.»

«Wie hat sich das gezeigt?» Elenor war froh gewesen, konnte sie in dem Redestrom, der sich über sie ergoss, eine Frage einflechten.

«Zum Beispiel mussten die Hühner Tag und Nacht im dunklen Stall bleiben. Ich schlich mich jeweils in der Nacht, wenn er schlief, hinaus in den Stall und habe sie gefüttert und getränkt.» Frau Friedrich hatte den Kopf geschüttelt, so als könne sie immer noch nicht glauben, was da vor sich gegangen war.

«Sie sagen also, dass er nicht immer so gewesen war. Ich meine mit den Tieren. Was hat diesen Wandel ausgelöst? Ist etwas Aussergewöhnliches passiert?»

Frau Friedrich hatte Elenor bekümmert angeschaut. «Ich habe ihm, glaube ich, unheimlich Unrecht getan. Da bin ich mir heute ganz sicher. Ich bin mir auch sicher, dass alles mit seiner

Krankheit zusammenhing. Er hat mir nie eine Antwort auf alle meine Fragen gegeben. Ich nahm einfach an, dass er es mir schon sagen würde, wenn es mit mir zusammen hinge.»

Elenor hatte wieder genickt, nicht weil sie jetzt klarer sah, sondern um die Bäuerin zu ermuntern weiter zu sprechen.

«Wissen Sie, was noch viel schlimmer war?»

Natürlich hatte Elenor es nicht gewusst.

«Am schlimmsten war das Getuschel im Dorf. Irgendwie wusste jeder, dass etwas nicht stimmte. Alle hatten mitbekommen, dass etwas auf unserem Hof vor sich ging, was nicht normal war. Die Leute haben Gespräche unterbrochen, wenn ich einen Laden betrat und wechselten die Strassenseite, nur um nicht mit mir sprechen zu müssen. Hinter der hohlen Hand haben sie meinen Franz einen Tierquäler genannt und gemeint, dass er eine Schande für den Bauernstand war.»

Die Hühnerbäuerin hatte die leere Kaffeetasse an ihre Lippen gehoben und den Irrtum erst bemerkt, als sie einen Schluck aus der Tasse nehmen wollte. Elenor hatte gesehen, wie die Hand der Frau zitterte und die Tasse mit einem hässlichen Klickgeräusch an ihre Schneidezähne schlug. Das Angebot einer weiteren Tasse Kaffees hatte ihre Klientin allerdings abgelehnt.

«Ich verstehe nicht ganz. Woher wussten die Dorfbewohner, dass Ihr Mann die Tiere vernachlässigte? Hat das jemand gesehen oder haben Sie oder Ihr Mann im Dorf darüber gesprochen?»

Doch Greta Friedrich hatte einfach weitergesprochen, als hätte sie nicht gehört, was Elenor sie gefragt hatte.

«Alle haben mich wie eine Aussätzige behandelt. Niemand sprach mehr mit mir.»

Elenor hatte mitleidig zugesehen, wie eine Träne Frau Friedrichs Wange hinunter gekullert war.

«Ich habe seinem Treiben zu lange zugeschaut. Ich wollte einfach nicht wahrhaben, was da vor sich ging. Wie er alles vernachlässigte. Den Hund, die Katzen, die Hühner.» Frau Friedrich hielt, als sie das sagte, ihren Blick auf Elenors Holztisch geheftet. «Erst als ich meine Lieblingskatze tot im Brunnen gefunden habe, wurde mir klar, dass ich etwas unternehmen musste.»

Greta Friedrich hatte schwer geschluckt. «Alle hatten Recht mit dem, was sie sagten. Mit einem Mal sah ich sein ganzes Tun mit klarem Blick. Die Verletzungen des Hundes, sein gebrochenes Bein, die fehlenden Zähne. Die vielen toten Hühner auf dem Misthaufen.»

Greta Friedrichs Unterlippe hatte zu zittern begonnen und sie hatte hastig in ihrer winzigen Handtasche herumgekramt, um kurz darauf einen Packen Papiertaschentücher herauszuziehen. Sorgfältig faltete sie ein Taschentuch auseinander und blies kräftig hinein.

«Ich bin schuld an Franz' Tod. Ich hätte viel früher einen Arzt rufen oder ihn ins Krankenhaus bringen sollen. Aber er wollte sich partout nicht helfen lassen.»

Die Haare auf Elenors Armen hatten sich aufgerichtet und ihr Entsetzen war von Minute zu Minute angewachsen. Sie hatte nicht mehr zuhören wollen und an Lotti und Kater gedacht, die sie wohlbehütet, satt und geliebt, in ihrem Badehaus wusste. Das baufällige Häuschen, das sie im Park der Villa für sich umgebaut hatte, hatte eine Katzentür, damit die Vierbeiner nach Befinden ein- und ausgehen konnten.

«Frau Epp, können Sie mir helfen herauszufinden, warum mein Mann sterben musste?»

«Ich dachte, er sei krank gewesen.»

«Das stimmt schon, ich bin mir aber hundertprozentig sicher, dass er ermordet wurde.»

«Wie bitte?» Elenor war perplex gewesen. «Warum sagen Sie das?»

Sie hatte die Witwe mit weiteren Fragen bombardiert, was diese mit einer matten Handbewegung abgewehrt hatte. Ihre aufwühlende Vergangenheit hatte sie dermassen erschöpft, dass sie nur noch den Wunsch gehegt hatte, nach Hause zu gehen, um sich etwas hinzulegen.

Elenor hatte sie nicht mit einer halben Geschichte ziehen lassen wollen und die Witwe gebeten, nochmals wiederzukommen, damit sie sich ein besseres Bild machen konnte. Frau Friedrich hatte sie darauf zu sich nach Hause eingeladen. Dort konnte die Detektivin sich alle wichtigen Unterlagen über den Tod ihres

Mannes ansehen, bevor sie sich entschied, den Fall anzunehmen oder abzulehnen.

So also kam es, dass Elenor in der Stube der Friedrichs sass, sich die Polizeifotos ansah und den Obduktionsbericht las.

«Die Verhaltensänderungen Ihres Mannes schlichen sich also während Wochen ein.» Elenor wusste nicht recht, wie sie weiter fortfahren sollte. «War Ihr Mann während der ganzen Zeit krank?»

Greta Friedrich schüttelte stumm den Kopf.

«Wann haben Sie bemerkt, dass es Ihrem Mann nicht gut ging? Ich meine, dass er körperlich krank war?» Elenor hatte das Bedürfnis, dieses eine, aber wichtige Detail, anzufügen.

«Es ging, glaube ich, schon eine ganze Weile so. Das wird mir erst jetzt wirklich bewusst. Zuerst hatte er über Kopfschmerzen und Übelkeit geklagt. Wir dachten an eine Erkältung, an eine Grippe vielleicht. Er hatte Medikamente gegen Erkältungssymptome eingenommen. Aber es wurde und wurde nicht besser. Im Gegenteil, es wurde immer schlimmer.» Wieder zupfte Frau Friedrich an ihren Ärmeln. «Weil er so schwach war, habe ich unseren Hausarzt gerufen. Der hat ihm weitere Medikamente da gelassen und ihm eine Vitaminspritze verpasst. Auch er hatte auf eine heftige Grippe getippt und ihm Bettruhe verschrieben.» Die Bäuerin schluckte schwer.

Elenor wollte die Frau trösten, wusste aber nicht wie. Die unangenehmen Fragen blieben und mussten gestellt werden. «Haben die Tierquälereien und Vernachlässigungen vor oder nach seiner Krankheit begonnen?»

«Wenn ich jetzt zurückdenke – schon eine Zeit vorher, aber nicht lange. Vielleicht waren es ein paar Wochen. Erst danach hatte er begonnen, sich über Symptome zu beklagen. Die Krankheit, oder was es auch war, war nicht wie bei einer Grippe typisch plötzlich aufgetreten, sondern sein Zustand hat sich zuerst unmerklich, dann aber immer mehr verschlechtert.» Frau Friedrich schwieg und schien angestrengt nachzudenken. «Oh mein Gott, denken Sie etwa, dass er verrückt geworden war und etwas mit seinem Kopf nicht stimmte?»

Frau Friedrich unterdrückte krampfhaft ein Schluchzen und starrte Elenor aus weit aufgerissenen Augen an. Sie wollte ihr schon etwas erwidern, da sprach die Bäuerin zur Erleichterung Elenors weiter.

«Obwohl es ihm immer schlechter ging, wollte er es sich nicht nehmen lassen, bis kurz vor seinem Tod auf dem Hof zu arbeiten. Halt nicht so wie er eben wollte oder besser gesagt, sollte. Ich habe ihm vieles abgenommen, vor allem die Tiere. Ich kann und will es nicht begreifen, warum er das seinen Tieren, die er doch immer geliebt hat, antat.»

Elenor konnte es sich auch nicht vorstellen, wie aus einem tierliebenden Menschen ein Tierhasser werden konnte und sogar noch einen Schritt weiterging und Tiere zu quälen begann.

«Frau Epp, Sie müssen mir helfen. Ich weiss weder ein noch aus. Die Polizei konnte mir nicht weiterhelfen. Aber dass mein Mann sich einfach so verändert und all die Gräuel von sich aus getan haben soll, das kann ich nicht glauben. Und wie soll er, der so krank war, ausgerechnet in den Hühnerstall gehen, um dort tot umzufallen? Es muss eine Erklärung für all das geben.»

Dieses Argument klang selbst in Elenors Ohren plausibel. «Erzählen Sie mir bitte von Anfang an, was an diesem Tag, als Ihr Mann starb, geschehen ist.»

Greta Friedrich setzte sich auf und zog ihre Schultern nach unten. «Der Morgen und der Mittag verliefen wie immer, seit Franz krank war und im Bett lag. Ich versorgte die Tiere, dann machte ich Frühstück und später das Mittagessen. Zwischendurch habe ich Arbeiten im Haus und Hof erledigt. Nichts Besonderes, es waren die täglichen Arbeiten, die halt so anfallen. Es war schon spät am Abend gewesen, als ich ihm nach der Suppe zum Abendessen einen Tee nach oben bringen wollte.»

Hier unterbrach Elenor die Bäuerin. «Nach oben? Meinen Sie, in sein Schlafzimmer?»

«Ja genau, in unser Schlafzimmer. Aber sein Bett war leer gewesen. Ich habe ihn überall gesucht. Zuerst habe ich das ganze Haus auf den Kopf gestellt. Es ist gut möglich, dass ich viele kostbare Minuten damit verplempert habe, anstatt ihn draussen zu suchen.» Sie schaute Elenor aus flehenden Augen an, so als wollte sie von der Detektivin hören, dass es bestimmt nicht so gewesen war, dass sie keine Chance gehabt hatte, ihren Mann rechtzeitig zu finden.

Elenor hätte ihr den Gefallen gerne getan, konnte es aber nicht. «Sie haben also nicht gehört, wie er nach draussen ging?»

Die Witwe schüttelte den Kopf. «Nein, ich war lange in der Küche und habe nichts mitbekommen. Ich habe viel zu viel Zeit verloren, ihn im Haus zu suchen», wiederholte sie. «Ich hätte nie gedacht, dass er noch imstande war, alleine aus dem Zimmer zu gehen, so schwach war er mittlerweile geworden. Zudem war es schon dunkel draussen.»

Wieder dieses gedankenverlorene Zupfen am Ärmel.

«Stellen Sie sich vor, Frau Epp, ich hatte sogar für einige Sekunden die irrwitzige Hoffnung gehabt, dass es ihm wieder besser ging und er selbst nach dem Rechten sah. Als ich ihn im Haus nicht fand, bin ich nach draussen gegangen. Doch nirgendwo war Licht zu sehen. Nicht im Geräteschuppen, nicht in der Garage. Auch im Hühnerstall nicht. Da habe ich gedacht, dass ich mich geirrt hätte und bin nochmals zurück ins Schlafzimmer gegangen. Erst danach habe ich ihn im Stall gesucht. Als ich das Licht im Hühnerstall andrehte, habe ich es – habe ich ihn gesehen.»

Die Witwe rieb sich die leicht geröteten Augen, so als wollte sie die Bilder, die sich in ihrem Kopf festgebrannt hatten, wegreiben. Elenor schwieg taktvoll und wartete. Sie wollte auf keinen Fall Greta Friedrich unterbrechen.

«Es hat wie ein Hügel ausgesehen. Zuerst wusste ich nicht, was das zu bedeuten hat. Erst als ich näher ging, habe ich gesehen, wie eine Schar Hühner wie verrückt auf den Hügel einhackte. Ich bin erschrocken, denn ich dachte, die Vögel sässen auf einem Kadaver.»

Frau Friedrich hob erschrocken die Hand vor den Mund, als sie die Bedeutung ihrer Worte realisierte.

Elenor entging die Zweideutigkeit nicht. «Einen Kadaver? Einen Kadaver von was?»

«Frau Epp, glauben Sie mir, dass wollen Sie nicht wissen.» Greta Friedrich sah Elenor dabei nicht an. «Ich habe mehrmals kleine geschändete Tierkörper im Hühnerstall gefunden, oder besser gesagt, das, was von ihnen noch übrig geblieben war.»

Es entstand eine lange Pause, in der die beiden Frauen sich wieder zu sammeln versuchten, bevor die Witwe weitersprach. Elenor hielt es nicht für angebracht, nach dem woher zu fragen. Sie wusste es auch so.

«Jedenfalls verscheuchte ich die Viecher, damit ich das, was darunter lag, entsorgen konnte. Nur, dass es dieses Mal kein kleiner Tierkörper war. Es war – es war – Franz.»

Elenor versuchte die Polizeifotos vor ihr nicht mehr anzuschauen. «Frau Friedrich, war Ihr Mann gewalttätig?»

Die Witwe sah irritiert auf. «Wie bitte? Wie meinen Sie das?»

«Hat Ihr Mann Sie geschlagen?»

«Wie kommen Sie denn darauf? Niemals! Er war nicht so ein Mann. Zudem hätte ich das nie zugelassen.»

Greta Friedrich knetete ihre Hände und schien ehrlich entsetzt über die Frage zu sein. Elenor glaubte ihr. «Es tut mir sehr leid, ich musste das fragen, um sicher zu sein. Menschen, die Tiere quälen, haben oft keine Hemmungen, auch den Menschen Leid anzutun.»

Die Witwe hatte sich wieder gefasst. «Ich sagte Ihnen doch, er hat solche Dinge nicht getan.»

«Warum bin ich hier bei Ihnen, Frau Friedrich? Der Tod Ihres Mannes liegt schon Monate, seit letztem Herbst, zurück. Die Todesursache ist laut Obduktionsbericht bekannt. Es war ein Herzstillstand.»

«Das war kein simpler Herzstillstand. Das war Mord.» Frau Friedrichs Stimme klang plötzlich hart und bestimmt.

«Was lässt Sie das glauben? Haben Sie Ihren Verdacht der Polizei mitgeteilt?»

«Natürlich habe ich das. Aber keiner wollte mir nicht glauben.»

«Ermittlungen können manchmal Monate, wenn nicht sogar Jahre dauern.» Elenor wusste, dass sie ganz und gar nicht hoffnungsvoll klang.

«Frau Epp, verstehen Sie denn nicht? Die haben die Akte

21

meines Mannes geschlossen. Einen Herzstillstand zu bekommen, ist kein Verbrechen.»

Das stimmte allerdings. «Wie sind Sie denn auf mich gekommen?»

«Ich war zufällig im Café von Frau Kym, als Sie dort im letzten Sommer ausgeholfen haben. Ich habe Sie über Ihre Pläne, eine Detektei zu eröffnen, sprechen gehört. Ich habe das interessant gefunden und Ihren Mut bewundert. Zum damaligen Zeitpunkt hätte ich mir nicht träumen lassen, dass ich diese Information einmal selbst gebrauchen könnte.» Greta Friedrich lächelte entschuldigend. «Als die Monate nach dem Tod meines Mannes vergingen, ohne dass die Polizei etwas unternahm, habe ich an Sie gedacht. Es war nicht wirklich schwer, Ihre Telefonnummer herauszufinden. Sie sind in der Stadt bekannt wie ein bunter Hund.» Frau Friedrich bemerkte Elenors ungläubigen Blick und ergänzte schnell: «Ich meine das im positiven Sinne.»

Ein bunter Hund war sie also. Das war nicht gerade das, was Elenor hören wollte. Sie musste sich zusammenreissen und sich auf das Gespräch mit Frau Friedrich konzentrieren. Es berührte sie immer noch tief, wenn jemand Emmas Namen aussprach. Sie vermisste ihre beste Freundin sehr.

«Ich muss mich für meinen Auftritt vor einer Woche bei Ihnen im Büro entschuldigen. Erst im Nachhinein ist mir bewusst geworden, wie mein Hereinplatzen in Ihr Büro auf Sie gewirkt haben musste. Aber ich war so verzweifelt. Bitte helfen Sie mir! Ich muss wissen, was mit meinem Mann geschehen ist, wer ihn umgebracht hat. Ja, ich spreche von einem Mord. Ich bin felsenfest davon überzeugt!»

Elenor war sich nicht sicher, was sie vom Mordverdacht der Bäuerin halten sollte. Irgendwie kam ihr die Geschichte an den Haaren herbeigezogen vor. «Was macht Sie so sicher, dass Ihr Mann umgebracht wurde?» Es war nicht das erste Mal, dass Elenor diese Frage an die Witwe Friedrich stellte. Nur bisher hatte sie noch keine befriedigende Antwort darauf bekommen. «Sie beschreiben mir, wie krank er gewesen war. Es kann doch sein, dass er im Delirium nach draussen ging und dort vor Schwäche gestorben ist. Dann wäre der Befund des

Obduktionsberichtes nachvollziehbar.»

Greta Friedrich schaute sich um, als wollte sie sicher gehen, dass ihnen niemand heimlich in ihrem eigenen Wohnzimmer zuhörte. «Delirium sagen Sie? Er war am Ende so geschwächt, dass er sich unmöglich hätte alleine anziehen und die steile Treppe hinunter gehen können. Zudem hätte ich etwas davon mitbekommen müssen.»

Elenor war verwirrt. «Was denken Sie denn, ist passiert? Dass ihn jemand angezogen und ohne Ihr Wissen die Treppe hinunter geschleppt hat, um ihn im Stall, ohne Spuren zu hinterlassen, umzubringen?» Elenor hatte den Verdacht, dass sich die Bäuerin in ihrer Trauer in Fantastereien verstieg. Sie sah, wie Frau Friedrich das erste Mal seit sie sie kannte, errötete.

«Ich weiss es nicht, Frau Epp. Ich kann mir das beim besten Willen nicht erklären. Alles, was ich weiss, ist, dass mein Mann matt im Bett lag, als ich ihn das letzte Mal lebend gesehen habe, beinahe unfähig sich zu bewegen.»

«Sind Sie, bevor Sie ihm den Tee gebracht haben, nochmals aus dem Haus gegangen?»

«Nein, nicht vor dem Tee, aber vor der Suppe. Ich habe frische Eier geholt. Ich habe eine Bouillon mit Eieinlage gekocht.»

Elenor war plötzlich hellwach. «Wann war das und wie lange hat das gedauert?»

«Hm, ich weiss nicht genau, so circa eine halbe Stunde, bevor ich die Suppe nach oben gebracht habe. Ich erinnere mich, wie ich die Bouillon aufgesetzt habe und dann die Eier holen ging. Als ich zurückkam, habe ich die Eier in die kochende Suppe eingerührt.»

«Könnte in dieser Zeit jemand ins Haus gekommen sein, ohne dass sie es bemerkt hätten?»

Greta Friedrich dachte nach. «Hm, ja, das könnte sein. Während wir im Haus sind oder kurz in den Stall gehen, ist unsere Haustür nicht verschlossen.»

Elenor kritzelte konzentriert in ihr Notizbuch. Nicht weil sie sonst vergessen hätte, was gesagt worden war, sondern weil sie immer noch Zweifel an der Geschichte hegte. «Haben Sie das auch der Polizei zu Protokoll gegeben?»

«Aber ja. Die haben mich stundenlang befragt. Ich habe das denen genauso erzählt wie jetzt Ihnen. Es steht auch alles da.» Sie deutete mit dem Zeigefinger auf das Protokoll vor Elenor und seufzte. «Mein Mann ist unterdessen beerdigt worden, aber ich weiss immer noch nicht, warum er sterben musste.»

Elenor wusste aus eigener Erfahrung, dass für die Opfer und Hinterbliebenen von Verbrechen jede Sekunde, die keine Erkenntnis brachte, eine zu viel war. Es war oft nicht möglich, dass man das Leben, das man noch hatte, einigermassen lebensfroh fortsetzen konnte, bis man nicht die Gewissheit über das Wie und Warum hatte. Aber in diesem Fall war die Todesursache bekannt. Sie wusste nicht, was sie für die Witwe tun konnte.

«Mein Mann war ein beliebter Mensch gewesen. Jeder hat ihn gemocht. Na ja, bis die Gerüchte anfingen.» Frau Friedrich räusperte sich. «Ich habe das ungute Gefühl, dass die Polizei nicht sonderlich interessiert daran ist, dass dieser ... dieser Mord», sie spie das Wort mit einer angeekelten Miene aus, «aufgeklärt wird.»

«Ich bin mir immer noch nicht im Klaren, was Sie so sicher macht, dass Ihr Mann nicht an einem Herzstillstand gestorben ist, sondern umgebracht wurde.» Elenor wollte Greta Friedrich an ihren Gedanken teilhaben lassen. Sie war hin und her gerissen. Sie glaubte nicht an einen gewaltsamen Tod Franz Friedrichs. Genauso wenig wie die Polizei. Aber Greta Friedrich kam ihr so bestimmt vor. So als gäbe es überhaupt keinen Zweifel daran, dass jemand anderes an ihres Mannes Ableben Schuld war. Was sollte sie also tun? Das Wenigste war, dass sie sich für die Nöte und Ängste ihres Gegenübers interessierte. Sie führte eine Detektei, sie war keine Polizistin mehr. Sie hatte Zeit, sich die Geschichten der Menschen anzuhören, so abstrus diese auch klangen. Und sie besass die Geduld, sich Dinge genauer anzusehen oder nahm sich die Zeit, nach der Wahrheit zu forschen, jeden verdächtigen Stein umzudrehen und zu schauen, was darunter hervor kroch.

«Darf ich mich im Stall umsehen?»

«Aber sicher, kommen Sie.» Die Witwe ging voraus. An der Haustür drehte sie sich zu Elenor um. «Da fällt mir ein, da ist noch etwas, was ich Ihnen zeigen muss.»

Elenor folgte der Bäuerin zurück in die Stube, wo diese etwas aus einer Schublade der alten Holzkommode herauskramte. Sie setzten sich wieder an den Stubentisch. Frau Friedrich legte etwas, das aussah wie ein kleines, dünnes, zerfleddertes, rechteckiges und schmutziges Stück Karton, vor Elenor hin.

«Was ist das?»

«Das habe ich im Stall beim Ausmisten gefunden. Es hatte bereits so ausgesehen. Die Hühner haben es wahrscheinlich kaputt gemacht und Teile davon gefressen. Hier sehen Sie, da am Rand fehlen kleine Stücke. Die Teile, die ich noch gefunden habe, habe ich versucht zusammenzukleben.» Die Bäuerin wendete das Stück Karton. Die losen Teile klebten auf der Rückseite mehr schlecht als recht mit Klebeband zusammen.

Elenor zupfte ein Taschentuch aus der Handtasche und nahm das Puzzle in die Hand, um es genauer zu betrachten. Das notdürftig reparierte Stück bestand aus fünf grossen Teilen und vielen kleinen Schnipseln. Obwohl ziemlich zerschlissen, sah es aus wie eine Karte eines Kartenspiels. Die Rückseite war von knallig roter Farbe ohne Musterung. Die andere Seite war interessanter. Ein farbenprächtiges Motiv zeigte zwei Figuren. Ein Mann lag scheinbar krank unter einer dicken weissen Daunendecke im Bett, während ein bebrillter Mann, eine Flasche in der einen Hand, neben seinem Bett auf einem Stuhl sass. An der Flasche hing ein Etikett mit der Aufschrift: *für Friedrich*. In der anderen Hand hielt der Mann einen Löffel, gefüllt mit einer violetten Flüssigkeit, den er dem Kranken reichte. Der sitzende Mann in gelben Hosen und grünem Frack sah aus wie ein Arzt.

Während Elenor die Karte aufmerksam studierte, schwang eine Erinnerung nach. Sie glaubte sich zu erinnern, eine ähnliche Karte schon einmal gesehen zu haben. Wo und wann war das nur gewesen? Doch so sehr sie versuchte, sich zu erinnern, sie fand nicht heraus, in welchem Zusammenhang das gewesen war.

«Das sieht aus wie eine Spielkarte. Besitzen Sie ein entsprechendes Set, zu dem die Karte gehören könnte?» Elenor spielte mit dem Tageslicht, das zum Fenster hereinströmte, um die Oberfläche der Karte genauer sehen zu können.

«Nein. Wir spielen nicht Karten und haben auch keine anderen hier im Haus.»

«Wann haben Sie die Karte im Stall gefunden?»

«Uh, das war, glaube ich, zwei Tage nach dem Tod meines Mannes.»

«Wie denken Sie, ist die Karte in den Stall gekommen?»

Greta Friedrich zuckte mit den Schultern. «Ich habe keine Ahnung. Von mir ist sie jedenfalls nicht und ich kann mir nicht vorstellen, dass sie Franz gehörte. Denken Sie, dass die Karte etwas mit dem Tod meines Mannes zu tun haben könnte?»

«Ich weiss es nicht», erwiderte Elenor wahrheitsgetreu. Sie fühlte die forschenden Augen der Witwe auf sich ruhen. «Es kann alles nur Zufall sein. Sonderbar ist es allerdings schon.»

«Seien Sie ehrlich zu mir Frau Epp. Sie haben schon einmal eine solche Karte gesehen, oder? Ich kann es an Ihrer Reaktion erkennen.»

Elenor antwortete nicht sofort. «Das ist es ja gerade, ich bin mir nicht sicher.» Sie sah die Besorgnis in den Augen der Bäuerin. «Haben Sie die Karte der Polizei gezeigt?» Doch Elenor wusste bereits, als sie die Frage stellte, dass sie es nicht getan hatte. Die Behörden hätten diese sofort als Beweismittel eingezogen.

«Nein, habe ich nicht.» Als Greta Friedrich den fragenden Blick Elenors auf sich ruhen sah: «Ich weiss auch nicht, warum. Zuerst dachte ich, die Schnipsel wären Abfall, der vom Wind in den Stall geweht worden war und wollte alles wegwerfen. Dann fielen mir die farbigen Muster auf, ich wurde neugierig und habe die Karte zusammengesetzt.»

«Sie denken jetzt nicht mehr, es wäre Müll, sonst hätten Sie mir die Karte nicht gezeigt.»

Die Witwe zuckte mit den Schultern. «Nein. Ich bin mir sicher, dass die Karte eine Bedeutung hat. Es kann kein Zufall sein, dass sie da lag und ich sie finden musste. Na gut, vielleicht nicht in dem desolaten Zustand, in dem sie jetzt ist. Was meinen Sie, Frau Epp, werden Sie versuchen herauszufinden, wer meinen Mann umgebracht hat? Die Polizei konnte mir nicht helfen, aber vielleicht finden Sie etwas heraus? Und wenn es nur die

Frage klärt, wer diese Karte im Stall abgelegt hat.» Grosse rehbraune Augen forschten in Elenors Gesicht.

«Wenn Sie das möchten, dann werde ich den Auftrag annehmen und mich umhören und umsehen.» Ein Lächeln breitete sich auf dem Gesicht der Bäuerin aus und sie hob abwiegelnd die Hände. «Versprechen kann ich allerdings nichts. Es ist immer schwierig, wenn der Fall schon längere Zeit zurückliegt, noch etwas herauszufinden.»

Greta Friedrich deutete Elenors Gesichtsausdruck falsch. Hastig brachte sie sich ein: «Am Geld soll es nicht liegen. Ich kann Sie bezahlen.»

«So war es nicht gemeint.» Elenor lächelte beschwichtigend und legte die Karte zwischen zwei unbeschriebene Seiten ins Notizbuch.

Die blonde Frau blies die Atemluft geräuschvoll aus und nickte. «Also gut, abgemacht.»

Der ätzende Gestank des Vogelkots stieg Elenor scharf in die Nase und liess sie einen Moment nach Luft ringen. Das Gackern der vielen hundert Hühner war ohrenbetäubend. Das Gewusel der unzähligen kleinen Leiber machte sie schwindelig. Die Polizeifotos hatte sie mitgebracht und verglich sie mit dem Fundort, den ihr die Bäuerin mit dem Finger gezeigt hatte. Nur ein einziger Unterschied war auf Anhieb zu erkennen – die Stalltüren standen jetzt offen. Ein völlig irrelevantes Detail. Polizeifotos waren zwar hilfreich, Elenor fand es immer besser, sich selbst ein Bild des Tat- oder wie in diesem Fall Fundortes zu machen. Es war weder etwas Esoterisches an diesem Ort noch bekam sie das Gefühl, dass der Geist des Toten hier geblieben war, nur um ihr zu sagen, was an dem Tag geschehen war. Es war mehr der Eindruck der Umgebung, der manchmal unerwartete Eingebungen, Ideen oder Erkenntnisse hervorbrachten. Das erleichterte die Erreichung der Ziele, für die Elenor engagiert worden war und wer weiss, vielleicht gelang ihr dadurch, das zu erreichen, was der Polizei bis jetzt nicht gelungen war. Nämlich das Geheimnis um Franz Friedrich, von der Frau Friedrich überzeugt war, dass es existierte, zu lüften. Elenor war sich im Klaren darüber, dass die Chance dazu minimal war. Mittlerweile war fast ein Jahr seit dem Vorfall vergangen. Der Fundort war von Spezialisten durchsucht, vermessen und fotografiert worden und es waren unzählige Proben der Umgebung entnommen worden. Alle Beweisstücke, wenn es denn solche gegeben hatte, befanden sich nun sicher verwahrt in der Asservatenkammer der Polizei. Wenn etwas von den Spezialisten übersehen worden war, dann hatten die Tiere es inzwischen zertrampelt, verscharrt oder aufgefressen und wieder ausgeschissen. Ausser dem kleinen Stück dünnen Kartons mit dem bunten Motiv, mit der Aussage und dem Protokoll der Polizei, hatte Elenor nichts in der Hand. Nun, das musste genügen.

Elenor beobachtete eine Weile das hoffnungsvolle Scharren und Picken der weissen Hennen nach Nahrung. Wie abwechslungsreich musste ihr Tag plötzlich ausgesehen haben, als ein grosser langer Gegenstand sich mitten unter ihnen auf dem Boden ausstreckte. Eine Anhöhe zum Erklettern und Erkunden, vielleicht etwas Essbares. Elenor schüttelte entsetzt über sich selbst den Kopf. Wie konnte sie nur. Er war ein Mensch gewesen und nicht ein Stück Fels zur Belustigung der etwas gerupft aussehenden Tiere. Sie fand, dass die Hühner unglücklich aussahen. Aber sie war nicht hier, um sich primär um das Tierwohl zu kümmern. Eilig ging sie zum Ausgang zurück, wo die Witwe Friedrich auf der Schwelle der Stalltür stehen geblieben war und auf sie gewartet hatte. Der penetrante Geruch kratzte Elenor heftiger im Hals, was einen Reizhusten auslöste. Als sie mit tränenden Augen aufsah, blickte sie in das müde, bleiche Gesicht Greta Friedrichs.

«Haben Sie etwas herausgefunden?» Es klang mehr wie eine Höflichkeitsfrage denn Hoffnung.

«Nein, leider nicht. Wo haben Sie die Kartonstücke gefunden? In der Nähe des Fundortes Ihres Mannes?»

Ihre neue Klientin nickte. Elenor kam das Äussere ihres Gegenübers beim genaueren Hinsehen etwas zerzaust vor. Das war ihr in der Stube nicht aufgefallen. Die Ringe unter den Augen der Bäuerin waren seit ihrem Besuch in der Detektei noch dunkler geworden. Der ganze Körper der Frau zeugte von Müdigkeit und Erschöpfung und von durchwachten Nächten. Das blonde, zum Pferdeschwanz hochgebundene Haar wirkte ungewaschen und fettige Strähnen hingen ihr ins Gesicht.

Langsam gingen sie über den Hof zu Elenors Auto. Auf dem Weg dorthin fiel Elenor auf, wie verwahrlost auch der Hof wirkte. Unzählige Geräte und ein Traktor standen schutzlos vor der Witterung im Freien. Auf dem Hofplatz spross zentimeterhoch Unkraut zwischen den Kieselsteinen hervor. Der grosse Garten neben dem Haus war mit Unkraut übersät. Die Büsche wirkten ungezähmt und wucherten über den Zaun. Die Tomaten sahen einsam aus, wie sie reif und schwer, bereit zum Pflükken, tiefrot an den struppigen Stauden hingen.

Die Bäuerin folgte Elenors Blick und entschuldigte sich sofort für die ungepflegte Erscheinung ihres Hofes.

«Sie müssen sich nicht entschuldigen. Sie hatten bestimmt besseres zu tun, als Unkraut zu jäten.» Das letzte, was Elenor gewollt hatte, war, dass Greta Friedrich dachte, dass sie dachte, sie wäre eine schlechte Bäuerin. Die Witwe lächelte sie müde, aber dankbar an.

«Ich sehe, Sie sind erschöpft. Darf ich Ihnen trotzdem noch eine Frage stellen?»

Greta Friedrich nickte.

«Hat sich jemand bei Ihnen betreffend der Karte gemeldet oder danach gefragt?»

«Nein, niemand. Warum sollte das jemand tun? Also hat diese Karte doch eine Bedeutung!» Greta Friedrichs Neugierde war wieder geweckt.

«Das weiss ich noch nicht. Aber das Motiv scheint nicht zufällig gewählt worden zu sein. Die Parallelen zu Ihrem kranken Mann sind offensichtlich und auf dem Zettel an der Arznei steht sogar *für Friedrich*.» Elenor hielt einen Augenblick inne, bevor sie fortfuhr: «Vielleicht täusche ich mich und es ist ein schlechter Scherz von jemandem, der wusste, dass Ihr Mann krank war. Ist Ihnen sonst etwas Ungewöhnliches aufgefallen? Sind noch andere Gegenstände aufgetaucht oder vielleicht verschwunden?»

Frau Friedrich dachte nach. «Nein. Nicht dass ich wüsste. Nur die Menschen im Dorf haben ihr Verhalten mir gegenüber geändert. Die Gerüchte, die kursierten, haben dazu geführt, dass mich jetzt alle meiden. Niemand im Dorf hat seit dem Tod meines Mannes mit mir auch nur ein einziges Wort gewechselt. Aber ich wiederhole mich. Das habe ich Ihnen schon alles erzählt.» Sie schüttelte bekümmert den Kopf. «Die meisten konnten sich nicht einmal durchringen, mir ihre Kondolenzwünsche zu übermitteln. Es kamen nur wenige zur Beerdigung von Franz.»

Elenors Herz wurde schwer. Das war unglaublich traurig und gegenüber der Frau, die ihren Mann verloren hatte, nicht fair. «Können Sie sich vielleicht erklären, wer diese Gerüchte in die Welt gesetzt hat?»

«Ich habe keine Ahnung. Da niemand mit mir spricht, kann ich das auch nicht herausfinden. Ich weiss nur, dass alle plötzlich schlecht von meinem Franz sprachen.»

«Also gut. Ich werde mich ein bisschen im Dorf umhören. Vielleicht sprechen sie mit mir.» Elenor verabschiedete sich. Im nahen Stall hörte sie die Hühner gackern.

3

Trotz der wärmenden Morgensonne, die ihr ins Gesicht schien, war es Elenor wehmütig ums Herz. Nachdenklich fuhr sie entlang der Strasse über Risch, Holzhäusern via Cham nach Zug. Sie hatte es nicht eilig, denn sie nahm das letzte Mal als Caféwirtin diesen Weg. Sie war sich sicher, dass sie den Trubel und die Gäste in der ersten Zeit vermissen würde, aber die neue Wirtin hatte nur gelacht, als Elenor mit ihr über solche Bedenken gesprochen hatte. Fiona hatte gemeint, Elenor könne ja jederzeit für sie die Ferienvertretung übernehmen und überhaupt erwartete sie, dass Elenor jeden Tag bei ihr vorbei schaue, um den Koffeinpegel im Blut konstant auf hohem Niveau zu halten.

Alle guten Worte halfen nichts. Fast weinerlich geworden, setzte Elenor zögerlich ihre Unterschrift auf die zahlreichen Dokumente, was Fiona und dem Anwalt sicher eine Schrecksekunde einbrachte. Dann war es getan und sie drückte der stolz strahlenden neuen Wirtin und dem Anwalt die Hände. Spontan lud Fiona sie zu einem Feiertagschampagner ein. Ein üppiger, bunter Blumenstrauss von Fiona stand in einer riesigen Kristallvase für Elenor auf dem Tresen des Cafés und zeugte von ihrem ehemaligen Besitztum. Was hatte sie denn erwartet? Elenor war sich plötzlich ihrer Gefühle nicht mehr sicher. Sie empfand keine Enttäuschung darüber, das Café abgegeben zu haben. Es war etwas anderes, etwas Unbestimmtes, das sie nicht benennen konnte.

Erst als sie sich verabschiedet hatte und draussen vor der Tür stand und die würzige Vormittagsluft einatmete, fühlte sie die Traurigkeit, die sich in einer Ecke ihres Herzens rührte. Neben der Wehmut spürte sich aber auch die Freiheit, die die Ablösung vom Café mit sich brachte. Es war nicht so wie man sich freute, etwas Lästiges losgeworden zu sein. Es war mehr eine Befreiung von einer Verpflichtung, die schwer auf den Schultern gelastet hatte und man erst bemerkt, dass es leichter ging, wenn man sie los war. Elenor hatte sich diese Entscheidung nicht leicht gemacht. Immer wieder hatte sie sich gefragt, ob Emma damit einverstanden gewesen wäre, dass sie ihr so überaus geliebtes Café weitergab. Dieser Ort war ihr ein Zufluchtsort nach dem Tod ihrer Freundin gewesen. In diesen Räumen hatte sie sich ihr nahe gefühlt. Nach wochenlangem Ringen mit ihren Dämonen entschloss sie sich für den Schritt. Sie war überzeugt davon, Emmas Gutheissen zu haben. Schliesslich war sie es gewesen, die auf dem Steg am See die Idee, eine Detektei zu eröffnen, eingebracht hatte. Ein Café und eine Detektei gleichzeitig führen, nun, beides konnte Elenor nicht tun. Früher oder später hätte eines der beiden Unternehmen gelitten.

Dicht an den Vogelvolieren vorbei, lief Elenor über die Kopfsteinpflaster in die Obere Altstadt. Dort, wenige Schritte von der Eggerschen Galerie entfernt, lag ihr neues Büro. Die Augen der Waldrappe mit den kahlen Köpfen und den gebogenen roten Schnäbeln folgten ihr. Es war, als nickten sie ihr fast unmerklich zu, um ihr zu verstehen zu geben, dass sie guthiessen, was sie tat.

Es war ein Glücksfall gewesen, dass sie die Räume gefunden hatte. Vor einigen Monaten, während eines Besuches in Benedikt Eggers Galerie und dem anschliessenden Spaziergang durch die Obere und Untere Altstadt, hatte Elenor ein Schild in einem der Fenster eines der mittelalterlichen Häuser entdeckt. Die wenigen Buchstaben waren ihr wie eine persönliche Botschaft vorgekommen. *Zu vermieten Ladenlokal* stand in krakeliger Schrift auf einem Stück zerfransten Kartons hinter der Scheibe. Sie war lange davor stehen geblieben, hatte das Schild angestarrt und fast ihre Nase an der Fensterscheibe platt gedrückt, um besser sehen zu können. Die Tür war versperrt gewesen, aber der Raum dahinter schien perfekt zu sein, etwas klein vielleicht, aber sie brauchte nicht viel Platz, um sich einzurichten. Da war er wieder, der Gedanke an die Selbstständigkeit und schlagartig hatte sie gewusst, was sie tun wollte, was sie tun sollte.

Die alte Dame, der die Immobilie gehört hatte, war verdutzt und erleichtert zugleich gewesen, als Elenor ihr die Miete einen Monat im Voraus plus die Kaution bar in die knochigen, mit dunklen Adern gezeichneten Hände gelegt hatte. Sie hatte zuerst gar nicht begriffen, was Elenor mit dem Raum vorhatte und war misstrauisch geworden. Sie hatte Elenor belehrt, dass sie einen guten Ruf zu verlieren hatte und keineswegs an dubiose Geschäftsleute vermieten wollte. Erst als Elenor ihr mit blumigen Worten ihre Geschäftsidee beschrieben hatte, war ein Lächeln über die dünnen Lippen der Frau gehuscht.

Kurz darauf war sie eingezogen. Quasi über Nacht hatte sie ihre Firma gegründet und die Detektei eröffnet. Ein grosser Tisch, ein Bürostuhl und zwei bequeme Stühle für Kunden waren schnell gekauft. Ein Laptop sollte für den Anfang genügen. Ein kleines edles silbernes Schild für das Schaufenster und eine kleinere Ausgabe davon für die Klingel mit dem Schriftzug *Detektei Epp* war alles, was sich Elenor noch gönnte. Emmas Idee hatte Gestalt angenommen.

Monatelang war sie nicht in der Lage gewesen, sich auch nur vorzustellen, etwas Eigenes aufzubauen. Es hatte sie sehr mitgenommen, als sie den Gärtner Jakob Schepper tot im verborgenen Tunnel unter der Villa gefunden hatte. Sie war aber komplett aus der Bahn geworfen worden, als wenig später auch ihre beste Freundin dort unten den Tod fand. Getötet von Philipp Löhrer und Arlette Schebert, zwei Kunstdieben, die sich seither auf der Flucht befanden. Nicht nur sie musste sich wieder im Alltagsleben zurechtfinden. Bernadette hatte sich nach dem

Verlust ihres Engels Emma, in die sie heimlich verliebt gewesen war, als Bernhard, der Zwillingsbruder des Galeristen Benedikt Egger, aus seiner zweiten Haut geschält und war abgereist, um im Ausland sein Glück mit seinen Preziosen zu finden. Die Zeit kam ihr rückblickend endlos vor, als sie sich in schlaflosen Nächten hin und her gewälzt hatte, unfähig zu verstehen, warum es der Polizei nicht gelang, den Mord an Emma aufzuklären. Warum hatte sich das Drama direkt unter ihrer Nase abspielen müssen und warum hatte sie nichts davon bemerkt? Dass sie Polizistin gewesen war, machte die Sache nur noch schwieriger für sie. Es war ein schwacher Trost, dass auch ihr Bruder Quentin oder die Gebrüder Egger nichts von den kriminellen Machenschaften Arlettes und Philipps bemerkt hatten. Waren sie alle zu beschäftigt mit sich selbst gewesen, dass sie Zeichen ignorierten? Und wenn sie diese gesehen hätten, hätten sie den Ausgang der Tragödie abwenden können? Viele Fragen waren offen geblieben, vielleicht für immer. Ausser Philipp und Arlette erzählten eines Tages, was sich an diesem verhängnisvollen Tag abgespielt hatte und bekannten sich zu ihrer Taten.

Elenor selbst blieb nicht tatenlos. In den endlosen, dunklen Nächten voller Verzweiflung und Trauer über den Verlust ihrer Freundin war sie, wenn sie die Anspannung nicht mehr ausgehalten hatte, aufgestanden, hatte sich vor den Laptop gesetzt und im Internet nach Spuren von Arlette und Philipp gesucht. Erfolglos. Beide blieben wie vom Erdboden verschluckt. Dennoch blieben ihre Aktionen nicht erfolglos, die fruchtlosen Nachforschungen halfen Elenor nach und nach, auch wenn das paradox klang, die Idee Emmas, eine Detektei zu gründen, ausreifen zu lassen. Es war einerseits eine Mischung aus der Notwendigkeit, sich zu beschäftigen, denn eine neue Stelle bei der Polizei hatte sich noch nicht gefunden, aber auch der Antrieb, ihr Wissen und ihre Hartnäckigkeit für andere zugänglich zu machen, die ein ähnliches Schicksal wie sie erfahren hatten. Das Café zu führen war zu Anfang eine Ablenkung und Bereicherung gewesen und hatte ihr ein Einkommen gesichert. Sie konnte sich aber nicht vorstellen, dort bis zu ihrer Pensionierung oder ihrem Lebensende, was immer zuerst eintreffen sollte, zu arbeiten.

Elenor holte noch einmal tief Luft und schloss die Bürotür auf. Der Duft von poliertem Holz und neuem Leder driftete ihr entgegen. Die Zeit war reif für den Neustart. Das Hadern und die Grübeleien waren vorbei. Eine eigene Firma zu führen, befeuerte ihre Lebensgeister und lang vermisste Energie strömte wieder durch ihren Körper. Sie setzte sich an ihren Schreibtisch und holte die Aufträge aus dem Safe, der sich in einem kleinen Raum hinten im Büro befand, hervor. Sie war stolz darauf, dass sie in so kurzer Zeit nach der Eröffnung gleich zwei Klientinnen hatte gewinnen können. Wenn die Auftragslage so bestehen blieb, konnte ihr Geschäft tatsächlich erfolgreich werden. Die beiden Umschläge waren dünn, die Aufträge neu, die nötigen Daten und Beweise musste sie zuerst zusammentragen. Elenor hoffte darauf, dass sie Ungewöhnliches herausfand, was zur Lösung oder Klärung und somit zur Zufriedenheit ihrer Klientinnen beitragen würde.

Elenor befasste sich als erstes mit dem Auftrag von Gianna Moleani. Alberto Moleani lächelte ihr verhalten auf dem Foto entgegen, die pechschwarzen Haare nach hinten gegelt, die Augen dunkel und hart. Auf Elenor wirkte der junge Mann nicht sympathisch, aber sie durfte sich nicht von ihren persönlichen Gefühlen leiten lassen. «Was verbirgst du vor deiner Frau, Alberto?», fragte Elenor laut in die Stille des Raumes. Sie erinnerte sich an das Gespräch mit Gianna Moleani, wie die gut gekleidete Frau auf die Frage Elenors nach Verhaltensmustern ihres Mannes eine Liste gezückt hatte. Darauf waren fein säuberlich die täglichen Uhrzeiten vermerkt, an denen Alberto das Haus verliess und wieder nach Hause zurückkehrte. Das erleichterte Elenors Aufgabe enorm, vor allem, als sie sah, dass die notierten Zeiten nur wenige Minuten voneinander abwichen. Von Tag zu Tag, versteht sich. Damit bewies Frau Moleani, dass sie ihren Mann schon über mehrere Wochen überwachte. Die Tabelle bewies Elenor, dass Alberto Moleani einen geregelten Tagesablauf hatte, aber nicht, wieso Gianna Moleani diese Regelmässigkeit als Hinweis für einen Seitensprung deutete. Konnte das ein Indiz auf Fremdgehen sein? Elenor bezweifelte dies stark, aber Frau Moleani kannte ihren Gatten besser als Elenor und vielleicht war es gerade diese Merkwürdigkeit, die den Argwohn der Ehefrau geschürt hatte. Die Frage Elenors um den Verbleib Alberto Moleanis während den Zeiten zwischen der Abfahrt von Zuhause, respektive der Wiederkehr, konnte die Gattin nicht beantworten. Nun war die Expertise Elenors gefragt. Um ihm nachzuspüren, wo er sich während seiner Abwesenheiten aufhielt, musste Elenor einen Überwachungsplan erstellen. Sie hatte vor, ihm in regelmässigen und unregelmässigen Abständen und Zeiten zu folgen und so hoffentlich herauszufinden, was vor sich ging. Dazu brauchte sie vor allem zusätzliche Hilfe in Form von Kollegen, Zeit und eine gute Tarnung. Ein Glück, dass sie über alles verfügte. Speziell bei der Tarnung wollte sich Elenor besonders Mühe geben. Flog die Überwachung auf, war der ganze Fall verloren. Elenor zog die grosse Kartonschachtel, die fast die Hälfte des kleinen Hinterzimmers einnahm, zu sich an den Schreibtisch. Die Schachtel war immer noch mit demselben Klebeband verschlossen wie an dem Tag, als Bernhard ihr diese bei seiner Abreise übergeben hatte. *Bernadette* stand in fetten, mit schwarzem Marker schwungvoll gemalten Buchstaben auf dem Deckel. Mit einer kurzen Handbewegung riss sie das Klebeband ab. Bernhard hatte ihr damals nicht verraten wollen, was sich darin verbarg, aber sie hatte es sich denken können. Fein säuberlich zusammengelegt lagen Blusen, Röcke, Perücken und Mieder von Bernadette vor ihr. Sogar ihr Make-up lag zuunterst.

Amüsiert zog sie ein Kleidungsstück nach dem anderen heraus und breitete sie im Büro auf Tisch und Stühlen aus. Der Anblick der eher altbacken wirkenden Stücke erinnerte sie an die erste Begegnung mit Bernadette. Der Zusammenprall mit der Frau, nichts ahnend, dass es der Zwillingsbruder Benedikts war, hatte in der Galerie Benedikts stattgefunden, nur wenige Schritte von ihrem jetzigen Büro entfernt. Sie, Philipp und Emma wollten die Vernissage eines unbekannten Künstlers besuchen.

Bernadette war ihr von Anfang an unheimlich vorgekommen. Kalt und unnahbar hatte sie vor Elenor gestanden und hatte ihr abgesprochen, ein Kunstwerk des Künstlers vermögen zu können, worauf sie wutentbrannt die Galerie verlassen hatte. Damit der merkwürdigen Begegnungen nicht genug, hatte Benedikt, der wenig später grippekrank in einem der Gästezimmer der Villa gelegen hatte, kryptisch über einen unbekannten Bruder gesprochen. Das letzte Mal hatte Elenor Bernadette gesehen, als sie aufgelöst am Tag von Emmas Verschwinden an der Tür geklingelt hatte und sich die schlimmsten Ahnungen aller bewahrheiteten.

Seufzend hob Elenor die schwarze Bluse, die Bernadette an der Vernissage getragen hatte, aus dem Karton und hielt sie an den Oberkörper. Der schmale hohe Spiegel an der Wand warf ein trauriges Gesicht zurück. Seit dem Tod Emmas war Bernadette verschwunden geblieben. Bernhard, der seit dem Tod seiner Liebe nicht mehr hier bleiben wollte, hatte sich von seinem Ballast gelöst, bevor er sein Glück mit seinen Preziosen in der Welt suchte. Er hätte die Sachen abgeben oder entsorgen können, doch er wollte, dass Elenor sie bekam. Sie sollte die Schachtel für ihn aufbewahren. Vielleicht hatte er geahnt, dass sie die Kleider einmal brauchen konnte. Elenor war froh darum. Für den Observierungsauftrag Frau Moleanis konnten sich die Kleider als hilfreich erweisen.

Elenor wusste, dass alles gereinigt worden war, aber sie hatte trotzdem Hemmungen, die Sachen anzuprobieren. Sie schalt sich selber. Wenn sie Kleider von einem Kostümverleih auslieh, wusste sie ja auch nicht, wer die Kleider vor ihr getragen hatte. Resolut zog sie den blauen Vorhang zu, der den kleinen Raum vom Büroraum mit Blick auf die Gasse abtrennte. Es war eng, doch sie schaffte es, ohne sich überall zu stossen und schlüpfte in eines der Kostüme. Als sie sich vor dem Spiegel unter dem harten Licht einer Spotlampe um die eigene Achse drehte, konnte sie nicht anders als kichern. Wenn sie jetzt jemand sehen könnte! Bernhard war zwar nur wenig grösser als sie, aber ihre natürlichen weiblichen Kurven unterschieden sich doch von den künstlichen Bernadettes. Es zwickte und drückte überall, trotzdem war sie zufrieden mit dem, was sie sah. Es war perfekt genug, zwar nicht der letzte Modeschrei, fast ein bisschen streng wirkend, aber okay. Gottlob musste sie die Kleider nicht jeden Tag tragen. Sie sollten nur von ihrem wahren Selbst ablenken. Elenor stülpte sich eine der Perücken über. Nein, das war unmöglich. Nicht nur war diese viel zu gross, sie wirkte auch wie ein zotteliges Tier, das ihren Kopf und das Gesicht umklammerte. Das war kein Problem. Sie würde sich einige passendere Perücken beim Haarstylisten bestellen, dazu konnte sie Hüte und Kopftücher tragen. Zufrieden setzte sie sich wieder an ihren Bürotisch und begann, mit den Angaben Frau Moleanis einen Zeitplan zu erstellen – Titel: Überwachung Alberto Moleani.

4

Über dem Land drückte schon seit Wochen eine unerträgliche Hitze. Nicht nur die Schweiz, auch halb Europa stöhnte unter dem heissen Sommer und der Trockenheit. Sogar Meteorologen langweilten sich über die immer gleichen Vorhersagen eines ganzen Tages voller Sonnenschein.

Elenor liess sich nicht vom Gejammer der anderen beirren. Sie fand das Wetter toll. Sie genoss die Wärme, denn sie war sich der Vergänglichkeit dieses Hochs bewusst, das nur wenige Wochen anhielt. Leise summte sie die Melodie von *Wann wird's mal wieder richtig Sommer* von Rudi Carrell vor sich hin. Die engen Gassen der Altstadt gaben ein wenig Schutz vor der gleissenden Sonne, die nur kurze Zeit direkt auf das Kopfsteinpflaster zwischen den Häuserzeilen brannte. Ihr Büroraum blieb so kühler als die Räumlichkeiten ohne diesen Schutz.

Mit oder ohne direkte Sonneneinstrahlung, Elenor blieb nicht lange im eigenen Büro, sondern tauschte ihren engen Gassenblick gegen den immer wieder atemberaubenden Ausblick von Quentins Büro, das im Gebäude des ehemaligen Kantonsspital domizilierte. Montags half sie ihrem Bruder jeweils aus, sichtete seine Post und erledigte einfachere Arbeiten für seine Firma, die chirurgische Ausbildungen für Ärzte anbot. Zu Anfang hatte ihm Philipp beim Aufbau geholfen, seit seiner Flucht führte Quentin das Unternehmen alleine weiter und arbeitete nebenher noch im Teilzeitpensum als Chirurg im Kantonsspital in Baar.

Die Aufgaben waren für Elenor nicht sonderlich anspruchsvoll, doch essenziell für das Bestehen einer Firma. Wie so oft war sie auch heute alleine im Büro. Quentin hatte über das Wochenende Bereitschaftsdienst gehabt und würde erst morgen wieder, wenn er ausgeschlafen war, ins Büro kommen. Sie machte sich, wie so oft, Sorgen um ihren Bruder. Er arbeitete einfach zu viel. Dass er noch keinen neuen Geschäftspartner gefunden hatte, machte die Sache auch nicht leichter. Um aufzugeben war es zu spät. Quentin hatte bereits zu viel Geld und Zeit investiert, zudem gab es sein Sturkopf nicht zu, einfach den Bettel hinzuwerfen. Optimist wie ihr Bruder nun einmal einer war, war es für ihn nur eine Frage der Zeit, bis er die richtige Person fand, die sein Vertrauen verdiente.

Elenor hatte sich, wie an jedem dieser Montage, bevor sie Quentins Büro betrat, einen Kaffee im kleinen Bistro im Erdgeschoss gegönnt. Die fantastische Sicht auf den See genoss sie in den frühen Morgenstunden besonders. Ihr schien es zu dieser Zeit, wenn die Welt noch nicht vollständig erwacht und der Lärm der Hauptstrasse noch erträglich war, besonders friedlich. Durch die Trockenheit war die Luft heute klar und wenn sie sich anstrengte, konnte sie die Villa auf der anderen Uferseite sehen. Diese Momente waren kostbar. Sie konnte noch einmal entspannen und ihre Gedanken schweifen lassen, bevor sie in die unbarmherzige Welt der Ökonomie eintauchte. Nur an diesem Morgen war es anders. Die Stille wurde jäh von Sirenengeheul unterbrochen. Elenor lauschte den auf- und abschwellenden schrillen Tönen, die nicht leiser wurden, sondern direkt vor dem Gebäude unten auf der Hauptstrasse zum Stillstand kamen. Ein Schauer liess ihre Haare auf den Armen zu Berge stehen. Sie gehörte sonst nicht zum Typ Mensch, der ans Fenster rannte, um zu gaffen, doch die Nähe eines möglichen unheimlichen Geschehens machte sie doch neugierig. Sie stand auf und trat an die grossen Panoramafenster. Unten am Ufer des Sees bildete sich eine Menschentraube um zwei Polizeiautos, deren blaue Lichter auf dem Dach nun lautlos zuckten. Es sah nicht aus wie ein Verkehrsunfall. Keine weiteren Autos waren zu sehen, nur Polizeibeamte, die ein rot-weisses Band dem Trottoir entlang spannten, damit Neugierige den schmalen, asphaltierten, zu einem kleinen Park hinunter führenden Weg, nicht betraten. In dem Park sass Elenor manchmal, wenn das Wetter es zuliess, in einer Pause auf einer Bank und schaute den Wellen und Wasservögeln zu. Elenor wollte es genauer wissen. Vielleicht konnte sie helfen? Vielleicht wollte sie auch nur die Gelegenheit nutzen, um Loris, ihren Freund, zu sehen. Sie öffnete die Tür des Bistros, die auf eine schmale Terrasse führte und von dort war sie mit wenigen Schritten bei einer Treppe, die direkt zur Hauptstrasse hinunter ging. Der Verkehr war bereits dichter geworden und es war nicht so einfach über die Strasse zu wechseln.

Elenor gesellte sich zu den Schaulustigen und beobachtete das Geschehen. Nachdem sie sich einige Minuten mit dem Beobachten der Szene begnügt hatte und sicher war, dass die Polizisten sie nicht beachteten, duckte sie sich unter das Band hindurch und schritt langsam den Weg zum Ufer hinunter. Sie erwartete jeden Moment, dass sie daran gehindert wurde weiterzugehen, aber niemand kam. Also schlenderte sie so unauffällig wie möglich zur Ufermauer.

Das braune, aus glattem Leder bestehende Paar Herrenschuhe stand am Rande der gemauerten Abgrenzung. Sie standen perfekt nebeneinander platziert, die Schuhspitzen zeigten in Richtung des Wassers. Sie waren nicht blank geputzt, aber auch nicht dreckig. Es waren keine teuren italienischen Treter, sondern solche, die man in jedem gut sortierten Schuhgeschäft fand. Elenor sah keine weiteren Kleidungsstücke, keine Socken, keine Hose, kein Hemd. Die Szene sah friedlich aus, wie wenn sich der Besitzer der Schuhe entschlossen hatte, seine Füsse im Wasser zu kühlen und dann beim Weggehen vergessen hatte, sie wieder mitzunehmen. Das mit dem Füssetunken war schwierig in diesem Sommer, denn das Wasser hatte sich etwa zwei Meter vom Ufer zurückgezogen. Die lang anhaltende Hitze und der letztjährige trockene Winter zeigten Wirkung.

In Elenor keimte ein Verdacht auf. Konnte es sein, dass hier ein Unfall geschehen war? Wollte jemand barfuss über die runden, von trockenen Algen dunkelgrün gefärbten Steine zur Wasserlinie gehen, war ausgerutscht und ertrunken? War das der Grund für die polizeiliche Untersuchung? Einen Blick über die Schulter geworfen und sie war sich sicher, dass noch niemand von ihr Notiz genommen hatte. Elenor stieg vom Mäuerchen auf das steinige Band aus Kieselsteinen hinab, das wie eine Schürfwunde bloss lag. Ein leichter Wind kräuselte die Wasseroberfläche. Vorsichtig stakste sie mit den Sandalen über die Steine bis an den Wassersaum. Das Wasser war trüb, grüne Algen schwammen wie satt gesogene Wattebäusche träge an der Oberfläche. Weit konnte sich nicht sehen und war sich unsicher, wie tief der Seeboden weiter draussen abfiel. Sie schätzte, wenn es ein Unfall gewesen war, dann musste das Opfer weit nach draussen gewatet sein. Achtsam, um ja keinen Misstritt zu riskieren und auszurutschen, ging Elenor dem Mäuerchen entlang in die eine Richtung bis zum Ende des Parks. Die Ufermauer hörte fünf Meter vor einem mannhohen Zaun auf, der den Zutritt zu einem privaten Grundstück versperrte. Der Untergrund wechselte kurz vor dem Zaun von runden Kieseln zu Sand. Hier konnte man, ohne eine Mauer oder einen Absatz zu überwinden, direkt vom Ufer in den See waten und musste nicht darauf achten, wo man hintrat.

Elenor fand die Spur, auf die sie gehofft hatte. Der Uferbereich und der Wassergrund waren nicht mehr so natürlich ebenmässig von den Wellen glatt gestrichen, sondern sahen aufgewühlt aus. Deutlich sah man Fussspuren im weichen Untergrund. Das Wasser war klar, was darauf hindeutete, dass sich das aufgewirbelte Sediment bereits wieder gesetzt hatte. Elenor klaubte ihr Smartphone aus der Tasche und schoss einige Fotos. So unauffällig, wie sie gekommen war, wollte sie wieder verschwinden, als sie einen Mann in der Uniform der Polizei gestikulierend auf sich zueilen sah. Das hatte gerade noch gefehlt. Das Gesicht des Mannes war zu einem boshaften Grinsen verzogen.

«Du kannst es wohl nicht lassen, Epp, eh? Du musst immer mittendrin sein.»

«Auch dir einen guten Morgen, Daniel.» Elenor mochte den Typen nicht. Daniel Bacher, Loris Vorgesetzter, war ein arroganter, aufgeblasener, unhöflicher Mann. Und das waren nur einige seiner vielen unangenehmen Attribute, die ihr spontan in den Sinn kamen.

«Ist Sauber schon aus deinen Federn gekrochen?» Sein Lächeln war kalt.

«Wieso? Hast du etwa keine Ahnung, wo er ist, dass du danach fragen musst?» Elenor konnte sich diese Bemerkung nicht verkneifen. Sie sah, wie es in seinem Gesicht zuckte, als er nach einer Antwort suchte. Er wurde aus seinem Dilemma gerettet, als es in seinem Funkgerät knackte und eine blecherne Stimme ihn etwas wissen liess. Bacher beschenkte Elenor mit einem gehässigen Blick, klinkte das Funkgerät vom Gurt, der an seinen Hüften hing und wandte ihr den Rücken zu, während er leise antwortete. Elenor rührte sich nicht vom Fleck und versuchte etwas vom Gespräch mitzubekommen. Umsonst. Sie drückte sich an Bacher vorbei und stieg den kleinen Weg hoch zur Strasse. Dort stellte sie sich neben den Kollegen Bachers, der mit gekreuzigten Armen und ernster Miene hinter dem Absperrband stand und hinunter aufs Wasser starrte.

«Wissen Sie, was hier passiert ist?» R. Bütikofer stand auf seinem Namensschild. «Ist jemand ertrunken?» Verflixt, sie konnte sich nicht daran erinnern, für was das R. stand. Rolf, René, Robert?

R. Bütikofer sah Elenor mit einem skeptischen Blick an. Sie sah, wie er darüber nachdachte, was er ihr antworten sollte.

«Ich bin keine Journalistin, das wissen Sie doch?», fügte Elenor hastig hinzu. «Sie erinnern sich sicher an mich. Wir sind uns schon begegnet. Mein Name ist Elenor Epp und ich bin Privatdetektivin.» Sie wusste nicht genau, warum sie das sagte, aber es half.

«Im Moment sind wir uns nicht sicher, was passiert ist. Man hat uns gerufen, weil hier Schuhe stehen, die niemandem zu gehören scheinen und das jemandem verdächtig vorkam.»

«Aha», sagte Elenor, «und was passiert als nächstes? Schickt ihr Taucher raus?»

Der Polizist zuckte mit den Schultern. «Weiss ich nicht. Vielleicht. Das wird momentan diskutiert.»

Elenor sah, wie Bacher mit finsterer Miene auf sie beide zusteuerte. Sie sollte besser gehen, sonst kam es diesem verkrampften Typen noch in den Sinn, sie zu verhaften. Wegen unmotivierten Rumlungerns.

«Wir packen zusammen.» Bacher sah nicht seinen Kollegen an, sondern Elenor. «Falscher Alarm.»

Elenor wollte den Mund öffnen, um ihm zu sagen, dass sie am Ufer Spuren entdeckt hatte, die hilfreich sein konnten, doch Bacher kam ihr zuvor.

«Hier gibt es nichts aufzuklären, Epp. Es ist nichts passiert, nur ein Paar Schuhe, das vergessen wurde. Und das nächste Mal bitte ich darum, meine Mitarbeitenden nicht zu belästigen.»

Mit diesen Worten drehte er sich um und kümmerte sich nicht mehr um Elenor. R. Bütikofer lächelte sie entschuldigend an und fing an, die Absperrbänder aufzuwickeln. Die meisten Neugierigen hatten sich bereits entfernt, nur noch zwei Männer standen auf dem kleinen Vorplatz und sahen sie an.

Ein älterer Mann mit halblangen, glatten, gelblichen Haaren sah Elenor fragend an. Er wirkte nicht unsympathisch.

«Was ist passiert? Ist jemand ertrunken?»

Obwohl sein Deutsch perfekt war, hörte Elenor einen leichten Akzent in den Worten mitschwingen. Nicht untypisch für einen Menschen, dessen Wurzeln in Osteuropa lagen. Sein faltiges Gesicht lächelte freundlich.

«Die Polizei sagt nein.» Elenor zeigte mit dem Daumen über die Schulter.

«Gut.»

«Ja.» Elenor nickte dem Mann zu. «Ich wünsche Ihnen noch einen schönen Tag.»

«Auch Ihnen.»

Überzeugt, dass sie hier wohl nichts mehr tun konnte, geschweige denn etwas herausfinden, überquerte Elenor die Strasse wieder und wählte den längeren Weg zurück zu Quentins

Büro. Der Zweifel, das Richtige getan zu haben, nagte zwar an ihr, vielleicht sah sie aber auch nur Gespenster und hinter jeder Ecke ein Verbrechen.

Die Kühle der Empfangshalle fühlte sich prickelnd auf der Haut an. Elenor wäre am liebsten noch ein wenig hier unten geblieben, aber es war noch viel zu tun und sie hatte genug Zeit vertrödelt. Kaum hatte sie den Knopf des Liftes gedrückt, hörte sie ihren Namen rufen. Die Dame am Empfang wedelte sie aufgeregt mit der Hand zu sich.

«Verzeihen Sie, Frau Epp, Sie haben die Post noch nicht mitgenommen.» Die blonde Frau hinter der Glasschiebewand blickte Elenor entschuldigend an.

Elenor bedankte sich und nahm den Stapel an Kuverts entgegen. Während sie auf den Fahrstuhl wartete, schaute sie die Post durch. Wie erwartet, enthielten die meisten Sendungen Rechnungen. Eine Offertanfrage war auch dabei. In dem Stapel uniformer weisser Umschläge fiel ihr ein kleines, leuchtend rotes Kuvert auf. Es enthielt weder einen Absender noch einen Adressaten. Elenor runzelte die Stirn und öffnete es. Der Atem stockte ihr, als sie den Inhalt in den Händen hielt. Die Tür des Lifts öffnete und schloss sich, doch sie konnte nichts weiter tun, als darauf starren. Als der erste Schrecken verflogen war, eilte sie zum Empfang zurück. Sie machte wohl ein ernstes Gesicht, denn das Lächeln auf den Lippen der Empfangsdame erstarb so schnell, wie es gekommen war.

«Ist etwas nicht in Ordnung, Frau Epp?»

Elenor wollte nicht, dass die Frau sich ängstigte. «Doch, alles in bester Ordnung. Ich habe nur eine Frage. Können Sie sich erinnern, wie das Kuvert hierher gelangt ist? Es hat keinen Adressaten vermerkt, darum kann es nicht mit der Post gekommen sein.»

«Hm, ja, dieses rote Kuvert. Ein Junge hat es mir geben mit der Bitte, dieses nur an Sie persönlich auszuhändigen.»

«Ein Junge?» Elenor war überrascht. «Wie sah er denn aus?»

«Er war schätzungsweise zehn Jahre alt und hatte eine dunkelblaue Baseball-Mütze auf. Er war blond und hatte blaue

Augen.»

«Hat er vielleicht seinen Namen genannt?»

«Nein, nur, dass ich dieses Kuvert Ihnen geben soll, wenn Sie ins Büro kommen. Dann ist er wieder gegangen. Danach habe ich das Kuvert auf Ihren Poststapel gelegt. Habe ich etwas falsch gemacht?» Sie sah besorgt aus.

«Nein, nein, alles ist in bester Ordnung. Wie lange ist das her?»

«Vielleicht so zwanzig Minuten?» Die Dame hinter der Glaswand schaute dabei über ihre Schulter auf die Uhr, die hinter ihr an der Wand hing.

Genau in der Zeitspanne, als Elenor unten am Ufer war. Konnte das Zufall sein?

«Herzlichen Dank.»

Die Dame lächelte nun wieder, nickte Elenor zu und setzte sich wieder vor ihren Computerbildschirm

5

Elenor konnte sich kaum auf ihre Arbeit konzentrieren. Ihr Blick schweifte immer wieder zur Karte und dem roten Kuvert, die sie beide neben sich auf den Bürotisch gelegt hatte. Das Motiv auf der Karte war die eines Burschen, der, das Gesicht in den Himmel gereckt, über das Ufer eines Sees oder Meeres ins Wasser zu stürzen drohte. Im meergrünen Wasser schwammen drei goldene Fische, die zu ihm aufsahen und ihm etwas zuzurufen schienen.

Sie grübelte über die Bedeutung der Karte. Was wollte der Absender ihr mit der Karte mitteilen? Dass jemand in den See gefallen war? Dass die Herrenschuhe nicht zufällig auf dem Mäuerchen gestanden hatten? Und was sollte sie daraus schliessen? Wurde die Person gerettet oder ist sie im See ertrunken? Elenor war verwirrt und die Ungewissheit machte sie ganz kribbelig. Je mehr sie darüber nachdachte, desto bestärkter wurde sie in dem Gedanken, dass diese Karte definitiv eine Botschaft an sie war und dass etwas Schlimmes geschehen war. Die Karte glich zu sehr der Karte, die Elenor von Greta Friedrich bekommen hatte, als dass sie es verleugnen konnte. Nur das Motiv war verschieden. Zuerst ein Doktor mit dem kranken Friedrich und nun dies. Elenor mochte nicht mehr an einen Zufall glauben. Hier ging es ganz und gar nicht geheuer zu und her. Sie steckte die Spielkarte mit dem roten Kuvert in ein Plastikmäppchen. Sobald sie wieder in ihrem Büro war, konnte sie die beiden Karten vergleichen.

Gegen Mittag eilte Elenor in Richtung Altstadt, vorbei am Casino weiter in die nahen Gassen. Das ehrwürdige Gebäude des Casinos erinnerte sie jedes Mal an das Abendessen mit Philipp. Emma war zu diesem Zeitpunkt noch am Leben gewesen. Sie seufzte. Ihr schien es, als wären seit diesem Abend schon hundert Jahre vergangen. Sie schloss die Tür zu ihrem kleinen Büro auf und öffnete den Safe. Sie hatte sich nicht geirrt. Die beiden Karten waren von der Grösse und der Art der Motive gleich. Sie sollte Loris anrufen.

Loris. Schon seit geraumer Zeit lief es nicht mehr rund zwischen ihnen. Elenor war aufgefallen, dass er oft übellaunig und kurz angebunden zu ihr war, was sonst nicht seiner Art entsprach. Zuerst schob sie seine Reizbarkeit auf seine vermehrte Belastung im Job, dann kamen ihr erste Zweifel, ob es nicht vielleicht an ihr lag. Bacher hatte heute Morgen einen wunden Punkt mit seiner Frage nach seinem Verbleib berührt. Elenor wusste nicht, wo er war. Aus ihrem Bett war er heute Morgen jedenfalls nicht gekrochen, wie Bacher meinte. Er war nicht zu ihr gekommen, sie war alleine ins Bett gegangen.

Wie lange kannte sie den Mann nun schon? Acht Monate? Vielleicht ein paar Wochen mehr, wenn sie die Zeit von der ersten Begegnung bis zum ersten Date dazuzählte. Wobei sie diese Zeit nicht dazuzählen mochte, denn ihr erstes Zusammentreffen war alles andere als romantisch gewesen und Schmetterlinge im Bauch hatte wohl keiner von beiden gespürt. Emma war der Grund gewesen, warum sie sich begegnet waren. Nach ihrem gewaltsamen Tod gaben sie, Quentin und die Egger-Zwillinge ihre Aussagen auf dem Polizeiposten ab. Loris war damals, zusammen mit seiner Vorgesetzten Klara Zubler, für den Fall zuständig gewesen. Elenor erinnerte sich an die vielen unangenehmen Fragen, trotz oder gerade deshalb, weil sie als Polizistin, die sie damals noch gewesen war, das Prozedere kannte. Sie war äusserst verletzlich und von Schuldgefühlen gequält gewesen. Loris

48

war ein einfühlsamer und verständnisvoller Befrager gewesen und behutsam mit ihnen allen umgegangen. Das hatte ihr imponiert. Er hatte ihr imponiert. Als die Befragungen zu Ende gewesen waren, hatte sie ihn nicht mehr gesehen, konnte ihn aber nicht mehr aus dem Kopf verbannen. Seine aussergewöhnlich grüne Augenfarbe und seine wuscheligen, schwarzen Haare hatten ihr gefallen. Als es ihr etwas besser ging, hatte sie allen Mut zusammen genommen und eines Tages bange auf ihn vor dem Polizeiposten gewartet. Sie wusste nicht, ob er die gleichen Empfindungen für sie hegte oder sie abwies. Zu ihrer Begeisterung hatte er sich über ihren Besuch gefreut und sie spontan zu einem Kaffee eingeladen. Während sie geplaudert hatten, waren ihr plötzlich Zweifel gekommen. Sie hatte ihn einfach mit ihrer Präsenz überfallen. Sie hatte sich nie gefragt, ob er eine Freundin hatte oder sogar verheiratet war. Zum Glück stellte Loris seinen Zivilstand schnell klar, dass er weder das eine hatte, noch das andere war. Weitere Dates folgten und aus einem kleinen Flämmchen der Sympathie wurde Liebe. Bald zog er zu ihr ins kleine Badehaus im Park der Villa am See. Es hatte sich von Anfang an richtig angefühlt, dass er bei ihr war und er mochte sogar Katzen, was sich positiv auf ihre Gefühle für ihn auswirkte. Möglicherweise wäre es besser gewesen, hätten sie sich mehr Zeit gelassen. Hatte sie alles nur durch die rosarote Brille gesehen, die nur Romantik und Heile Welt-Gefühle zuliess? Elenor wurde es schwer ums Herz, wenn sie an die schwierigen und emotionalen Gespräche dachte, die langsam unaufschiebbar wurden. Aber diese Sache musste geklärt werden. Nicht gerade heute, aber bald. Sie griff nach dem Hörer und wählte die Nummer von Loris. Es war besetzt.

Elenor lachte, als sie sich auf dem Landsgemeindeplatz vor dem Café wiederfand, das nun nicht mehr ihr, sondern Fiona gehörte. Sie war so in ihren Gedanken versunken gewesen, dass sie gar nicht bemerkt hatte, dass sie aus ihrem Büro hierher gelaufen war. Die Macht der Gewohnheit. Nun, da sie schon einmal da war und es weit nach Mittag war, suchte sie sich draussen einen freien Platz und bestellte ein Mineralwasser und einen

Salat. Fiona brachte ihr mit dem Essen die Zeitungen mit. Elenor lächelte die Frau mit der violetten Igelfrisur an. Sie kannten sich schon so lange, sie verstanden sich ohne Worte. Sie versuchte die trüben Gedanken an Loris zu verscheuchen und schalt sich selbst. Was hatte sie denn erwartet? Ein nimmer endendes Märchen? Sie wusste, der Alltag würde sie einholen. Aber in letzter Zeit war noch irgendetwas anderes mit dabei, das ihre Beziehung belastete. Sie war fest entschlossen herauszufinden, was.

Versunken in die Zeitungslektüre, nahm sie nur schemenhaft wahr, dass jemand neben sie getreten war. Erst als sich die Person räusperte, sah sie auf.

«Ist der Stuhl hier noch frei?»

Sie nickte automatisch. Noch ganz in einen interessanten Artikel über die neu entflammte Diskussion über die Funktion und Bedeutung des Gekröses vertieft, lächelte sie den Mann automatisch an, der sich ihr gegenüber setzte. «Benedikt, seit wann fragst du, ob es mir genehm ist, dass du dich neben mich setzt?»

«Ich finde, das gehört sich so. Zudem habe ich dich immer danach gefragt. Ich bin ein höflicher und zuvorkommender Mann.»

Überrascht von dieser Aussage sah sich Elenor den Mann genauer an, der sie mit einem frechen Grinsen bedachte.

«Das gibt es doch nicht – Bernhard!» Elenor wurde sich erst bewusst, dass sie vor Freude aufgeschrien hatte, als es um sie herum auf einen Schlag ruhig geworden war und sie von den anderen Gästen verständnislos angestarrt wurde. Sie sprang auf und schlang ihre Arme um Bernhards Hals. «Welche Überraschung. Seit wann bist du denn zurück?»

«Ich bin vor zwei Stunden in Kloten gelandet, in den nächsten Zug gestiegen – et voilà, hier bin ich. Freust du dich?»

«Dass du fragen musst, ist kein gutes Zeichen.» Neben seinem Stuhl lag eine zum Bersten gefüllte Sporttasche. «Bist du noch nicht bei Benedikt gewesen?»

«Er war nicht da. Also habe ich mich wieder auf den Weg gemacht. Ich wollte dich als nächstes in deinem neuen Büro besuchen, aber auch du warst ausgeflogen. Zum Glück hatte ich eine unbändige Lust nach einem Kaffee.»

«Du hast Glück mich hier anzutreffen. Montags bin ich sonst immer ziemlich lange in Quentins Büro und normalerweise nicht so früh in der Stadt.»

«Das habe ich ja doppeltes Glück.»

«Gut siehst du aus. Ich hoffe, es geht dir auch so.» Ein wenig neidisch betrachtete sie sein gebräuntes Gesicht, das seine glasklaren Augen leuchten liess.

«Na klar. Ich bin nur ein wenig müde. Es war eine weite Reise und ich habe viel erlebt.»

«Wenn ich ehrlich bin, habe ich nicht gedacht, dass ich dich hier nochmals sehe. Ich hatte schon die Fantasie, dass ich dich irgendwo in Übersee in einem hübschen Bungalow unter Palmen mit Blick auf den Ozean oder auf einer Hazienda inmitten der unendlichen Weite der Pampa besuchen komme.»

Bernhards Augen blitzten. «Niemand hat etwas davon gesagt, dass ich bleibe. Wer weiss – es kann gut sein, dass ich nur auf der Durchreise bin. Kann auch sein, dass eines dieser von dir erträumten Häuser schon in meinem Besitz ist und dort ein hübsches Gästezimmer auf dich wartet.»

Elenor war erfreut. «Wirklich?»

«Nein.»

Sie brachen beide in Lachen aus.

«Was tust du dann hier? Ich kann nicht glauben, dass es nur ein Höflichkeitsbesuch sein soll und du gleich wieder abreist.» Elenors Neugierde wuchs von Minute zu Minute.

«Ich habe vor, ein Weilchen zumindest, zu bleiben. Hier habe ich viel mehr Musse und kann mich vollständig auf die Kreation meiner Kunstwerke konzentrieren. Bei meinen Reisen von Galerie zu Galerie komme ich kaum dazu.» Er lächelte verschmitzt. «Zudem habe ich euch alle, aber vor allem dich, vermisst.»

«Ach, du Charmeur.»

«Ich habe von meinem Bruder gehört, dass die Clique manchmal von dir zu einem Barbecue eingeladen wird. Macht es dir etwas aus, alle heute Abend bei dir zu verköstigen? Ich habe euch viel zu erzählen.»

«Okay, du, Quentin, Benedikt und Loris», sagte Elenor gedehnt und überschlug kurz, was sie im Kühlschrank hatte. Ein Kurztrip in einen Lebensmittelladen war wohl unvermeidlich. Doch sie kochte gerne für ihre Freunde.

Für einen Augenblick wurde Bernhard ernst. «Wenn es dir nicht passt, dann machen wir es ein anderes Mal.»

«Nein, es ist wirklich kein Problem», erwiderte Elenor hastig. «Ich freue mich doch darauf, dass du kommst und von deinen Abenteuern erzählst.» Es war wirklich so. Sie hatte den Zwillingsbruder Benedikts sehr vermisst.

«Apropos Loris, wie geht es deinem Lover?»

«Bestens», log Elenor. «Du wirst ihn heute Abend sicher kennenlernen.» Sie war nicht davon überzeugt. Sein Kommen und Gehen war nicht vorhersehbar. Ach, darum konnte sie sich kümmern, wenn es soweit war. Jedenfalls hatte sie keine Lust auf eine seiner Launen, da konnte er genauso gut wegbleiben.

«Dann sehen wir uns heute Abend.» Bernard stand auf und bückte sich nach seiner Tasche.

«Du willst schon gehen? Iss doch etwas und leiste mir Gesellschaft.» Elenor konnte nicht verbergen, dass sie über sein frühes Aufbrechen enttäuscht war.

Bernhard rieb sich seinen Bauch. «Liebes, würde ich gerne, aber in mir steckt noch das Essen vom Flieger. Zudem sehen wir uns in ein paar Stunden.»

Er küsste sie auf die Wange und sie sah ihm zu, wie er pfeifend über den Platz ging und in der Seitengasse verschwand.

Sie schickte allen eine SMS mit der Einladung. Die Neugierde auf die angekündigten Erzählungen Bernhards machte sie ganz kribbelig. Die anderen anscheinend auch, es vergingen keine fünf Minuten und sie hatte von allen eine Zusage bekommen. Sogar Loris wollte kommen. Mit Appetit ass sie den Salat. Die Zeitungen blieben ungelesen liegen. Sie zahlte und machte sich auf, um noch einige Zutaten für das Abendessen zu besorgen.

6

Die Sonne war schon hinter der Villa verschwunden, aber da der Tag sehr warm gewesen war, kühlte sich die Luft kaum ab. Erträglich wurde die Schwüle nur durch den leichten Wind, der übers Wasser blies.

Loris war früher gekommen, um Elenor bei der Zubereitung des Essens zu helfen, was sie sehr schätzte. Sie hinterfragte seine gute Laune nicht. Er hatte den Grill bereits angefeuert, schwitzte stark und wischte sich den Schweiss von der Stirn. Elenor hatte ihn mit einem kühlen Bier versorgt, was er dankend angenommen hatte. Die Glut war so weit, dass er die Steaks, sobald die Gäste eintrafen, auf den Rost legen konnte. Die Kartoffeln garten bereits in der Glut und die Gemüsespiesse waren mariniert. Quentin trudelte als zweiter ein und hatte sich an den langen Tisch gesetzt. Gerade wollte sie sich zu ihm setzen, als sie das Knirschen von Schritten auf dem Kiesweg, der von der Villa zu ihrem Haus führte, hörte. Schnell gab sie Loris, der am Grill herumhantierte, ein Zeichen, dass die Gäste ankamen. Behutsam, als wären sie aus zerbrechlichem Porzellan, legte er die Fleischstücke auf den heissen Rost.

Die erste Person, die zwischen den Büschen auf Elenor zukam, war nicht Bernhard, sondern Benedikt. An seiner Miene erkannte sie sofort, dass etwas nicht stimmte. Hochrot im

Gesicht stapfte er auf sie zu. Statt einer Begrüssung zischte er ihr ins Ohr: «Hol die Knarre raus und erschiess ihn.»

Elenor war verdattert. «Wen denn?» Sie verrenkte den Hals, um über die Büsche zu sehen, die ihr den Blick auf den hinteren Teil des Weges versperrten. Bernhard kam ihr mit ausgebreiteten Armen freudestrahlend entgegen, eine Flasche Wein in der Hand schwingend. Im Gegensatz zu seinem Bruder sah er völlig unbekümmert aus.

«Was ist denn los? Hast du Streit mit Benedikt?», fragte Elenor, als Bernhard sie aus seiner Umarmung entliess.

«Streit? I wo, alles halb so schlimm.» Bernhard grinste, als wüsste er überhaupt nicht, um was es ging.

Elenor begriff nicht. Wie konnte Bernhard so entspannt wirken, während Benedikt beinahe vor Wut platzte? Die Brüder setzten sich zu Quentin. Benedikt sass seinem Bruder gegenüber und würdigte ihn keines Blickes.

«Na sagt schon. Benedikt, Bernhard, was habt ihr beide zu querelen?»

«Mein Bruder hier», sagte Benedikt, während er mit dem Zeigefinger auf Bernhard zeigte, «hielt es nicht für nötig mir zu sagen, dass er zurückkommt.»

«Warum ist das ein Problem? Freust du dich denn nicht, dass er da ist?» Elenor entzog sich noch immer die Logik hinter Benedikts Schmollen.

«Doch, natürlich. Aber du verstehst das nicht.»

«Mach dir keine Sorgen Elenor, das ist so ein Zwillingsbruderding», beschwichtigte sie Bernhard und kniff in den noch immer ausgestreckten Zeigefinger seines Bruders. Dieser knurrte etwas Unverständliches und schlug spielerisch nach ihm.

Elenor seufzte, war aber froh, dass sich die Situation wieder beruhigte.

«Ich lege dann mal das Gemüse auf den Grill», sagte Loris in die entstandene Stille hinein.

«Ja, tu das bitte», sagte Elenor und ging in die Küche, um den Salat fertig zuzubereiten. Das Dressing hatte sie schon angemacht, es fehlten nur noch frische Kräuter aus ihrem Garten, den sie diesen Frühling direkt hinter dem Haus angelegt hatte.

Mit einer kleinen Schere in der Hand umrundete sie das Häuschen. Es hatte sie viele Tage gekostet, den Boden von all dem Gestrüpp, den wilden Brombeeren, den Steinen und den Wurzelstöcken zu befreien. Zuerst wollte sie einen Versuch mit einem kleinen Kräuterbeet wagen, um auszutesten, ob überhaupt etwas im Schatten der hohen Bäume wuchs. Zu ihrem Erstaunen gediehen die Kräuter bestens. Vielleicht war es Anfängerglück, vielleicht auch der ungewöhnlich heisse Sommer, jedenfalls liess sie die Pflanzen im wilden Wuchs gewähren. Elenor schnitt einige Stängel Schnittlauch ab und wollte eine Handvoll Petersilienblätter von den Stöcken schneiden, als sie eine Bewegung zwischen den Bäumen wahrnahm. Sie sah auf, konnte aber nichts entdecken. In dieser Gegend lebten viele Rehe und Marder, vielleicht hatte sie eines der Tiere aufgeschreckt, die bei Sonnenuntergang aus ihren Verstecken hervorkamen.

Gedankenverloren zupfte sie die verwelkten Teile der Kräuter ab, als sie zur selben Zeit mehr spürte als sah, dass noch jemand bei ihr im Garten war. Ihr erster Gedanken galt Quentin oder Loris, die ihr helfen wollten und erwartete, einen blöden Kommentar über ihren naturbelassenden Gartenstil zu hören. Doch sie hatte sich geirrt. Jäh spürte sie eine grosse starke Hand auf ihrem Mund, was sie so sehr erschreckte, dass sie zu keiner Reaktion mehr fähig war. Dann umschlang sie von hinten ein starker Arm, der sie gegen einen harten Körper presste. Sie stand wie in einem Schraubstock, ihre Arme fest an ihre Seite gedrückt, zur Unbeweglichkeit verdammt. Sie versuchte vergeblich ihren Mund zu öffnen, zu beissen, zu schreien, doch ihre Lippen wurden von der Hand schmerzhaft gegen die Zähne gepresst. Alles Winden half nichts. Der Geruch eines männlichen Eau de Toilette, modrigem Holz, feuchter Erde und Schweiss stieg ihr in die Nase und brannte in den Augen. Oder war es ihre Wut über die eigene Hilflosigkeit, die ihr Tränen in die Augen trieb?

Sie spürte den heissen Atem ihres Peinigers an ihrem Ohr. Es ekelte sie, dass ihr eine unbekannte Person so nahe war und ihr ins Gesicht atmete. Sie hörte eine flüsternde Stimme.

«Elenor, halt still, ich bin es, Philipp.»

Augenblicklich hielt sie inne. Der Schock über den Überfall machte der Überraschung Platz.

«Bitte dreh jetzt nicht durch. Ich lasse dich auch gleich wieder los. Versprich mir, dass du nicht schreist.» Philipps Stimme klang gepresst.

Elenor nickte kaum spürbar und kurz darauf lockerte sich der Griff um ihren Körper. Sie konnte wieder frei atmen und ihre Arme bewegen. Einige Sekunden lang hatte sie den fast unbändigen Wunsch zu schreien, nach ihrem Bruder, ihren Freunden, Philipp zu treten und ihn mit den Fäusten zu traktieren. Sie tat nichts davon. Stattdessen drehte sie sich langsam zu Philipp um. Sie hatte seine tiefe Stimme sofort erkannt, es war nicht nötig gewesen sich vorzustellen. Sie blickte in dunkelblaue Augen, die hinter einer randlosen Brille fast schwarz wirkten.

«Du», brachte Elenor nur mühsam heraus. Plötzlich fingen ihre Knie zu zittern an und sie musste sich am Zaun, den sie in mühevoller Arbeit um den kleinen Flecken Erde zum Schutz vor dem Waldgetier errichtet hatte, abstützen, um nicht umzukippen. «Du Arschloch, bist du verrückt geworden?», brach es aus ihr heraus. «Ich hätte einen Herzschlag bekommen können.» Sie rieb sich die immer noch pochenden Lippen. Was tat Philipp hier? Wie war er überhaupt hierhergekommen? Sie wollte wie in einer viel zu späten Abwehrbewegung die Schere in ihrer Hand gegen ihn richten, als sie bemerkte, dass sie diese nicht mehr in der Hand hielt. «Was willst du hier?» Sie zitterte am ganzen Körper. Ob vom Schock oder vor Wut wusste sie nicht genau.

Schnell schaute Philipp sich um. «Pst! Bitte sei leise, die anderen hören dich sonst noch!»

«Na und? Warum sollten sie denn nicht? Du bist ein international gesuchter Verbrecher.» Doch Elenor hatte ihre Stimme gesenkt. «Was machst du hier und wo ist Arlette?»

«Arlette? Wieso Arlette?» Philipp schaute sie an, als hätte sie ihn gefragt, ob er fliegen könne.

«Du machst mir Spass, schliesslich hast du mit ihr zusammen Emma umgebracht und bist mit ihr dann abgehauen.»

«Elenor, hör mir zu, du hast allen Grund böse auf mich zu sein ...»

Sie liess ihn nicht aussprechen. «Böse? Ich glaube, das ist nicht das richtige Wort für die Gefühle, die ich für dich hege. Du Mörder!» Sie spie ihm die Worte regelrecht ins Gesicht.

Philipp hob die Hände in einer abwehrenden Geste. «Ist ja schon gut! Ich habe verstanden», zischte er nun ebenfalls erbost. Dann besann er sich wieder und atmete einmal tief durch. «Okay, ich bin abgehauen. Aber mit Emmas Tod habe ich nichts zu tun.» Er sah Elenors skeptischen Blick und ergänzte: «Elenor, bitte, du musst mir glauben ...» Auch diesen Satz brachte er nicht zu Ende.

Vom See her schallte Elenors Name herüber. Quentin rief nach ihr. Sie drehte sich um. «Hier bin ich, Quentin, im Garten», rief sie zurück und schaute triumphierend über die Schulter nach Philipp. Zu ihrer grossen Überraschung stand er nicht mehr da, wo er vor ein paar Sekunden noch gewesen war. Verwundert schaute sie sich suchend um. Sie sah gerade noch, wie eine Gestalt zwischen den Bäumen verschwand. Seine Agilität erstaunte sie. Kein Geräusch war zu hören, kein Knacken von Zweigen oder Rascheln von Blättern verriet seine Flucht. Wie ein Indianer, dachte sie, die gehen auch geräuschlos durchs Leben. Das einzige, was zu hören war, war ihr eigener Herzschlag, der laut pochend das Blut durch ihre Halsschlagadern in ihr Gehirn pumpte. Hart und in einem hohen Rhythmus.

«Hier bist du. Was trödelst du so lange herum? Schaust du dem Gemüse beim Wachsen zu? Die Steaks sind fertig und uns knurrt der Magen.» Quentin sah sie vorwurfvoll an.

Elenor hob die zu Boden gefallenen Kräuter auf. Die Schere steckte mit der Spitze voran im weichen Gartenboden. Sie hatte ihre nackten Zehen in den Sandalen nur um Millimeter verfehlt. Als sie sich wieder aufrichtete, lächelte sie ihren Bruder an. Aber sie merkte selbst, dass es nicht echt aussah.

Quentin zeigte sich sofort besorgt. «Was ist los? Du bist ganz fahl im Gesicht. Ist dir nicht gut?» Er griff fürsorglich nach ihrem Arm.

«Es ist nichts, ich bin nur zu schnell aufgestanden. Dabei ist mir etwas schwindlig geworden. Geh schon zurück, ich komme gleich nach.»

«Na gut, wie du meinst. Aber beeil dich, Benedikt und Bernhard verwandeln sich sonst noch in Kannibalen», murrte er und trottete zurück zu seinen Freunden.

Als ihr Bruder fort war, schaute Elenor nochmals zwischen den Bäumen nach Philipp, obwohl sie nicht erwartete, dass er wieder zurückgekommen war. Erst als sie sicher war, dass ihre Beine sie ohne zu wackeln zu den anderen trugen, ging sie langsam zum See zurück.

Während die anderen ausgelassen diskutierten und der Rotwein reichlich floss, ass Elenor schweigend. Sie fühlte sich noch etwas benommen. Das unangenehme Gefühl über Philipps dreistes Erscheinen und die grobe Umarmung sass noch in ihren Knochen. Wie lange hatte er wohl in den Gebüschen hinter dem Badehaus gelauert, bis sich für ihn die Gelegenheit ergab, dass er sie alleine antraf? Ihr kam der Verdacht, dass er schon längere Zeit ums Haus herumschlich. Was sie weit mehr als sein ungehobeltes Verhalten beschäftigte, war die Frage nach dem Warum. Warum war er zurückgekommen und was wollte er von ihr?

Elenor hörte kaum zu, wie Bernhard von seinen Abenteuern und Erfolgen in Übersee erzählte. Sie schalt sich selber. Sie hätte sich eigentlich darüber freuen sollen, dass er wieder da war, aber sie konnte sich nicht auf seine Geschichten konzentrieren. Immer wieder drifteten ihre Gedanken zu Philipp. Wohin war er gegangen? Wieder und wieder versuchte sie den anderen zu sagen, dass etwas im Garten geschehen, dass der Mörder Emmas wieder zurückgekehrt war. Aus einem unerfindlichen Grund konnte sie es nicht tun. Sie brachte es nicht übers Herz, vom Überfall des meistgehassten Menschen zu erzählen, als sie in die fröhlichen Gesichter ihrer Freunde sah. Sie wollte ihnen den schönen Abend nicht verderben.

Früher als sonst brachen die Brüder und Quentin wieder auf. Das lag nicht nur daran, dass es Montagabend war und die meisten von ihnen am nächsten Tag arbeiten mussten. Irgendwie waren alle erschöpfter als sonst. Elenor war froh, dass Loris bei ihr übernachtete. Nur ungern schlief sie in dieser Nacht alleine.

7

Elenor riss jede Schublade ihres Bürotisches auf und wühlte darin herum. Zur Sicherheit sah sie sogar im Safe nach, obwohl sie wusste, dass das, was sie suchte, nicht da drin lag.

Heute Morgen beim Frühstück hatte sie sich daran erinnert, warum ihr die Motive der beiden Spielkarten so bekannt vorkamen. Sie hatte schon einmal eine ähnliche Karte in den Händen gehalten. Es war letzten Herbst gewesen. Sie hatte sie im Café gefunden. Sie erinnerte sich nicht nur an die Karte, die sie eingesteckt hatte, in der Meinung, dass ein Gast, ein Kind vielleicht, diese Karte auf einem der Tische des Cafés vergessen hatte. Sondern auch daran, dass sie diese irgendwo beiseitegelegt hatte, im Glauben, dass die Person den Verlust bemerken und zurückkommen werde, um sie danach zu fragen. Aber wo hatte sie die Karte damals verstaut? Hier im Büro war sie definitiv nicht, zu Hause war die Karte auch nicht zu finden. Es blieb nur noch das Café. Es war eine Abbildung einer Gestalt gewesen, darin war sich Elenor sicher, mehr aber wollte ihr nicht mehr einfallen. Der Fund der Karte war zu der Zeit für sie nicht wichtig gewesen und hatte ihn vergessen.

Das Café war bereits geöffnet. Sie eilte zum Landsgemeindeplatz. Fiona stand an der Kaffeemaschine und bereitete die Bestellungen ihrer Gäste zu.

«Guten Morgen, Fiona. Ich hätte gerne einen Espresso, bitte.»

«Hallo Elenor. Du bist heute aber früh dran.»

Elenor fand, dass Fiona zufrieden aussah. Sie war froh, dass sie den Entschluss gefasst hatte, das Café ihr zu übergeben, um sich ihren eigenen Traum einer Detektei zu verwirklichen.

Fiona brachte den Kaffee zu ihr an den Tisch. «Du siehst besorgt aus. Ist etwas passiert?»

«Nein, es ist nichts. Hast du vielleicht eine einzelne Spielkarte gesehen?»

«Eine Spielkarte? So wie für einen Jass?»

«So in etwa, nur, dass sie ein spezielles Motiv zeigt.»

«Hm», Fiona runzelte die Stirn, als sie nachdachte. «Ich kann mich an keine Spielkarten erinnern. Aber das soll nichts heissen. Die Gäste vergessen oft die eigentümlichsten Dinge. Schau doch in die Schublade beim Tresen. Dort bewahre ich alle liegen gebliebenen Gegenstände auf. Vielleicht findest du dort auch eine Karte.»

«Gerne, wenn ich darf.» Die Fundstücke lagen in einem Karton. Elenor wühlte sich durch etliche Schnuller in diversen Farben nach unten, bis sie die Karte fand.

Fiona schaute ihr über die Schulter. «Hast du gefunden, was du gesucht hast?»

«Ja, hier schau mal.»

«Ach, das ist Struwwelpeter.»

«Was? Struwwelpeter? Bist du sicher?»

«Aber ja, schau genau hin. Die Farben sind irgendwie anders, aber sonst sieht er genauso aus wie im gleichnamigen Buch.»

Das war es – Struwwelpeter. Das pausbäckige Gesicht des mürrisch dreinschauenden Jungen, wie er da stand in seinem blauen Kleid, den gelben Strümpfen und den weit von sich gestreckten Händen mit den überlangen Fingernägeln wirkte er vorwurfsvoll und ein wenig arrogant. Elenor erinnerte sich nur vage an die Geschichten ihrer Kindheit. Wenn Fiona Recht behielt, so stammten das Kartenmotiv mit dem Doktor und dem Kranken im Bett, wie auch das mit dem Jungen, der in den See zu fallen drohte, aus demselben Buch. Zu ähnlich waren sich die

Sujets, als dass es ein Zufall sein konnte. Was Elenor beunruhigte, war, dass sie diese Struwwelpeter-Karte schon im letzten Sommer gefunden hatte. Was mochte das bedeuten? Wurde die Karte nicht vergessen, wie sie damals vermutete, sondern aus einem bestimmten Grund zurückgelassen? Wenn dem so war, was sollte sie aussagen? War der Struwwelpeter für sie bestimmt gewesen? Elenor konnte nicht mehr genau sagen, auf welchem Tisch sie die Karte gefunden hatte. Sie konnte sich auch nicht mehr erinnern, wie viele Personen sie bedient hatte. Sie hatte einfach angenommen, dass diejenige Person, die die Karte vergessen hatte, diese wieder abholen kam, wenn sie herausfand, dass sie fehlte. Aber es war niemand gekommen und hatte die Karte zurückgefordert.

Gedankenverloren drehte sie den dünnen rechteckigen Karton in den Händen. Die Rückseite war vom selben grellen Rot wie die anderen beiden.

«Hättest ruhig auf mich warten können, du untreue Seele.»

Elenor schrak hoch und starrte ins das mürrisch verzogene Gesicht Benedikts.

«Ha, dir steht das schlechte Gewissen ins Gesicht geschrieben!»

«Wieso? Was? Es ist nichts», stotterte Elenor und steckte den Struwwelpeter hastig in ihre Handtasche.

«Du bist aber hibbelig. Was ist los mit dir? Ich wollte dich doch nur aufziehen, weil ich überrascht war, dass du ohne mich ins Café gegangen bist.»

«Tut mir leid, aber ich musste Fiona etwas fragen und war so im Schuss, dass ich dich einfach vergessen habe.»

Benedikt schien die Bemerkung nicht gekränkt zu haben. «Komm, ich lade dich zum Kaffee ein. Lass uns draussen sitzen.» Er zog Elenor sanft am Ellenbogen zu einem Tisch im Schatten und liess sich seufzend in einen Stuhl fallen. «Und, brummt das Geschäft?»

«Du wirst es nicht glauben, aber ich habe tatsächlich schon zwei Aufträge.» Elenor war stolz darauf, ihm, dem erfolgreichen Galeristen, ihren Erfolg mitzuteilen.

«Gratuliere.» Benedikts strahlendes Lächeln war ehrlich.

«Etwas Interessantes, oder musst du einen Hamster suchen?»

Elenor lachte. «Nein, keinen Hamster. Aber ich darf nicht darüber sprechen, das weisst du.»

«Sei nicht so kryptisch. Du erzählst es mir sowieso. Ich kenne dich, Elenor Epp, du kannst Neuigkeiten nicht lange für dich behalten.»

Ach, zum Kuckuck. Dieser Mann kannte sie einfach zu gut. Und die Sache war einfach zu interessant und zu verwirrend, um sie für sich zu behalten. Damit meinte sie nicht Frau Moleanis Fall. Für einen kurzen Augenblick nagte das schlechte Gewissen, noch nichts in dieser Sache unternommen zu haben, an ihr. Doch sie schob den Gedanken beiseite. «Ich bin da einer Sache auf der Spur und ich werde den Verdacht nicht los, dass es sich dabei um einen Mord handelt.»

«Nicht dein Ernst!» Erschrocken riss Benedikt die Augen auf. «Wer ist denn ermordet worden?»

«Plärr nicht so rum!» Sie schaute sich ängstlich um, aber zum Glück waren die Tische um sie herum leer. «Ein Bauer», und nach einem kurzen Zögern, «und vielleicht noch jemand. Mehr kann ich dazu aber nicht sagen.»

«Haben die beiden Fälle miteinander zu tun?»

«Ich glaube schon. Aber eine Leiche fehlt noch.»

«Wie bitte? Du sprichst von zwei Morden und bei einem fehlt die Leiche?» Benedikt lachte laut auf. «Elenor Epp, du hattest schon immer eine blühende Fantasie.»

«Lach du nur. Du wirst schon sehen, die Leiche taucht noch auf.» Elenor wusste, dass sie sich auf dünnem Eis bewegte, als sie das sagte. Doch je mehr sie darüber nachdachte, umso plausibler wurde ihr diese These. Nach Franz Friedrichs Tod tauchte wie aus dem Nichts eine Spielkarte mit einem Bild aus dem Struwwelpeter-Buch auf. Am Ufer des Zugersees fand man herrenlose Schuhe und kurz darauf schickte man ihr eine Spielkarte mit dem Motiv eines Jungen zu, der sich kurz vor dem Fall ins Wasser befand. Wer dabei alle Zusammenhänge verneinte, dem konnte Elenor auch nicht mehr helfen. Jetzt lag die dritte Spielkarte in ihrer Handtasche. Wenn sie der Logik weiter folgte, bedeutete dies, dass es irgendwo eine dritte Leiche gab.

Benedikt blies hörbar die Luft aus den Lungen und beugte sich verschwörerisch zu Elenor über den Tisch. «Namen, Elenor, Namen.» Seine Krawatte verfehlte nur knapp seine volle Kaffeetasse.

Elenor kam ihm ein Stück entgegen und senkte die Stimme zu einem Flüstern. «Damit kann ich dir nicht dienen. Es ist ein Berufsgeheimnis, weisst du.» Was hätte sie ihm auch sagen sollen? Sie wusste selbst nicht, was sie davon halten sollte.

Enttäuscht verzog der Galerist die Mundwinkel.

Elenor winkte ihn mit dem Finger näher zu sich her, damit er weiter zuhörte. «Aber eines kann ich dir sagen.»

«Ja?» Er riss die Augen gespannt auf.

«Es ist alles sehr mysteriös.»

«Das ist alles, was du mir dazu sagen kannst?»

«Es tut mir leid.» Elenor lehnte sich wieder zurück. «Du würdest es auch nicht wollen, dass ich deine Angelegenheiten mit anderen Leuten bespreche, oder?»

Benedikt hob beide Hände abwehrend in die Luft. «Da kann ich dir nur beipflichten, wenn auch widerwillig. Die Namen meiner Kunden sind auch nicht am Schwarzen Brett am Gemeindehaus angeschlagen.»

Elenor nickte. «Dann sind wir uns also einig.»

Eine Weile hingen beide ihren eigenen Gedanken nach.

«Hast du etwas von Bernhard gehört?» Elenor machte die Stille nervös.

«Nein. Er muss wohl viel zu tun haben.» Benedikt Egger grinste gequält. «Seine Preziosen verkaufen sich scheinbar sehr gut. Die Käufer sind verrückt danach und reissen sie ihm fast aus den Händen.» Er schüttelte den Kopf. «Niemals hätte ich mir vorstellen können, dass sich Nilpferdknochen so gut verkaufen könnten.»

Elenor erkannte, dass er trotz seinen sarkastischen Äusserungen sehr stolz auf seinen Zwillingsbruder war. «Keiner von uns hat sich das ausmalen können. Aber ich muss zugeben, seine Arbeiten sind wunderschön.»

Elenor legte ihre Hand auf die Benedikts. «Ich bin mir sicher, dass er bald mehr Zeit für dich und uns haben wird.»

«Das wäre schön», sagte Benedikt und trank schnell einen Schluck Kaffee.

Elenor beobachtete die vorübereilenden Menschen und hörte nicht, dass er weiter mit ihr sprach, bis er ihren Arm berührte. «Tut mir leid, ich war mit meinen Gedanken woanders.»

Benedikt sah sie mit zusammengekniffenen Augen an, erwiderte aber nichts. Dann seufzte er unvermittelt herzerweichend. «Elenor, ich glaube, ich habe etwas Dummes getan.»

Erleichtert, dass es nicht mehr um sie ging: «So, was denn?»

«Ich habe Xavier zu uns eingeladen.»

«Wie nett von dir.» Elenor hatte keine Ahnung, von wem er sprach.

«Findest du? Wirklich?» Er sah sie ungläubig an. «Du weisst, von wem ich spreche?»

«Was?» Langsam dämmerte es Elenor, wer dieser Xavier war. Eigentlich gab es nur einen nennenswerten Mann mit diesem Namen. Sie kannte ihn nicht näher, aber Bernhard hatte in seinem Blog immer von ihm geschwärmt. Das letzte Mal war schon eine Weile her. «Du hast Xavier eingeladen? Diesen Xavier? Was meinst du mit eingeladen? Hierher, zu uns?»

«Ja.» Benedikts Unsicherheit war deutlich zu hören.

«Weiss Bernhard davon?»

«Nein, das ist es ja», antwortete Benedikt kleinlaut, «er ist völlig ahnungslos. Eigentlich sollte es eine Überraschung werden. Eine angenehme Überraschung.»

«Tja, ich weiss nicht, ob er sich wirklich über die Überraschung freuen wird. Du hast doch davon gewusst, dass Bernhard ihn aus seinen sozialen Netzwerken hinausgeworfen hat?»

«Doch, schon», sagte Bernhards Zwillingsbruder gedehnt, «ich dachte, das sei nur eine vorübergehende Meinungsverschiedenheit zwischen den beiden. Noch vor ein paar Wochen hat Bernhard in den höchsten Tönen von ihm geschrieben.»

«Das stimmt schon, aber ich glaube, ihre Freundschaft hat Risse davongetragen. Warum, weiss ich auch nicht. Kennst du Xavier persönlich? Hast du ihn schon einmal getroffen?»

«Nein, habe ich nicht. Und jetzt? Was soll ich nur tun? Dieser Xavier kommt bald hier an. Soll ich ihn oder besser ich mich verstecken? Und wenn ja, wo?» Benedikt wurde panisch.

«Komm wieder runter. Sag es deinem Bruder einfach, Benedikt. Am besten noch bevor dieser Kerl hier auftaucht. Wer weiss, was in der Zwischenzeit zwischen den beiden alles passiert ist. Es könnte doch gut sein, dass sich Bernhard doch freut, ihn wiederzusehen.» Konnte gut sein. Bernhard hatte, als er vor über einem Jahr auf Reisen ging, angefangen, Geschichten über seine geschäftlichen Partnerschaften, seine erfolgreichen Ausstellungen rund um den Globus und über Xavier zu schreiben.

«Es wird alles gut.» Elenor tätschelte Benedikts Arm, dann schaute sie auf die Uhr. «So, du musst mich entschuldigen, aber ich muss noch einiges erledigen.» Elenor wollte nicht unhöflich sein und normalerweise genoss sie die Gespräche mit dem Galeristen, aber sie wollte mehr über die Spielkarten herausfinden. Das Rätsel darum wollte gelöst werden und das Jagdfieber hatte sie gepackt. Der Buchladen war mittlerweile geöffnet und sie wollte sich unbedingt ein Exemplar des Struwwelpeters kaufen. Und dann war da noch der Auftrag Gianna Moleanis. Sie musste sich um die Observation des besagten Gemahls Alberto kümmern.

8

Das dünne Buch mit dem quietschgelben Umschlag lag vor Elenor auf dem Bürotisch. Sie blätterte konzentriert die Geschichten durch und fühlte sich sofort in ihre Kindheit zurückversetzt. Die Erinnerungen kamen schnell zurück. Sie sah sich als kleines Mädchen im Bett liegend, den kurzen Geschichten gebannt zuhörend, die ihr ihre Mutter vorgelesen und mit ihr zusammen die bunten Bilder betrachtet hatte. Die Kurzgeschichten waren weder damals noch heute Lesestoff für sensible Gemüter. Ihr hatten die Katzen Minz und Maunz, die bitterlich um Paulinchen weinten, am meisten Leid getan. Aber sie erinnerte sich auch an ihre Erleichterung, die sie empfunden hatte, als der böse Friedrich für seine Tierquälereien vom Hund gebissen und so bestraft wurde. Heute war sie kein kleines Kind mehr und doch sass sie vor drei Spielkarten mit Motiven, die eindeutig an die Figuren aus diesem Buch angelehnt waren, obwohl die Farben der Bilder voneinander abwichen. Der Mann im Bett war der böse Friedrich, der seinen Hund quälte, der Junge, der ins Wasser zu stürzen drohte, war Hanns Guck-in-die-Luft und das Pendant des Struwwelpeter prangte breitbeinig auf dem Umschlag des Buches. Abgesehen von den Farbunterschieden wusste Elenor nicht, was ihr die Parabeln sagen wollten. Erlaubte sich hier jemand einen üblen Scherz und führte sie an der Nase herum? Sie wurde von Selbstzweifeln gepackt. Konnte es sein, dass sie sich alles nur einbildete? Suchte sie in den Karten nach Verbindungen, Parallelen und Zusammenhänge, wo es gar keine gab? Das wollte Elenor nicht recht glauben. Dass jemand sie an der Nase herumführen wollte, konnte gut sein. Wenn dem so war, was spielte dabei Greta Friedrich für eine Rolle? Lange verglich sie das Buch und die Karten miteinander. Ihr Bauchgefühl sagte ihr, dass es einen Zusammenhang gab, sie musste diesen nur herausfinden. Zu aufwendig waren die Karten hergestellt worden, als dass sie an einen schlechten Scherz glaubte. Dafür brauchte es Kreativität, Intelligenz und das Know-how dazu. Jemand wollte ihr Botschaften zukommen lassen, da war sie sich ganz sicher. Warum sonst wurde die Karte mit dem Hanns Guck-in-die-Luft anonym zu ihr an den Arbeitsplatz ihres Bruders gebracht? Jemand beobachtete sie und war gut informiert über ihre Wege.

Ein schlimmer Gedanke schlich sich in ihren Kopf. Konnte es sein, dass? Nein, das wäre zu grauenhaft. Doch einmal eingenistet, wurde sie den Gedanken nicht mehr los. Philipp! Ihm traute sie es zu, so etwas von langer Hand zu planen und einen Köder auszulegen, um dann geduldig zu warten, bis sie anbiss. Er hatte es schon einmal getan. Er hatte sie alle an der Nase herumgeführt. Und am Ende Emma umgebracht. Hatte er unbemerkt die Karte mit dem Struwwelpeter im letzten Jahr im Café liegen gelassen, damit sie sie fand? War es wirklich im Bereich des Möglichen, dass er beim Tod Franz Friedrichs die Hände im Spiel hatte und ihr durch einen Boten den Hanns Guck-in-die-Luft zukommen liess? Nur weil ihn niemand mehr gesehen hatte, hiess das noch lange nicht, dass er nicht die ganze Zeit in der Gegend gewesen war, verborgen und unentdeckt, und sie alle beobachtet hatte. Auch wenn alles zu Philipp passte, eine Frage blieb offen: Was war Philipps Motiv für diese Taten?

Elenor wusste eins. Wenn es wirklich Philipp war, dann musste sie ihre nächsten Schritte sorgfältig planen. Die logische und vernünftige Schlussfolgerung war, die Spielkarten der Polizei zu übergeben und den Staatsdienern alles zu sagen was sie wusste. Auch den Verdacht um Philipp und wie er sie im Garten besucht hatte. Elenor war hin- und hergerissen. Wenn sie die Karten aus den Händen gab und ihr Wissen der Polizei preisgab, dann war sie den Fall Franz Friedrich für immer los. Nur allzu gerne hätte Elenor die Karten selbst untersucht, aber sie war sich auch darüber bewusst, dass sie nicht die Mittel dazu hatte, die Bilder kriminaltechnisch zu untersuchen. Sie mussten nach Fingerabdrücken, DNS und sonstigen sich darauf befindlichen Stoffen oder Chemikalien überprüft werden. Es war herauszufinden, woher die Karten stammten, wer sie hergestellt hatte und welche Botschaften dahinter verborgen waren. Es machte Elenor fast wahnsinnig, dass sie nicht selbst mehr tun konnte und auf Dritte angewiesen war. Das waren die zwar seltenen, aber doch die Momente, in denen sie bereute, nicht mehr bei der Polizei tätig zu sein. Wie viel leichter wäre es für sie gewesen, wenn sie die Spezialdienste zur Aufklärung dieses Falles hätte nutzen können. Wie würde Greta Friedrich auf die Nachricht reagieren, dass die Privatdetektivin, in die sie ihr Vertrauen gesetzt hatte, die Beweise der Polizei übergab? Ausgerechnet der Institution, von der die Bäuerin zutiefst enttäuscht worden war. Die Spielkarte des bösen Friedrich würde ab dem Zeitpunkt für sie und Elenor verloren sein und sie würde auch die Karten des Struwwelpeters und des Hanns verlieren.

Unschlüssig, was sie als nächstes tun sollte, starrte Elenor aus dem Fenster. Dann fasste sie den Entschluss, mit der Übergabe noch zuzuwarten. Sie wollte ihr Möglichstes versuchen, um den Fall selbst zu lösen. Das war sie nicht nur Greta Friedrich schuldig, sondern auch sich selbst. Sie konnte nicht riskieren, zum Zusehen verdammt zu sein, während andere im schlimmsten Fall nichts weiter taten und die Spielkarten irgendwo in einer Schachtel in einer dunklen Asservatenkammer verschwanden. Das einzige, was sie brauchte, war ein bisschen Zeit, um selbst die Erklärungen zu finden. Elenor legte die drei Karten, jede in eine Schutzhülle verpackt, in den Safe und drehte den Schlüssel drei Mal im Schloss um.

9

Die kleinen Tischventilatoren, Elenor hatte mittlerweile zwei angeschafft, wackelten heftig, während die Rotorblätter auf der höchst möglichen Drehzahl rotierten. Obwohl die Temperatur mittlerweile ein wenig gesunken war, es ging langsam, aber stetig dem Ende des Sommers zu, staute sich die heissschwüle Luft in Elenors Büro. Alles Lüften änderte nichts daran. Sie bedauerte es, nicht in ihrem kühleren Häuschen am See geblieben zu sein. Weil andere Anwohner ihre Türen und Fenster in den Morgenstunden offen liessen, hörte sie lautstarke Stimmen in der Gasse widerhallen. Das Geplärr lenkte sie ab. Verärgert griff sie sich die Handtasche, schloss die Tür hinter sich ab und ging die wenigen Schritte zur Eggerschen Galerie, klopfte an den Türpfosten und trat ein.

«Guten Morgen, Benedikt. Soll ich Kaffee aufsetzen oder wollen wir ins Café gehen?», rief sie in den dunklen Raum hinein.

Seit Arlette Schebert, seine Assistentin, sich nicht mehr um seine Administration kümmern konnte, weil sie es vorgezogen hatte, irgendwo auf dem Globus vor Interpol unterzutauchen, übernahm Elenor ab und zu kleinere Arbeiten für Benedikt, wenn sie neben dem Job bei Quentin und ihren eigenen Aufträgen Zeit dazu hatte. Nicht zum ersten Mal dachte sie, dass sie mehr Gefälligkeiten für andere tat, als sich um ihre

Angelegenheiten zu kümmern.

«Gerne!», hallte seine Stimme aus dem hinteren Raum, wo sie sein Büro wusste.

«Ja was denn nun? Soll ich die Kaffeemaschine einschalten?» Elenor wartete seine Antwort nicht ab, sondern ging schnurstracks zur Kaffeemaschine, füllte Wasser in den Behälter nach und legte eine Kapsel ein. Benedikt war währenddessen in den Lagerraum im hinteren Bereich gegangen.

«Neuigkeiten?», rief sie ihm nach.

«Keine», kam die Antwort zurück.

Das war ihr tägliches Ritual, eine ureigene Konversation Arlette und Philipp betreffend, quasi ein Codewort.

«Weiss du schon mehr über den angeblichen Mord, den du aufklären sollst?» Benedikt kehrte wieder zurück und setzte sich auf seinen grossen ledernen Drehstuhl.

«Nein, ich habe bisher nichts Neues herausgefunden.» Das entsprach der Wahrheit, aber irgendwie auch nicht. Benedikt wusste nichts von den Spielkarten.

«Weisst du was vis-à-vis dem alten Spital am See passiert ist? Ich habe gehört, dass die Polizei dort nach etwas gesucht haben.»

Elenor war überrascht. «Wirklich? Ich habe nichts mitbekommen. Was haben dir deine Quellen noch gesagt?» Wenn jemand etwas über die Stadt und seine Einwohner wusste, dann Benedikt. Er verfügte über ein dichtes Netzwerk an Kontakten.

«Die einen munkeln, dass einer ins Wasser gegangen ist, die anderen, dass jemand Schuhe auf eine etwas ungewöhnliche Art entsorgen wollte und bemängeln die Steuerverschwendung für die unnötigen Ausgaben eines Suchtrupps.» Benedikt betrachtete Elenor nachdenklich. «Mich überrascht es, dass du nicht Bescheid weisst. Du sitzt quasi an der Quelle der Informationen. Was sagt denn Loris dazu?»

«Loris erzählt mir nichts über seine Arbeit. Die ist vertraulich, das weisst du auch.» Wie aus dem Nichts flimmerten ihr Bilder eines seit Tagen immer wiederkehrenden Traumes durch die Gedanken.

Benedikt bemerkte ihre gedankliche Abwesenheit. «Du

siehst müde aus. Bedrückt dich etwas?»

«Ich habe seit einigen Nächten einen immer gleichen merkwürdigen Traum.»

«Du besprichst deine Träume am besten mit deinem Freund. Ich weiss nicht, ob ich der richtige Ansprechpartner dafür bin. Vor allem, wenn sie seltsam sind.»

Elenor realisierte erst, was er damit meinte, als sie sein Grinsen sah. «Nicht solche Träume, du Dummerchen.» Sie versuchte Benedikt zu erklären, dass ein unheimlicher tropfnasser Mann bei ihr des Nachts am Bettende gestanden hatte und mit dem Worten: *Streng dich mehr an, Elenor*, plötzlich wieder verschwunden war. Sie bemerkte die skeptisch gerunzelte Stirn ihres Freundes.

«Findest du das nicht auch bizarr? Was könnte das bedeuten?»

«Moment, warte mal. Willst du damit sagen, dass dir dein Traum Hinweise gibt? Dass jemand, sagen wir mal, im See ertrunken ist und dich in diesem Traum um Hilfe bittet?»

«Ja, genau, so könnte es doch auch sein.» Elenor war sich bewusst, dass das bescheuert klang.

«Ach, Elenor, du solltest es doch besser wissen. Das erklärt auf keine Art und Weise, was da geschehen ist. Du hattest in der Vergangenheit schon öfters sehr seltsame Träume. Sogar ich musste einmal in einem deiner Träume als Geist meiner selbst herhalten. Erinnerst du dich?»

Es war Elenor mehr als peinlich, als Benedikt sie daran erinnerte. Sie hatte von ihm geträumt, wie er vor ihrer Schlafzimmertür in der Villa gestanden und nur stumm mit dem Zeigefinger auf sie gezeigt hatte und sie deswegen in Panik verfiel. Sie hatte ihn später sogar beschuldigt, des nachts vor ihrer Tür herumgelungert zu haben. Was er natürlich vehement von sich gewiesen hatte.

«Es sind noch zwei Katzen dabei, zwei schwarze, mit gelben leuchtenden Augen.»

«Aha? Katzen, das lässt natürlich alles in einem anderen Licht erscheinen.» Benedikt schaute Elenor nicht an, aber sie konnte sehen, wie er sich nur mit Mühe das Lachen verkniff. «Sollen die etwa auch ertrunken sein?»

«Nein, die sahen verbrannt aus.»

«Die armen Viecher.»

Etwas wie Hoffnung keimte in Elenor auf. «Meinst du, da ist etwas dran?»

«Nein. Meiner Meinung nach sind Träume Schäume.»

Enttäuscht, nicht wirklich ernst genommen zu werden, nippte Elenor schweigend an ihrem Kaffee. Ihr kamen erste Zweifel. Handelte es sich wieder um eine Einbildung, so wie Benedikt es sagte? Es lag im Bereich des Möglichen, dass ihr Unterbewusstsein die Geschichten des Struwwelpeters in ihre Träume wob.

«Hier Elenor, schau mal, hier ist die letzte Postkarte Bernhards angekommen. Die hat er schon vor Wochen eingeworfen, irgendwo in Südamerika, man kann den Stempel leider nicht mehr gut entziffern und das Bild macht mich auch nicht schlauer. Moment, hier müsste sie doch irgendwo sein.» Benedikt kramte in einem seiner zahlreichen Papierstapel.

Dankbar, von ihren kreisenden Gedanken abgelenkt worden zu sein, griff sie sich die Postkarte, die das Bild eines schneebedeckten Berges zeigte. «Der Stempel ist wirklich sehr verschmiert, aber ich glaube, das Datum stammt vom Februar.»

«Tatsächlich, jetzt sehe ich es auch. Ich muss ihn danach fragen. Das muss ja ein Kaff in der Pampa gewesen sein, wenn die erst jetzt ankommt.»

Trotz der Nutzung der sozialen Medien hatte Bernhard seinem Bruder alle paar Wochen eine Postkarte aus allen Ecken der Welt geschickt. Es war eine nette Geste und irgendwie persönlicher, fand Elenor, obwohl die Texte sich mehr oder weniger immer glichen. Er schwärmte jeweils von seinen Verkäufen, den tollen Menschen und den aufregenden Orten, die er besucht hatte.

«Ist etwas nicht in Ordnung?»

Anstatt zu antworten, strich Benedikt sich durch seine kurzen Haare und blickte gedankenverloren an ihr vorbei.

«Machst du dir um seinetwillen Sorgen?»

«Irgendwie schon. Ich habe das Gefühl, dass ihn etwas

bedrückt.»

«Meinst du, es hat etwas mit Bernadette zu tun?»

«Nein, das ist es nicht. Soviel ich weiss, war er seit Emmas Tod nicht mehr sie. Aber was weiss ich schon, was mein Bruder alles so treibt, wenn er nicht hier ist und an seinen Kunstwerken arbeitet.» Benedikt lächelte etwas gequält.

«Ich bin sicher, es ist alles in Ordnung. Ich glaube, er ist einfach wiedergekommen, weil er Heimweh hatte und nichts weiter.»

«Mir liegt nur Xavier auf dem Magen. In ein paar Tagen wird er da sein.»

«Mein Gott, so erzähl es Bernhard halt!»

Die Luft fühlte sich nicht wesentlich kühler an, als Elenor wieder in ihr Büro zurückkehrte. Sie blätterte lustlos im Struwwelpeter-Buch herum. Die Geschichten kannte sie mittlerweile auswendig. Wieder nahm sie die Spielkarten aus dem Safe und verglich zum x-ten Mal die Bebilderung des Buches mit denen der Karten. Das Bild des bösen Friedrich, wie er krank im Bett lag, daneben der Arzt, der ihm einen Löffel mit Medizin reichte. Das nächste mit dem stolzen, breitbeinig stehenden Struwwelpeter, die Hände mit den überlangen Nägeln von sich gespreizt, die blonden Haare wirr von seinem Kopf abstehend. Und zuletzt Hanns Guck-in-die-Luft, der kurz vor seinem Sturz ins Wasser stand. Sie hatte sich nicht getäuscht. Die Motive der Spielkarten waren exakt die gleichen wie aus den Geschichten, wie eine verkleinerte Kopie, nur anders eingefärbt. Beim Betrachten von Hanns' Bild stutzte Elenor. Sie hatte etwas entdeckt, dass sie vorher übersehen hatte. Hastig griff sie nach der Lupe und verglich die Striche und Punkte der Bilder nochmals miteinander. Auf dem Motiv des Hanns waren Buchstaben eingezeichnet, die im Buch fehlten. Sie kam nicht mehr dazu, die Entdeckung genauer zu untersuchen. Sie wurde durch einen unterwarteten Besuch aufgeschreckt.

«Guten Morgen Frau Epp.» Die Witwe Friedrich stand in einem luftigen Sommerkleid, das ihre Figur umschmeichelte, vor Elenors Bürotisch.

«Äh, guten Morgen, Frau Friedrich.» Hastig klappte Elenor das Buch zusammen und wischte die Spielkarten in die offene Schublade.

«Es tut mir leid, dass ich Sie schon zu dieser frühen Tageszeit belästige und das ohne Anmeldung.»

«Kein Problem. Setzen Sie sich bitte.» Elenor deutete auf den Stuhl der ihr am nächsten stand. Frau Friedrich sah erhitzt aus, so als sei sie hierher gerannt. Geschäftig kramte die Frau in ihrer grossen Handtasche herum. «Ist etwas geschehen?»

Ein paar Sekunden verstrichen, bis Greta Friedrich triumphierend ein rotes Kuvert in der Hand hochhielt und Elenor reichte. «Das war gestern in meinem Briefkasten. Keine Adresse und kein Absender.»

«Was ist darin?» Elenor wusste, dass die Frage überflüssig war.

«Sehen Sie selbst.» Die Bäuerin nickte Elenor zu, das Kuvert zu öffnen.

Bevor Elenor das tat, zog sie sich Einweghandschuhe über, die sie aus einer Box aus der Schublade zog, in der nun auch die Spielkarten lagen. Sie schloss die Lade schnell wieder.

Greta Friedrich ging die Prozedur zu lange. «Eine zweite Karte ist angekommen. Sie sieht der Karte, die ich im Stall gefunden habe, sehr ähnlich.»

Elenor war vom Klang der Stimme ihrer Klientin irritiert. Sie glaubte Triumph daraus hören zu können. Aber vielleicht war die leicht höhere Stimmlage der Witwe nicht freudige Aufregung, sondern Angst. Vorsichtig zog sie die Karte aus dem Umschlag und starrte auf die Spielkarte. Sie spürte, wie in ihr eine Hitze aus der Magengegend herauf kroch, die sicher nicht wetterabhängig war. Der Stil der Karte war derselbe, das Motiv allerdings glich keinem der anderen. Obwohl immer noch die Geschichte des bösen Friedrichs, so war es dieses Mal der Hund, der am Tisch seines Peinigers sass und vom Braten ass. In ihrer Annahme bestätigt, dass die Karten nicht zufällig bei ihr und Greta Friedrich landeten, nickte Elenor langsam. Jetzt war es klar. Irgendjemand wollte ihr oder Frau Friedrich etwas sagen. Doch was? Strenge dich mehr an, hatte der nasse Mann aus ihrem Traum an ihrem Bett gesagt. Übersah sie etwas?

«Sind das die einzigen zwei Karten, die Sie bekommen haben? Es gibt keine weiteren?»

«Nein. Diese und die andere, die ich Ihnen bereits gegeben habe. Was hat das zu bedeuten, Frau Epp? Ich bekomme nun wirklich Angst. Jemand will doch damit etwas sagen. Oder irre ich mich?»

Elenor bemerkte die von echter Angst dunkel gewordenen Augen Greta Friedrichs.

«Sie denken doch das gleiche, oder etwa nicht, Frau Epp?»

Elenor seufzte. «Hm, ja, ich denke das gleiche wie Sie. Ich zermartere mir über die Bedeutung der Karten schon die ganze Zeit das Gehirn. Können Sie sich erklären, warum Sie diese bekommen?»

Die Hühnerbäuerin schüttelte den Kopf.

Elenor blätterte im Buch des Struwwelpeters zur Geschichte des bösen Friedrich und nahm die drei Spielkarten aus der Schublade. «Sehen Sie hier, Frau Friedrich. Diese Karte mit dem Arzt habe ich von Ihnen bei meinem letzten Besuch auf ihrem Hof bekommen. Diese hier», Elenor tippte auf den Struwwelpeter, «diese hier wurde im letzten Sommer im Café auf einem der Tische liegen gelassen, als ich dort aushalf. Und diese hier habe ich per Kurier bekommen, kurz nachdem die Polizei Schuhe am Seeufer gefunden hatte.» Weiter kam Elenor nicht.

Die Reaktion der Witwe kam so unerwartet, dass Elenor die Karten reflexartig zu sich an die Brust zog und mit beiden Händen bedeckte.

«Oh, mein Gott! Es gibt noch mehr von denen? Sie haben auch Karten bekommen? Weh mir!»

Die kreischende Stimme ihrer Klientin liess Elenors Ohren klingeln. «Jetzt beruhigen Sie sich bitte!»

Doch diese jammerte weiter. Elenor bereute es zutiefst, der Witwe die Karten gezeigt zu haben. Sie musste sich mit aller Kraft zusammenreissen, um die Frau nicht an den Schultern zu packen und zu schütteln. Sie durfte vor ihrer Klientin nicht die Fassung verlieren, sonst lief sie Gefahr, dass die Situation eskalierte. Elenor musste sich lange gedulden, bis sich die Witwe wieder beruhigt hatte. Wie auf ein geheimes Zeichen hin richtete sich diese auf und starrte Elenor unverwandt an, so als habe sie soeben eine Eingebung gehabt.

«Frau Epp, ich sehe Ihnen an, dass Sie etwas wissen. Darf ich um Ihre Ehrlichkeit bitten?»

Elenor war von der Wendung des Gesprächs überrumpelt, fing sich aber schnell wieder. «Es tut mir leid, mir ist völlig schleierhaft, was die drei, äh nein vier Karten zu bedeuten haben. Aber ich werde es herausfinden, ich verspreche es.» Sie sah, dass die Bäuerin ihr nicht glaubte, aber schwieg. «Ist Ihnen in der Zwischenzeit sonst etwas eingefallen, das für mich wichtig wäre zu wissen?»

Greta Friedrich zuckte mit keiner Wimper. «Nein.» Damit schien das Gespräch zu Ende zu sein, denn die Witwe stand ohne weitere Worte zu verlieren auf und verabschiedete sich. «Ich melde mich bei Ihnen, sobald mir etwas einfällt. Wie ich sehe, sind wir keinen Schritt weiter gekommen. Schade eigentlich. Ich hätte in der langen Zeit mehr von Ihnen erwartet.» Damit stakste sie hocherhobenen Hauptes aus der Tür.

Elenor starrte ihr perplex nach und bekam ein schlechtes Gewissen. So abwegig war der Vorwurf nicht. Es war an der Zeit, dass sie sich mit mehr Energie um diesen Auftrag kümmerte. Der Fall hatte mit dem Auftauchen einer weiteren Spielkarte an Brisanz gewonnen. Sie steckte die Karte wie die anderen in eine Plastiktüte und schloss alle wieder in den Safe im kleinen Nebenraum ein.

10

Elenor hatte eine unruhige Nacht hinter sich. Sie hatte das Gefühl, die ganze Zeit wach gelegen zu haben. Oder nein, das war nicht die ganze Wahrheit. Sie hatte geschlafen, wenn auch nur kurz. Diese Zeitspanne hatte allerdings gereicht, um zu träumen. Schreckliche Bilder geisterten durch ihr schlafendes Gehirn und liessen sie mit klopfendem Herzen aufschrecken. Viele Monate lang hatten sie keine quälenden nächtlichen Geister heimgesucht, seit Emmas Tod. Sie hatte gehofft, diese Albträume losgeworden zu sein, doch sie wurde eines Besseren belehrt. Seit einigen Nächten bekam sie Besuch von einem vor Nässe triefenden unheimlichen Mann. Zuerst hatte sie geglaubt, Jakob Schepper, der ehemalige Gärtner, den sie selbst tot im nun verschlossenen Tunnel unter der Villa aufgefunden hatte, war aus seinem Grab entstiegen und suchte sie heim. Bald erkannte sie, dass es nicht seine Gestalt war, die während der Nacht an ihrem Bettende stand und auf sie herabsah. Sie konnte sein Gesicht nicht erkennen, seine Haare waren tropfend nass und überlang. Sie hingen ihm in schweren Strähnen von der Stirn bis zum Kinn und verdeckten seine Gesichtszüge. Seine dunkle Kleidung waberte schwerelos um seinen Körper, als wäre er unter Wasser und die Strömung spiele mit den Stoffen. Von seinem Leib tropfte es in einem endlosen Rinnsal auf ihre Bettdecke.

Elenor verspürte Angst und Ärger gleichzeitig, denn es war ihr zuwider, dass der Kerl ihr Bett in ein Feuchtbiotop verwandelte. Sie wischte jeweils eilig über ihre Bettdecke, um die Tropfen zu entfernen, doch wie Sisyphus war sie erfolglos. Sie musste hilflos dabei zusehen, wie sich das Wasser auf ihrem Bett langsam ausbreitete und sich die Tropfen zu riesigen Pfützen vereinigten. Die Nässe kam immer näher und kroch kalt ihren Körper empor. Sie schrie den unheimlichen Mann an, er solle verschwinden und sie in Ruhe lassen, doch zu ihrem Leidwesen dachte dieser nicht daran, sondern blieb stumm und bewegungslos stehen. In ihrer Verzweiflung versuchte sie den neben ihr schlafenden Loris zu wecken, aber anstelle ihres Freundes lagen zwei kohlrabenschwarze Katzen auf seinem Kopfkissen und starrten sie aus vorwurfsvoll glühenden gelben Augen an. Ihre Augen leuchteten so hell, dass sie das Dunkel des Zimmers in ein irisierendes Licht tauchten. Obwohl sich Elenor vor dem Mann graute, taten ihr die beiden Katzen leid. Ihr schwarzes nasses Fell wirkte jämmerlich struppig. Sie wollte hinübergreifen, die Katzen berühren und sie trösten, aber trotz ihrer Anstrengungen blieb ihr Arm zu kurz, ihre Finger reichten nur bis kurz vor die Tiere. Immer wenn sie glaubte, die Körper zu erreichen, erklang eine leise Stimme: *Elenor, gib dir mehr Mühe.* Darauf verschwand der Mann so wie er gekommen war wieder für eine Nacht.

Müde setzte Elenor sich an den schmalen Tisch am Fenster und sah hinaus auf den dunklen See. Durch das geöffnete Fenster wehte ein laues Lüftchen ins Zimmer. Sie lauschte den schrillen Rufen der Blesshühner und beobachtete, wie sich der Tag in Zeitlupe mit Pastellfarben ankündigte.

Der Laptop lag aufgeklappt vor ihr und der sich unentwegt drehende Bildschirmschoner beleuchtete fahl den Raum, ähnlich der gelben Augen der zwei Traumkatzen. Elenor betrachtete das Foto von Emma im Silberrahmen. Es war eine Kopie des Bildes, das Bernhard, damals noch Bernadette, unbemerkt von ihr geschossen hatte. Die langen blonden Haare wehten leicht im Wind und um ihren Porzellanpuppenmund spielte ein Lächeln. Sie sah unbeschwert und glücklich aus. Die Erinnerung an ihre beste Freundin tat noch weh, wurde aber mit den vergehenden Wochen und Monaten Stück um Stück erträglicher. Erinnerungen hatten wie Gedanken etwas Flüchtiges an sich. Diese Überlegung fand Elenor auf der einen Seite schrecklich, auf der anderen Seite war es das Leben, das daran arbeitete, eine Zukunft zu erschaffen. Das Leben war stark, ging weiter, unaufhaltsam, egal wie schrecklich das Erlebte, wie hoch der Verlust war.

Aber es war nicht nur das Foto oder das Café, die Elenor immer wieder an ihre Freundin erinnerten. Ihr täglicher Weg führte sie an der Tür zum Keller vorbei, wo sich unter der Villa einst der Tunnel hinter einer schweren, alten Tür verborgen und wo Emma den Tod gefunden hatte. Dies machte es für Elenor und auch für Quentin nicht leichter, Abstand vom Geschehen zu gewinnen. Nachdem die polizeilichen Untersuchungen beendet worden waren, hatten sie den Zugang in den Tunnel eigenhändig mit einer Ziegelwand verbaut. Damit wollten sie den Ort des Verbrechens für immer unzugänglich machen. Elenor hatte bis zum heutigen Tag nicht einmal mehr den Kellerraum unter der Villa betreten. Nur der neue Gärtner, den sie nach dem Tod Jakob Scheppers eingestellt hatten, bewahrte die Gerätschaften weiterhin dort auf.

Elenor klappte den Laptop wieder zu. Sie konnte sich nicht auf ihre Arbeit konzentrieren. Die Zusammenstellungen mit den Aufgaben, die sie in den Fällen Friedrich und Moleani noch hatte tun wollen, mussten warten. Es war sowieso Zeit, sich auf den Weg ins Büro zu machen. Sie hoffte, dass es ihr in den nüchternen vier Wänden ihres Büros leichter fiel zu arbeiten. Sie sah Loris neidisch an, der tief und fest schlief. Als sie nach unten in die Küche ging, warteten Kater und Lotti bereits sehnsüchtig auf ihr Fressen. Dann bereitete sie auch für sich und Loris das Frühstück vor.

Wenig später sass Loris ihr gegenüber am Esstisch und gähnte herzhaft. Ihr Geschirrklappern hatte ihn geweckt. Er war seit ein paar Tagen wieder bei ihr zu Gast. Er wirkte aufgeräumter als sonst, auch seine Launen hatten sich gebessert. Elenor traute der neuen Ausgeglichenheit nicht, aber sie genoss seine Gesellschaft.

«Habt ihr schon herausgefunden, wem die Schuhe am Ufer des Sees gehörten?» Elenor legte die Zeitung aufgeschlagen neben ihren Teller.

Loris schüttelte den Kopf. Nur in ein T-Shirt und Shorts gekleidet, löffelte er Cornflakes in sich hinein.

«Es hat sich niemand gemeldet? Findest du das nicht seltsam? Die Schuhe sahen zwar nicht teuer aus, doch sie waren zu gut in Schuss, um sie einfach liegenzulassen.»

Er sah von seiner Schüssel auf. «Warum interessiert dich das schon so früh am Morgen? Witterst du ein Verbrechen?»

«Sollte ich?»

«Keine Ahnung. Ich bin nicht in den Fall involviert. Bacher hat das Sagen. Du weisst schon, dass sich bei der Polizeiarbeit nicht alles um Mord und Totschlag dreht.»

«Loris, findest du, dass ich zu neugierig bin?»

«Zu neugierig? Nein.»

Elenor wollte ihm schon erfreut den Arm tätscheln, als er sagte: «Ich empfinde dich als sehr, sehr, sehr wissensdurstig.» Er lachte über ihren säuerlichen Gesichtsausdruck. «Aber ich glaube, wenn man eine Privatdetektei führen will, dann sollte das eines der Attribute sein, die man haben muss, um erfolgreich zu sein.» Versöhnlich zwinkerte er ihr zu.

«Würdest du mir sagen, wenn die Polizei etwas herausfindet?»

«Du weisst, dass ich das nicht kann. Berufsgeheimnis und so, aber wem sage ich das. Du musst dich wohl oder übel gedulden, bis wir die offizielle Medienmitteilung herausgeben.»

«Macht ihr denn eine? Ich dachte, es sei nichts», hakte Elenor nach, stutzig geworden. «Also habt ihr doch etwas gefunden. Was ist es?»

«Dazu kann ich wirklich nichts sagen.» Loris schlürfte den Rest der Cornflakesmilch aus.

Na, dann erstick doch daran, dachte Elenor. Sie mochte nicht mehr am Tisch sitzen und ging nach oben. Schnell schlüpfte sie in einen Badeanzug. Ein paar Schwimmzüge im kühlen See taten ihr sicher gut.

11

Die darauf folgenden zwei Wochen war Elenor mit Observationen von Alberto Moleani beschäftigt. Sie hatte einen Kollegen aus einer Zürcher Detektei um Mithilfe gebeten, damit sie sich auf dem Platz Zug um die Überwachung kümmern konnte. Ab dem Züricher Hauptbahnhof bis zu seinem Arbeitsplatz war diese in seiner Verantwortung.

Herr Moleani machte die Kontrolle seiner Reisewege denkbar einfach. Elenor wartete, sorgfältig gekleidet in jeweils verändertem Stil, mal mit Perücke und Accessoires wie Hüte, Brille oder Schal, an der von seiner Gattin tabellierten Zeit vor seinem Haus. Leider gab es im Quartier nicht viele Möglichkeiten, sich zu verstecken, also griff sie nach der List, dass sie entweder langsam an seinem Garagentor vorbeischlenderte oder an der einige Meter entfernten Bushaltestelle wartete. Sie beobachtete dann, wie er zur exakt gleichen Zeit seinen Wagen aus der Garage fuhr. Dann hetzte sie zu ihrem in der Nähe geparkten Auto und fuhr ihm nach. Sie stieg nie aus, wenn sie ihn zum Bahnhof verfolgte, sondern blieb im Auto sitzen und beobachtete, wie er zum Bahnsteig 5 ging. An anderen Tagen wartete sie in der Nähe des Park-and-Ride des Bahnhofes Zug auf ihn. Dort parkte er seinen Tesla S auf dem immer gleichen Platz. Von ihrem Standort aus beobachtete sie, wie er den Weg zur Unterführung der General-

Guisan-Strasse nahm. Nie ging er den kürzeren Weg über den Fussgängerstreifen über die vielbefahrene Strasse. Kurze Zeit später stieg er mit energischen Schritten die Treppe zum Bahnsteig 5 hinauf, dann entlang des Gleises in Richtung Norden, wo er auf den Interregio aus Luzern wartete. Wie jeden Werktag stieg er darauf in den ersten Waggon der 1. Klasse ein.

Währenddessen sie ihn beobachtete, hatte sie viel Zeit, um über ihn nachzudenken. Sein Tagesablauf kam Elenor vor wie ein Ritual, fast wie ein Zwang. Niemals wich er von dieser Routine ab. Manchmal malte sich Elenor aus, was passieren mochte, wenn es eines Tages durch ein unvorhergesehenes Ereignis zu Verzögerungen kam. Wie würde er sich in so einer Situation verhalten? Würde er cool bleiben, wenn sein sorgfältiger Zeitplan durcheinander kam oder war es denkbar, dass er seine Fassung dabei verlor? Auch die brütende Hitze des Sommers schien ihm nichts anzuhaben. Während Elenor sich sommerlich kleiden konnte und dennoch schwitzte, war er immer korrekt gekleidet in Anzug und Krawatte. Ihr fiel auf, dass er nie lächelte und niemals mit anderen Fahrgästen sprach, weder während er auf den Zug wartete, noch im Zugabteil. Dorthin folgte sie ihm an den Tagen, an denen sie ihm vom Parkplatz nach Zürich folgte. Kaum hatte er sich jeweils auf den immer gleichen Platz gesetzt, öffnete er die mitgebrachte Zeitung und liess sich nur durch den Schaffner stören, um seinen Fahrschein zu zeigen. Im Zürcher Hauptbahnhof stieg sie nach ihm aus und begleitete ihn in einigen Metern Abstand auf seinem Weg zum Büro, bis sie sah, dass ihr Kollege ihn übernahm. Ihre Arbeit war dann getan und sie kehrte zurück in ihr Büro. Von dort rief sie ihren Kollegen in Zürich an. Sie war nicht zufrieden mit dem Gang ihrer Ermittlungen. Wenn sie nicht bald etwas Konkretes über ihn herausfand, dann würde sie Gianna Moleani nichts zu sagen haben.

12

Hallo? Elenor?»
Benedikts Rufe hallten schon von weitem. Die gemeinsamen wöchentlichen Abendessen mit Quentin und den Zwillingsbrüdern, manchmal waren auch Freundesfreunde dabei, waren während des letzten Jahres unbemerkt zur Tradition geworden. Bei schönem Wetter, wie es während der letzten Wochen war, grillierten sie zusammen, und damit meinte Elenor eigentlich Loris, ihr Abendessen in irgendeiner Form von Fleisch oder Fisch am Ufer des Sees. Dafür hatte sich Elenor eigens einen grossen schweren Holztisch und einen grossen Grill gekauft. Heute war einer der Traditionsabende und jedermann, ausser Benedikt, verspätete sich.

«Ich komme wohl gerade recht.»

Elenor legte Würste auf den Grill. «Ja, sehr gut. Übernimm doch bitte den Grill. Loris muss länger arbeiten und kommt etwas später. Ich kümmere mich noch um den Rest des Essens und bringe dir das Fleisch.»

Benedikt nahm Elenor die Grillzange aus der Hand und begann die Würste, die sie gerade auf den Rost gelegt hatte, geschäftig umzulegen. Elenor hatte kein Gespür für Fleisch und getraute sich nur Würste auf dem Grill zu garen. Sie hatte sich schon einige Male darin probiert, Steaks oder einen Braten fachgerecht zuzubereiten, hatte aber jedes Mal das gute Fleisch fast ungeniessbar gebraten. Der Salat war bereits fertig gewaschen, sie brauchte nur noch die Sauce anzurühren. Sie hörte, wie Benedikt freudig die Ankunft weiterer Gäste kommentierte.

«Ah, da hat wohl noch jemand Hunger! He Loris, komm endlich und setz dich. Wir haben das Kochen für dich übernommen und wollen essen! Hier, trink ein Glas Wein!»

«Nein, danke, ich bin noch im Dienst.»

«Was machst du dann hier? Ist etwas passiert?» Alarmiert kam Elenor aus dem Haus. Loris war in Begleitung eines Mannes gekommen.

«Hallo, Herr Bütikofer.»

Reto Bütikofer hob die Hand und winkte zaghaft. Er fühlte sich sichtlich unwohl, hier zu sein.

Loris machte den Mund auf, um zu antworten, wurde aber von Quentin unterbrochen, der über den Weg von der Villa auf sie zu schlenderte.

«Hallo Loris, auf Verbrecherjagd?» Quentin klopfte Loris auf die Schultern und nickte seinem Kollegen zu, bevor er sich unbekümmert an den grossen Tisch setzte und sich ein Glas Wein einschenkte. Er winkte den beiden Polizisten in Zivil zu, sich zu setzen. «Ihr habt doch sicher ein wenig Zeit und trinkt ein Glas mit uns? Es muss ja nicht unbedingt Alkohol sein.»

Loris zögerte zuerst, doch dann willigte er ein. «Na gut. Ein Mineralwasser wäre gar nicht schlecht.»

Quentin übernahm das Einschenken.

«Kommt Bernhard heute nicht zum Essen?» Loris sah sich um.

«Abgesagt hat er nicht, also nehme ich an, dass er jeden Moment hier sein wird», sagte Elenor. «Warum fragst du?» Ein ungutes Gefühl beschlich sie.

«Warten wir doch, bis er kommt. Ich habe euch allen etwas zu sagen.»

«Na gut. Dann hole ich den Salat.» Als Elenor mit der Salatschüssel wieder aus dem Haus kam, sass Bernhard bereits am Tisch und unterhielt sich mit den anderen. Sie hatte ihn nicht kommen gehört. Sie sah Quentin an, dass er vor Spannung schier platzte. «Schön, jetzt sind alle da. Schiess los, Loris. Wir sind alle neugierig. Warum bist du und dein Kollege hergekommen?»

Loris räusperte sich und nickte Reto Bütikofer zu, der ihm gegenüber sass. Der nickte fast unmerklich zurück. «Ich weiss nicht recht, wie ich es euch sagen soll, aber Philipp ist wieder im Land.»

Es war, als habe die Nennung von Philipps Namen alle in Schockstarre versetzt. Alles Geplauder verstummte. Niemand bewegte sich mehr. Hätten die Vögel nicht gezwitschert und die Enten nicht gequakt, Elenor hätte gedacht, die Erde sei stillgestanden und alles Leben zu einem Halt gekommen.

Quentin fand als erster seine Stimme wieder. «Was meinst du damit, Philipp ist im Land? Habt ihr ihn geschnappt?»

Loris Kollege schüttelte den Kopf. «Leider nein. Es besteht aber der berechtigte Verdacht, dass er sich hier in der Gegend aufhält.»

«Wie bitte? Er ist hier?» Benedikts Gabel fiel mit einem scheppernden Geräusch auf den Teller.

Loris nickte zustimmend. «Wir haben Meldungen bekommen, dass er in Zug und Umgebung gesehen wurde.»

Elenor konnte sich nicht des Gefühls erwehren, dass Loris diesen Augenblick auskostete. Ein leicht zynisches Lächeln umspielte seine Lippen. Für einmal galt die ganze Aufmerksamkeit ihm.

«Du verarscht uns, nicht wahr?», fragte Quentin fast tonlos. Seine vorherige rosige Gesichtsfarbe war einer aschfahlen gewichen.

Reto Bütikofer schüttelte den Kopf. Sein Unbehagen war ihm ins Gesicht geschrieben.

Quentin war nun richtig in Fahrt gekommen. «Dieser Mörder lungert hier herum und ihr habt ihn noch nicht gefasst? Wer hat ihn gesehen und wo?»

Loris versuchte, ihn zu beruhigen. «Ich wünschte, wir hätten ihn dingfest gemacht. Wir gehen aber allen Hinweisen nach und sind uns sicher, dass es nur eine Frage der Zeit ist, bis wir ihn haben.»

«Du meine Güte!» Bernhard fasste sich an die Brust. «Was sollen wir nun tun?»

«Ihr tut nichts. Spielt nicht die Helden, aber haltet die Augen offen. Wenn ihr etwas hört oder seht, ruft mich, uns, bitte sofort an.» Loris und ein wenig zögerlich auch sein Kollege, standen auf und verabschiedeten sich. «Danke für das Getränk.» Einen kurzen Handschlag für jeden und einen Kuss auf die Wange für Elenor und schon waren die beiden Polizisten zwischen den Büschen verschwunden.

Zurück blieben drei geschockte Männer und eine Frau, die nicht wusste, wie sie sich verhalten sollte. Elenor war gleichzeitig zum Lachen und Weinen zumute. Sie entschied sich, keines von beidem zu tun. Stattdessen ging sie in die Küche zurück. Suchend sah sie aus dem Fenster in den Garten und in den angrenzenden Wald hinein, konnte aber nichts Verdächtiges entdekken. Entschieden schloss sie das Fenster und zog den Vorhang zu.

13

Wieder schlief Elenor unruhig in dieser Nacht. Nicht weil der Albtraum des nassen Mannes sie plagte, sondern weil sie glaubte, verdächtige Geräusche in der Dunkelheit zu hören, jedes Mal wenn sie die Augen schloss. Waren es Philipps Schritte draussen auf dem Kiesweg, die sie hörte? Beobachtete er das Haus unter dem Schutz der nahen Bäume? Sie drehte sich ruhelos von einer Seite auf die andere. Sie hoffte, dass er das Weite gesucht hatte und Kilometer weit entfernt war. Das schlechte Gewissen plagte sie. Sie hatte die Wahl gehabt, allen zu sagen, dass er sie im Garten überrascht hatte. Ein Wort hätte genügt, aber sie hatte es vorgezogen zu schweigen. Schliesslich war es auch in ihrem Sinne, wenn er gefasst wurde. Warum schaute sie dann untätig zu, wie die Polizei nach ihm fahndete? Wollte sie, ganz tief in ihrem Innern, etwa nicht, dass er gefasst wurde? Elenor war sich ihrer Gefühle unsicherer denn je. Wie sollte sie sich verhalten, sollte Philipp noch einmal hier auftauchen? Sie wusste es nicht. Ihre Gedanken drehten sich im Kreis und als sie es nicht mehr im Bett aushielt, stand sie auf und setzte sich ans Fenster. Emma lächelte sie aus dem Bilderrahmen an. Es war wegen Emma. Es konnte nicht sein, dass ihr Mord ungesühnt blieb. Sie hörte dem gleichmässigen Atem Loris zu, der nichts von ihrem inneren Kampf ahnte. Erst spät war er von seiner Schicht zu ihr gekommen und müde neben sie ins Bett gefallen.

Elenor lauschte in die Nacht hinaus und vernahm die tiefen Knackgeräusche der Äste der grossen uralten Bäume, wenn der warme Wind durch den Park strich und die berstenden Tannzapfen, die in der Trockenheit des Sommers ihre Samen mit einem hohen Klicken explosionsartig in die Nacht hinausschleuderten. Durch die Baumkronen war die Sichel des Mondes zu erkennen, dessen Licht fahl die Umgebung beleuchtete.

Die sanfte Ruhe der Nacht machte sie schläfrig. Sie wollte wieder ins Bett zurückkriechen, als sie eine Bewegung zwischen den Büschen am Ufer des Sees wahrnahm. Zuerst glaubte sie, ein Tier zu sehen, das im Schutze der Dunkelheit nach Nahrung suchte. Vielleicht ein Dachs oder ein Reh. So niedlich die Tiere waren, sie konnten sich zu einem Ärgernis entwickeln. Zu ihrem Verdruss hatte sie Frassspuren an ihrem Gartengemüse entdeckt. Der erst vor wenigen Wochen errichtete Zaun um die Beete hatte zu Anfang geholfen, aber die Tiere waren schlau und das frisch angepflanzte Grün roch wohl einfach zu verführerisch, um nicht daran zu knabbern oder die Erde umzugraben.

Elenor hielt den Atem an, spähte und lauschte angestrengt hinaus. Da, da war der Schatten wieder und dazu ein Geräusch, das sie an ein Stolpern erinnerte. Ihre These einer zu starken Einbildungskraft war vollends dahin, als ein leises Fluchen zu ihr drang. Hastig stand sie auf und trat einen Schritt vom Fenster weg. Hätte sie noch eine Dienstwaffe besessen, sie hätte sie jetzt hervor geholt. Sie dachte fieberhaft nach. Sollte sie Loris wekken? Männlicher Beistand war jetzt sehr willkommen, doch sie entschied sich dagegen.

Sie war felsenfest davon überzeugt, dass es nur Philipp sein konnte. Trotz Loris Warnung hatte sie vor ihm keine Angst. Hätte er ihr etwas antun wollen, er hätte es im Garten tun können. Also tat sie, was sie nicht tun sollte. Anstelle ihren Freund zu wecken, ging sie so leise wie möglich nach unten. Aus dem Fenster in der Küche sah sie den Schatten deutlicher, konnte aber immer noch nicht mit Sicherheit Philipps Gestalt erkennen.

Trotz des Mondes war es einfach zu dunkel. Sie entschied sich, einen Moment am Küchenfenster stehen zu bleiben und weiterhin zu beobachten, was geschah. Nach lang erscheinenden Minuten trat eine Person aus den Schatten hervor, ging einige Meter an ihrem Fenster vorbei in den Wald hinein und verschmolz in der Finsternis mit den Bäumen. Elenor konnte nicht zweifelsfrei sagen, ob es tatsächlich Philipp gewesen war. Sie blieb noch eine Weile stehen und wartete. Man wusste nie, vielleicht kam dieser jemand zurück. Nach einer halben Stunde gab sie es auf. Müde ging sie wieder nach oben und legte sich neben Loris ins Bett. Der schlief den Schlaf des Gerechten, völlig unwissend um den nächtlichen Besuch.

Die Sonne war noch nicht hinter dem Zugerberg aufgegangen, aber das hielt Elenor nicht auf, um einige Schwimmzüge im See zu machen. Sie hatte nur kurz Schlaf gefunden. In den Episoden, in denen sie weggenickt war, hatte Philipp sie bis in die Träume verfolgt. Auch Emma war gekommen. Sie hatte ihre Freundin und Philipp dabei beobachtet, wie sie im Garten hinter dem Haus Schnecken vom Salat geklaubt hatten. Sie waren sich bewusst gewesen, dass Elenor sie dabei beobachtete und sahen ab und an mit grossen, dunklen Augen zu ihr hinauf und winkten ihr zu. Elenor hatte sich über die traute Zweisamkeit geärgert, obwohl alles platonisch zu und her ging. Sie hatte Philipp zugeschrien, er solle aus ihrem Garten verschwinden. Und zu Emma, sie solle in die Küche gehen, denn sie hatte einen Kuchen für sie gebacken. Sie hatte Emma in Sicherheit wissen wollen, weit weg von Philipp. Doch beide hatten ihr nur milde zugelächelt, während sie sich die Kehle wund schrie. Seelenruhig hatten sie die gesammelten Schnecken in einen Jutesack gesteckt und als dieser voll war, schleppten sie ihn zusammen zum See, um diese den Enten zu verfüttern. Elenor wollte ihnen folgen, konnte aber keinen Schritt tun, weil die Brombeerbüsche ihre dornigen Ranken um ihre Fussgelenke geschlungen hatten, während sie auf die Rückkehr Emmas und Philipps wartete. Erst nach längerer Anstrengung war es ihr gelungen, sich zu befreien und ging schnurstracks zum See. Emma und Philipp waren nicht mehr aufzufinden gewesen.

Loris hantierte an der Kaffeemaschine, als Elenor frisch geduscht und umgezogen die Küche betrat.

«Warst du auch schwimmen?» Sie zupfte an Loris noch feuchten Haaren.

«Ja, als du oben warst, bin ich kurz reingesprungen. Hat gut getan.» Er sah trotz der wenigen Stunden Schlaf ausgeruht aus und war gut gelaunt. Wie machte er das nur?

«Was hast du heute vor?» Genüsslich kaute er an einem Stück Brot, das dick mit Butter und Konfitüre bestrichen war.

«Das weiss ich noch nicht genau.» Elenor hatte sich noch keine Gedanken darüber gemacht, was sie heute tun wollte. Nur eines wusste sie, sie hatte so gar keine Lust, ins Büro zu fahren. «Ich glaube, ich gehe heute Emma besuchen.»

Loris verschluckte sich am heissen Kaffee. «Emma?» Erst nach ein paar Sekunden dämmerte ihm, was Elenor damit gemeint hatte und nickte. «Vielleicht solltest du eine kleine Stippvisite bei deinem Bruder machen.»

Erst wusste sie nicht, wie das Eine mit dem Anderen zusammenhing und sah ihn fragend an.

«Ich meine wegen deines niedrigen Blutdrucks.»

«Was ist damit?»

«Nur zur Sicherheit. Quentin hat mir erzählt, dir sei es vor ein paar Tagen im Garten schwindlig geworden. Ich möchte dich nicht im Entendreck liegend vorfinden, wenn ich nach Hause komme.»

Nur langsam dämmerte es Elenor, dass Loris von ihren Ausflüchten gegenüber Quentin beim Überraschungsbesuch Philipps sprach. «Keine Sorge. Es ist alles in Ordnung, mir geht es gut.»

«Bitte tu es für mich, ja?»

Elenor lächelte ihn an. «Na gut. Vielleicht tu ich das.» Sie war gerührt von seiner Fürsorge.

Seit Emmas Begräbnis war sie nicht mehr auf dem Friedhof gewesen. Als sie durch die Reihen der Gräber schritt, wusste sie auch wieso. Ungebeten drängten sich ihr düstere Bilder von Toten, die unter ihren Füssen in ihren Särgen lagen, in ihr Bewusstsein. Sie riss sich zusammen und ging weiter, bis sie die richtige Stelle fand. Sie war vom Anblick des kleinen Stücks Erde vor dem Grabstein gerührt. Rosafarbene Wicken und kleine weisse Blumen, deren Namen Elenor nicht kannte, liessen das Grab wie ein Feengarten aussehen.

Elenor wurde sich erst bewusst, dass sie weinte, als ihre Nase zu tropfen begann. Mit brennenden Augen sah sie sich verstohlen um und kramte in der Handtasche nach einem Taschentuch, in das sie kräftig blies. Sie war froh darüber, dass zu dieser frühen Zeit nur wenige Besucher da waren. Sie liess Emma zu sich hinein. Sie erinnerte sich an ihr Lachen, ihre hellen Augen und ihre langen seidigen Haare, wie der Wind sie um ihr Gesicht blies und wie ein Schleier hob und senkte. Sie war eine tolle Freundin gewesen, voller Humor und Charme.

Ein Räuspern riss sie in die Wirklichkeit zurück. Verstohlen tupfte sie ihre Augen trocken, bevor sie sich umsah. Ein Mann mit tief ins Gesicht gezogenem Hut und dunkler Sonnenbrille stand hinter ihr und schaute über ihre Schultern auf die Blumen herab.

«Haben Sie Emma gekannt?» Elenors Stimme zitterte. Sie wandte sich beschämt ab.

«Ja, habe ich. Sehr gut sogar.» Philipps Stimme klang so wie immer. Tief und sonor.

Sie fuhr herum. «Wie kannst du es wagen hier aufzutauchen. Ausgerechnet hier, wo sie sich nicht mehr wehren oder weglaufen kann.»

«Ho, ho, zügle deine Pferde, Elenor. Ich will dir nichts tun. Ich möchte nur in Ruhe mit dir sprechen.»

«Was? Hier auf dem Friedhof?» Sie starrte ihn mit offenem Mund verständnislos an.

«Bei unserem letzten Treffen in deinem Garten warst du nicht gerade in Plauderlaune. Zudem wurden wir unterbrochen. Aber für mich ist das wichtig. Ich kann diese Angelegenheit nicht auf sich beruhen lassen.»

«Tss, eine Angelegenheit, das ist es also für dich.» Elenors

Stimme troff vor Sarkasmus.

«So meinte ich es nicht und das weisst du.»

Philipp legte seine Hand beschwichtigend auf ihre Schulter, die sie sofort abschüttelte.

«Fass mich nicht an. Ich will nicht mit dir reden. Du hast dir jedes Recht vertan, auch nur Emmas Namen in den Mund zu nehmen.» Elenor drehte sich um und wollte gehen. Sie hielt es nicht länger in der Nähe dieses Mannes aus. Wie hatte sie auch nur daran zweifeln können, dass es nicht das Beste für sie alle war, dass man ihn fasste.

Er griff nach ihrem Arm und hielt sie zurück. Er war nicht grob, aber bestimmt. «Ich flehe dich an, Elenor. Bitte hör mir zu. Bitte!»

«Warst du das gestern Nacht bei meinem Haus unter dem Baum?»

«Gestern Nacht? Was meinst du damit?» Er sah überrascht aus.

«Du warst nicht zu überhören.»

Philipp lachte leise sein typisch kehliges Lachen, das Elenor nur zu gut kannte.

«Keine Ahnung, was du zu sehen geglaubt hast, aber ich bin es nicht gewesen.»

Elenor nahm ihm das nicht ab. «Woher weisst du überhaupt, dass ich hier bin?» Aber sie wusste schon, als sie den Satz in ihrem Kopf formulierte, dass die Antwort nur eine sein konnte. «Du bist mir gefolgt, nicht wahr?»

«Wenn du nicht zu mir kommst, dann komme ich eben zu dir.»

Sie ärgerte sich darüber, dass sie nichts von der Verfolgung bemerkt hatte. «Spinnst du? Was soll das denn heissen und warum stehe ich überhaupt noch hier und spreche mit dir? Ich muss völlig übergeschnappt sein!»

Philipp öffnete den Mund, aber Elenor war es nicht nach Zuhören zumute. «Du weisst schon, dass du von der Polizei auf der ganzen Welt gesucht wirst? Die Zuger Polizei weiss auch schon, dass du wieder da bist. Du bist gesehen worden und das nicht nur von mir.»

«Loris, der Polizist.» Philipps Lippen umspielte ein ironisches Lächeln. «Hast du mich bei ihm verpetzt?»

Elenor lachte böse, obwohl sie erschrak, dass er so viel über sie wusste. «Nein. Hätte ich tun sollen, aber ich habe es nicht.»

«Halte mich nicht für blöde, bitte, Elenor. Denkst du, ich finde es lustig mich dauernd verstecken zu müssen? Ich habe so gar keine Lust darauf, mich von deinem Freund verhaften zu lassen.» Er musterte sie über den Rand der Sonnenbrille hinweg.

«Ich bin mir sicher, dass Loris, mein Freund», sie betonte das Wort Freund besonders stark, «grosse Lust hat, dich hier auf dem Friedhof dingfest zu machen.» Elenor holte das Smartphone aus der Umhängetasche.

«Was tust du da?» Philipp klang plötzlich verunsichert.

«Ich rufe die Polizei. Stell dir vor, wie es Loris Karriere ankurbeln wird, wenn er einen international gesuchten Mörder zu fassen bekommt.»

«Ich bin kein Mörder.»

«Ach, nein? Dann hat Emma sich wohl selbst das Loch in ihrem Kopf zugefügt.» Elenors Spucke fühlte sich bitter an.

«Nein, sicher nicht», beschwichtigte Philipp, «aber ich war es nicht. Ich hätte ihr nie etwas antun können.» Er klang plötzlich unendlich müde.

Elenor hörte, wie das Telefon wählte und es am anderen Ende klingelte. «Was ist mit dem Gärtner?»

«Dem Friedhofgärtner?» Philipp runzelte die Stirn und sah sich um.

«Natürlich nicht. Ich spreche von Jakob Schepper. Habt ihr ihn auch umgebracht?»

Philipp schwieg.

Elenor sah sich in seiner Sonnenbrille als Miniatur gespiegelt. Seine Mimik verriet nichts. «Also?»

«Ich habe niemanden umgebracht. Weder ihn noch Emma.»

«Wer dann?»

«Arlette.»

Elenor legte auf. «Beweise es.»

«Wie sollte das denn bitte gehen? Arlette ist nicht hier und es gibt keine Beweise, die meine Unschuld beweisen.»

«Ha!»

«Nichts ha. In der Schweiz gilt immer noch, dass man dem Angeschuldigten eine Schuld beweisen muss und nicht dieser seine Unschuld.»

«In dubio pro reo, ich weiss. Du machst es dir damit ziemlich einfach, wie ich finde. Arlette ist nicht hier, das stimmt, somit kann sie aber auch nicht ihre Version der Geschichte erzählen. Vielleicht klingt ihre Version ganz anders als die deine.» Elenor konnte nicht erkennen, ob sie Philipp damit getroffen hatte. Die Sonnenbrille verdeckte seine Augen. Sie drehte sich von ihm weg und wollte gehen.

«Sag mir, was ich tun kann, damit du mir glaubst und ich tue es.» Philipp trat einen Schritt auf sie zu. Er stand ihr jetzt so nahe, dass sie seinen Atem auf ihren Haaren spürte. Sie hatte keine Lust dazu, ihm irgendetwas zu erklären. Es gab Dinge, die konnte man nicht mehr gut machen.

Als sie weiter schwieg, seufzte er: «Ich sehe, es hat keinen Zweck. Du glaubst mir sowieso nicht. Du willst es einfach nicht.»

Sie trat von ihm weg und drehte sich um. Sein kantiges Kinn wurde von den Sonnenstrahlen, die langsam über den Zugerberg krochen, beleuchtet. Im Gegensatz zu seinen verblassten Sommersprossen und dem fahlen Teint funkelten seine roten Bartstoppeln am Kinn wie Gold, während der Rest seines Gesichtes im Schatten seines Hutes verborgen blieb. Trotzdem konnte Elenor deutlich sehen, dass seine Gesichtszüge eingefallen waren. Um seine Mundwinkel hatten sich tiefe Falten gegraben. Sie dachte eine Weile über seine Worte nach, obwohl ihr sein Gejammer auf die Nerven ging. Sie war hier hergekommen, weil sie um ihre Freundin trauern wollte und es half nicht wirklich, dass er hier aufgetaucht war, ungebeten und unerwünscht. Sie dachte an die Zeit, als sie noch unbeschwert zu dritt zusammen sein konnten. Sie erinnerte sich an das Abendessen im Casino und die Begegnungen mit ihm, die seltsam und verworren gewesen waren. Hatte sie zu dieser Zeit die Zeichen des sich nahenden Unglücks nicht sehen können oder nicht sehen wollen?

Sie seufzte. «Na gut. Ich gebe dir noch eine letzte Chance. Am nächsten Mittwoch essen wir alle gemeinsam zu Abend. Ich lade dich dazu ein. Komm zu uns, iss mit uns. Wir sehen ja dann, ob du nicht nur mich, sondern auch die anderen von deiner sogenannten Unschuld überzeugen kannst.» Elenor bereute die Einladung ausgesprochen zu haben, kaum waren die Worte gesagt. Was war nur in sie gefahren? Sie lud einen Mörder bei sich ein, um am Tisch mit ihrem Bruder und ihren Freunden, Emmas Freunden, zu Abend zu essen. In ihrem Kopf fing es seltsam an zu summen. War das, was sie hier auf dem Friedhof erlebte, gar nicht real? Träumte sie wieder einen ihrer obskuren Träume? Eine Sekunde lang war sie sich nicht sicher. Doch als sie sah, wie sich Angst in Philipps Gesichtszüge schlich, wusste sie, dass es die Wirklichkeit war. Einen Moment lang freute sie sich darüber, dass er sich fürchtete. Sie wartete seine Antwort nicht ab, sondern ging, ohne sich noch einmal umzusehen, davon und liess ihn am Grab Emmas stehen. Sie glaubte nicht daran, dass er den Mumm hatte zu erscheinen.

14

Nicht einmal der Lärm der Kaffeemaschine übertönte das Rumoren im Schlafzimmer über ihr. Loris war aufgewacht. Elenor setzte sich mit einer dampfenden Tasse Kaffee an den Frühstückstisch, klappte den Laptop auf und öffnete die Internetseite eines Boulevardblattes. Zuerst glaubte sie an einen üblen Scherz, als sie die Schlagzeile las: *Jäger von Hund erschossen*.

«Hast du das gesehen?» Sie zeigte mit dem Finger auf den Artikel, als Loris ins Wohnzimmer schlurfte.

Er gähnte herzhaft. «Nein, natürlich nicht. Ich bin ja erst aufgestanden.» Er riss nochmals gähnend den Mund auf und fuhr sich mit den Fingern durch das unordentliche Haar. Seine zuvor unbekümmerte Miene verdüsterte sich, als Elenor ihm den Laptop vor die Augen hielt.

«Zeig mal her», murrte er und riss ihr das Gerät aus den Händen.

Während er den Artikel las, braute ihm Elenor einen Kaffee. «Die Geschichte klingt wirklich skurril», rief sie ihm zu.

Er nickte geistesabwesend, immer noch mit dem Text beschäftigt.

«Hat wirklich der Hund den Jäger mit einem Gewehr erschossen? Oder ist das so ein verspäteter Sommerlochartikel?» Trotz der Tragik der Geschichte konnte sich Elenor nur mit

Mühe beherrschen, um nicht laut zu lachen.

«Das wäre nicht das erste Mal, dass ein Hund aus Versehen sein Herrchen erschiesst.» Loris kratzte sich ausgiebig das Kinn, schien aber sonst nicht sonderlich beeindruckt zu sein.

Elenor wurde misstrauisch. «Weisst du mehr darüber?»

Als Loris beim Versuch, ein unschuldiges Gesicht aufzusetzen, kläglich versagte, wusste sie, sie hatte ins Schwarze getroffen. «Los, erzähl schon!» Warum musste dieser Mann auch so wortkarg sein!

«Also gut. Aber du weisst – was ich dir jetzt erzähle, bleibt unter uns.»

Elenor nickte und verbrannte sich prompt die Lippen am siedend heissen Porzellan der Kaffeetasse, noch bevor sie einen Schluck trinken konnte. Gespannt starrte sie den Mann in Shorts an, der kurz zuvor aus ihrem Bett gestiegen war.

«Diesen Jäger hat man gestern, zwei Tage nachdem er nicht nach Hause gekommen war, im steil abfallenden und unwegigen Gelände in der Nähe des Wildspitz tot aufgefunden. Und das auch nur, weil sein Hund unablässig gewinselt und gejault hatte, was schliesslich Wanderer aufmerksam machte. Das Vieh sass die ganze Zeit beim Leichnam und hat ihn bewacht.»

«Das arme Tier. Und weiter?» Elenor suchte im Gesicht Loris nach Anzeichen von Sarkasmus. «Hat der Hund den Mann wirklich erschossen? Sag schon, wie sollte das denn gehen? Das müsste ein unglaublich gescheiter Hund mit Fingern sein.»

«Du wirst es nicht glauben, aber man hat Schmauchspuren an seinen Pfoten gefunden.»

Elenor blieb der Mund offen stehen. «Du verarschst mich doch!»

Loris lächelte nur wissend und zuckte mit den Schultern.

So leicht liess sie ihn nicht vom Haken. «Was tat der Mann mit einem Gewehr da oben? Ist überhaupt schon Jagdsaison? Ich dachte, die sei im Herbst.»

Loris biss genüsslich in eine Brotscheibe, kaute übertrieben lange daran herum und spülte den Rest mit einem Schluck Kaffee hinunter. Er wusste genau, dass sie die Unwissenheit schier auf die Palme brachte.

«Die Jagdsaison beginnt tatsächlich erst im September. Wir wissen nicht, was er da oben am Wildspitz tat. Vielleicht wollte er nur mal mit seinem Hund raus und nahm das Gewehr aus Gewohnheit mit. So ein Jägerding vielleicht. Wir gehen jedenfalls nicht von Wilderei aus.»

«Hm. Ein Jägerding.» Elenor kam das abwegig vor. Ein schiessender Hund – dieser Gedanke war geradezu absurd. Das konnte glauben, wer wollte, sie jedenfalls gehörte nicht dazu. Gedankenverloren strich sie über das Rückenfell von Kater, der schon eine geraume Zeit um ihre nackten Beine gestrichen war und sie verheissungsvoll aus gelben Augen anstarrte. Er forderte wie jeden Morgen seinen Anteil vom Frühstück ein. Elenor erbarmte sich seiner und stand auf, um ihm ein paar Trockenbröckchen in seine Schüssel zu schütten. Der charakteristische Ton von fallendem Hartfutter lockte sofort auch Lotti an, die irgendwo still auf ihre Chance gewartet hatte. Natürlich bekam auch die dreifarbige Katze ihre Portion ab.

«Gab es denn keine Hinweise, Indizien oder sonstige Artefakte, die den Tod des Jägers erklären könnten?»

«Wieso? Was gefällt dir an dem schiessenden Hund nicht?» Ein spitzbübisches Lächeln umspielte Loris Lippen.

«Ha, ha. Ich vermisse bei dir den nötigen Ernst bei dieser Tragödie. Wie kommt die Presse überhaupt dazu, so etwas zu schreiben?»

«Ach, keine Ahnung wie die Journis darauf kommen. Die müssen von der Geschichte Wind bekommen haben. Wir konnten aus ermittlungstaktischen Gründen nichts dazu sagen, da haben sie sich einfach etwas zusammengereimt. Aus Hund, Gewehr und totem Jäger gleich Hund erschiesst Jäger.»

«So, so.» Elenor schüttelte den Kopf. «Auf die Geschichte werden sich die anderen Zeitungen stürzen. Das ist nicht gut für die Glaubwürdigkeit.»

«Das ist zum Glück nicht mein Problem.»

«Gibt es sonst noch etwas, was ihr herausgefunden habt?»

«Nein.» Loris rieb sich mit der Hand über die Bartstoppeln, was ein raspelndes Geräusch verursachte.

Elenor wusste, dass er das immer tat, wenn ihn etwas

beschäftigte. «Aha, also doch, ihr habt etwas gefunden. Was ist es?»

«Ich bin nicht überzeugt, dass es etwas mit dem Tod des Jägers zu tun hat, aber wir haben in seiner Hosentasche eine Spielkarte gefunden.»

Elenor traute ihren Ohren nicht. Konnte es sein, dass …? Sie hatte plötzlich einen trockenen Mund. «Eine Spielkarte? Wie ungewöhnlich.» Elenor versuchte so neutral wie möglich zu klingen.

«Meine Kollegen finden nichts Auffälliges daran, sie denken, er hatte sie selbst eingesteckt und dass sie zu einem Spiel gehört.»

«Du bist aber nicht der gleichen Meinung?»

«Nein. Niemand aus seiner Familie hat die Karte je gesehen. Das ist doch seltsam.»

«Was ist denn so besonders an der Karte?» Elenor spielte weiter die Nichtwissende.

«Sie sieht aus wie eine Karte aus einem Kartenspiel. So gross wie eine UNO-Karte. Wenn ich es mir recht überlege, dann ähnelt sie mehr einer Karte aus einem Jassspiel. Es hat wie dieses ein Bild darauf, aber die Zahlen fehlen.»

«Ach, ja? Was für ein Bild denn?»

«Ich habe das Motiv sofort erkannt. Die Geschichten kennt doch jeder, die mit dem Suppenkaspar und Minz und Maunz, den Katzen. Es ist ein Bild aus dem Buch Struwwelpeter.»

Elenor schluckte schwer. Nur mit Mühe brachte sie die Frage über die Lippen: «Was zeigt das Motiv genau?»

Loris sah überrascht auf und beäugte sie skeptisch. «Warum? Und sag jetzt nicht, einfach so. Das nehme ich dir nicht ab.» Seine Stimme klang plötzlich professionell, als sässe sie ihm in einem Befragungsraum gegenüber.

Genau das hatte Elenor vermeiden wollen. Sie hatte nicht gewollt, dass die Polizei wusste, was sie wusste und dass bereits vier solcher Karten in ihrem Besitz waren. Sie antwortete nicht, wusste aber, dass Loris nicht locker liess, wenn er einmal Verdacht geschöpft hatte.

«Elenor!»

«Es ist nicht die Erste», sagte sie kleinlaut.

«Es ist nicht die Erste was?»

«Es ist nicht die erste Karte mit einem Motiv aus dem Buch Struwwelpeter, die aufgetaucht ist.»

Loris Gesicht wurde kreidebleich. Seine Augen, vorher gross und dunkel, verengten sich zu Schlitzen.

«Wie viele gibt es noch?» Er kniff die Lippen zusammen.

Elenor wusste, dass er jetzt im Polizeimodus war. «Vier.»

Loris Kiefer klappte auf und er starrte sie ungläubig an. «Wie bitte? Vier? Das sagst du mir erst jetzt?»

«Du zuerst. Was war auf dem Motiv des Jägers?»

Loris brauchte ein paar Sekunden, um sich zu sammeln. Elenor stellte sich vor, dass es ihm schwerfiel nicht aufzustehen, um sie zu schütteln.

«Ein Jägersmann, der von einem Hasen mit einem Gewehr erschossen wird.»

«Das ist ja unglaublich passend.» Sie konnte den sarkastischen Ton in ihrer Stimme nicht unterdrücken. «Weichen die Farben der Karte von denen im Buch ab?»

«Nein. Sie gleichen sich wie ein Ei dem anderen. Was ist auf deinen Karten?» Loris Stimme klang kalt.

Elenor beschrieb die zwei Karten, die sie von Greta Friedrich erhalten hatte. Die mit dem Arzt und dem Patienten Friedrich und dem Hund, der das Essen frass.

«Friedrich, Friedrich, warum kommt mir der Name so bekannt vor? War der Name der Frau, die ihren Mann tot im Stall gefunden hatte, nicht Friedrich?»

«Genau. Die Frau heisst Greta Friedrich und die hat die Karte mit dem Arzt im Stall gefunden und die zweite wurde ihr in den Briefkasten gelegt.»

«Was soll das heissen?»

Elenor erzählte ihrem Freund das, was die Bäuerin ihr über den Fund im Stall und die Karte im Briefkasten berichtet hatte.

«Und die anderen zwei? Was ist auf denen zu sehen?» Kein Muskel in Loris Mimik verriet, was er dachte.

«Den Hanns Guck-in-die-Luft habe ich von einem Botenjungen kurz nach dem Auffinden der Schuhe am Seeufer beim ehemaligen Kantonsspital bekommen.»

Loris schüttelte ungläubig den Kopf. «Das wird ja immer besser.»

«Da ist noch der Struwwelpeter.» Sie erzählte ihm, wann und wo sie die Karte im Café gefunden hatte. «Eines ist seltsam. Die Farben aller Motive, die ich habe, weichen vom Buch ab.»

Loris ging nicht auf ihre letzte Bemerkung ein. «Du hast die Karte mit dem Struwwelpeter schon letztes Jahr gefunden?» Er hatte mittlerweile einen Notizblock hervorgeholt und schrieb sich Stichwörter auf. Elenor fühlte sich nun wirklich wie in einer Befragung, nur dass sie beide noch in ihren Pyjamas waren, mit Brot, Butter, Konfitüre und Kaffee vor sich auf dem Tisch. Anders als in Verhören sonst üblich, lief weder ein Tonband noch eine Kamera, um ihr Gespräch aufzuzeichnen.

Elenor nickte. «Das ist, was mich am meisten beschäftigt. Ich glaube nicht, dass ich die Spielkarte per Zufall gefunden habe, sondern dass sie absichtlich für mich dort abgelegt wurde.»

«Kannst du dich daran erinnern, wer sie liegen gelassen haben könnte?»

«Nein. Leider nicht. Ich habe mir schon die ganze Zeit den Kopf darüber zermartert, ohne Erfolg. Als ich sie letztes Jahr eingesammelt habe, dachte ich noch, dass jemand, vielleicht ein Kind, die Karte vergessen hatte. Erst als Frau Friedrich mir ihre gefundene Karte mit dem Arzt gab, habe ich mich daran erinnert, schon mal eine ähnliche gesehen zu haben. Es dauerte aber noch bis zu dem Zeitpunkt, als mir jemand den Hanns zukommen liess, bis es mir dämmerte. Bis dahin hatte ich den Struwwelpeter völlig vergessen gehabt.»

Elenor hörte beinahe, wie Loris Gehirn arbeitete.

Als er sprach, klang seine Stimme hart und kalt. «Warum hast du mir nichts von deinem Verdacht erzählt? Oder einem meiner Kollegen?»

«Wieso sollte ich? Ich konnte nicht ahnen, dass die Karten irgendetwas mit irgendjemandes Tod zu tun haben könnten. Erst heute Morgen, als du mir von eurem Fund beim Jäger erzählt hast, ist mir ein Licht aufgegangen.» Das war nur die halbe Wahrheit und sie ahnte, dass Loris ihr nicht glaubte. «Wenn ich dich daran erinnern darf, so hat die Polizei den Tod Franz Friedrichs als natürlichen Tod deklariert.»

«Hast du sonst noch etwas zuzufügen?»

«Nein.»

Es blieb eine Weile still in der Küche.

«Er könnte es gewesen sein», sagte Elenor nach einer Weile.

«Wer könnte was?» Loris schaute Elenor fragend an.

«Philipp.»

«Wie kommst du jetzt auf den?»

«Er wurde gesehen, das hast du selbst gesagt. Er hat schon einmal jemanden umgebracht. Ich traue ihm zu, dass er alles von langer Hand eingefädelt hat. Vielleicht ist er gar nie weg gewesen. Das hätte ihm die Möglichkeit gegeben, im letzten Jahr den Struwwelpeter im Café zu platzieren und die anderen Karten sowieso.»

«Also, erstens wissen wir nicht, wo sich Philipp genau aufhält. Zweitens kennen wir die genauen Zusammenhänge zwischen den Karten und den Toten nicht. Drittens wissen wir auch nicht, wie viele Personen involviert sind und was die Karten zu bedeuten haben. Hätten wir vor dem Auffinden des Jägers schon von den anderen Karten gewusst, wir hätten vielleicht früher nach spezifischen Indizien suchen können. Wenn es wirklich einen Zusammenhang gibt, dann bleibt noch die Frage nach dem Motiv. Warum sollte Philipp diese Menschen umbringen wollen? Kannte er den Bauer und den Jäger?»

Elenor wusste keine Antwort auf diese Fragen und schwieg. Sie war sich bewusst darüber gewesen, als sie Philipps Namen ins Gespräch brachte, dass es nur ein Verdacht war, reine Spekulation. Einen Augenblick war sie versucht ihrem Freund zu sagen, dass sie ihm mittlerweile zwei Mal begegnet war.

«Du weisst, was ich jetzt eigentlich tun müsste, nicht wahr?» Loris seufzte resigniert.

«Nein.» Doch Elenor wusste es genau.

«Ich müsste dich aufs Revier mitnehmen und dich befragen.» Loris war ganz der Profi.

Sie war froh, dass sie ihr Treffen mit Philipp für sich behalten hatte. «Und? Tust du's?»

«Ich überlege noch.»

Elenor schaute überrascht auf. Aber Loris lächelte nicht. Es war kein Scherz.

«Loris, ich weiss, was du jetzt denkst.»

«So? Das denke ich kaum.»

«Also gut. Du musst wissen, dass ich die letzte Spielkarte mit dem fressenden Hund erst vor ein paar Tagen von Frau Friedrich bekommen habe. Erst da wurde mir bewusst, dass alles kein Zufall sein konnte.»

«Trotzdem hast du es vorgezogen zu schweigen.»

Elenor versuchte nicht sich zu rechtfertigen. Sie sah, dass Loris enttäuscht von ihrem Verhalten ihm gegenüber war. Sie war ebenso ernüchtert von seinem Verhalten ihr gegenüber. Wieso stand ihre Integrität zur Debatte? Und warum hatte sie das Gefühl, sich verteidigen zu müssen?

«Es tut mir leid. Natürlich konntest du nicht wissen, was noch alles passieren wird.» Er rieb sich wieder das Kinn.

«Denkst du auch das Gleiche wie ich, dass es ziemlich bizarre Zufälle sind, dass mittlerweile fünf Spielkarten mit Motiven aus dem Buch Struwwelpeter aufgetaucht sind und man diese direkt mit Personen in Verbindung bringen könnte? Nur die Karte mit dem Struwwelpeter hatte nichts mit ...» Elenor hielt mitten im Satz inne. Ihr kam ein grauenhafter Verdacht. Emma. Sie getraute sich die Frage nur flüsternd zu stellen. «Könnte es etwa sein, dass der Struwwelpeter Emmas Tod symbolisiert? Philipp wäre damit mitnichten aus dem Spiel.»

«Elenor.» Er griff über den Tisch nach ihrer Hand und drückte sie fest. «Wir wissen nicht mit Sicherheit, wer Emma umgebracht hat. Was wir wissen, ist, dass es entweder Philipp Löhrer oder Arlette Schebert oder beide zusammen waren. Mach dich nicht verrückt deswegen. Wir finden heraus, was die Spielkarten zu bedeuten haben.»

Seine Ruhe tat ihr gut. Sie beruhigte sich wieder. «Du hast recht. Ich sehe wahrscheinlich Gespenster.» Sie lächelte ihn an, doch ihr Misstrauen Philipps hehren Absichten gegenüber war wieder aufgeflammt. Entpuppten sich die vermeintlich harmlosen Spielkarten am Ende noch als Killerkarten? «Was tun wir als nächstes?»

«Wir? Du im Moment überhaupt nichts. Ich überlege noch, wie ich am besten vorgehen soll. Auf der einen Seite sind die Informationen, die ich von dir habe so brisant, dass ich sie auf keinen Fall meinen Kollegen vorenthalten darf.» Loris schaute Elenor nachdenklich an. «Andererseits brächte dich dies in eine missliche Lage. Leider haben Informationen die Tendenz, sich selbstständig zu machen und dann ständen wir beide schlecht da.» Loris nagte nachdenklich an seiner Unterlippe. «Wo sind die Karten jetzt?»

«Wohlverwahrt in meinem Bürosafe.» Wenigstens diese Auskunft schien Loris zufrieden zu stellen.

«Am besten wäre es, du brächtest die Karten heute noch bei uns vorbei und gibst alles zu Protokoll, was du weisst. So können wir verhindern, dass wir beide wegen Zurückhalten von Beweismitteln und privaten Verstrickungen unter Verdacht geraten.»

Elenor nickte verzagt. Sosehr sie es hasste, die Karten aus den Händen zu geben, so war es an der Zeit, die Angelegenheit der Polizei zu übergeben. Auf der einen Seite war sie erleichtert darüber, aber auch enttäuscht von Loris Vorschlag. Insgeheim hatte sie gehofft, er fände eine bessere Lösung. Wenn sie mit den Karten zur Polizei ging, dann war der Fall Friedrich für sie verloren. Nur eine positive Bilanz blieb: Die Polizei musste durch ihre Informationen zum Schluss kommen, dass etwas mit Franz Friedrichs Tod nicht stimmte. Elenor hoffte, dass Greta Friedrich doch noch, wenn auch etwas spät, eine befriedigende Erklärung für den Tod ihres Mannes bekam.

«Noch etwas, Elenor.»

«Ja?»

«Dieses Gespräch hat nie zwischen uns stattgefunden.»

«Welches Gespräch?»

«Braves Mädchen», sagte er, stand auf und ging nach oben, um sich für die Arbeit umzuziehen.

Elenor blieb am Tisch sitzen und dachte an die Witwe Friedrich und an den toten Jäger und seinen armen Hund – und an Emma. Der Gedanke, dass sie die erste Spielkarte schon letztes Jahr gefunden hatte, wollte sie nicht loslassen. Loris konnte sagen, was er wollte, sie hatte es ihm angesehen, dass auch er verunsichert war. Wenn der Struwwelpeter eine Antwort auf den Tod ihrer Freundin war, war sie dann Schuld am Tod von Friedrich und dem Jäger, weil sie die Bedeutung der Spielkarte nicht erkannt hatte? Was bedeutete in diesem Kontext die Spielkarte des Hanns Guck-in-die-Luft? Steckte hinter diesem Motiv ein Mord, so wie sie es glaubte? Eine Leiche fehlte bisher. Ein beklemmendes Gefühl breitete sich in Elenors Bauch aus. Sie konnte es drehen und wenden, wie sie es wollte, mitten unter ihnen tummelte sich ein Mörder und beobachtete sie. Ihre Gedanken schweiften wieder zu Philipp. Konnte es wirklich Zufall sein, dass er letztes Jahr verschwand und just im selben Moment wieder auftauchte, als die Spielkarten gefunden wurden? Wollte er sie alle wieder in ein Netz aus Lügen und Manipulationen einspinnen? War sie wieder von Blindheit und Taubheit geschlagen, wie bei den Betrügereien im Tunnel unter der Villa? Lachte nicht nur er, sondern auch Arlette sich ins Fäustchen über ihrer aller Blödheit und dem Unvermögen aus den Fehlern zu lernen? Heisse Wut über ihre Hilflosigkeit stieg ihr vom Bauch in die Brust. Sie holte sich ein Taschentuch aus der Küchenschublade, ging in den lauen Morgen hinaus, setzte sich auf den Holzsteg am See und weinte bitterlich.

15

Sie konnte es nicht ruhen lassen. Die Zeit lief ihr davon. Vor ihr auf dem Bürotisch lagen die vier Spielkarten ausgebreitet, das Bild vom Struwwelpeter, daneben der kranke Friedrich, dann der schlemmende Hund, zuletzt in der Reihe lag Hanns. Bevor sie die Karten der Polizei übergab, fotografierte sie die Motive mit dem Smartphone und speicherte die Fotos auf ihrem Laptop. Das Buch des Struwwelpeter lag aufgeschlagen neben den Karten. Sie betrachtete das Bild mit dem Hasen, der seine Flinte auf den Jäger abfeuerte. So oder so ähnlich musste das Bild auf der Karte aussehen, das die Polizei beim toten Jäger gefunden hatte. Doch sie wurde nicht schlauer, je länger sie auf das Bild starrte.

Elenor überschlug die Fakten. Sie wusste, dass nur zwei der vier Karten mit einem Todesfall zu tun hatten. Soweit es bekannt war. Der Patient Friedrich hatte seinen Tod im Hühnerstall gefunden. Der nun sorgenfreie Hund schlemmte auf Kosten seines toten Herrchens. Der Struwwelpeter und Hanns standen für sich. Der ungepflegte Junge starrte sie arrogant an und schien sie zu verhöhnen. Sollte das wirklich Emmas Karte sein? Wollte sich jemand lustig über den Tod dieser Menschen machen und die Karten hatten gar keinen tieferen Sinn? Elenor spürte, wie ein hämmernder Schmerz sich in ihrer Schläfe festsetzte. Es war zum Verzweifeln. Sie hatte nichts gefunden, das ihr weiter half, den Tod Franz Friedrichs zu erklären. Seufzend lehnte sie sich im Stuhl zurück. Trotz des noch frühen Tages war sie müde. Die schlaflosen Stunden forderten ihren Tribut.

Was sie aber keinesfalls wollte, war aufzugeben, bis die Zeit um war. Bevor sie die Spielkarten der Polizei übergab, wollte sie nichts unversucht lassen. Vielleicht war nicht die ungepflegte Gestalt des Struwwelpeters der Schlüssel zum Rätsel, sondern sein Name? Struwwelpeter? Nannte sich der Täter so? Dass jemand existierte, der so aussah wie das Original, fand Elenor unwahrscheinlich. Zu auffällig wäre sein Äusseres, als dass es ihr oder jemandem anderes nicht aufgefallen wäre. Sie verwarf den Einfall, stattdessen vergrösserte sie die Karte mit dem Struwwelpeter auf dem Laptop um ein Vielfaches und folgte den Strichen Zentimeter für Zentimeter. Dir wird dein süffisantes Lächeln vergehen, dachte sie.

«Elenor, gib dir mehr Mühe!» Der Nachhall der dunklen Stimme aus ihrem nächtlichen Traum liess sie hochschrecken. Verwirrt sah sie sich um. Sie sass immer noch in ihrem Büro in der Altstadt. Alleine. Sie war so übernächtigt, das sie kurz eingenickt war. Ein Blick auf die Uhr wischte ihre Müdigkeit beiseite. Obwohl ihre Augen vor Anstrengung brannten, konzentrierte sie sich wieder auf den Bildschirm. Einen letzten Versuch war es wert.

Wie war das Bild entstanden? Hat der Hersteller die Motive aus dem Buch mit Pauspapier eins zu eins kopiert und danach mit einem Kopiergerät verkleinert oder etwa freihändig nachgezeichnet? Wenn dem so war, dann war der Maler talentiert. Elenor schloss das Buch, damit sie die Karte mit dem Umschlag vergleichen konnte.

Unwillkürlich entfuhr Elenor ein «Ha», das laut im Raum nachhallte. Sie konnte es kaum glauben, aber es war tatsächlich ein Unterschied zwischen dem Struwwelpeter der Karte und dem Struwwelpeter im Buch zu sehen. Die Farben stimmten nicht überein, aber das war es nicht, was Elenor entdeckt hatte. Es war so klein und unscheinbar angebracht, dass es von blossem Auge kaum sichtbar war und man es leicht übersah. Wenn man wusste, wonach man suchen musste, dann war es glasklar – beim Unterschied handelte es sich nicht um einen Fehler des Zeichners. Winzig kleine Buchstaben waren auf einer der hauchdünnen Linien in der untersten linken Locke der Haarpracht des Burschen eingewoben. GVK. Jetzt, da sie wusste, worauf sie achten musste, war es ein Leichtes, auch auf den anderen Bildern die Abweichungen zu erkennen. Beim bratenfressenden Hund fand sie die Buchstaben im Handgriff der Peitsche – FSF, dieselben fand sie im Rockzipfel des Arztes. Länger suchen musste sie beim Hanns Guck-in-die-Luft, bis sie schliesslich die Schriftzeichen WLB auf der Schwanzflosse des mittleren Fisches entdeckte.

Erleichtert über den Fund und in ihren Annahmen bestätigt, massierte sich Elenor die verspannten Nackenmuskeln. Zu gerne hätte sie jetzt auch einen Blick auf die Karte des toten Jägers geworfen, um zu sehen, ob auch auf dieser eine der Buchstabenfolgen zu finden war. Was mochten die Buchstaben bedeuten? Beim Arzt und dem Hund waren die gleichen zu finden, beim Struwwelpeter und dem Hanns waren es abweichende. Damit fiel das naheliegende weg, es handelte sich nicht um die Initialen des Kartenherstellers.

Elenor war so in Grübeleien versunken, dass sie erst bemerkte, dass sie das Smartphone in der Hand hielt und Loris Nummer wählte, als es fast zu spät war. Schnell legte sie wieder auf. Sie konnte ihn nicht deswegen anrufen. Er hatte sie gebeten, ihr Gespräch über die Spielkarten zu vergessen. Ausgerechnet jetzt, wo sie etwas entdeckt hatte, dass sie im Fall weiterbrachte, dufte sie ihn nicht kontaktieren. Die Zeit war um. Verärgert darüber, dass sie die Karten der Polizei übergeben musste, kramte sie die Beweise zusammen. Sie hatte eine Idee. Fotos waren gut und recht, aber sie wollte einen Scan der Bilder haben. Ihr Scanner war nicht gut genug, um hochauflösende Kopien anzufertigen, also würde sie einen kleinen Umweg machen und im Copyshop welche anfertigen lassen.

Sie war gerade dabei, die Karten vorsichtig in Plastikhüllen zu verstauen, als ein Klopfen sie aufhorchen liess. Benedikt stand vor dem Fenster, tippte mit dem Zeigefinger auf seine Uhr und machte das Zeichen für Essen. Sie hatte nicht bemerkt, dass es schon Mittagszeit war. Zuerst wollte sie den Kopf schütteln, besann sich aber anders. Die Karten konnten warten, der Copyshop hatte über Mittag sowieso geschlossen.

Benedikts Redeschwall schwappte über Elenor hinweg. Sie konnte sich kaum auf das Gespräch mit ihm konzentrieren. Zu sehr kreisten ihre Gedanken um ihren Fund. Fieberhaft suchte sie nach einem Grund, um ihren Gang auf den Polizeiposten zu verschieben. Doch so sehr sie sich bemühte, ihr fiel nichts Gescheites ein. Sie spürte mehr als dass sie es sah, dass Benedikt unruhig auf dem Stuhl herumrutschte und nervtötend mit dem Besteck klimperte.

«Sag schon, was ist los? Du machst mich ganz nervös.»

Benedikt sah aus, als würde er nächstens platzen. «Xavier kommt heute an.»

«Du bist also bei deinem ursprünglichen Plan geblieben und hast deinem Bruder nichts gesagt?»

«Nein, ich habe es schlicht und einfach verdrängt, dass er kommt. Denkst du immer noch, dass die Idee blöde ist?»

«Ja, schon. Wer weiss, vielleicht freut Bernhard sich und alles ist gut.» Elenor war bereits beim ersten Mal, als ihr Benedikt von seinem Plan erzählte, Bernhards Freund hierher einzuladen, nicht überzeugt davon gewesen. «Willst du dir das Ganze nicht noch einmal überlegen? Wir kennen diesen Xavier überhaupt nicht.» Elenor wusste, dass Bernhard und Xavier sich irgendwo in Amerika kennengelernt hatten, sich angefreundet hatten und er aus Südamerika stammte, mehr aber nicht. Jedenfalls konnte man, wenn man daran interessiert war, die beiden auf ihren Reisen durch die Welt in den sozialen Netzwerken mitverfolgen.

«Ich wollte ihn ja ausladen, doch er hatte darauf bestanden zu kommen. Er war ziemlich hartnäckig, wenn ich mir das jetzt überlege.»

«Hast du wenigstens persönlich mit ihm gesprochen?» Elenor hatte ein ungutes Gefühl bei der Sache.

«Wir sprachen zwei Mal am Telefon miteinander. Er klang

sehr sympathisch und ich hatte das Gefühl, dass er sehr gerne kommt, um seinen besten Freund wiederzusehen und um ihn zu überraschen. Jedenfalls habe ich nichts davon gespürt, dass da irgendetwas zwischen den beiden nicht in Ordnung wäre. Denkst du, ich habe mich breitschlagen lassen und bin dem Charme eines heissen Südamerikaners erlegen?»

Es sollte lustig klingen, doch Elenor spürte Benedikts Verunsicherung.

«Nun komme ich mir wirklich dumm vor. Was habe ich mir nur dabei gedacht?» Benedikt stocherte weiter auf seinem Teller herum.

Elenor konnte sich ein Grinsen nicht verkneifen. «Wie hast du überhaupt herausgefunden, wo dieser Xavier lebt?»

«Ach du Dummerchen. Mit dem Internet ist das doch kein Problem. Man kann heute jeden, der erreichbar sein will, auch erreichen.»

«Dann hoffen wir doch darauf, dass sich dein Bruder ebenso von dem Besuch begeistern lässt wie du. Wo bringst du Xavier unter? Bei dir?»

«Nein, da würden sich beide sofort über den Weg laufen und die Überraschung wäre dahin. Ich habe Quentin in die Pläne eingeweiht und er darf bei ihm in der Villa in einem der Gästezimmer nächtigen. Da ist auch viel mehr Platz als bei mir.»

Elenor schmunzelte. «Das hast du ja toll eingefädelt. Alle wissen von Xavier, nur Bernhard ist völlig ahnungslos. Wenn das mal gut geht.»

«Nun, um das Ganze abzublasen, ist es zu spät. In zwei Stunden muss ich ihn vom Bahnhof abholen.» Seine Augen suchten flehend die Elenors. «Kommst du mit?»

«Oh, nein, mein Lieber. Das mach mal alleine.»

Natürlich liess sich Elenor erweichen und begleitete Benedikt zum Bahnhof, um den fremdländischen Besuch zu empfangen. Insgeheim war sie ebenso gespannt auf den feurigen Südamerikaner wie Benedikt. Die geposteten Selfies von Bernhard hatten ein schönes Männergesicht mit dunklem Teint, volles lockiges schwarzes Haar, dunkle geheimnisvolle Augen und ein strahlendes Lächeln von ebenmässig weissen Zähnen gezeigt.

Als Xavier aus dem Zug stieg, blieb Elenor fast der Mund offen vor Staunen. Er war der schönste Mann, der ihr je unter die Augen gekommen war. Die Begrüssung fiel für ein erstes Kennenlernen zu ihrer und Benedikts Überraschung ausgesprochen herzlich aus. Dieser fremde Mann zeigte überhaupt keine Berührungsängste und küsste Elenor und Benedikt gleichermassen innig und mitten auf den Mund. Elenor sah das verdatterte Gesicht des Galeristen und konnte sich gerade noch verkneifen, lauthals loszulachen. Ihr machte dieser Schmatzer nichts aus. Sie jedenfalls würde es sich zweimal überlegen, diesen feurigen Mann von der Bettkante zu stossen, sollte er sich einmal darauf verirren.

Lange konnte sie den Gast nicht geniessen. Widerwillig liess sie den Beau in der Obhut Benedikts zurück. Für sie wurde es Zeit, dass sie sich ins nahe Copycenter begab, damit sie die Scans der Spielkarten anfertigen lassen und die Originale der Polizei übergeben konnte. Anschliessend hatte sie vor, schnell wieder ins Büro zurückzukehren und die Scans weiter zu untersuchen. Es blieb noch genügend Zeit, Xavier näher kennen zu lernen. Sie würde ihn und die anderen am Abend beim Abendessen bei ihr wiedersehen.

Plötzlich fiel ihr siedend heiss ein, dass sie Philipp auch für heute Abend zu sich eingeladen hatte. Was für ein ärgerlicher Zufall. Obwohl sie ernsthaft daran zweifelte, dass er kam, blieb ein Quäntchen Unsicherheit zurück. Was, wenn er doch wider Erwarten auftauchte? Was war nur in sie gefahren, als sie die Einladung ausgesprochen hatte? Sie war einfach zu begriffsstutzig gewesen und hatte nicht bemerkt, dass Philipp wieder seinen Bann über sie geworfen hatte. Wie schaffte er es immer wieder, dass sie Dinge tat und sagte, die sie eigentlich nicht wollte? Sie hatte tatsächlich einen international gesuchten Verbrecher zu sich nach Hause einzuladen. Einfach so, als wäre dies das normalste der Welt. Sie hatte völlig verdrängt, dass sie damit alle ihre Freunde und ihren Bruder in Gefahr brachte. Elenor fühlte, wie ihre Beine einen Augenblick ihren Dienst versagen wollten und setzte sich schnell auf eine der Bänke in der Nähe des

Pedaloverleihs. Sie bekam es mit der Angst zu tun. Alle Menschen, die ihr wichtig waren, würden da sein. Wie würden Quentin und die Zwillinge auf Philipps Erscheinen reagieren? Was würde ihr Gast Xavier von ihnen denken, wenn es zum Eklat kam? Mochte es etwas daran ändern, dass sie ein inneres Wissen zu besitzen glaubte, klein zwar, das ihr sagte, dass Philipp unmöglich die Taten begangen haben konnte, deren man ihn beschuldigte? Wenn sie diese Zweifel hegte, bestand dann nicht auch die Hoffnung, dass ihre Freunde diese Möglichkeit in Betracht zogen? Elenor sah den Enten zu, die wie kleine lebendige Korkstücke auf den Wellen auf und ab tanzten. Fair wäre es von ihr, sie würde die anderen vorwarnen oder Philipp bitten nicht zu kommen. Philipp konnte sie leider nicht erreichen, sie wusste weder wo er wohnte, noch hatte sie seine Telefonnummer. Aber die von Quentin, Benedikt und Bernhard besass sie schon.

Sie musste sich beruhigen, sonst drehte sie durch, bevor es zu einem Showdown kam. Philipp hatte nicht den Mumm zu kommen und sich allen zu stellen. Dieser Gedanke tröstete sie ein wenig und gab ihr die Kraft aufzustehen. Wenige Meter neben ihr stand die betretbare Stahlskulptur *Seesicht* von Roman Signer. Es war die ideale Ablenkung von ihren sich im Kreis drehenden Gedanken. Vorsichtig stieg sie die steile Treppe hinunter, bis sie vor der dicken Scheibe stand, die sie vom Wasser trennte. Obwohl Elenor sich nur ein paar Stufen unterhalb der Seepromenade mit den zahlreichen Spaziergängern befand, war es, als habe sie eine Rakete bestiegen und wäre auf einem wundersam einsamen und stillen Planeten gelandet. Sie spürte die angenehme Kühle des Sees. Das Wasser hinter der dicken Scheibe schimmerte in einem mystischen Hellgrün. Sie starrte in die Unterwasserwelt hinaus und blieb eine Weile reglos stehen. Ihre Geduld brachte ihr Glück. Aus dem durch die Hitze des Sommers trüben Wassers tauchten kleine Wesen auf. Ein Schwarm Egli schwamm langsam an der Scheibe vorbei. Die Fische beäugten sie neugierig, die schlanken glitzernden Leiber leicht zur Seite geneigt. Elenor stellte sich vor, wie sie sich über ihre seltsame Gestalt in dem länglichen Kasten wunderten und sich fragten, wie man dort leben konnte, so eingepfercht. Elenor hob die Hand, wie um den Tieren zuzuwinken. Die Fische erschraken ob der Bewegung und waren innerhalb eines Bruchteils einer Sekunde hinter dem undurchdringlichen Grün verschwunden. Missmutig darüber, dass die Begegnung der fischigen Art sie nicht aufgeheitert hatte, stieg sie die Treppe wieder hoch ins gleissende Licht des Tages.

16

Eine ihr unbekannte Dame begleitete Elenor in einen Besprechungsraum des Polizeipostens. Lange musste sie nicht warten, bis Loris in Begleitung Klara Zublers, seiner Chefin, den Raum betrat. Beide setzten sich Elenor gegenüber an den Tisch.

Bevor sie sich auf den Weg hierher gemacht hatte, hatte Elenor noch eine Weile mit sich gerungen, ob sie die Spielkarten tatsächlich der Polizei übergeben sollte. Es wurmte sie sehr, dass sie ihre Arbeit, den Fall Friedrich, nicht beenden konnte. Sie war versucht, Loris um mehr Zeit zu bitten, wusste aber, dass er ihr dies kaum gewähren würde. Eine gewisse Genugtuung erfuhr sie dann doch, als sie Kommissarin Zublers Staunen sah, als sie zu erzählen begann und die vier Karten, eine nach der anderen, auf dem Tisch legte.

Loris verzog keine Miene dabei und liess sich nicht anmerken, dass er die Geschichte schon kannte. Er spielte seine vermeintlich unwissende Rolle perfekt, stellte sogar Fragen an Elenor, obwohl er die Antworten bereits kannte. Das einzige, das er nicht kannte, waren die Spielkarten, die Elenor in ihrem Safe verwahrt hatte. Wenigstens hierbei musste er nicht den Ahnungslosen mimen.

Als Elenor ihre Geschichte beendete, reagierte Loris

Vorgesetzte ungehalten. Sie verstand die Verärgerung der Kommissarin nur allzu gut und hätte vielleicht genauso reagiert, aber sie wollte sich kein schlechtes Gewissen von der Frau einreden lassen. Sie, Elenor, war mit der Anfrage von Greta Friedrich bedacht worden und sie war es, die Zusammenhänge festgestellt hatte, die von grosser Wichtigkeit für die Findung der Wahrheit über Franz Friedrichs Tod waren. Nun, da sie an ihre fachlichen Grenzen stiess, überliess sie der Polizei alle Informationen und Belege. Die Spielkarten abzugeben widerstrebte ihr am meisten. Sie musste sich zügeln, damit sie diese nicht wieder aus den Händen der Polizistin riss, die die Motive argwöhnisch betrachtete. Der Verlust gab ihr das Gefühl, etwas wegzugeben, das noch Geheimnisse in sich barg, die sie noch nicht mit Zufriedenheit entschlüsselt hatte.

Loris protokollierte das Gespräch, während seine Chefin eine ungeahnte Kreativität in der Fragestellung an den Tag legte. Sie hatte das Gefühl, dass sie unzählige Antworten gegeben haben musste, bis die Befragung endlich zu Ende war.

Als sie das Polizeigebäude endlich verlassen durfte, regnete es heftig. Nach den langen Wochen der Hitze hatte sich ein Wettergott der Menschen erbarmt. Donner grollte vom Himmel über Zug und Blitze zuckten gefährlich durch die schwarzen, tief hängenden Wolken. Ein böiger Wind hatte die drückende Hitze weggefegt und erleichterte das Atmen. Sie eilte am Ufer entlang in die Altstadt und war von dem gewaltigen Schauspiel der sich hoch auftürmenden Wellen am Quai fasziniert. Das Wasser schwappte in einem hellen Türkis und mit weissen Schaumkronen zornig über die Uferpromenade hinweg. Sie beeilte sich, nicht nur, weil der Wind die Regentropfen unangenehm in ihr Gesicht peitschte, sondern weil sie Gäste erwartete und es noch einiges vorzubereiten gab. Sie bedauerte, dass das Abendessen drinnen stattfinden musste und nicht wie geplant am Seeufer. Ihr zum Wohnhäuschen umgebautes ehemaliges Badehaus hatte im Wohnzimmer nicht viel Platz. Aber nun, sie und ihre Gäste mussten sich damit arrangieren.

17

Konzentriert schnippelte Elenor die Zutaten für das Abendessen klein, als es heftig an der Haustür klopfte. Das Messer, das noch vor ein paar Sekunden durch Tomaten schnitt, hinterliess in ihrem Zeigefinger eine rote Linie und ein kleiner Blutstropfen quoll hervor. Bevor dieser das Essen verunreinigen konnte, wickelte sie geistesgegenwärtig ein Stück Küchenpapier um die Wunde. Der Schnitt brannte heftiger, als ihr lieb war. Sie griff in die kleine Schublade unterhalb der Spüle, suchte in der Box voller Pflaster nach der geeigneten Grösse und überklebte die Verletzung. Das Klopfen wiederholte sich. Es klang ungeduldig.

«Herein!»

Nichts rührte sich. Sie schaute auf die Küchenuhr. Wer immer das war, war viel zu früh gekommen, sie war noch nicht fertig mit der Zubereitung des Essens. Sie eilte genervt zur Tür, als der unbekannte Besucher anstatt erneut an die Tür zu hämmern, die Klingel drückte. Das Schrillen der Glocke ging Elenor durch Mark und Bein.

«Jaha, ich bin ja schon da!»

Ihr Bruder stand vor der Tür, ein breites Grinsen auf dem Gesicht und mehrere Flaschen Rotwein in den Armen.

«Warum kommst du nicht einfach herein?»

118

«Nur zwei Hände?» Er schaute bedeutungsvoll auf den Alkohol.

«Dann hätten doch deine Helferlein dir die Tür aufmachen können.» Elenor schaute genervt auf Benedikt, Bernhard und Xavier, die zusammengedrängt unter Schirmen standen und wie Schafe dümmlich grinsten. Seufzend stiess sie die Tür auf und liess die regennassen Freunde herein.

«An den Wein hast du sicher nicht gedacht, wie ich annehme.» Quentin spielte auf die Begebenheiten an, bei denen Elenor zwar immer an die Beilagen zum Essen dachte, aber regelmässig die Getränke vergass.

Loris zog eine Grimasse, als er die Treppe hinunter kam, angelockt vom Radau. «Ihr sauft aber auch wie die Kamele. Wir kommen gar nicht nach mit dem Einkaufen. Ich glaube langsam, dass ihr ein kleines Problem mit Alkohol habt.»

«Papperlapapp», sagte Quentin, «ich bin Arzt, ich kann das am besten von allen beurteilen und meine Diagnose ist», fuhr er fort während er eine der Flaschen mit dem Korkenzieher öffnete, den er aus der Hosentasche gezogen hatte, «dass da noch Raum für ein gutes Tröpfchen ist.»

Ausgelassen, setzten sich alle geräuschvoll an den bereits gedeckten Tisch. Quentin schenkte ein.

Elenor eilte in die Küche zurück, um dem Essen die letzten Handgriffe angedeihen zu lassen. Sie hörte, wie lustig es ihre Gäste hatten, trotz der Enge des Raumes oder vielleicht gerade deswegen und war zufrieden.

Kaum standen die gefüllten und dampfenden Schüsseln auf dem Tisch, langten alle hungrig zu. Während alle assen, beobachtete sie Bernhard und seinen Freund Xavier, die gleichmütig nebeneinander sassen. Sie konnte keine Unpässlichkeiten zwischen den beiden erkennen. Auch schien Bernhard es seinem Bruder nicht übel genommen zu haben, dass dieser seinen Freund ausfindig gemacht und hierher eingeladen hatte. Im Gegenteil, er schien aufgekratzt zu sein und erzählte wortreich von den gemeinsam besuchten Orten und den Erlebnissen, die seine Preziosen mit sich gebracht hatten. Xavier, vom Alkohol leicht beschwipst, erzählte stolz und überschwänglich, wie froh er war, so einen erfolgreichen Künstler wie Bernhard seinen Freund nennen zu können und prahlte von seinem Mitwirken an dessen Erfolg. Aber das schien niemanden zu stören, denn jeder am Tisch gönnte es Bernhard, dass seine Preziosen Liebhaber auf der ganzen Welt gefunden hatten. Was alle erstaunte, war, dass Xavier über exzellente Deutschkenntnisse verfügte. Seine Mutter habe deutsche Wurzeln, erklärte er seinen verdutzten Zuhörern, und hatte Klein-Xavier in dieser Sprache selbst unterrichtet.

Elenor bemerkte mit Wohlwollen, dass er gut in ihren Freundeskreis passte. Die andern hatten ihn ohne Federlesens in ihrer Runde aufgenommen. Wie haben sich die beiden äusserlich so unterschiedlichen Menschen kennengelernt? Neugierig wollte sie gerade die Frage stellen, als sie ihn in der Tür stehen sah. Als hätte er sich aus Luft materialisiert, stand Philipp in der kleinen Diele und beobachtete stumm das Gelage bei Tisch. Draussen musste es heftig regnen, denn das Wasser rann ihm in glitzernden Rinnsalen aus seinen dichten Haaren, die wie ein orangefarbiger Helm an seinem Schädel festklebten. Er verzog keine Miene, stand einfach nur da und seine langen Arme baumelten wie die Arme einer leblosen Puppe herab. Nur Philipps dunkle Augen huschten forschend im Wohnraum umher und schienen die Szene mit den essenden und scherzenden Menschen in sich aufzusaugen.

Obwohl Elenor ihn eingeladen hatte, hätte sie niemals auch nur einen Franken darauf verwettet, dass er den Mut aufbrachte aufzutauchen.

Kaum hatte sich Elenor vom ersten Schrecken erholt, hörte sie die gepresste Stimme ihres Bruders.

«Oh, du gütiger Himmel!», stiess Quentin hervor.

Das ausgelassene Geplapper der Gäste erstarb augenblicklich und alle starrten Philipp an.

«Wie kannst du es wagen hier aufzutauchen», zischte Quentin boshaft, «nach allem, was du uns angetan hast?»

Seine Stimme zitterte. Elenor wusste, er hielt sich mit letzter Kraft im Zaum. Ihre Augen immer noch auf Philipp gerichtet, spürte sie mehr als dass sie sah, wie sich Quentin langsam vom

Tisch erhob und den Mund aufmachte. Bevor er etwas Weiteres sagen oder tun konnte, war Philipp an den Tisch getreten.

Unisono rückten alle mit ihren Stühlen ein Stück weg von ihm.

«Hallo, Quentin», sagte Philipp mit seiner tiefen Stimme ruhig. Dann: «Bernhard, Benedikt und fremder Mann, Herr Sauber, Elenor.» Philipp sah allen in die Augen und nickte jedem der Genannten zu.

Niemand grüsste zurück.

Elenor bewunderte seine Unerschrockenheit. Vielleicht war es auch nur seine pure Verzweiflung und Angst.

«Bevor ihr etwas unternehmt, gebt mir ein paar Minuten und hört mich bitte an.»

Diese wenigen Worte weckten die Lebensgeister von Elenors Gästen. Quentin wich noch weiter von ihm weg und kramte in seiner Hosentasche herum, bis er das Smartphone fand und heraus zog.

«Wen rufst du an?» Doch Elenor wusste, wem der Anruf galt.

«Wen schon, die Polizei natürlich!» Ihr Bruder schaute sie an, als hätte sie gesagt, sie wolle mit dem neuen Gast ein Tänzchen aufführen.

«Ich dachte, die sei schon da.» Philipp sah Loris an.

Erst jetzt wurde sich Elenor wieder Loris Anwesenheit bewusst.

Alle blickten nun den Polizisten an, der mit ihnen am Tisch sass. Der bewegte sich nicht, sondern starrte ungläubig und mit offenem Mund Philipp an.

«Loris, das ist wohl tatsächlich deine Aufgabe. Bitte rufe deine Kollegen an, nimm ihn fest und leg ihm Handschellen an. Oder lies ihm seine Rechte vor, ringe ihn zu Boden oder was man sonst in solch einer Situation tut. Mir ist egal was, aber tu endlich etwas.» Quentin hielt ihm sein Smartphone hin.

Loris machte keine Anstalten, weder das eine noch das andere zu tun. «Philipp Löhrer, nehme ich an.»

Philipp verzog seine vollen Lippen zu einem schiefen Grinsen. «Ja, das ist mein Name.»

«Entweder sind Sie ein ziemlich mutiger Mann oder Ihnen ist akut das Gehirn abhanden gekommen. Sie tauchen hier auf, obwohl Sie wissen mussten, dass in diesem Raum all die Menschen versammelt sind, die Sie aus tiefstem Herzen hassen.» Loris kratzte sich am Kinn und beobachtete jede Bewegung Philipps.

«Und Sie.»

«Und ich.»

«Und der da, den ich nicht kenne.» Philipp nickte in Richtung Xavier.

«Komm mal mit in die Küche, Schwesterherz.» Quentin packte Elenor so grob am Arm, dass sie beinahe vor Schmerzen aufgeschrien hätte.

«Sag, hast du das etwa geplant? Hast du den da hierher eingeladen?» Quentins Gesicht war rot vor Zorn.

Bevor Elenor antworten konnte, hatte Philipp schon reagiert und war ihnen nachgeeilt. «Das hat nichts mit Elenor zu tun, also lass sie ihn Ruhe.»

«Woher sollen wir überhaupt wissen, dass der da nicht gekommen ist, um uns alle umzubringen?», rief Benedikt ihnen aus dem Wohnzimmer nach. Er hatte es irgendwie wieder auf den Punkt gebracht, was sie wohl alle insgeheim dachten.

Auf ein Zeichen Quentins hin gingen sie wieder zu den anderen zurück. Für einen Moment sagte niemand ein Wort.

In die Stille hinein war die tiefe Stimme Philipps besonders gut zu hören. «Ihr denkt wohl nicht im Ernst daran, dass ich hierherkomme, euch bitte, mir zuzuhören und eigentlich im Sinn habe, euch alle zu verprügeln, oder noch Schlimmeres. Wenn ihr so misstrauisch seid, so filzt mich doch.» Er stellte sich vor Loris hin, spreizte seine Beine und hob die Arme an. «Na los. Polizist Sauber, walten Sie Ihres Amtes. Aber Vorsicht, das gefährlichste, was ich bei mir trage, ist meine Brieftasche. Die ist zwar aus Leder, aber das Tier, das einmal darin eingewickelt war, tot. Ach, nein, ich habe gelogen.» Er kramte in seinen Taschen herum.

Fünf Menschen erstarrten und beobachteten jede seiner Bewegungen.

«Hier, ich habe euch noch ein Taschentuch unterschlagen. Damit wird es aber wahrscheinlich sehr schwierig werden, fünf Leute gleichzeitig umzubringen.» Er tupfte sich mit dem kleinen Stofftuch theatralisch das nasse Gesicht ab. Es half nicht wirklich, denn das Tuch war ebenso nass wie seine Kleidung. Als Philipp die kalten Blicke der anderen bemerkte, sagte er: «Ach, hört schon auf damit. Ich kann mich auch ausziehen. Ich habe nichts zu verbergen. Ich bin nur hier, um einige Dinge richtig zu stellen.»

Elenor beobachtete wie hypnotisiert, wie das Wasser, das an Philipp herabtropfte, kleine Pfützen auf ihrem Fussboden bildete. Dann gab sie sich einen Ruck und stand auf. Sie mochte nicht länger zusehen, wie er das teure Eichenparkett ruinierte. Sie ging hinaus und holte ein grosses Badetuch und einen Lappen. Das Tuch gab sie Philipp, damit er sich wenigstens ein bisschen abtrocknen konnte, den Lappen warf sie ihm vor die Füsse.

«Du hast überhaupt kein Anrecht darauf, dass man – dass wir dich anhören.» Quentin lachte ein bitterböses Lachen. «Du bist ein Betrüger und ein Mörder und ich wünsche mir nur allzu sehr, dass es dir in deinem restlichen Leben schlecht ergeht.»

«Bitte», Philipp hatte aufgehört zu scherzen. «Ich verlange nicht viel, doch hört euch an, was ich zu sagen habe. Ich bin nicht das, was ihr von mir denkt.»

Da brach es aus Quentin heraus. «Du stehst hier vor uns allen und bittest? Hast du vielleicht nur eine klitzekleine Ahnung davon, was du angerichtet hast? Ich habe Emma gefunden und ihren leblosen Körper …» Seine Stimme brach mitten im Satz ab. Mit einer fahrigen Bewegung strich er sich mit den Handflächen über das erhitzte Gesicht. Es dauerte ein paar Sekunden, bis er seine Sprache wiedergefunden hatte. «Ich habe nach ihrem Puls gefühlt, obwohl ich auf den ersten Blick gesehen habe, dass sie tot war. Und Arlette …» Er sprach nicht mehr weiter, sondern setzte sich auf den nächstbesten Stuhl und liess die Schultern hängen, als läge eine schwere Last auf ihnen.

Elenor sah mit Entsetzten, dass ihr Bruder weinte. Sie hatte ihn noch nie in ihrem Leben weinen gesehen. Nicht einmal, als er als Junge vom Baum gefallen war und sich einen Ast fast ins

Auge gerammt hatte, oder als ihre Eltern starben. Auch nicht, als Arlette und Philipp aus ihrer aller Leben verschwunden waren.

Philipp hob beschwichtigend eine Hand. «Ich verstehe euch alle gut, Quentin, ob du es nun glaubst oder nicht. Aber gebt mir nur ein paar Minuten eures Lebens, danach könnt ihr tun, was immer ihr tun müsst.» Und mit einem Blick auf Loris: «Handschellen anlegen, die Polizei rufen, was immer ihr für richtig haltet.»

«Ich weiss, ich bin sicher nicht die richtige Person, das zu sagen, aber ich denke auch, dass wir das tun sollten.» Loris sprach leise, aber bestimmt.

Alle glotzten ihn verwundert an.

Benedikt, der bisher still gewesen war, war nun an der Reihe. «Loris, warum sagst du so etwas? Gerade du solltest es doch besser wissen. Ich bin überrascht, dass du ihn nicht schon lange festgenommen und aufs Revier geschleift hast. Verhör ihn und wirf ihn in den Knast. Das ist doch sonst auch deine Aufgabe als Polizist.»

Loris machte den Mund auf, um zu antworten, doch Philipp war schneller.

«Bitte, das hat noch immer Zeit», sagte er noch einmal eindringlich und schaute alle Anwesenden der Reihe nach an.

Quentin konnte Philipps Flehen nicht beruhigen, im Gegenteil. Seine neu aufkeimende Wut richtete sich nun gegen Loris. «Stehst du unter Drogen oder was? Der da steht auf der Fahndungsliste eines jeden Landes auf dem Globus. Tue etwas!»

Elenor sah, dass ihr Bruder vor unterdrückter Wut kaum noch richtig atmete.

«Ich teile Loris Meinung. Wir sollten Philipp anhören. Das wird unsere letzte Gelegenheit sein, seine Version der Dinge zu hören.» Bernhard war kaum zu vernehmen, so leise sprach er.

Quentin raufte sich die Haare. «Seid ihr alle übergeschnappt? Bernhard, hast du vergessen was er mit Emma gemacht hat? Deinem Engel?»

Bernhard erbleichte. «Nein, natürlich nicht. Ich habe nichts vergessen. Aber wir wissen nicht, ob er oder jemand anderes

Emma getötet hat. Wir sind einfach davon ausgegangen, dass er und Arlette es gemeinsam getan haben. Der da sagt, dass er es nicht war. Das ist das, was du uns sagen willst, stimmt's, Philipp?»

Philipp nickte heftig mit dem Kopf. Elenor sah, dass ein fast unsichtbares Lächeln auf seinen Lippen lag.

Quentin schlug verzweifelt die Hände vor das Gesicht.

Doch Bernhard sprach unbeirrt weiter. «Quentin, denkst du, es vergeht nur ein Tag, an dem ich nicht an Emma denke? Ihr wunderschönes Gesicht folgt mir in jedem meiner Träume, in denen ich wieder und wieder erleben muss, wie sie stirbt.»

Elenor spürte, wie ihr die Tränen in die Augen stiegen. Bernhard sprach aus, was sie alle dachten.

Doch Quentin erreichten die Worte Bernhards nicht. Er schüttelte wild den Kopf. Als er aufstehen wollte, trat Philipp vor ihn hin. Quentin rückte mit einem entsetzten Gesicht mit dem Stuhl an die Wand. Zur Überraschung aller kniete Philipp vor Quentins Stuhl nieder, was von Quentin mit einem Ausdruck von Ekel und Verachtung quittiert wurde.

Philipp liess sich nicht aus der Fassung bringen. «Quentin, hör mich an, das bist du mir schuldig!»

«Ich bin dir gar nichts schuldig!», spie ihm Quentin ins Gesicht. «Wegen dir ist Emma nicht mehr hier! Geh in das Loch zurück, aus dem du gekrochen bist. Verschwinde von hier. Wenn du hier bleibst, wird dich die Polizei sowieso früher oder später fassen. Egal ob ich oder jemand anderes sie ruft.»

«Ich habe nichts mit Emmas Tod zu tun.» Philipp sah seinen ehemaligen besten Freund in die Augen. Als er sah, wie sich Quentins Mimik verhärtete, schüttelte er den Kopf, drehte sich um und sah Elenor bittend an.

Während sie sich zurückgehalten hatte, waren in Elenor die Zweifel an Philipps Schuld gewachsen. Es hatte sich in ihr ein hoffnungsvoller Gedanke geformt: Was, wenn er tatsächlich nichts mit Emmas Tod zu tun gehabt hatte, wie er versuchte darzulegen? Konnte sie ihm das wirklich glauben? Wie sollte sie herausfinden, was wahr war? In einem war sie sich sicher, egal was er getan hatte, er hatte es verdient, dass sie ihn anhörten. Er

125

war einmal ein Freund gewesen. Ein enger Freund, der bei ihnen schon seit Kindertagen im Haus ein- und ausgegangen war.

«Wenn du es nicht warst, warum bist du dann abgehauen?» Xavier stellte die logische Frage.

Philipps Augen zuckten für einen Bruchteil von Sekunden überrascht zu Xavier. Der Freund Bernhards hatte seit Philipps Erscheinen kein Wort gesagt.

«Wer ist das? Warum mischt der sich ein?», fragte Philipp in die Runde.

«Xavier? Er ist ein Freund Bernhards», antwortete Elenor.

«Los, mach schon und steh um Himmels Willen auf, das ist ja lächerlich», sagte Benedikt zum immer noch knienden Philipp. «Sag, was du zu sagen hast, dann werden wir weitersehen.»

Philipp stand auf und rieb sich ein Knie, bevor er sich einen Stuhl griff und sich setzte. Es sah aus, als sässe er im Gerichtssaal vor seinen Richtern. Mit den Händen fuhr er sich durch das immer noch feuchte Haar, das ihm wirr vom Kopf abstand. «Ich weiss nicht, wo ich beginnen soll. Es ist alles so kompliziert.»

«Wie wäre es mit dem Anfang?» Quentins Worte troffen vor Sarkasmus.

Philipp tat, als hätte er nichts gehört. Vielleicht hatte er es auch nicht, denn sein Blick verlor sich irgendwo in der Ferne.

Elenor konnte sich gut vorstellen, welche Bilder in seinem Kopf vorbeizogen. Sie hatte ebensolche Erinnerungen, die wie in einem schlecht geschnittenen Film immerzu unruhig und unwillkommen aufflackerten. Bilder von ihr und Philipp, von Emma und dem Tunnel unter dem Haus. Aber so erging es wohl jedem in diesem Raum.

«Ich bin dem Charme einer Hexe erlegen.» Philipps Stimme wurde immer leiser. «Einer Hexe Namens Arlette.»

Diese Worte trafen Elenor wie eine Ohrfeige. Quentin versteifte sich. Niemand sagte ein Wort. In der entstandenen Stille hörte man nur das leise Ticken der Uhr in der Küche.

«Schon bevor du aus Bern zurück gekommen bist», Philipp sah zu Elenor hinüber, ehe er seine Augen wieder auf seine grossen Hände in seinem Schoss richtete, «hatte ich mich in Arlette verliebt. Es tut mir leid, Quentin.»

Quentins bereits rotes Gesicht wurde noch dunkler. Mit bebender Hand griff er nach dem Weinglas und trank einen grossen Schluck. Seine Hand zitterte dabei so stark, dass Bernhard ihm das Glas aus der Hand nahm aus Angst, dass er es zerbrach.

«Ihr seid mir aber nie wie ein Liebespaar vorgekommen. Oder bin ich hier der einzige Blinde im Raum?» Quentin schaute sich um, alle schüttelten die Köpfe. Niemand hatte etwas von der Liebelei bemerkt.

«Wir waren vorsichtig. Niemand sollte davon wissen und ich weiss, es ist eine schwache Entschuldigung und eigentlich ist es nicht einmal das, aber ich war ihr vom ersten Augenblick, als ich sie gesehen habe, mit Haut und Haaren verfallen. Sie hatte mich in einem meiner schwächsten Momente in meinem Leben erwischt. Ich war orientierungslos, vielleicht auch ein bisschen depressiv und suchte nach einer Bestätigung meiner selbst. Sie hat mir alles gegeben, was ich gebraucht habe: Halt und Selbstbewusstsein. Sie war unglaublich stark und hatte mich in ihren Bann gezogen. Ihre Versprechen klangen in meinen Ohren wie eine Verheissung. Ich konnte endlich wieder etwas Nützliches tun. Sie gab mir das Gefühl gebraucht zu werden.» Fast entschuldigend sah Philipp Quentin an. «Wäre dein Angebot, bei dir als Partner einzusteigen, nur ein paar Wochen früher gekommen, dann ...» Philipps Stimme klang plötzlich heiser, war kaum mehr zu hören. Dann räusperte er sich. «Arlette hatte mir Abenteuer versprochen. Mir würde es nie mehr langweilig sein, so sagte sie. Sie hatte mir auch viel Geld versprochen. Aber das war mir nicht wichtig.»

Elenor sass bewegungslos da. Es war alles nur Theater gewesen, das Dinner im Casino, die Gespräche über Freundschaft. Das irrationale Gefühl, betrogen worden zu sein, machte sich in ihrer Brust breit. Sie war ja so naiv gewesen. Die Stimme ihres Bruders holte sie in die Realität zurück.

«Was sollte denn so spannend sein, das du tun solltest? Was war es, das dich blind für deine Freunde gemacht hatte?» Quentin stierte seinen ehemaligen Freund und Geschäftspartner abschätzig an. Es war offensichtlich, dass er ihm kein Wort glaubte.

«Ich sollte ihr nur dabei helfen, einige Gemälde ins nahe Ausland zu transportieren.»

Benedikt schnaubte verächtlich. «Was für Gemälde denn? Woher stammten diese? Woher hatte sie die? Die waren bestimmt gestohlen. Die ganze Aktion stinkt geradezu nach einem Verbrechen.»

Philipp liess sich nicht von Benedikts Einwürfen ablenken. «Sie hat mir versichert, dass es bereits von Kennern gekaufte Kunstwerke waren und sie Hilfe bräuchte, um die Logistik zu bewältigen. Es sollte alles sehr schnell gehen, denn die Käufer warteten schon ungeduldig auf die bereits bezahlten Bilder. Ich gebe zu, es waren mir Zweifel ob der Richtigkeit ihrer Aussage gekommen, aber sie hat mich eingelullt, und wie ich jetzt weiss, falsche Papiere gezeigt.» Philipp lächelte bitter und schüttelte den Kopf. «Ich war ja so leichtgläubig. Ihr könnt mir glauben, hätte ich gewusst, dass sie so skrupellos ist, ich hätte niemals eingewilligt ihr zu helfen. Aber ich war ja nicht der Einzige, der sich in ihr getäuscht hat. Wie ich dachten alle, sie sei eine nette, zuvorkommende, liebende Frau und Freundin.»

Elenor, Quentin, Benedikt und Bernhard machten betroffene Gesichter. Elenor spürte, dass die Worte nicht abschätzig klingen sollten, sondern dass Philipp damit sagen wollte, dass nicht nur er in Arlettes klug gesponnenem Netz hängen geblieben war.

«Das ist ja alles schön und gut, aber komm endlich zum Punkt.» Quentin konnte seine Ungeduld kaum noch zügeln.

Philipp räusperte sich wieder. «Arlette hatte bei der Renovation der Villa alte Hauspläne entdeckt. Sie war ganz aus dem Häuschen gewesen, als sie mir von dem Tunnel und dem Nebenraum unter dem Haus erzählte hat. Es war ihr wie eine glückliche Fügung vorgekommen. Sie musste nicht mehr irgendwo in der Pampa nach Verstecken für die gestohlenen Bilder suchen, sondern konnte sie hier, in ihrem Zuhause, unterbringen. Somit hatte sie alles unter Kontrolle. Ach, sie war so gut. Sie war eine begnadete Schauspielerin und konnte perfekt in die Rollen schlüpfen, die man von ihr erwartete. Sie war Geliebte, Freundin und Assistentin.»

«Und eine Diebin, Betrügerin und Mörderin.» Bernhards helle Augen klebten förmlich an Philipps Lippen.

Philipp ging nicht auf ihn ein. «Wir dachten, wir seien vorsichtig genug gewesen. Niemand hat uns bemerkt oder uns aufgehalten. Die Lieferungen haben wir während der Nacht angenommen oder weggebracht. Aber wir haben nicht mit Besuchern gerechnet und sind in Aktivismus verfallen, als Elenor zurückkam.»

«Ach, jetzt habe ich Schuld daran.» Elenor konnte sich die Bemerkung nicht verkneifen.

«Nein, natürlich nicht. Aber du hast uns einige Male im Park während der Nacht beobachten können. Jakob Schepper hatte im Keller herumgeschnüffelt und war uns dabei fast auf die Schliche gekommen.»

«Und weiter?» Bernhard trommelte nervös mit den Fingern auf den Tisch.

«Wir wurden noch vorsichtiger und haben einige Nächte ausgesetzt. Als nichts weiter geschah und niemand uns angesprochen oder aufgehalten hat, haben wir weitergemacht. Emma war die einzige, die misstrauisch genug geworden war, um der Sache auf den Grund zu gehen. Nach und nach hatte sie eins und eins zusammengezählt und war mir und Arlette auf die Schliche gekommen. Wie sie das genau angestellt hat, wie wir uns verraten haben, weiss ich bis heute nicht. Vielleicht war es ihre weibliche Intuition oder was weiss ich. Aber erst als du, Elenor, das Kellergewölbe gefunden hast, kam die Geschichte ins Rollen. Es kam, wie es kommen musste, Emma ging in den Tunnel und ertappte Arlette dabei, wie sie die Kisten packte, um die letzten Gemälde ausser Landes zu schaffen. Danach wollten wir aufhören» Philipp schluckte schwer. «Wäre Emma nur einen Tag später da hinunter gegangen, sie hätte nichts mehr gefunden. Dann wären wir schon über alle Berge gewesen.»

Elenor spürte, wie ihr die Tränen heiss die Wangen hinunter rannen. Ein Gedanke jagte den anderen. Sie machte sich unglaubliche Vorwürfe. Wenn das stimmte, was Philipp sagte, sie hätte es in der Hand gehabt, das Schlimmste zu verhindern. Hätte sie sich nicht mit Emma am Tag ihres Todes gestritten und sie aus dem Haus gewiesen, hätte sie ihre Freundin an dem Tag nicht alleine gehen lassen, es wäre wohl nie etwas passiert.

Bernhard sah, dass sie sich quälte und griff nach ihrer Hand. Sie musste all ihre Energie aufwenden, um nicht aufzustehen und aus dem Haus zu rennen. Hinaus in die Nacht, in den Regen, nur weg von hier. Aber wohin sollte sie auch gehen? Nichts war weit genug entfernt, als dass der Schmerz über den Verlust leichter geworden wäre. Sie konnte es fast nicht mehr ertragen, Philipp weiter zuzuhören. Doch niemand hielt ihn davon ab weiterzusprechen.

«Ich wusste nicht, dass Arlette eine Waffe bei sich trug. Sie hat mir erst davon erzählt, als wir bereits weit über die Landesgrenze gefahren waren.»

«Was hat sie dir erzählt?» Benedikts Augen ruhten hart und kalt auf Philipp.

«Sie war wohl gerade dabei gewesen, das letzte Gemälde für den Abtransport fertig zu machen, als Emma unvermittelt aus dem Tunnel in den Nebenraum getreten war und Arlette zur Rede gestellt hat. Was genau zwischen den beiden gesprochen oder getan wurde, weiss ich nicht. Jedenfalls hat Arlette in Notwehr die Waffe gezogen, wie sie sagte und hat Emma kaltblütig erschossen, um die Aktion nicht zu gefährden.»

Bernhards Schluchzen war überlaut in der den Worten folgenden Stille zu hören. Alle schwiegen betreten und kämpften mit den eigenen Gefühlen.

«Was ich nicht verstehe, ist, dass du nicht einfach zurückgekommen bist, als du wusstest, dass Arlette Emma etwas angetan hat, wenn du nichts damit zu tun gehabt hast. Du bist genauso abgebrüht wie sie. Du hast sie einfach da unten liegen gelassen. Alleine in der Dunkelheit.» Elenor konnte kaum mehr sprechen, ihre Kehle fühlte sich wie zugeschnürt an. «Du hast ihr einfach geglaubt, dass sie tot ist. Sie hätte aber noch leben können und vielleicht Hilfe gebraucht.»

Philipp schlug die Hände vor das Gesicht. «Ja, ich weiss. Das hätte ich tun sollen. Warum ich es nicht getan habe? Ich weiss es nicht. Ich gehe diese Stunden immer und immer wieder durch. Ich mache mir auch jetzt noch unglaubliche Vorwürfe.

Aber ich finde keine Antwort. Zudem, wer hätte mir geglaubt?» Philipp schüttelte den Kopf. «Arlette hat mir gedroht, der Polizei zu erzählen, alles wäre meine Idee gewesen. Sie hätte allen gesagt, ich hätte die Betrügereien eingefädelt und sie dazu überredet mitzumachen. Sie hätte behauptet, ich hätte Emma erschossen, als sie mich dabei erwischte, mit den Bildern abzuhauen. Ihr könnt euch nicht vorstellen, welch unglaubliche Angst ich vor der Vorstellung hatte, dass die Polizei mir nicht glaubt, dass ihr mir nicht glaubt. Am Ende hat sie Recht behalten. Ihr tut es nicht.»

«Du warst mein bester Freund. Du hättest versuchen können, es uns zu erzählen. Ich hätte dir zugehört.» Quentin hatte sich mittlerweile wieder im Griff. Seine Hände zitterten nicht mehr. «Du hast es vorgezogen abzuhauen.»

Philipp nickte. «Sie hatte immer noch die Waffe. Ich zweifle nicht daran, dass sie diese auch gegen mich gerichtet hätte.»

«Hat sie auch Jakob Schepper umgebracht?»

Philipp schaute überrascht auf. «Wieso fragst du mich das? Ich dachte, Scheppers Tod sei ein Unfall gewesen.»

Für Elenor sah seine Überraschung echt aus. Er behauptete allerdings auch, dass er und Arlette ein Liebespaar gewesen waren. Sie hatte nichts davon bemerkt. Im Gegenteil, sie hatte sogar eine Weile geglaubt, er wolle etwa von ihr. War nicht nur Arlette, sondern auch er ein guter Schauspieler?

Loris hatte lange geschwiegen. «Sagen Sie es uns. Es sieht doch sehr danach aus, als wäre es kein Zufall gewesen, dass er ausgerechnet in dem Tunnel den Tod fand, in dem ihr euer Versteck hattet, oder irre ich mich da? Ein Unfall, dass ich nicht lache. Ich sehe es wie Quentin und glaube, dass ihr da auch die Finger im Spiel hattet. Nur ein wenig nachgeholfen, ja?»

«Ich weiss nichts davon.» Philipp schüttelte vehement den Kopf.

Loris liess nicht locker. «Kommen Sie schon. Arlette muss doch etwas dazu gesagt haben.»

«Ich weiss nichts über die Ursache von Scheppers Tod. Ich habe weder mit seinem, noch mit Emmas Tod zu tun. Arlette hat nie etwas in diese Richtung erwähnt.»

«Ich glaube nicht, dass wir aus dem da», Quentin nickte verächtlich in die Richtung Philipps, «jemals die Wahrheit herausbekommen werden. Es scheint ihm leicht zu fallen, Arlette alles in die Schuhe schieben zu können.»

«Wo ist Arlette jetzt?» Loris stellte die Frage, die alle brennend interessierte.

«Ich weiss es nicht. Ich habe sie aus den Augen verloren.»

«Wie praktisch.» Quentin grinste schief.

«Was tun wir jetzt?» Bernhards Frage liess alle aufhorchen.

«Wir rufen die Polizei, was sonst? Die werden schon herausfinden, was wirklich geschehen ist.» Für Quentin gab es keine Zweifel am weiteren Vorgehen.

«Aber lasst uns zuerst etwas essen. Dann sehen wir weiter.» Xavier zuckte mit den Schultern, als ihn alle mit offenen Mündern anstarrten. «Was? Ich bin hungrig und es wäre eine Schande, wenn wir das Essen fortwerfen müssten.»

Elenor hatte ganz vergessen, dass Xavier mit am Tisch sass. Es war ein seltsamer Vorschlag, aber da von den anderen keiner etwas zuzufügen hatte und sich alle daran machten, sich wieder an ihre Plätze zu setzen, nahm Elenor die Schüsseln vom Tisch, um das Essen in der Mikrowelle aufzuwärmen.

Während die Energiewellen ihre Arbeit taten, dachte sie über den Verlauf des bisherigen Abends nach. Irgendwie hatte sie sich diesen anders vorgestellt. Friedlicher, verständnisvoller. Sie hatte sich Szenen vorgestellt, worin sich alle weinend in die Arme fallen und einander verzeihen würden. Sie war und blieb eben ein naiver Trottel. Ein Gedanke liess sie nicht los. Loris, der sie alle noch Tage zuvor vor Philipp gewarnt hatte, machte nun keine Anstalten mehr, diesen zu verhaften. Das war irgendwie bizarr und sie konnte verstehen, warum Quentin empört über sein Verhalten war. Sie verstand die Logik dahinter auch nicht. Sie drehte sich um und betrachtete die fünf Menschen in ihrem Wohnzimmer. Der grosse rothaarige Kerl, der dort mit den anderen auf das Essen wartete, war ein international gesuchter Mann. Ob er denn die Taten, denen er beschuldigt wurde, wirklich begangen hatte oder nicht, das mussten andere herausfinden. Wenn Arlette tatsächlich die Triebfeder der unglücklichen Geschehnisse war, wie Philipp ihnen weismachen wollte, dann war es glaubhaft, dass sie Philipp so um den Finger gewickelt hatte, dass er nicht mehr klar denken konnte. Falls Arlette die Mörderin Emmas war, dann war es an der Polizei, dies zu beweisen. Elenor war hin und her gerissen. Auf der einen Seite wollte sie Philipp glauben, dass er zumindest am Tod Emmas unschuldig war. Auf der anderen Seite war Arlette nicht hier und konnte somit ihre Seite der Geschichte nicht darlegen.

«Glaubst du mir wenigstens?» Philipp war hinter Elenor getreten und brachte Schüsseln zum Aufwärmen mit.

«Ich weiss nicht mehr, was ich glauben soll», sagte Elenor wahrheitsgetreu. Sie drehte sich um und schaute den grossen Mann an, wie er vor ihr stand, die Haare verstrubbelt vom Trockenreiben. Einen Moment lang konnte sie ihn als kleinen Jungen vor sich sehen, der sie traurig und enttäuscht ansah und von ihr, einer Erwachsenen, einen Rat erhoffte, der alles wieder gut machte. Sie konnte ihm nichts geben.

«Darf ich mal?» Philipp zeigte in Richtung der Toilette.

«Klar.» Elenor sah ihm nach, wie er hinter der Tür verschwand. Während sie das Essen weiter vorbereitete, lauschte sie dem angeregten Gespräch der anderen. Sie bedauerte sehr, dass das Abendessen ruiniert war. Nicht nur wegen den hochgehenden Emotionen um Philipp, auch das Essen war nicht mehr frisch. Aber ihre Gäste hatten Hunger und es musste genügen. Alles wieder aufgewärmt, stellte sie die Schüsseln auf den Tisch. Eifrig langten alle zu. Philipp fehlte. Sie stand auf und wollte gerade an die Badezimmertür klopfen, als es an der Haustür klingelte. Das Gespräch der Freunde erstarb sofort und alle schauten Elenor fragend an, die mit den Schultern zuckte. Sie erwartete keine weiteren Gäste. Neugierig spähte sie durch den Spion. Obwohl winzig klein und leicht verzogen, erkannte sie die Person vor der Tür sofort. Sie straffte ihre Schultern und atmete tief ein und wieder aus, bevor sie öffnete.

Vor ihr stand Klara Zubler, hinter ihr standen schwarz vermummte Gestalten, die Waffen hatten sie gezogen.

«Frau Zubler, ich verstehe nicht ...», begann Elenor.

Die Kriminalpolizistin unterbrach Elenor grob. «Ist Herr

Löhrer im Haus?»

«Ja.» Elenor hörte, wie ihre Gäste im Wohnzimmer unruhig wurden.

«Was ist los, Elenor? Wer ist denn da?»

Sie wusste nicht, ob die Frage von Bernhard oder Benedikt gerufen wurde.

«Hat jemand von euch die Polizei gerufen?»

Loris trat neben Elenor und lächelte seine Kollegen an. «Ich habe sie gerufen. Wer denn sonst?» Er schien über ihre Frage erstaunt zu sein. «Ich wollte nur etwas Zeit gewinnen, damit meine Kollegen sich organisieren können.»

«Warum so ein Spektakel, du hättest ihn selbst verhaften können.»

Elenor bekam keine Erklärung von Loris.

«Wir haben das Haus umstellt. Bitte kommen Sie alle einzeln heraus und folgen Sie den Anordnungen meiner Kollegen!» Frau Zubler bat nicht darum, das war Elenor klar. Sie spürte, wie jemand sie sanft zur Tür hinaus schob. Sie sah sich um. Quentin, Benedikt und Bernhard drängten sich hinter ihr und verrenkten sich die Hälse.

«Philipp Löhrer ist auf der Toilette neben der Küche», informierte Loris seine Kollegen.

Elenor sah nicht mehr, was danach geschah. Kaum stand sie mit den anderen draussen, drängte einer der Männer sie alle vom Haus weg und begleitete sie zur Villa.

18

Laute Rufe und Getöse drangen zu ihnen, da waren sie noch nicht im Haus angekommen. Am liebsten wäre Elenor umgekehrt, um zu sehen, was los war. Der Beamte stellte sich ihr in den Weg und schüttelte den Kopf. Ein lauter Knall hallte durch den Park. Es klang nicht wie ein Schuss, eher wie eine Tür, die zugeschlagen wurde. Dann wurde laut gerufen, sie hörte, wie Menschen durch das Unterholz brachen, Zweige knackten. Ihr wurde es schwer ums Herz. Ihr kleines Haus wurde von der Sondereinheit Luchs gestürmt. Dann war es wieder still. Quentin griff nach ihrem Arm und zog sie ins Haus.

Wenig später sassen sie mit ratlosen Gesichtern, ausser Quentin, der rastlos auf und abschritt und Elenor noch nervöser machte, als sie ohnehin schon war, im grossen Salon. Durch das Funkgerät des Polizisten im Empfangsbereich konnten sie ein Knakken und Knistern hören, dann die Worte: «Alles klar, wir ziehen uns zurück.» Die Aktion war beendet.

Kurz darauf kam Loris herein. Elenor war erleichtert. Sie wollte aufstehen und ihm entgegeneilen, doch als sie seine unbewegte Miene sah, blieb sie sitzen. Leise sprach er einige Worte zu dem Kollegen, der sie beaufsichtigte. Der nickte kurz und verliess darauf das Haus.

«Und? Habt ihr ihn gefasst?» Quentin schaute Loris erwartungsvoll an.

Alle rückten ein Stück näher zu ihm, damit niemand etwas verpasste, was er zu sagen hatte.

«Wir haben einen Mann verhaftet.»

«Einen Mann?» Elenor verstand nicht. «Nicht Philipp?»

Er schüttelte den Kopf. «Nein, Xavier.»

«Wie bitte?» Bernhard starrte Loris an. «Aber der sass doch gerade noch hier bei uns.»

Alle sahen sich suchend um. Xavier war weder auf dem Sofa, noch im Salon.

«Was? Wo ist Xavier? Das gibt es doch nicht», entfuhr es Bernhard. «Kann mir mal irgendjemand sagen, was los ist?»

«Wir haben ihn erwischt, wie er im Begriff war, sich durch das Badezimmerfenster zu hangeln und abzuhauen.» Loris sagte dies völlig emotionslos.

«Warum sollte er das tun?» Bernhard griff sich an den Hals, als bekäme er keine Luft mehr. «Und was ist mit Philipp?»

«Der hat den gleichen Weg genommen. Er war nur schneller und damit erfolgreicher als Xavier. Er ist uns entwischt.»

Mehr konnte ihnen Loris nicht sagen, da die Untersuchungen und die Suche nach Philipp noch im Gange waren. Kurz darauf verabschiedete er sich, um ins Büro zu fahren. Er liess verdatterte Menschen zurück.

Mittlerweile hatten sich die Zwillinge an den grossen Küchentisch gesetzt. Quentin braute für alle einen starken Kaffee. Elenor konnte nicht still sitzen und bereitete für alle noch zusätzlich Sandwiches zu. Sie waren im Badehaus nicht mehr dazu gekommen etwas zu essen.

Alle schwiegen betreten. Es war einfach zu peinlich. Niemandem war es aufgefallen, dass Xavier fehlte, als die Polizei sie aus Elenors Haus gescheucht hatte.

In die Stille hinein stellte Bernhard die entscheidenden Fragen. «Was hat das alles zu bedeuten? Was hat Xavier mit alledem zu tun? Hat jemand von euch eine Erklärung dafür, dass er abgehauen ist? Ich komme mir vor wie in einem Albtraum!»

Nicht nur er verstand die Welt nicht mehr. Dass Philipp

abgehauen war, konnte Elenor irgendwie nachvollziehen und es erstaunte sie nicht wirklich. Aber warum kletterte Xavier Philipp durch das Badezimmerfenster hinterher? Das machte überhaupt keinen Sinn.

«Mein lieber Freund und Zuckerbäcker. Wo hast du diesen Kerl nur aufgelesen?», fragte Benedikt seinen Bruder.

«Du bist ja ein richtiger Witzbold. Schliesslich hast du ihn hierher eingeladen.» Bernhard verschränkte die Arme vor der Brust und verzog beleidigt sein Gesicht zu einer Grimasse.

«Komm mir jetzt nicht so, Bruderherz. Ich wollte dir eine Freude bereiten, nichts weiter. Hätte ich gewusst, dass etwas nicht koscher an dem Typen ist, hätte ich den gelassen, wo der Pfeffer wächst.» Benedikt sah gleichermassen beleidigt aus wie sein Bruder.

«Na, na, kriegt euch wieder ein, ihr beiden.» Quentin hob beschwichtigend die Hände. «Erzähl doch mal, Bernhard. Xavier war doch recht schweigsam heute Abend. Wo hast du ihn kennengelernt?»

«Nicht ich habe ihn aufgegabelt, sondern er mich. Bei einer Vernissage in New York war er freudestrahlend auf mich zugekommen, so als würden wir uns schon lange kennen. Zuerst fand ich sein Verhalten merkwürdig, bis ich bemerkte, dass er einfach der überschwängliche Typ war. Je länger wir uns unterhielten, desto sympathischer fand ich ihn. Es stellte sich heraus, dass wir den gleichen Geschmack bezüglich Kunst haben. Zudem verfügte er über viele interessante Kontakte in die Welt der Schönen und Reichen und von da an sind wir zusammen in der Welt herumgereist.»

«Seit ihr beiden etwa ein Paar? Verstehe mich nicht falsch, nicht, dass es mich irgendetwas anginge, aber …» Benedikt schien ob der eigenen Frage peinlich berührt zu sein.

«Du musst dich nicht genieren. Nein, sind wir nicht. Wir sind nur gute Freunde.» Und nach ein paar Sekunden: «Das dachte ich jedenfalls.»

«Merkwürdige Dinge gehen hier zu und her.» Quentin rieb sich seine vor Müdigkeit roten Augen. «Aber heute Nacht können wir sowieso nichts mehr tun. Also, wer schläft alles hier? Ihr könnt alle bleiben. Ich habe genug Zimmer und Zahnbürsten da, also kein Problem.» Und zu Elenor gewandt: «Ich glaube, für dich wäre es sowieso besser, wenn du heute Nacht hier bleibst. Du kannst, solange die Untersuchungen andauern, nicht ins Haus zurück und morgen ist es noch früh genug, um sich die Schäden anzusehen. Das Angebot gilt natürlich auch für Loris.»

Elenor nickte dankbar. «Vielen Dank, aber ich glaube, er braucht heute Nacht kein Bett. Er ist mit seinen Kollegen an der Arbeit. Ich rufe ihn nur noch schnell an, damit wir beruhigt schlafen gehen können.» Jetzt, da die Aufregungen und die Anspannung nachgelassen hatten, fühlte sie, wie müde sie war. Sie erreichte Loris, der aber nur kurz Zeit für sie hatte.

Als sie auflegte, war sie nicht schlauer als zuvor. Wie er bereits berichtet hatte, hatte die Polizei Xavier dabei erwischt, wie er sich durch das kleine Badezimmerfenster ihres Häuschens quetschte. Das kam der Polizei spanisch vor und sie verhaftete ihn flugs. Mehr wusste er nicht zu erzählen. Xavier wurde immer noch verhört, wobei er sich sehr wortkarg gab. Philipp war weiterhin auf der Flucht.

Benedikt und Bernhard gingen nach oben in die Gästezimmer. Nur Elenor und Quentin blieben in der Küche zurück.

«Ich frage mich die ganze Zeit, wieso Philipp ausgerechnet heute bei dir aufgetaucht ist.» Die dunklen Augen Quentins suchten Elenors. «Wusstest du, dass er kommt? Du warst die Einzige, die nicht wirklich überrascht war, als er wie aus heiterem Himmel im Wohnzimmer stand.»

Elenor begann sich unter seinem musternden Blick zu winden. Das hatte sie von ihrer Heimlichtuerei.

«Habe ich es mir doch gedacht.» Er seufzte. «Seit wann weisst du, dass er wieder hier ist?»

«Seit ein paar Tagen.»

«Und warum sagst du mir nichts davon? Wo hast du ihn getroffen? War er schon mal hier?»

Elenor wagte kaum zu nicken.

«Nach alldem, was er uns angetan hat, triffst du ihn hier in unserem Zuhause?» Quentins Tonfall wurde immer beissender. «Hast du etwas mit ihm?»

«Spinnst du?» Elenor war nun auch wütend geworden. Ihr Bruder konnte ihr Vorwürfe machen, so viel er wollte, sie würde sie aushalten. Aber das ging zu weit. «Ich hatte nie etwas mit Philipp. Oder denkst du vielleicht, ich hätte ihn die ganze Zeit bei mir irgendwo versteckt gehalten? Wie kannst du das nur von mir denken.»

«Ich weiss leider nicht mehr, was ich denken soll. Zuerst taucht dieser Halunke auf, dann kriecht er durch das Badezimmerfenster auf und davon und dann versucht einer unserer Gäste dasselbe. Kann es sein, dass Philipp und Xavier sich kennen?»

«Woher soll ich das denn wissen. Ich kenne diesen Xavier nicht. Frag doch Bernhard.»

Quentin sah ein, dass er nicht auf jede Frage eine Antwort bekam. Mittlerweile hatte er sich wieder beruhigt. «Lass uns ins Bett gehen und versuchen einige Stunden zu schlafen. Morgen gibt es bestimmt noch manches zu tun.»

19

Die Rufe hinter ihm wurden lauter. Philipp konnte die Worte nicht verstehen, was aber auch nicht nötig war. Er konnte sich denken, wer etwas von ihm wollte. Keine Minute zu früh war er davongekommen. Fast blind stolperte er vorwärts. Tief hängende Zweige schlugen ihm wie Peitschenhiebe ins Gesicht. Er unterdrückte einen Fluch, als sich seine Hosenbeine in den stacheligen Brombeerbüschen verfingen, die im Wald wie Unkraut wucherten. Die verfluchten dornigen Gestrüppe standen so dicht, dass er sich regelrecht aus ihren klammernden Umarmungen zerren musste. Das Adrenalin pumpte heiss durch seinen Körper und trieb ihn an.

Er war enttäuscht. Die Mühen der letzten Tage und Wochen hatten nicht den erwarteten Erfolg gebracht. Trotzdem war er froh, sich vorbereitet zu haben. Akribisch hatte er seinen Fluchtweg geplant und war ihn wieder und wieder durchgegangen. Unzählige Male hatte er den verwilderten Park hinter der Villa durchstreift, seine Optionen abgewogen und getestet. Er wollte sicher gehen, dass sein Weg in die Freiheit, wenn er diesen nötig hatte, zuverlässig war und zum Erfolg führte. Es war eine mühsame Methode, den Fluchtweg zu sichern, nur mit Handschuhen und einer Gartenschere bewaffnet gegen all den

Wildwuchs. Mehr als einmal kam ihm der Verdacht, dass die Pflanzen, die er abschnitt oder ausriss, einen Tag später wieder nachgewachsen waren. Als sei der Park und seine Flora und Fauna verwunschen. Er hatte gefühlte hunderte von toten Ästen vom Boden aufgehoben und Gestrüppe gestutzt. Dabei musste er vorsichtig sein. Der Gärtner, obwohl heillos mit dem riesigen Gelände überfordert, war ihm bisweilen gefährlich nahe gekommen. Zu rigoros konnte er nicht vorgehen, ohne befürchten zu müssen, dass dieser seine Rodungen entdeckte. Weiter hinten im Park war es einfacher aufzuräumen. So weit weg von den Gebäuden war scheinbar schon seit Ewigkeiten niemand mehr gewesen. Hätte mitten im Dickicht ein weisses Einhorn gelebt, es wäre unentdeckt geblieben.

Lautes Knacken und Rufen aus der Richtung des Badehauses trieb ihn noch schneller an. Die Polizei war nahe, zu nahe für seinen Geschmack. Er hatte nicht wirklich Zeit gehabt, einen grossen Vorsprung zwischen sich und die Uniformierten zu bringen. Das Badezimmerfenster war kleiner, als ihm lieb war. Auch dabei hatte er sich verschätzt. Um ein Haar wäre er stecken geblieben und nur dank seines hauchdünnen Taucheranzuges, den er unter seiner Kleidung trug, blieb er von schwereren Verletzungen verschont. Seine Schultern und die Hüften schmerzten trotzdem. Es war ein erträglicher Schmerz, es war mehr sein Stolz, der bei dieser unwürdigen Flucht verletzt worden war. Nie im Leben hatte er sich vorstellen können, einmal durch ein Toilettenfenster fliehen zu müssen.

Plötzlich war es unheimlich still im Wald. Es war, als hatte sich eine riesige Glasglocke auf ihn niedergesenkt und hielt alle Geräusche von aussen von ihm fern. Er widerstand dem Zwang sich umzudrehen. Das hätte ihn nur kostbare Zeit gekostet. Das Gelände war zu unwegsam und brauchte seine ganze Aufmerksamkeit. Die Gefahr war gross, dass er stolperte und sich verletzte. Er wusste, dass er sich nicht einbilden konnte, dass die Polizei die Suche nach ihm aufgab.

Der Abend war nicht so verlaufen wie erhofft, aber der Versuch war es wert gewesen. So musste er sich selbst nie den Vorwurf machen, dass er die Menschen, die er einmal seine Freunde nannte, nicht noch ein letztes Mal um Gehör bat. Es war ihm aber nicht in den Sinn gekommen, deswegen unvorbereitet zu erscheinen. Zu lange war er schon auf der Flucht, als dass er sich wie ein Lamm auf die Schlachtbank führen liess. Leider hatte er mit seinem schlechten Bauchgefühl Recht behalten. Seit dem Moment, als er Elenors Haus betrat, wusste er, dass es nicht gut kam. Es wäre auch zu naiv gewesen zu glauben, dass keiner der Anwesenden sich die Mühe machte, die Polizei zu rufen. Schliesslich konnte nicht einmal er die Tatsache vergessen, dass er ein international gesuchter Mann war. Wer hatte ihn verraten? Quentin? Er war am aufgebrachtesten gewesen. Oder doch Loris Sauber? Zu verdenken war es ihm nicht, er war Polizist und nur schon seine Pflicht gebot es ihm, seine Kollegen zu informieren. Eines war ihm nicht klar. Wer war der fremde Mann neben Bernhard gewesen? Irgendwie kam ihm dieser Kerl bekannt vor, er konnte sich nur nicht daran erinnern, woher. Er war sich sicher, dass er auch in seinen Augen ein Aufflackern des Wiedererkennens gesehen hatte. Wenn er ehrlich zu sich war, dann war der ganze Abend eine Farce gewesen. Arlette hatte all dies vorhergesehen. Sie hatte ihm gesagt, dass das passieren würde. Wie hatte sie ihn ausgelacht, als er ihr davon erzählte, dass er seine Freunde um Verzeihung bitten wollte. Ihm würde niemand Glauben schenken, hatte sie ihm an den Kopf geworfen, ihn ausgelacht und einen Narren gescholten. Arlette. Zu spät, viel zu spät hatte er ihr wahres Gesicht erkannt. Hinter ihrer wunderschönen Fassade, ihrem prickelnden, anregenden Geist, ihren sprudelnden Ideen und ihrer scheinbar nie versiegenden Energie, war nichts als Hinterlist, Habgier und Lügen verborgen gewesen. Zu Anfang hatte er sie geliebt, innig und ohne Vorbehalte. Jetzt war es ihm peinlich zugeben zu müssen, dass es Bewunderung war, die er für sie gehegt hatte. All dies fühlte sich weit entfernt an, zu einer Zeit, als er noch geglaubt hatte, dass sie zwar ein wenig verrückt, aber keinesfalls bösartig war.

Auf der überstürzten Abreise von damals hatte sie ihm im Fluchtauto ihre Tat im Tunnel unter der Villa gestanden. Vor Entsetzen über dieses Verbrechen und der Trauer über den Tod Emmas war er in eine Art Trancezustand geglitten, so als würde er auf Drogen sein. Dann hatte sie ihn mit ihrem Gift gelähmt. Es war, als hatte sie in ihm einen Schalter umgekippt und seinen Verstand ausgeschaltet. Er hatte gewusst, es gab kein Entrinnen mehr. Er war wie eine mit den Flügeln verzweifelt mit letzter Kraft um sich schlagende Fliege im Netz der Spinne gehangen. Zu Anfang hatte ein kleines verstecktes, tief in seinem Hirn vergrabenes Eckchen noch gedacht und gehofft, dass sie ihn aus Bosheit angelogen hatte, dass sie sich vor ihm, in einer von ihm nicht nachvollziehbaren verqueren Art, hatte brüsten wollen und die Tat gar nicht begangen hatte. Die Schlagzeilen der Presse straften ihn Lügen. Es war nicht nur Arlettes Geständnis gewesen, das seine Liebe zu ihr sterben liess. Nach und nach schälte sich die wahre Arlette aus der sich immer wieder häutenden Spinne heraus und verwandelte sich vor seinen Augen zu einem Monster. Von Tag zu Tag widerte sie ihn mehr an, bis er es nicht mehr aushielt. Ihr unheilvolles Lachen verfolgte ihn immer noch. Wie sie ihren triefenden Hohn über seine Naivität zum Besten gab, dass er glauben konnte, sein liebster Freund und Geschäftspartner Quentin und dessen, ach so einfältige Schwester würden ihm Glauben schenken. Und vor Bernhard müsse er sich sowieso in Acht nehmen. Von Transen wusste man nie, wie sie reagierten.

Es hatte lange gedauert, aber sein Überlebenswille fing wieder an zu funktionieren. Er hatte begonnen, jede ihrer Bewegungen zu beobachten. Er würde ihn finden, den Fluchtweg aus ihren Fängen, da war er sich sicher gewesen.

Erleichtert stellte er fest, dass er es geschafft hatte. Er hatte das Ufer erreicht. Von hier waren es nur noch wenige Schritte zu der Stelle, an der er seine Habseligkeiten deponiert hatte. Angekommen, zog er hastig das Sweatshirt, die Hose und die Schuhe aus und stopfte sie in den bereitgestellten wasserdichten Sack. Unter seiner Kleidung spannte sich der dünne schwarze

Neoprenanzug über seinen Körper. Er stülpte sich die Kapuze über den Kopf, watete einige Schritte ins Wasser und zog sich die Flossen an. Auf dem Rücken schwimmend, trat er kraftvoll das Wasser. Es war ihm gelungen zu entkommen. Irgendwo dort, hinter den Bäumen, jagten ihn bewaffnete Polizisten, gerufen von Menschen, an die er geglaubt hatte. Er hatte sich an das letzte Quantum Hoffnung geklammert, das, wenn sonst nichts mehr, ihn vielleicht gerettet hätte.

Es war ja nicht so, dass er nicht wusste, dass er Mist gebaut hatte. Doch er war unschuldig an den Taten, um deren ihn die anderen verdächtigten. Er hatte niemandem etwas getan. Warum konnte das niemand sehen? Er hatte sich gefreut, als Elenor die Einladung zum Abendessen auf dem Friedhof ausgesprochen hatte. Sie war zwar kalt und abweisend gewesen, aber da hatte er erstmals wieder die Hoffnung geschöpft, dass alles wieder in Ordnung kommen konnte. Er hatte gewusst, dass noch nicht alles verloren war, wenn er sie überzeugen konnte. Erst am Tag des Termins hatte er erstmals gezögert, denn plötzlich war er sich nicht mehr so sicher. Doch was hatte er zu verlieren? Wenn er nicht mehr auf seine alten Freundschaften zählen konnte, was blieb ihm dann noch?

Scheinwerfer schickten ihre hellen, suchenden Finger in die Nacht hinaus. Mittlerweile hatte es aufgehört zu regnen. In der warmen Feuchtigkeit stieg Dunst auf. Das kam ihm gelegen. Einen Kilometer hatte er zu schwimmen, was ein Klacks für ihn war. Er war körperlich fit. Am anderen Ufer wartete ein Motorrad auf ihn, gut getarnt unter einer Unterführung nahe der Strasse. Er hatte es so manipuliert, dass kein Lichtstrahl, kein verräterisches Lämpchen aufleuchtete und seinen Standort oder seinen Fluchtweg preisgab, wenn er es startete. Lange hatte er nach einem geeigneten Vehikel gesucht. Zuletzt hatte er sich für ein Elektromotorrad entschieden, das einen genügend weiten Radius und einen starken Motor hatte, um auch Steigungen zu bewältigen. Vor allem war es leise, ideal für seine Fahrten durch die Nacht.

Aus der Ferne hörte er die Rotorengeräusche eines Helikopters. Er drehte sich auf den Bauch und half mit den Armen mit. Er war weit genug vom Ufer entfernt, als dass man ihn mit blossem Auge entdecken konnte. Sein schwarzer Anzug und die schwarzen Flossen halfen dabei, dass er mit dem dunklen Wasser verschmolz. Er war mittlerweile geübt darin, unsichtbar zu sein.

Ein letztes Mal sah er sich um. Seine Angespanntheit gaukelte im vor, zwei Figuren am Ufer zu sehen. Es waren Quentin und Elenor, die ihm nachsahen, als wäre er der leibhaftige Teufel und sie beide froh, ihn endlich losgeworden zu sein.

20

Elenor konnte nicht schlafen. Sie stand auf, setzte sich aufs Fensterbrett und schaute in den Park hinaus. Der Regen hatte sich verzogen. Nebelschwaden hingen wie weisse Schleier zwischen den Bäumen. Man konnte fast glauben, man wäre in einem Feenreich, so unwirklich ruhig war es in den Nachtstunden geworden, nachdem die Polizei sich zurückgezogen hatte. Mit Unbehagen erinnerte sie sich, wie sie im letzten Jahr viele Nächte an der gleiche Stelle in ihrem alten Kinderzimmer gesessen, in die Nacht hinaus gestarrt und geglaubt hatte, Bewegungen zwischen den Bäumen zu sehen. Heute wusste sie, dass es Philipps und Arlettes Heimlichtuereien gewesen waren, ihre betrügerischen Machenschaften im Tunnel unter der Villa. Sie schalt sich selber. Sie hätte auf ihr schlechtes Gewissen hören und Quentin von Philipps Rückkehr erzählen sollen. Spätestens dann, als sie ihm auf dem Friedhof begegnet war. Ihr Bruder hätte das Richtige getan und ihn bei der Polizei angezeigt. Nun war es zu spät und Philipp war wieder auf der Flucht.

Am Frühstückstisch fehlte Loris noch immer. Er hatte Elenor kurz vorher eine SMS geschrieben mit der Nachricht, dass er wohl erst im Verlaufe des Tages wieder nach Hause kommen konnte. Für Elenor kam dies gelegen, sie alle hatten Einladungen der Polizei bekommen, ihre Aussagen auf dem Revier zu machen. Wieder kam es ihr wie ein Fluch vor, der über ihr, ihrem Bruder und ihren Freunden lag und sie wieder und wieder in Verbrechen verwickelte, die etwas mit ihnen oder diesem Ort zu tun hatten. War das die kosmische Quittung für ihren Entschluss, nicht mehr für die Polizei zu arbeiten? Machte sich das Schicksal lustig über sie?

Nachdem sie das Protokoll durchgelesen und unterschrieben hatte, traf Elenor Loris zu einem Kaffee im Restaurant des Verwaltungsgebäudes. Er war in den Ausstand getreten und gab sich wortkarg, was Elenor ärgerte. Sie konnte ihm nichts Informativeres entlocken, als dass Philipp weiterhin nicht auffindbar war. Erst nach langem Bohren gab er preis, dass Xavier in Wirklichkeit nicht Xavier hiess. Sein richtiger Name war Detlef Plenner und war ein Bürger Deutschlands. Xavier, alias Detlef, hatte sich bis jetzt den Verhören widersetzt und mauerte. Das war nicht gut und half nicht, Licht ins Dunkel zu bringen. Elenor war gleichzeitig überrascht und enttäuscht über die Neuigkeit. Überrascht, dass ihr Häuschen im Wald ein Hotspot für Verbrecher geworden war und enttäuscht für Bernhard. Er hatte einen Freund verloren. Nichts mit feurigem Südamerikaner, alles war erfunden und erlogen. Auf die Frage Loris nach ihrem Wissen um die Männerfreundschaft, schüttelte sie den Kopf. Sie konnte sich beim besten Willen nicht vorstellen, dass Benedikts Bruder in dubiose Machenschaften verstrickt war.

Die Besichtigungstour von Elenors Häuschen war schnell getan. Die Schäden entpuppten sich zum Glück nicht als so gravierend wie befürchtet. Einzig die Badezimmertür war stark in Mitleidenschaft gezogen worden und lag mit zersplittertem Rahmen am Boden. Es herrschte zwar ein heilloses Durcheinander, aber da war nichts weiter, was nicht mit einem Anruf und ein bisschen aufräumen und putzen beseitigt werden konnte. Elenor stand in dem kleinen Badezimmer und stellte sich vor, wie Philipp sich durch das winzige Badezimmerfenster gequetscht haben musste und konnte sich ein Schmunzeln nicht verkneifen.

Sie wäre zu gerne dabei gewesen, als sich dieser grosse, schlaksige Mann durch eine so kleine Öffnung gezwängt hatte. Im Nachhinein war die ganze Situation komisch und tragisch zugleich.

Quentin teilte ihre humoristischen Gefühle nicht. Mit zusammengekniffenen Lippen schaute er sich den Schlamassel an und schüttelte unentwegt fassungslos den Kopf.

«Jemand muss Philipp gesteckt haben, dass wir kommen. Es kann kein Zufall gewesen sein, dass er zum genau richtigen Zeitpunkt abgehauen ist. Beinahe hätten wir ihn gehabt.»

Elenor und Quentin drehten sich überrascht um. Loris stand in der Eingangstür. Sie hatten ihn nicht kommen gehört.

«Der Gedanke ist mir auch schon gekommen. Sein Timing war einfach zu perfekt.» Quentin nickte zustimmend. «Ich war es jedenfalls nicht, wenn du das sagen willst.»

«Ich auch nicht.» Elenor hatte ein reines Gewissen.

Loris hob abwehrend die Hände. «Ich habe nichts gesagt.»

«Das will ich auch hoffen. Ich habe in den letzten Tagen viel Mist produziert, worauf ich nicht sonderlich stolz bin. Aber ich habe ihn nicht gewarnt.» Nur schon der Gedanke daran, dass die anderen denken könnten, sie wäre es gewesen, machte Elenor ärgerlich. «Ich kann mir auch nicht vorstellen, dass Benedikt oder Bernhard Philipp gewarnt haben. Sie wollten es ebenso sehr, dass er gefasst wird.»

Loris und Quentin stimmten ihr zu.

«Was ist mit diesem Xavier eigentlich los? Wisst ihr schon, wer er ist und was der hier wollte?» Quentin wusste noch nicht, dass Xavier nicht Xavier hiess.

«Nein, leider haben wir nichts Neues herausgefunden.»

«Helft ihr mir beim Aufräumen?» Elenor konnte Mithilfe gut gebrauchen.

Beide Männer gaben vor, dass sie keine Zeit und furchtbar viel zu tun hatten. Sie schwafelten von Terminen, die nicht aufgeschoben werden konnten, und verabschiedeten sich auffällig hastig.

Elenor war es am Ende recht, dass sie alleine blieb. Das Putzen und Aufräumen half ihr beim Nachdenken und das konnte momentan nicht schaden. Unterbrochen wurde sie bei ihrer Tätigkeit nur vom Schreiner, der eine Nottür einpasste. Den endgültigen Ersatz für den Schaden würde er in einer Woche liefern, wie er sagte. Als das letzte Geschirr gewaschen und eingeräumt war, sah sich Elenor zufrieden um. Einzig der üblicherweise mit Kristallgläsern gefüllte Küchenschrank blieb auffällig leer. Die Polizei hatte zur Sicherung von Fingerabdrücken und DNS-Spuren die am Abendessen benutzten Gläser mitgenommen. Es machte Elenor nichts aus. Diese Sachen waren ersetzbar.

21

Eine Nacht im eigenen Bett war erholsamer als die letzten beiden in der Villa. Elenor schlief ein, kaum hatte ihr Kopf das Kissen berührt. Sie erwachte sehr früh und obgleich es noch dunkel war, war sie sofort hellwach. Am gegenüber liegenden Seeufer sah sie nur ab und zu ein rotes oder weisses Licht vorbeihuschen. Um diese Zeit waren nicht viele Pendler auf der Achse von Goldau nach Zug unterwegs. In Bälde würde sich eine Lichterkette wie ein rot-weisser Tatzelwurm auf der Seestrasse entlang schlängeln. Sie gähnte und zog sich an. Das Bett neben ihr war leer geblieben. Loris war trotz seiner Ankündigung nicht nach Hause gekommen. Kater und Lotti hatten es ebenso vorgezogen, unten im Wohnzimmer zu bleiben. Vielleicht hatte sie einfach zu unruhig geschlafen und die Katzen mit ihrem Gefuchtel verscheucht.

Nach einem schnellen Frühstück für sich und die beiden Raubtiere fuhr sie ins Büro. Gestern hatte sie keine Zeit und Musse mehr gehabt, sich um ihr Geschäft zu kümmern. Zu viel war im Haus liegen geblieben, das sie zuerst hatte erledigen müssen. Der ungelöste Fall Moleani wollte weiter behandelt werden und die mysteriösen Buchstaben auf den Spielkarten warteten auf die Auflösung. Zu schade, dass sie nicht die Gelegenheit bekommen hatte, die von der Polizei aufgefundene Karte des Jägers zu untersuchen. Sie war überzeugt davon, dass auch auf diesem Motiv Abweichungen vom Originalbild zu finden waren. Vielleicht konnte Loris ihr Hinweise geben, ein Versuch war es jedenfalls wert. Noch bevor sie die Tür zum Büro aufschliessen konnte, klingelte ihr Handy.

«Tut mir leid, dass ich mich nicht gemeldet habe. Ich habe im Büro übernachtet.» Loris Stimme klang müde.

«Kannst du wenigstens heute Abend nach Hause kommen?»

«Ganz sicher. Ich muss auch mal meine Kleider wechseln. Nur zu duschen, um dann wieder in die alten Klamotten zu steigen, ist nicht wirklich effektiv.»

«Etwas Neues von Philipp?»

«Nein. Seine Spur verliert sich am Ufer. Wir vermuten, dass er über den See gerudert oder geschwommen ist. Wir suchen nun beidseitig die Ufer ab. Aber du kannst dir sicher vorstellen, wie schwierig und zeitraubend das ist. Vielleicht können uns die Hunde dabei helfen.»

Elenor hörte im Hintergrund Stimmen und jemanden, der nach Loris rief.

«Ich muss gehen. Wir sehen uns.»

Elenor bekam nicht die Gelegenheit, ihm auf Wiedersehen zu sagen oder nach der Karte des Jägers zu fragen. Missmutig stand sie immer noch in der Gasse vor ihrem Büro. Sie hatte Lust auf einen starken Kaffee, den sie nicht alleine trinken wollte. Sie schlenderte zur Galerie und sah mit Freude, dass die Tür offen stand. Sie war nicht die einzige mit seniler Bettflucht. Beim Eintreten in die Galerie fiel sie beinahe über die auf dem Boden gestapelten Bilder. Es herrschte ein Durcheinander, wie es Elenor noch nie gesehen hatte. Sie zwängte sich durch riesige Kisten ins kleine Büro. Bernhard sass am Tisch, an dem Arlette früher ihre Arbeiten für die Galerie Egger getätigt hatte. Jedes Mal, wenn sich Elenor in diesem Raum aufhielt, zog sich kurz ihr Magen zusammen.

«Hallo Bernhard, du bist aber früh auf. Du konntest wohl auch nicht schlafen.»

«Guten Morgen Elenor. Nein, ich habe die letzten Nächte

151

kein Auge zugetan. Die Muse für meine Kunstarbeiten ist mir auch abhandengekommen. Mir fehlt jemand, der mich küsst, also habe ich mich entschlossen, meinem Bruder ein bisschen unter die Arme zu greifen. Wie du siehst», er blickte sich um, «hat er es auch bitter nötig.» Er wühlte in einem Stapel Papier herum und murmelte etwas Unverständliches zu sich selbst.

«Ist Benedikt auch da?»

«Hm?»

«Hast du und Benedikt Lust auf einen Kaffee, ich könnte einen für uns aufsetzen.»

Bernhard schaute sie nur mit leerem Blick an.

«Erde an Bernhard – Kaffee – Pause?»

Er seufzte und liess den Kugelschreiber fallen, mit dem er sich gedankenverloren unentwegt an die Schläfe getippt hatte.

«Oh, ja, gute Idee. Benedikt ist oben. Er kommt bestimmt gleich.»

«Bin schon da. Ich habe das Wort Kaffee gehört. Lass uns nicht hier hocken bleiben. Gehen wir woanders hin.»

Schweigend spazierten sie zu dritt über den Landsgemeindeplatz, am Regierungsgebäude vorbei entlang der Katastrophenbucht und überquerten den Fussgängerstreifen. Der Spielplatz an der Ecke war um diese Zeit menschenleer. Die Vögel konnten ungestört ihr Morgenlied trällern, bevor eine spielende Kinderschar ihre Gesänge im Lärm erstickten.

Das Café am Bundesplatz war geöffnet und sie setzten sich an einen der Tische mit Blick auf den zirkulierenden Verkehr und vorüber hastende Menschen.

«Hat einer von euch schon etwas Neues von Philipp gehört? Oder von Xavier?» Benedikt rührte energisch den Zucker in seinem Kaffee um.

«Nein, leider nicht.» Elenor biss sich auf die Zunge. Sie konnte nicht erzählen, was Loris ihr im Vertrauen erzählt hatte. Die Zwillinge wussten nicht, dass Xavier eigentlich Detlef hiess.

Bernhard wand sich unruhig und rutschte auf seinem Stuhl herum, als sässe er auf einem verkehrt aufgestellten Melkstuhl.

«Bernhard, du weisst schon, dass du nichts für den

verpatzten Abend kannst?»

Er lächelte gequält.

«Bruderherz, erzähl uns doch noch einmal, wie du diesen Xavier kennengelernt hast. Letztens hast du uns nur eine Kurzversion zum Besten gegeben. Da steckt doch mehr dahinter. Habe ich recht?»

Bernhard tat so, als hätte er die Frage Benedikts nicht gehört. Elenor dachte schon, er sei in eine Art Trance gefallen, als er plötzlich tief seufzte. «Ich kann mich nicht mehr an alle Einzelheiten erinnern. Xavier behauptet jedenfalls, dass er mich schon länger kennt, als ich wahrhaben will. Er erzählt oft und gerne, dass er meine Ausstellungen schon eine Zeit lang besuchte, bevor er sich getraut hatte, mich anzusprechen.»

«Klingt ein bisschen wie Stalking», sagte Elenor.

«Ich von meiner Seite her kann sagen, dass ich ihn erstmals bewusst in der Galerie *Worthiness*, in so einem kleinen Kaff etwas ausserhalb von New York, bewusst gesehen habe. Das *Worthiness* ist eine kleine, feine Galerie im Besitz von Alt-Hippies. Witzige Leute übrigens.» Die Erinnerung daran brachte ihn zum Lächeln. «Er kam auf mich zu und verwickelte mich in ein Gespräch über meine Exponate. Er schien viel über mich zu wissen, was mir damals nicht seltsam vorkam, da im Internet viel über mich geschrieben wurde. Wir haben zusammen zu Abend gegessen, einen guten Wein getrunken und uns auf Anhieb gut verstanden. Daraufhin haben wir uns regelmässig an Ausstellungen getroffen. Seine offene und freundschaftliche Art hat mir gefallen.» Bernhard sah in die neugierigen Gesichter Elenors und seines Bruders. «Nicht in der Art, wie ihr jetzt wieder denkt.» Er wurde rot.

Elenor und Benedikt verzogen keine Miene.

«Erzähl weiter», ermunterte ihn Benedikt.

«Ich habe mich über seinen seltsamen Akzent gewundert und er hat gesagt, dass alle so sprechen würden, dort wo er herkommt. Er hat mich im Glauben gelassen, dass er aus Südamerika stammt, aus irgendeinem kleinen Dorf mitten in den Bergen von Argentinien. Er war immer da, wo ich auch war und das meine ich wörtlich. Ich habe nicht nur in den Staaten ausgestellt, sondern auch in Kanada und Mexico. Wir haben so viel Zeit miteinander verbracht, dass ich mich gar nicht mehr richtig um mein Business kümmern konnte. Er hielt mich von meinem kreativen Schaffen ab. Manchmal kam mir die Zerstreuung gelegen, aber es machte mich oft unleidlich. Dann kam es zu Streitigkeiten und ich bin ohne ihn weitergereist.»

Bernhard schwieg eine Weile, dann schaute er Elenor an. «Du hast ganz recht damit. Zeitweise habe ich mich gestalkt gefühlt. Irgendwie spürte er es, wenn es wieder so weit war, dann liess er mich alleine weiterziehen und verschwand für Wochen. Aber er tauchte immer wieder auf, tat so, als wäre nichts geschehen und ich habe ihm verziehen.» Bernhard schüttelte den Kopf, als könne er es selbst nicht glauben.

Benedikt rieb sich die Stirn. «Ich verstehe immer noch nicht. Was war denn genau das Besondere an eurem, na sagen wir mal, Businesskontakt?»

«Das, was wir hatten, war kein Business im eigentlichen Sinn. Er hat mir Kontakte vermittelt, die …, während ich …» Bernhard kam ins Stottern und brach ab. Er schwieg so lange, dass es unangenehm wurde.

Elenor und Benedikt sahen sich verwundert an.

«Ah, jetzt sehe ich, was er getan hat», nahm Bernhard das Gespräch wieder auf.

Benedikt wurde ungeduldig. «Was denn? Du meine Güte, so mach es doch nicht so spannend.»

«Ich Blödrian habe es nicht bemerkt!» Bernhard klatschte eine Handfläche gegen seine Stirn. «Ich war so unerfahren in der Kunstszene da drüben, dass ich seinen Aufforderungen, doch selber in den vielen kleineren Galerien anzurufen, deren Namen und Adresse er mir gab, um Termine für die Vorstellung meiner Exponate zu arrangieren, nachgekommen bin. So bin ich reingerutscht.»

«Wo reingerutscht?» Elenor konnte Bernhards Gedankengang nicht folgen.

«In seine Machenschaften. Wobei mir jetzt klar wird, dass ein ganzer Klan dahintersteicken muss.»

Elenor sah Benedikt fragend an, der die Schultern hob. «Ich

verstehe es auch noch nicht», sagte er frustriert.

«Aber es liegt doch auf der Hand! Xavier hat mir viele Kontakte vermittelt. Diese Kontakte waren nicht primär dazu bestimmt, damit ich dort ausstellen konnte, sondern um sich an mich ranzumachen.»

«Okay», sagte Elenor gedehnt. «Und weiter?» Sie war immer noch verloren.

«In Toronto hat er mich, nach einigen Monaten des gemeinsamen Herumziehens, gefragt, ob er mich nach Europa begleiten könne, falls ich mich entschlösse, heimzukehren. Ich war über seine Frage überrascht und habe ihm gesagt, dass ich nicht vor hätte, so schnell wieder in die Schweiz zurückzugehen, denn es lief gerade zu gut in Kanada und ich wollte diese Glückssträhne nicht gefährden.»

«Was ist dann passiert? Du sitzt jetzt hier mit uns in einem Café in der Schweiz und bist nicht mehr in Kanada», sagte Benedikt.

Elenor war es, als wäre sie die einzige, die immer noch nicht schlauer war als zuvor. Wovon sprachen die Brüder?

«In Toronto bin ich einer redseligen Galeristin mit guten Kontakten nach Europa begegnet. Ich traf sie frühmorgens, aber sie hatte schon nach Alkohol gerochen. Wir kamen ins Plaudern und da hat sich eins nach dem anderen ergeben. Lange Rede, kurzer Sinn, jedenfalls erzählte sie mir von einer einflussreichen Frau, die sie in Frankreich kennengelernt hatte.»

«Dann bist du zurückgekommen, um uns zu warnen?» Benedikts Gesicht wurde fahl.

Elenor sah von einem Bruder zum anderen.

«Genau. Ich fragte natürlich nach dem Aussehen dieser Person, da hat sie mir ein Bild gezeigt. Ich war wie elektrisiert, als ich Arlette erkannte. Sie sieht jetzt ein bisschen anders aus, aber ihre Gesichtszüge haben sich bei mir eingebrannt. Ich bin mir hundertprozentig sicher, dass sie es war. Ich bin sofort abgereist, ohne Xavier etwas zu sagen. Warum auch? Schliesslich ist es eine Familienangelegenheit und ich wollte ihn nicht in etwas hineinziehen, das ihn nichts anging.»

«So wie der Zufall wollte, habe ich dann Xavier hierher

eingeladen», ergänzte Benedikt und sah Bernhard dabei vorwurfsvoll und gleichzeitig reumütig an. «Warum hast du mir nichts davon erzählt? Ich hätte ihn nie und nimmer angerufen.

«Du brauchst mir gar nicht die Schuld zuzuschieben.» Auf Bernhards Wangen erschienen rote Flecken.

«Doch, natürlich bist du schuld. Warum erzählst du das uns erst jetzt? Du hast wertvolle Tage damit verplempert zu schweigen!»

«Hallo! Ich bin auch noch da! Kann mir mal einer sagen, wovon ihr sprecht?» Irgendwie kam sich Elenor unsichtbar vor. Keiner der Brüder machte nur den kleinsten Versuch, ihr etwas zu erklären.

«Ah, jetzt ergibt auch der Zeitungsschnipsel Sinn.» Bernhard nickte zur Bestätigung seiner Worte.

«Welcher Zeitungsschnipsel?» Benedikt runzelte die Stirn.

«Den die Polizei bei Xavier gefunden hat.»

«Woher weisst du, was die Polizei bei Xavier gefunden hat?» Elenor war konsterniert und enttäuscht zugleich. Loris hatte ihr weder etwas von einem Zeitungsschnipsel erzählt, noch davon, dass er Bernhard eingeweiht hatte.

«Die Kriminalkommissarin hat ihn mir gezeigt, als ich meine Aussage machte. Es war ein Artikel über Philipps und Arlettes Flucht. Dein Name und der Name der Galerie stand drin, Benedikt.»

«Und?» Elenor versuchte immer noch miteinbezogen zu werden, doch sie verlor langsam das Interesse an dem Gespräch.

«Ich kann es nicht glauben! Ich habe einen Übeltäter zu uns eingeschleust, nur weil du nichts gesagt hast!» Benedikt lehnte sich frustriert zurück.

«Ah», sagte Elenor. «Jetzt wird mir auch einiges klar. Es ist egal, welcher Name darin stand. Seht euch beide doch an. Ihr seid auf das i-Tüpfelchen gleich. Eure Namen kann man als Ausländer schon mal verwechseln.» Die Erkenntnis, dass Xavier nicht wegen eines Freundschaftsbesuches hier war und die Familie Bernhards kennenlernen wollte, sondern wegen Arlette und Philipp, beunruhigte sie. Wenn das wahr war, dann bedeutete dies, dass Xavier sie alle nur für seine Zwecke benutzt hatte.

«Spannend wäre zu erfahren, wer dieser Xavier in Wirklichkeit ist und für wen er arbeitet. Ist es Arlette oder Philipp, der ihn auf dich angesetzt hat oder jemand anderes?» Elenor kam richtig in Fahrt. «Seine Beinahe-Flucht aus meinem Badezimmerfenster bekommt so eine ganz andere Bedeutung, findet ihr nicht auch? Was meint ihr, kennen sich Philipp und er und stekken gemeinsam unter einer Decke?»

«Nein, das glaube ich nicht. Vielleicht schickt Arlette ihn oder jemand anderes versucht, über Philipp an sie ranzukommen.» Benedikt runzelte die Stirn.

Bernhard nickte. «Gemälde wurden gestohlen und ausser Landes geschafft. Philipp ist mit Arlette geflohen. Xavier will vielleicht für jemanden den Anteil einfordern oder seine Ware zurückbekommen.» Bernhard sah Elenor und seinen Bruder an, als erwartete er uneingeschränkte Zustimmung.

«Wartet mal, ihr beiden, nicht so schnell.» Elenor versuchte die Brüder von ihren Fantasien zurückzuholen. «Dieser Kerl könnte genauso gut von Interpol oder von sonst einer Behörde sein. Wer sagt uns, er sei von einer kriminellen Organisation geschickt worden?»

Elenor hatte den Eindruck, sie sei bei den beiden durchgedrungen, bis Benedikts trockener Einwand sie Lügen strafte.

«Der ist bestimmt von einer Bande von Kunsträubern geschickt worden, die ihr Geld wollen.»

Elenor lief es kalt den Rücken hinunter. Sollte sich das bewahrheiten, dann war Philipp in grosser Gefahr. Er war der einzige, der wusste, wo Arlette sich aufhielt und wo sich die Gemälde befanden.

«Macht es mich zu einem bösen Menschen, wenn ich mir wünschte, Xavier hätte Philipp erwischen sollen?», fragte Bernhard. «Wegen Emma.»

Benedikt schüttelte den Kopf.

Elenor war nicht seiner Meinung. «Wir wissen nicht mit Sicherheit, ob Philipp Emma umgebracht hat. Ihr habt es selbst gehört, er behauptet, es sei Arlette gewesen.»

«Mitgegangen, mitgehangen», murmelte Bernhard leise.

Elenor widersprach. «Nein, das ist mir zu einfach. Ich würde

157

es lieber sehen, wenn er sich stellte und man untersuchen könnte, was wirklich passiert ist.» Es war ihrer Meinung nach tatsächlich die beste Option. Er musste bestraft werden für das, was er getan hatte. Es war die Angelegenheit der Justiz und nicht einer selbstgerechten Organisation.

«Lasst uns mal darüber nachdenken, was ist, wenn es Arlette ist, die ihn sucht. Vielleicht ist er mit ihrem Geld abgehauen und sie lässt nun Xavier danach suchen», warf Benedikt ein.

Elenor lachte bitter. «Das wäre gut möglich, dass sie es ist, die ihn geschickt hat. Aber nicht wegen des Geldes. Philipp ist selbst steinreich, der braucht nicht Geld zu stehlen.»

Bernhard rieb sich die Augen. «Wie auch immer. Das Ganze mit Xavier stinkt zum Himmel. Er wäre bestimmt auch hier aufgetaucht, wenn du ihn nicht eingeladen hättest, Brüderchen.» Er seufzte müde. «Wo bin ich da hinein geraten? Ich habe keine Ahnung, ob ich mich mit einem Verbrecher, einem Geheimdienstagenten, einem Polizisten oder einem Privatdetektiv angefreundet habe. Was erhofft er sich hier von mir, von uns, zu holen? Ach, es ist alles so verworren.»

Elenor gab sich nicht mit der erstbesten Antwort zufrieden. «Lasst uns mal in Ruhe überlegen. Wenn er von Interpol oder von einem Geheimdienst ist, warum ist er dann abgehauen? Er hätte sich der Polizei zu erkennen geben können. Loris war ja da an dem Abend. Ich bin davon überzeugt, dass er selbst Dreck am Stecken hat.»

«Oder er ist eine Einzelmaske und will selbst irgendetwas haben. Dann ist dieses Schmierentheater ein Teil seiner Strategie, um uns zu verwirren», sagte Bernhard.

«Was für eine Strategie soll das denn bitte sein?», fragte Elenor.

«Keine Ahnung. Da müsst ihr schon Xavier fragen.» Für Bernhard war die Diskussion beendet.

Doch Benedikt liess nicht locker. «Hm, jetzt wäre es nicht schlecht, wenn wir wüssten, was Philipp eigentlich hier wollte. Wir wissen nicht mit Bestimmtheit, warum er zurückgekommen ist.»

«Doch, natürlich wissen wir das. Er wollte uns sagen, dass nicht er Emma umgebracht hat, sondern Arlette und er wollte, dass wir ihm verzeihen.»

Die Brüder sahen Elenor überrascht an.

«Er kam deinetwegen ins Badehaus, nicht wahr?» Bernhard stellte eigentlich keine Frage.

«Ach was, Blödsinn. Er wollte die Absolution von uns allen haben.»

«Wie lange weisst du schon, dass er wieder zurück ist?» Benedikt sah Elenor durchdringend an.

Unangenehm berührt, wollte Elenor zuerst nicht antworten, doch die hellen Augen des Galeristen liessen ihre nicht mehr los. «Ein paar Tage», sagte sie leise.

«Das erklärt nicht, warum er durch das Fenster abgehauen ist», muckte Bernhard auf. «Er hätte sich der Polizei stellen können, dann wäre seine Unschuld schon herausgekommen, wenn er es denn ist.»

Warum hatte er es nicht getan und es vorgezogen zu fliehen? Diese Fragen hatte sich Elenor in den letzten Tagen immer wieder gestellt.

«Irgendwie kann ich ihn schon verstehen. Er hat uns gebeten, ihm zuzuhören und wir haben ein riesiges Trara daraus gemacht. Warum sollte er annehmen, dass die Polizei ihm glaubt, wenn wir so grosse Mühe damit haben?», nahm Bernhard überraschenderweise Philipp in Schutz.

«Es gibt sicher Beweise, die seine Unschuld belegen.» Elenor war davon überzeugt. «Hattet ihr nicht auch den Verdacht, dass Philipp diesen Xavier kannte? Ich jedenfalls habe die Blicke der beiden gesehen.»

«Also spannen die beiden zusammen und wollen etwas von uns?» Benedikt seufzte resigniert.

«Ich weiss es nicht», sagte Elenor. «Was machen wir als nächstes?»

«Ich denke, du solltest versuchen, über deine Kontakte zur hiesigen Polizei mehr herauszubekommen, bevor wir in Aktionismus verfallen.» Benedikt sah Elenor vielsagend an. «Am meisten würde mich interessieren, wer dieser Xavier wirklich ist.»

Natürlich wusste Elenor bereits, wer er war. Sie nickte dennoch, um sich nicht zu verraten.

22

Es war an der Zeit, dass Elenor Greta Friedrich erneut besuchte. Hätten sich die Ereignisse in den letzten Tagen nicht überschlagen, sie wäre auf dem Hof vorbeigegangen, kurz nachdem sie die Spielkarten der Polizei übergeben hatte. Schon als sie auf den Platz fuhr, fiel es ihr auf. Der Hof wirkte gepflegter, aufgeräumter, als bei ihrem ersten Besuch. Die Hühner staksten, pickten und gackerten wohlgenährt und scheinbar zufrieden in ihren umzäunten Ausläufen, die Geräte und Maschinen standen nicht mehr ungeschützt herum. Sogar der grosse Garten war von Unkraut befreit worden. Der betörende Geruch der vielen farbenprächtigen Pflanzen stieg Elenor in die Nase. Am Telefon hatte die Witwe gut gelaunt geklungen, die Hoffnung auf eine baldige Aufklärung des Todes ihres Mannes schwang in ihrer Stimme mit. Elenor hatte ein schlechtes Gewissen, als sie an der Haustüre klingelte. Wie reagierte Frau Friedrich auf die Nachricht, dass nicht mehr sie, sondern wieder die Polizei für die Aufklärung des Todes ihres Mannes Franz zuständig war?

Bei Kaffee und Kuchen erzählte Elenor der Bäuerin von dem Sachverhalt. Über die Neuigkeit, dass Elenor die Karten der Polizei übergeben hatte, freute sich Greta Friedrich wie erwartet nicht. Im Gegenteil, in der ersten Erregung schlug sie mit der Faust auf den Tisch, sodass die Tassen und Kaffeelöffel in den Untertassen klirrten. Elenor versuchte ihr klar zu machen, dass es zu ihrem eigenen Vorteil war, wenn die Polizei den Fall nochmals untersuchte und neu bewertete. Die Behörden verfügten nun Mal über mehr Möglichkeiten, die Fundstücke zu untersuchen, als Elenor sie hatte. Nur zögerlich beruhigte sich die Witwe wieder, schliesslich gab sie Elenor Recht.

Elenor hob die neusten Informationen bis am Schluss auf. Nicht einmal die Polizei verfügte über die Erkenntnisse, die sie aus den Nachforschungen der vergangenen Woche im Dorf gewonnen hatte. Einige der Dorfbewohner hatten die Version von Greta Friedrichs Geschichte bestätigt, dass sich der Hühnerbauer Friedrich vor seinem Tod zu seinen Ungunsten verändert habe. Er, der sonst die Güte in Person gewesen sei und keiner Fliege etwas zuleide habe tun können, sei unvermittelt durch seine ungewohnte Aggressivität aufgefallen. Unwirsch und kurz angebunden sei er zuletzt gewesen, wobei man ihn schon seit längerer Zeit nicht mehr in seiner Stammbeiz angetroffen habe. Andere wiederum erzählten eine ganz andere Variante. Franz Friedrich habe sich verändert, ja, das sei richtig, aber Schuld sei seine polnische Frau gewesen. Die sei eine böse Frau und habe den friedfertigen Franz in den Wahnsinn getrieben. Sie soll es auch gewesen sein, die die Tiere misshandelt habe und auch vor ihrem Mann nicht haltgemacht und ihn geschlagen habe. Sie sei es auch gewesen, die ihn in den Tod getrieben habe. Nur in einer Aussage waren sich alle einig gewesen: Man sei ratlos gewesen ob seiner Veränderung und habe nicht gewusst, wie man sich am besten verhalten solle. Als man ihn dann gar nicht mehr zu Gesicht bekommen habe, seien die Gerüchte wie aus dem Nichts entstanden. Niemand wollte sich mehr daran erinnern, wer zuerst darüber gesprochen hatte, aber irgendwie hatte jeder plötzlich Bescheid gewusst darüber, dass der Bauer Friedrich seine Tiere vernachlässigte und quälte.

Nur eine alte, gebeugte Frau, die Elenor in einem grossen Garten vor einem vom Alter schwarzen Holzhaus antraf, hatte es anders formuliert: «Ich kannte den Franz schon seit seiner Geburt. Ich weiss um die Gerüchte, dass er seine Tiere und sogar seine Frau misshandelt haben soll. Ich kenne auch das

Gerede darüber, dass sie es gewesen sein soll, die die Tiere und den Franz misshandelt habe. Aber ich glaube weder das eine noch das andere. Franz hat so etwas nicht getan und ich sage das nicht, weil man über Tote nicht schlecht reden soll. Die Greta war es aber auch nicht.» Während sie Elenor mit kleinen wässrigen Augen betrachtet hatte, stützte sie ihren alten gebeugten Körper auf den Holzstiel der Stechgabel, mit der sie die trockene Erde in einem der Beete umgestochen hatte. «Sie sind Privatdetektivin, sagen Sie.» Die alte Frau dachte eine Weile über diese Tatsache nach. «Ich bin froh, dass sich jemand um diese leidige Geschichte kümmert. Es wäre zu traurig, wenn die Wahrheit nicht an Licht kommt.»

Verdutzt hatte sich Elenor über den Holzzaun gelehnt. «Welche Wahrheit?»

«Ich meine, da ist etwas faul an der Sache.» Die alte Frau hatte ein zeltartiges Taschentuch aus ihrer Schürzentasche gekramt und sich den weisslichen Speichel, der sich in ihren Mundwinkeln gesammelt hatte, abgewischt. «So, so, Privatdetektivin sind Sie», hatte sie wiederholt. «Wer hat Sie engagiert?»

Als Elenor ihr gesagt hatte, dass sie das nicht sagen durfte, schien die Frau nicht sonderlich überrascht darüber zu sein.

«Eh, es kann nur die Friedrich selbst gewesen sein. Wer sonst hat ein Interesse daran etwas herauszufinden?»

Elenor hatte nichts darauf erwidert, was die alte Frau aber nicht davon abgehalten hatte, die Nachforschungen weiter positiv zu kommentieren.

«Das ist gut, wirklich gut. Die Greta ist eine intelligente Frau und sehr nett. Na, jedenfalls wie ich schon sagte, ich bin froh, wenn sich jemand darum kümmert. Seien Sie aber auf der Hut, nicht alle meinen es gut.» Kaum hatte sie dies gesagt, war die alte Frau langsam, aber bestimmt, in ihr ebenso altes Haus zurückgeschlurft.

Als Elenor die Anekdote beendet hatte, schüttelte Greta Friedrich den Kopf und schnaubte verächtlich durch die Nase. «Das Dorf ist also zweigeteilt in der Meinung über mich. Das überrascht mich nicht wirklich. Es wäre interessant zu wissen, wer schlecht über mich gesprochen hat. Ich und eine

Tierquälerin? Das ist das fieseste, das ich seit langem gehört habe.»

Elenor konnte der Bäuerin diesen Ausbruch nicht verübeln. Den Gefallen mit den Namen der üblen Nachredner konnte sie ihr dennoch nicht geben. Zum einen wusste sie die Namen der Personen nicht, zum anderen wäre dies für die Aufklärungen nicht förderlich gewesen.

Elenor war nicht überzeugt davon, dass es ihr gelungen war, die Witwe davon zu überzeugen, der Polizei wieder zu vertrauen. Ein Zeichen dafür war, dass sie darauf bestanden hatte, dass Elenor weiterhin ihr Möglichstes tat, den Mord an ihrem Mann aufzuklären. Trotzdem war Elenor froh darüber, dass sie den Auftrag weiterhin ausführen durfte. Sie war sich sicher, dass mehr an der Sache dran war und sie nur die richtige Spur zur Lösung des Rätsels der Spielkarten finden musste. Dass die Karten in den Motiven Abweichungen zeigten, war für sie ein eindeutiges Zeichen, dass sie auf dem richtigen Weg war. Und sie teilte die Meinung der alten Frau, dass etwas faul an der Geschichte war. Elenor spürte auch mehr, als dass sie wusste, dass Frau Friedrichs Anteil daran grösser war, als diese sagte.

23

Greta Friedrich schloss die Haustür hinter der Detektivin und schaute durch das kleine Fenster, wie diese zu ihrem Auto ging. Sie hatte beobachtet, wie Frau Epp sich auf dem Hof erstaunt und bewundernd umgesehen hatte und war stolz darauf, dass alles wieder in Ordnung war. Sie hatte viel Energie und Kraft in die Aufgabe gesteckt, den Vorplatz aufzuräumen, die nötigen Reparaturen zu veranlassen und den Garten zu jäten. Sie hatte lange genug die Zügel schleifen lassen.

Zufrieden räumte sie das Geschirr in der Stube ab und trug es in die Küche. Als sie das Porzellan in die Spüle legen wollte, rutschte eine Kaffeetasse hinunter und zersplitterte auf dem Fussboden. Sie lehnte sich mit der Stirn an die kühle Front der Einbauküche. Sie war so müde. Sie musste sich erst einen Moment ausruhen, bis sie die Kraft wiederfand, die Splitter aufzufegen. Sie hatte seit Wochen nicht mehr durchgeschlafen. Obwohl gerädert von der vielen körperlichen Arbeit, konnte sie nicht einschlafen und wenn es ihr doch einmal gelang, erwachte sie mitten in der Nacht vom lauten Pochen ihres Herzens. Sie mochte sich nicht stundenlang im Bett herumwälzen, also stand sie auf und sah in die Dunkelheit hinaus und beobachtete den Platz vor dem Haus und die Ställe. Es brannten keine Lichter, die angedeutet hätten, dass noch jemand anwesend war. Nur die

Schalter der elektrischen Anlagen besassen Kontrollleuchten, die ihr schwaches rotes oder grünes Licht schimmern liessen.

Sie wusste, sie war die meiste Zeit nicht alleine auf dem Bauernhof. Zurzeit war er nicht da, jedenfalls glaubte sie das, denn er war schon seit Wochen nicht mehr aufgetaucht und in der Nacht blieb es dunkel im Stall. Sie war sich nicht sicher, wie sie reagieren wird, wenn er wieder zurückkehrte.

Ihr war es erst aufgefallen, dass er fort war, als nichts mehr fehlte. Es waren keine Eierschalen mehr auf dem Misthaufen oder Hühnerfedern herumgelegen und das Gemüse im Garten blieb unberührt. Bei ihren täglichen Rundgängen fand sie alles genauso vor, wie sie es am Vorabend arrangiert hatte. Sie hatte vor ein paar Tagen sogar Geld in die rostige Konservendose, in der sie sonst Gartenscheren oder Drähte aufbewahrte, gelegt und sie so platziert, dass man den Inhalt leicht sehen konnte. Das Geld lag immer noch darin. Nichts fehlte.

Seufzend setzte sich Greta an den Küchentisch und stützte den Kopf auf die Arme. Sie bereute es jetzt, dass sie Frau Epp nichts davon gesagt hatte. Vielleicht hätte die Detektivin ihr helfen können. Vielleicht. Sie schüttelte den Kopf. Nein, wie auch. Sie konnte ihr nicht einmal bei der Aufklärung des Todes ihres Mannes helfen. Hätte die Detektivin ihr geglaubt, wenn sie ihr gesagt hätte, dass die eine Person auf ihrem Hof herumschlich, von der sie glaubte, dass diese für den Tod von ihrem Franz und die Qualen der Tiere verantwortlich war?

24

Auch im Fall Moleani war Elenor keinen Schritt weiter gekommen. Sie und ihr Zürcher Kollege hatten bereits etliche Stunden in die Observation investiert, doch es blieb bis jetzt unklar, wann, wo und mit wem Alberto Moleani hätte fremdgehen können. Irgendwo war der Wurm in diesem Fall drin, doch so schnell gab sie nicht klein bei, im Gegenteil. Dass dies nicht leicht werden würde, war ihr unterdessen klar geworden. Im Leben dieses Mannes gab es einfach nichts Aussergewöhnliches zu entdecken. Sie lernte zwar einiges über die Pendlerbewegungen von Zug nach Zürich und wieder zurück, aber nicht mehr, ausser, dass ihr die Gepflogenheiten wildfremder Menschen nicht mehr fremd waren. Sie hatte sich Mühe gegeben, nicht aufzufallen, so getan, als führe sie schon immer mit der Bahn zur Arbeit und verschmolz mit dem Pendlerstrom. Was war also passiert? War sie zu forsch vorgegangen? Hatte Alberto Moleani sie enttarnt, war deshalb vorsichtig geworden und führte sie an der Nase herum?

An diesem Morgen war sie wieder unterwegs, um ihm zu folgen. Die Bedienung im kleinen Bahnhofladen brachte ihr den üblichen schwarzen und, was ganz wichtig war, heissen Espresso.

«Ich habe Sie ein paar Tage nicht gesehen. Sie waren doch

nicht krank?» Die Frage der Bedienung klang wie eine Feststellung.

«Nein, nein. Ich musste mich um eine andere Angelegenheit kümmern. Danke der Nachfrage.»

Zufrieden mit der Antwort stellte die ältere Dame die Tasse vor Elenor hin und kümmerte sich um neu angekommene Gäste.

Elenor sass wie immer am Tisch direkt am Fenster. Sie genoss die freie Sicht auf den Bahnsteig und die Menschen, die geduldig auf den nächsten Zug warteten oder vorbeihasteten, um den nächsten Anschluss von Bus oder Bahn nicht zu verpassen. Sie sah auf die Bahnsteiguhr mit ihrem roten Sekundenzeiger. Es konnte nicht mehr lange dauern und kaum hatte sich der Gedanke gebildet, so stieg auch schon Alberto Moleani die Treppe hoch und ging langsam, seinen Blick auf die Zeitung in seinen Händen geheftet, den Geleisen entlang und an den Menschen vorbei. Sie wusste, er würde erst stoppen, wenn er den Bahnsteigabschnitt, in dem die Wagen der 1. Klasse hielten, erreichte. Er sah aus wie immer. Der Anzug sass tadellos und sein Haar war akkurat mit viel Haargel zurückgekämmt.

Elenor trank den letzten Schluck und ging ihm langsam nach. Sie versuchte jeweils ein Abteil nahe seines Sitzplatzes zu ergattern, was nicht immer einfach war, denn die Zugreisenden schienen von den ungeschriebenen Gesetzen des Pendlerstroms zu wissen und wählten die immer gleichen Sitzplätze aus. Herr Moleani sass immer im oberen Stock des vordersten 1. Klasse-Doppelstöckers in einem Zweierabteil am hinteren Ende des Wagens. Wenn Elenor ihn nicht aus den Augen verlieren wollte, musste sie sich manchmal fast den Passagieren in den nahen Abteilen aufdrängen und sich zwischen spitzen Knien und Laptops hindurchquetschen, um einen Platz zu ergattern, der ihr erlaubte, ihn zu beobachten. Oftmals erntete sie von den griesgrämigen Reisegästen stechende Blicke und lautes Murren. Sie amüsierte sich darüber und kam sich erfrischend querulantisch vor. In Zürich folgte sie ihm ausnahmsweise bis zu seinem Bürogebäude, obwohl sie die Missbilligung im Gesicht ihres Kollegen sah, der ihnen im gebührenden Abstand folgte. Ihre

Bemühungen blieben wie immer fruchtlos. Sein Pendlerleben schien eintönig und langweilig zu sein. Elenor hoffte für den Mann, dass sein Job aufregender war und dass er sich wenigstens in seiner Freizeit einem fesselnden Hobby widmen konnte.

25

Der Plastiksack, in dem die Spielkarte steckte, fühlte sich kühl an und raschelte zwischen Elenors Fingern. Während sie sich Zeit liess mit der Betrachtung, ging Loris nervös im Raum auf und ab. Hin und wieder warf er ihr einen Blick zu, dann sah er seufzend auf die Uhr. Sein schlechtes Gewissen war offensichtlich und seine Unruhe übertrug sich auf sie. Seine Lippen waren zu einem nervösen, dünnen Lächeln verzerrt. Sie versuchte, sich nicht beirren zu lassen und konzentrierte sich auf die Karte des toten Jägers in ihren Händen. Es war das erste und vermutlich auch letzte Mal, dass sie diese betrachten durfte.

«Habt ihr mehr über die anderen Spielkarten herausgefunden? Habt ihr spezielle Fingerabdrücke oder DNS-Spuren gefunden?» Elenor war begierig mehr zu erfahren.

Sie befanden sich im Kellergeschoss des Polizeigebäudes. Gegenüber lag die Asservatenkammer. Elenor fröstelte es in diesem kühlen und düsteren Raum.

«Nein. Wir haben nur die Fingerabdrücke Greta Friedrich auf diesen zwei gefunden.» Er zeigte auf die Karten mit dem bratenfressenden Hund und dem Arzt. Diese zwei hatte sie von Greta Friedrich bekommen. «Dieses hier hat nur deine Fingerabdrücke darauf.» Das Bild mit dem Struwwelpeter.

«Was ist mit dem Hanns Guck-in-die-Luft?»

170

«Diese und die Karte, die du in den Händen hältst, sind sauber.»

Elenor prüfte die Spielkarte weiter. Sie wollte sich jede noch so kleine Einzelheit einprägen. Das Motiv zeigte einen auf seinen Hinterläufen stehenden Hasen. In seinen Pfoten hielt er ein Gewehr, mit dem er auf einen davon rennenden Mann zielte. Elenor war die Geschichte vom wilden Jäger vertraut. Genauso wie im Buch trug der schiesswütige Hase eine Brille, die er dem schlafenden Jäger zuvor gestohlen hatte und streckte ihm die Zunge heraus. Im Struwwelpeter-Buch schoss der Hase darauffolgend eine Kugel auf den Jäger, verfehlte ihn aber um Haaresbreite und auch nur, weil dieser sich kopfvoran in einen Brunnenschacht stürzte. Es war die einzige der aufgefundenen Karten, die sie bisher noch nicht zu Gesicht bekommen hatte. Sie hatte Loris lange bearbeiten müssen, bis er ihrer Bitte, zögerlich zwar, aber schlussendlich doch nachgekommen war. Er hatte darauf bestanden, dass es an einem Sonntag sein musste und ihr Stillschweigen abgerungen.

«Wie ist er denn nun wirklich umgekommen? Der Hund war es nicht, wie es zuerst in der Zeitung stand. War es Selbstmord oder Mord?» Elenor fehlten immer noch wichtige Einzelheiten.

«Es war Mord, da gibt es keinen Zweifel.» Loris Stimme klang laut in der Stille des Kellerraumes.

«Wie ist er zu Tode gekommen? Wurde er erschossen, so wie das Bild suggeriert?»

Loris nickte. «Er wurde zuerst erschossen, dann hat man seinen Bauch aufgeschlitzt. Wir fanden ihn kopfüber hängend an einem Ast.»

Elenor wurde übel und ihre Zunge begann am Gaumen festzukleben, so trocken war ihre Mundhöhle plötzlich geworden. «Wie grässlich! Habt ihr schon Hinweise darauf gefunden, wer es gewesen sein könnte?» Ihre Stimme hörte sich seltsam schleppend an, so als wäre sie betrunken.

«Leider nein. Wir arbeiten auf Hochtouren daran. Es ist wie verhext, als wäre ein Geist im Wald gewesen, hätte sich das Gewehr des Jägers geschnappt und ihn erschossen, um ihn dann kopfüber zum Ausweiden aufzuhängen.»

«Im Wald muss es doch Spuren geben. Der Täter ist bestimmt nicht geflogen.»

«Wir haben Spuren gefunden, es sind aber Wischspuren, die nachträglich entstanden sind, als der oder die Täter ihre eigenen Fussabdrücke beseitigten. An der Leiche haben wir keine Fingerabdrücke oder DNS gefunden. Allerdings sind die Untersuchungen noch nicht alle soweit fortgeschritten, als dass wir etwas ausschliessen könnten.»

«Hattet ihr schon die Gelegenheit gehabt mit Greta Friedrich zu sprechen? Ich habe ihr gesagt, dass ihr jetzt ihre Spielkarten untersuchen werdet und sie sicher nochmals sprechen wollt.»

«Wir sind noch nicht dazu gekommen.»

Elenor war enttäuscht, sagte aber nichts dazu. Es war einfach zu schade, dass sie keine Kopie des Hasen machen durfte.

«Hast du noch nicht genug gesehen?» Loris stützte sich mit den Armen auf den Tisch und schaute auf sie herab.

«Einen Moment noch bitte.» Sie suchte nach verborgenen Buchstaben, wie sie sie auf den anderen Spielkarten gefunden hatte. So sehr sie den Zeichnungsstrichen des Motives folgte, sie konnte dennoch nichts Verdächtiges finden. Sie kramte in der Handtasche nach den Scans der anderen vier Karten und dem Struwwelpeter-Buch und legte eines nach dem anderen vor sich auf den Tisch.

«Du hast Kopien von den Karten gemacht?»

«Verwundert dich das?»

Er schüttelte den Kopf. «Eigentlich nicht. Was hast du nun vor?»

Sie zeigte auf die roten Kreise auf ihren Kopien. «Setz dich bitte hier hin, ich möchte dir etwas zeigen.» Sie klopfte auf die Sitzfläche des Stuhls neben ihr.

Aufreizend langsam ging er um den Tisch und setzte sich.

«Hier, schau mal, was ich entdeckt habe. Auf den Motiven mit dem Hund, dem Arzt, dem Hanns und dem Struwwelpeter gibt es Unterschiede zu den Originalbildern im Buch. Zum einen sind es die Farben. Die unterscheiden sich deutlich. Aber was noch aufregender ist, ist dieses hier. Siehst du?»

Loris antwortete nicht, sondern kramte die Asservate zusammen und legte sie in den Karton zurück, den er mit dem Deckel verschloss.

Elenor war genervt von seinem Gehabe. «Es sind Grossbuchstaben auf diesen vier Spielkarten eingezeichnet. Auf dem Bild des Hasen fehlen sie. Das muss doch eine Bewandtnis haben, oder nicht?»

Ungerührt ob ihrer Entdeckung stand er auf und schickte sich an, den Karton in die Asservatenkammer zurückzubringen.

«Loris, würdest du mir bitte einige Minuten deiner ach so kostbaren Zeit schenken und dir das genauer ansehen? Was ist los mit dir? Du bist so abweisend. Ich habe etwas herausgefunden, was relevant für eure Ermittlungen sein könnte und du zuckst nicht einmal mit einer Wimper! Ich finde das nicht wirklich ein professionelles Verhalten!»

Er hielt inne, drehte sich aber nicht zu ihr um.

«Es interessiert dich also nicht, ob die Fälle gelöst werden?» Sie verstand überhaupt nichts mehr.

«Was für ein Unsinn, natürlich interessiert es mich. Ich bin allerdings der Meinung, dass deine sogenannten Entdeckungen nicht von Relevanz für die Fälle sind.»

«Aha, und du weisst das weil …?»

«Weil wir auch schon darauf gekommen sind. Es sind die Buchstaben FKF auf Frau Friedrichs Karten, GVK auf dem Struwwelpeter und WLB auf dem Hanns. Unsere Experten sind ja nicht blöd. Sie sind allerdings der Auffassung, dass die Zeichen zum Zweck der Verwirrung von Detektivinnen angebracht wurden.»

«Ha, ha. Immer wieder zu Scherzen aufgelegt, der Herr.» Elenor hätte ihm am liebsten eine gescheuert. «Du bist dir aber schon im Klaren, dass, wenn der Zeichner die Unterschiede für mich hinterliess, ich diese auch zu deuten wüsste. Du hast sicher auch eine Erklärung parat, warum sie auf dem Bild des Hasen fehlen.» Sie war so richtig wütend. So ein Ignorant. Wut brachte sie nicht weiter, also versuchte sie sich wieder zu beruhigen. «Lass mich kurz alles zusammenfassen. Es sind bis heute fünf Karten aufgetaucht. Vier davon sind bei mir gelandet. Der

Struwwelpeter, die zwei von Frau Friedrich und die des Hanns Guck-in-die-Luft. Eine fand man beim Jäger – also», sie tippte sich mit dem Zeigefinger mit einer übertriebenen Geste an die Stirn, «lass mich weiter nachdenken. Auf vier Spielkarten sind Buchstaben vermerkt. Auf der fünften mit dem Jäger nicht. Diese Karte weicht auch mit den Farben von den anderen vier ab. Drei der fünf Karten stehen im direkten Zusammenhang mit dem Tod zweier Menschen, Franz Friedrich und dem Jäger. Beim Jäger wissen wir, dass es Mord war. Greta Friedrich behauptet, dass auch ihr Mann umgebracht wurde. Bei den Karten mit dem Hanns und dem Struwwelpeter haben wir ausser den Buchstaben und dass ich eine davon gefunden und die andere erhalten habe, noch keine weiteren Anhaltspunkte.» Sie machte eine Pause und betrachtete Loris, der wieder zurück zum Tisch gekommen war. «Ich glaube, dass der Struwwelpeter und der Hanns auch mit einem Mord zusammenhängen. Wir haben nur noch nicht herausgefunden, wie. Was wir auch nicht wissen, ist, wie viele der Karten hergestellt wurden. Der Kartenspieler ist ja so gewieft!»

«Es sind sechs Karten.»

Loris offenbarte ihr diese Neuigkeit so beiläufig, dass sie zuerst dachte, sie habe sich verhört. «Sechs?» Sie stierte ihn an. «Ich sitze schon eine Stunde in diesem Raum und du sagst das erst jetzt?»

«Warum sollte ich es dir sagen? Wir führen hier eine polizeiliche Ermittlung und du bist keine Polizistin mehr. Du bist seit der Übergabe der Spielkarten an uns nicht mehr in die Fälle involviert. Zudem haben wir die letzte Karte erst vorgestern bekommen.»

«Du machst mir Spass. Nicht involviert? Dafür ist es wohl zu spät! Wie du dich vielleicht erinnerst, habe ich einen Auftrag einer Klientin erhalten, die schon vor längerer Zeit mit dem Verdacht zu euch gekommen ist, ihr Mann sei ermordet worden. Ihr seid es gewesen, die damals ihre Befürchtungen als nicht relevant abgetan hattet. Zudem wurde die erste Karte von mir aufgefunden.» Elenors Ruhe war wieder vorbei. Sie kochte innerlich. «Zeigt die sechste Karte ein Motiv aus einer anderen

174

Geschichte?»

Er blickte auf die Schachtel mit den Asservaten in seinen Händen.

«Etwa den Hanns?»

Elenor sah, dass er über ihren Verdacht, den sie aus dem Bauch heraus gemacht hatte, überrascht aufschaute. «Wir haben keine Leiche gefunden. Es gibt keinen Anhaltspunkt, dass jemand auf dem Grund des Sees liegt, wenn es das ist, was du denkst.»

«Wo habt ihr sie gefunden?»

«Ein Spaziergänger hat die Karte am Ufer liegend gefunden, einen Tag nachdem wir die Schuhe sichergestellt hatten.»

«Aber du sagtest, dass ihr die Karte vor zwei Tagen bekommen habt.»

«Der Mann hatte die Karte mit nach Hause genommen und wollte sie wegwerfen. Er hat sich dann Gottlob doch noch dazu entschieden, sie uns zu geben. Er war einer der Zuschauer am Ufer gewesen, als wir die Schuhe sichergestellt hatten.»

«Ein Glück.»

«Ich habe einen Verweis erhalten.»

«Was?»

«Ich habe einen Verweis von zuoberst erhalten. Sie sagen, dass unsere Beziehung meiner Arbeit schadet.»

Als wäre die Temperatur an einem unsichtbaren Thermostat auf das Maximum eingestellt worden, fing Elenor an zu schwitzen. «Das glaube ich jetzt aber nicht! Wie kommen die dazu, so etwas zu sagen! Das ist bestimmt auf dem Mist von Bacher gewachsen, diesem Mistkerl. Der ist doch neidisch auf alles, was glücklich und zufrieden ist.»

«Mag sein, ich weiss es nicht. Du solltest jetzt besser gehen. Ich hätte dich gar nie hereinlassen dürfen.»

Elenor betrachtete den Mann, mit dem sie seit Monaten Tisch und Bett teilte, mit Besorgnis. «Willst du mir damit etwas Bestimmtes sagen?»

«Sie haben Recht mit dem, was sie sagen. Wir wussten beide, dass es ein Risiko war zusammen zu sein. Ich bin es leid, alle meine Worte zu dir auf die Waagschale werfen zu müssen.»

Elenor wäre naiv gewesen, hätte sie nicht befürchtet, dass es einmal so kommen wird. «War's das jetzt? Hier unten in diesem trostlosen Keller machst du Schluss?»

«Tut mir leid, Elenor. Aber ich sehe im Moment keine andere Lösung, als dass wir uns vorläufig nicht mehr sehen. Ich habe diesen Eiertanz so satt. Wir verstricken uns in die Fälle, verraten uns unsere Geschäftsgeheimnisse. Ich muss die Reissleine ziehen, sonst verliere ich meine Glaubwürdigkeit und am Ende noch meinen Job. Sieh doch, was wir hier unten machen.» Loris wirkte trotz seiner vernünftigen Worte traurig.

Elenor schossen die Tränen in die Augen. Sie griff nach Loris Hand, die immer noch die Schachtel umklammert hielt.

«Aber ich liebe dich, Loris Sauber.»

«Ich liebe dich doch auch, du Verrückte du.» Loris hielt ihre Hand fest in der seinen. «Ich habe einen Vorschlag. Es soll nur eine vorübergehende Trennung sein, nur solange, bis die Fälle gelöst worden sind und nur solange, bis Gras darüber gewachsen ist. Ich muss für die nächste Zeit den Kopf unten halten, denn ich stehe unter Beobachtung. Die Führung steht unter enormem Druck. Die Bevölkerung und die Politik wollen im Tötungsfall des Jägers schnelle Resultate sehen. In diesem Kanton geschieht nicht oft ein Mord, aber wenn es einmal passiert, dann ist die Hölle los. Die Presse und viele besorgte Bürger legen uns beinahe die Telefonleitungen lahm mit ihren Anfragen.»

Elenor nickte stumm.

«Ich kann mir einfach keine Fehler erlauben. Lass uns das machen, ja? Ich werde wieder in meiner Wohnung übernachten. Wenn das alles vorbei ist, reden wir darüber, wie wir solche Dilemmas in Zukunft vermeiden können. Okay?»

«Versprichst du es?»

«Ich verspreche es.» Er lächelte zaghaft.

«Es wäre ganz toll, wenn wir weiterhin zusammen sein könnten.» Elenor war sich bewusst darüber, dass eine Trennung auf Zeit das Ende ihrer Beziehung bedeuten konnte. Die Chance, dass sich diese Situation, in der sie steckten, änderte, war minimal. «Darf ich dich noch einmal umarmen?» Elenor musste sich mit Gewalt zusammenreissen, damit sich nicht losheulte.

Loris liess es geschehen. Sie fühlte seine starken Hände auf ihrem Rücken und atmete seinen vertrauten Geruch ein.

«Kannst du mir einen letzten Gefallen tun?» Sie riss sich von ihm los.

«Ich sage nicht ja, bevor ich nicht weiss, was es ist. Aber ich höre dir zu.»

«Da wir jetzt nicht mehr ein Paar sind, könntest du mir doch zum Abschied etwas über eure Untersuchungsergebnisse sagen.»

«Du bringst mich jetzt wirklich in eine unmögliche Lage. Du weisst schon mehr als du solltest.»

Elenor sah, wie sich seine Miene verhärtete, gab aber nicht auf. Wenn nicht jetzt, dann nimmer mehr. «Bitte!»

Er dachte einen Augenblick nach. «Ich muss etwas kontrollieren.» Er ging in die Asservatenkammer, kam mit einer zweiten Schachtel zurück und stellte sie neben die andere auf den Tisch. Er öffnete den Deckel und nahm einen grösseren durchsichtigen Plastiksack heraus und legte diesen vor Elenor auf den Tisch. Er beachtete den hingelegten Gegenstand und sie nicht weiter, sondern nahm eine Liste zur Hand und vertiefte sich darin.

Elenor nahm den Sack in die Hand und drehte und wendete ihn. Darin lagen die Schuhe, die sie am Seeufer gesehen hatte. Die schwarzen Gummisohlen waren an den Fersen abgewetzt, da und dort war das Leder weggeschabt. Nicht viel, nicht schlimm, aber es waren eindeutig Gebrauchsspuren.

«Ah, ich habe es gefunden. Sie ist also noch da.» Er fasste in die Schachtel und hielt einen kleineren Plastiksack in den Händen, den er ebenfalls auf den Tisch legte.

Elenor war ganz aufgeregt. Die sechste Spielkarte! Hanns Guck-in-die Luft lag im Wasser, das Gesicht nach unten. Drei Fische beäugten ihn mit besorgten Mienen, während sich am Ufer zwei Männer über die Ufermauer beugten, einer kniend, der andere stehend. Jeder hielt eine am Ende gebogene Stange in der Hand. Gemeinsam angelten sie nach Hanns, um ihn vor dem Ertrinken zu retten. Die Karte unterschied sich in den Farben vom Original im Buch, genau wie die anderen vier, ausser dem Hasenbild.

«Habt ihr herausgefunden, wem die Schuhe gehören?»

«Nein. Wir haben zwar Material auf den Schuhen für eine DNS-Analyse sichergestellt, aber keine Übereinstimmung gefunden. Wir gehen immer noch von einem Jux aus.»

Sie kniff skeptisch die Augen zusammen. «Dagegen spricht eindeutig, dass auch hier Buchstaben eingezeichnet sind. WLB.»

Er zuckte mit den Schultern und nahm ihr die Spielkarte aus der Hand und legte sie zurück in die Schachtel.

«Ich bin mir ganz sicher, dass jemand auf dem Grund des Sees liegt, Loris. Anders kann man diese Karte nicht deuten.»

«Es gibt keine Indizien dafür. Bis jetzt könnte man einzig die Karte mit dem schiessenden Hasen in Zusammenhang mit dem Mord bringen. Es gibt keine Anhaltspunkte, dass Franz Friedrich umgebracht wurde. Wir wissen einfach noch zu wenig. Erst wenn wir wissen, was die Spielkarten bedeuten oder von wem sie an diesen Orten abgelegt wurden und zu welchem Zweck, sind wir einen Schritt weiter.»

«Elenor sah auf die Schuhe. «Ich kann nicht glauben, dass die Karten als Scherz gedacht sind oder ein Zufall sein sollen. Hinter all dem liegt eine Botschaft. Der Kartenspieler hat vorgelegt und wir müssen herausfinden, wie das Spiel gespielt wird.»

«Die zweite Hanns-Karte sagt rein gar nichts aus.» Er legte die Schuhe zu der Spielkarte in den Karton und schloss den Deckel wieder.

Sie war erneut von seiner Nichtreaktion auf ihre These enttäuscht. «Ich kann also davon ausgehen, dass ihr nicht vorhabt den See mit Tauchern abzusuchen?»

«Bevor wir eine Grossfahndung auslösen und Taucher und Schiffe auf den See schicken, sollten wir doch wenigstens ein Indiz haben, dass etwas an diesem Ufer passiert ist, das diese kostspielige Aktion rechtfertigt. Meinst du nicht auch?» Es klang ungeduldig.

Ihr ging seine schnippische Art langsam auf die Nerven. Irgendwie hatten sie beide in diesem Gespräch die Kurve nicht gekriegt. «Ich verstehe ja, dass du verärgert bist, aber hab bitte auch Verständnis für meine Meinung. Mit dieser hier sind es sechs Karten, Loris. Nie und nimmer sind das Zufälle. Es sind Killerkarten.»

«Du solltest jetzt besser gehen.»

Sie sah Loris nun verschlossene Miene und fügte sich. Wenn er in einer solch düsteren Stimmung war, dann hatte es keinen Zweck, hier und jetzt mit ihm darüber zu diskutieren.

«Wäre es möglich, dass du mir Kopien vom schiessenden Hasen und dem zweiten Hanns Guck-in-die-Luft gibst?» Elenor rechnete damit, dass Loris den Kopf schüttelte, dennoch war sie enttäuscht, als er es tat. Nun, dann nicht. Sie war fest entschlossen, ohne seine Hilfe das Rätsel um die Spielkarten und die Morde zu lösen.

Er begleitete sie noch ein Stück den Kellerflur entlang. Dort, wo die Treppe nach oben führte, verabschiedete er sich kurz und kühl von ihr. Während er die Asservate an ihren Platz brachte, ging sie alleine nach oben und verliess das Gebäude. Sie war froh, dass die Sonne hell von Himmel schien. Nach dieser zuletzt eisigen Atmosphäre zwischen ihnen konnte sie die Wärme gebrauchen. Erst als die draussen stand und in die Sonne blinzelte, wurde sie sich über die Konsequenzen ihres Gesprächs bewusst. Sein Vorschlag, sich in nächster Zeit nicht mehr zu treffen, hatte ihre Gefühle für ihn schlagartig verändert. Es fühlte sich nicht mehr gleich an, wenn sie an ihn dachte. Distanziert, ja das war das richtige Wort. Sie war trotzdem froh, dass sie hier gewesen war und sie war ihm dankbar dafür, dass er für sie einiges riskiert hatte. Wenn es herauskam, dass er ihr dies erlaubt hatte – sie mochte den Gedanken nicht weiterspinnen. Wenn sie in sich hineinhorchte, dann wusste sie, dass Loris Recht hatte. Sie waren zu sehr ineinander verflochten gewesen.

Sie tröstete sich mit dem Gedanken, dass die Polizei die Fotos der Schuhe veröffentlichen wollte. Die Beamten versprachen sich einiges von diesem Medienaufruf. Es bestand die berechtigte Hoffnung, dass sich jemand meldete, der Bescheid wusste, wem die braunen Herrenschuhe gehörten. Die Polizei spekulierte auch auf die Möglichkeit, dass derjenige, der die Schuhe auf der Ufermauer entsorgt hatte, ein schlechtes Gewissen bekam und sich meldete.

26

In zwiespältige Gedanken versunken, schlenderte Elenor entlang der Kaimauer in Richtung Altstadt. Wann hatte ihre Beziehung begonnen auseinander zu driften? Hatte sich Loris schon vor dem Intermezzo mit Philipps Besuch, dem Polizeieinsatz und der Verhaftung Xaviers alias Detlef, seltsam verhalten? Ja, das hatte er, aber sie hatte es seinem erhöhten Arbeitspensum zugeschoben, dass er nicht mehr so oft bei ihr vorbeigekommen war und es vorgezogen hatte, öfters in seiner Wohnung zu übernachten. An manchen Tagen, wenn sie ihn bei der Arbeit angerufen hatte, war er kurz angebunden gewesen, doch auch dann hatte sie sein Verhalten entschuldigt, indem sie sich sagte, sie habe ihn gestört. Es hatte schon auch Momente gegeben, in denen sie sein unachtsames Verhalten ihr gegenüber, seine Ausflüchte, seine langen Arbeitszeiten, gestört hatten. Sie hatte immer gezögert, es anzusprechen, weil sie fürchtete, in seinen Augen als Glucke oder Kontrollfreak dazustehen. Sie war traurig und verwirrt zugleich. Sie hätte es vorgezogen, hätte er ihr an einem passenderen Ort als im Keller des Polizeigebäudes gesagt, dass eine Trennung unvermeidlich war. Er hatte gesagt, dass er sie noch liebte. Sie war überzeugt, dass dem nicht so war. Jedenfalls nicht diese Art von Liebe, wie sie es für sich wünschte.

Desillusioniert und müde setzte sie sich auf eine Bank unter die Rosskastanien und schaute gedankenverloren auf das glitzernde Wasser hinaus. Hatte sie wirklich richtig gehört? Seine und ihre Arbeit soll der Grund für die Trennung sein? Haben ihn seine Vorgesetzten wirklich gerügt? So ein Blödsinn. Diese schwache Ausrede konnte glauben, wer wollte, sie bestimmt nicht. Sie war erstaunt darüber, wie ihm die Worte leicht und unverbindlich über die Lippen gekommen waren. Kein Wort des Bedauerns und keine Entschuldigung. Es war fast komisch, wenn es nicht so tragisch wäre. Sie musste seine Entscheidung akzeptieren, so hart es auch war.

Erst acht Monate dauerte ihre Beziehung. Für sie fühlte es sich an wie eine Ewigkeit, so vertraut war er ihr geworden. Sie rief sich die Szene im kleinen Café am Bundesplatz ins Gedächtnis zurück, wie sie gemeinsam geschwiegen und durch die grossen Fenster die Passanten auf dem Bundesplatz beobachtet hatten, die im eisigen Winterwetter mit gesenkten Köpfen durch das verschneite Zug geeilt waren. Damals waren sie sich langsam näher gekommen. Hätten sie sich auch ohne den Tod Emmas kennengelernt? Wer weiss. Schnell wischte sie sich die Tränen von den Wangen, die heiss auf ihre Knie tropften. Sie mochte nicht mehr darüber nachdenken, welche endgültige Tragweite die Trennung von Loris für sie hatte.

Sie sah auf, als ein Schatten auf sie fiel. Als sie den forschen Blick aus hellen Augen auf sich ruhen sah, spürte sie, wie ihre Lippen zu zittern begannen.

«Leni! Weinst du etwa?» Bernhard stand vor ihr und sah sie besorgt an.

«Nein.» Elenor wischte sich energisch die Tränen von den Wangen.

«Was ist denn los?»

«Loris und ich haben uns getrennt.»

«Dieser Schuft! Dieser Mistkerl! Warum? Was ist seine Ausrede?» Er ergriff ihre Hand und drückte sie fest. «Soll ich ihn für dich verhauen?»

Trotz ihrer Traurigkeit lächelte Elenor. «Warum denkst du, er hätte Schluss gemacht?»

«Ich glaube kaum, dass du Rotz und Wasser heulen würdest, wenn du ihm den Laufpass gegeben hättest.»

«Könnte so stimmen.» Elenor war es peinlich, dass sie hier mitten unter den sonntäglichen Spaziergängern weinte wie ein kleines Kind.

«Wollen wir uns später treffen und quatschen?»

«Heute Abend bei mir?», fragte Elenor unnötigerweise. Wo denn sonst? Es gab keinen schöneren Ort als einen Abend am See auf dem Holzsteg zu verbringen und Seelenschmerzen zu wälzen.

«Gerne.» Bernhard küsste sie auf die Wange und ging pfeifend weiter in Richtung des Landsgemeindeplatzes, wo er hinter einer Gruppe Touristen verschwand.

Es war still geworden im Badehaus. Loris hatte seine Sachen noch nicht abgeholt und jede einzelne seiner Habseligkeiten erinnerte sie an die vergangene gemeinsame Zeit. Sie ertappte sich dabei, wie sie sich Sorgen um ihn machte und sich fragte, wie es ihm ging. Den Mut, ihn anzurufen, brachte sie nicht auf. Sie war froh um die Ablenkung, ein Abendessen vorbereiten zu müssen, entzündete die Kohle im Grill und deckte den Tisch am See. Die Sonne stand tief und in Waldesnähe war es kühl geworden. Die Abende, an denen sie draussen essen konnten, waren gezählt. Es würde nicht mehr lange dauern und die ersten kühlen Herbsttage mit hartnäckigem Nebel würden sich über das Land legen. Sie lächelte, als sie Kater und Lotti sich auf den noch sonnenwarmen Holzplanken des Steges rekeln sah. Sie vermisste Emma. Bei ihr hätte sie ihr Herz ausschütten können, von Frau zu Frau. Sie dachte an ihre Eltern, die sie ebenso schmerzlich vermisste.

Elenors Vater war, ebenso wie Quentin jetzt, ein Chirurg mit Leib und Seele gewesen. Als Pensionär hatte er seinen arbeitsfreien Lebensabschnitt nicht daheim Däumchen drehend verbringen wollen, sondern er hatte sein Wissen um die Heilkunst und ein Teil seines erarbeiteten Vermögens Bedürftigen zur Verfügung stellen wollen. Das Projekt, auf das sein Interesse gefallen war, war die Behandlung von Kriegsverletzten in einem

Land südlich des afrikanischen Äquators. Dort hatte er schon während seiner regulären Anstellung im Kantonsspital jeweils mehrere Wochen im Jahr vor Ort verbracht und mit seinem Fachwissen unzähligen verletzten Menschen helfen können. Während dieser Zeit hatte er sich um neue medizinische Geräte und Operationsapparate bemüht, Sponsoren akquiriert und sein medizinisches Wissen an die einheimischen Ärzte und an das Pflegepersonal weitergegeben. Ihre Mutter, eine ausgebildete Operationsschwester, hatte ihn jeweils für einen gewissen Zeitraum begleitet, zum einen, um ihm komplizierte und langwierige administrative Arbeiten abzunehmen, zum anderen, um bei ihm sein zu können und ihn auch moralisch bei den oft schwierigen und sehr belastenden Operationen zu unterstützen. Dann war das Unglaubliche geschehen. Bei einem Inlandflug, von einem abgelegenen Teil des Landes in die nächstgrössere Stadt, waren sie in einen Guerillahinterhalt geraten. Die Kämpfer hatten angenommen, ein hohes Tier sässe im kleinen zweipropelligen Flugzeug, hatten nicht viel Federlesens darum gemacht, dies abzuklären und hatten, aus der Deckung heraus, das Flugzeug abgeschossen. Schwer getroffen war dieses vom Himmel gestürzt und im unwegsamen Gelände zwischen riesigen Bäumen des Urwaldes am Boden zerschellt. Es hatte keine Überlebenden gegeben. Die sterblichen Überreste der beiden wurden erst nach langem Hickhack von den örtlichen Behörden freigegeben. Quentin war damals für zwei Wochen nach Afrika gereist, um sich um die schwierigen Verhandlungen zu kümmern und die Leichname ihrer Eltern nach Hause zu bringen. Sie war alleine im grossen und plötzlich leer erscheinenden Haus zurückgeblieben, wo sie die Geister der Vergangenheit fast in den Wahnsinn getrieben hatten. Damals hatte sie es als unfair empfunden, dass ihr Bruder sich mit einer Aufgabe hatte beschäftigen können, die ihn ablenkte, während sie nichts anderes tun konnte, als auf Nachrichten von ihm zu warten und nach Antworten nach dem Warum zu suchen. Sie hatte zwar täglich mit ihm gesprochen, doch während der kurzen Telefonate über die vielen tausend Kilometer hinweg war keine Zeit für eine Trauerbewältigung geblieben. Elenor war damals kein kleines Kind mehr gewesen, aber sie hatte sich durch den Schock des plötzlichen Verlustes der Eltern wie vor eine tiefe Klippe gestossen gefühlt, deren Abgrund sie magisch anzog. Sie vermochte nicht mehr zu entscheiden, sollte sie sich wünschen, jemand solle ihr doch den finalen Schubs geben, damit sie ins süsse Nichts fiel, oder sollte sie den Schritt ins Vergessen alleine wagen. Heute konnte sie zugeben, dass sie lange vor dieser mentalen Kluft gestanden und in die Tiefe geblickt hatte. Sie hatte die Stimmen ihrer Freunde zwar gehört, auch die von Emma und Quentin, sie konnte damals aber nicht begreifen, was sie bedeuteten. Sie hatte lange gebraucht, bis sie sich wieder aufgerafft und den Entschluss gefasst hatte, sich wieder dem Leben zu widmen. Zu dieser Entscheidung gehörte auch, dass sie nach Bern zog, weg von dem Haus und all den traurigen Erinnerungen. Ihr Bruder hatte sie gewähren lassen und blieb alleine in der Villa zurück. Er hatte sich bis heute, während der langen Jahre ihrer Abwesenheit, um das Haus gekümmert und seine Arbeit als Arzt im Kantonsspital weiter geführt. Seine ihn ausfüllende Arbeit hatte Elenor wütend und neidisch gemacht. Sie hatte geglaubt, es mache ihm nichts aus, dass sie von einem Tag auf den anderen Vollwaisen geworden waren und dass es ihm recht war, dass er seine schwermütige Schwester losgeworden war. Älter und reifer geworden, wusste sie heute, dass das gemeine und ungerechte Gedanken gewesen waren. Zudem war sie es gewesen, die froh darüber war, wurde sie bei Quentins Anblick nicht tagtäglich an ihren Verlust erinnert. Er glich ihrem Vater sehr. In Bern hatte sie sich in eine Ausbildung und die Arbeit gestürzt und nach und nach ein neues Leben aufgebaut. Der Job als Polizistin hatte ihr gefallen, sie hatte neue Menschen kennengelernt, hatte eine kleine Wohnung unter dem Dach in der Altstadt bezogen. Dann hatte sie Kater auf der Strasse gefunden und aufgepäppelt und wenig später war Jonas bei ihr eingezogen. Es kam wie es kommen musste und es blieb immer weniger Zeit für ihre Freunde, für Quentin und Emma übrig. Als die Beziehung mit Jonas in die Brüche gegangen war, hatte sie Sehnsucht nach ihrem wahren Zuhause bekommen. Kurzerhand hatte sie ihre Habseligkeiten und Kater eingepackt und war hierhergezogen. Nach einem Jahr war sie immer noch hier, hatte das alte Badehaus umgebaut und bezogen und eine neue Firma gegründet. Unendlich lange schien das alles her zu sein, als sie am schmiedeeisernen Tor zur Villa gestanden, die Steinlöwen betrachtet und Lotti ihr geschmeichelt hatte.

Die Erinnerungen liefen ihr wie ein Schauer über den Rücken, was sie frösteln liess. Sie sassen zu dritt draussen am grossen Tisch und bestrichen die Koteletts, die Elenor leidlich alleine hinbekommen hatte, jedenfalls waren sie nicht verkohlt, mit der selbst gemachten Kräuterbutter.

«Du frierst, wollen wir hineingehen?» Nicht nur Bernhard war zum Essen gekommen, sie hatte auch Quentin eingeladen, der sie besorgt ansah.

«Nein, es ist so schön hier draussen. Ich hole mir nur schnell eine Jacke und ein paar Kerzen. Es wird langsam so dunkel, dass ich nicht mehr weiss, ob ich ein Stück von diesem zähen Fleisch oder von der Tischplatte säble.»

Bei ihrer Rückkehr war es ungewöhnlich still am Tisch. Quentin und Bernhard sahen in den Wald hinein und deuteten ihr sich zu setzen.

«Was ist?» Elenor war alarmiert.

«Pst, sei einen Moment still.» Quentin horchte in die Dunkelheit des Parks hinein. «Habt ihr das auch gehört?», fragte er flüsternd.

«Nein», flüsterten Elenor und Bernhard zurück und strengten sich an zu hören, was Quentin glaubte wahrzunehmen.

«Vielleicht bin ich ja paranoid, aber ich habe dort drüben etwas stehen sehen.» Er zeigte in die Richtung hinter Elenor. «Dann ist es plötzlich verschwunden.»

Elenor drehte sich um und verdrehte sich den Hals, konnte aber nichts entdecken. Der Schein der Grillglut und der Kerzen reichten nicht aus, um den dunklen, nächtlichen Park zu erhellen.

«Vielleicht war es ein Reh», offerierte Bernhard.

«Möglich. Ja, wahrscheinlich.»

Elenor sah, dass ihr Bruder nicht überzeugt davon war, ein

Tier gesehen zu haben. «In letzter Zeit habe ich öfters das Gefühl, dass hier noch jemand ist. Zuerst habe ich auch geglaubt, dass es Rehe oder Hirsche sind.»

«Was? Warum sagst du mir nichts davon?» Quentin sah Elenor tadelnd an.

Bernhard beschwichtigte beide: «Ich bin sicher, es war ein Tier. Wer sonst sollte hier im Wald herumschleichen?»

«Philipp zum Beispiel?» Quentin brachte auf den Punkt, was Elenor dachte.

Bernhard nickte. «Das könnte allerdings sein. Wir wissen nicht, wo er gerade steckt.»

«Ich glaube nicht, dass er es ist.» Irgendwie fühlte sich Elenor genötigt, Philipp in Schutz zu nehmen, obwohl sie zugeben musste, dass er es sein könnte. Der Gedanke war ihr schon mehrmals gekommen. Sicher war sie sich jedoch nicht.

«Elenor, muss ich dich daran erinnern, dass er immer noch ein polizeilich gesuchter Mann ist?» Quentin schüttelte den Kopf, als hätte Elenor gesagt, sie wolle von nun an im Wald leben und der Welt, wie sie jetzt war, entsagen.

«Schon, aber wie ihr wisst, hat er den Mut aufgebracht und ist vor versammelten Freunden erschienen. Was hätte er vom heimlichen Herumschleichen? Wir wissen ja, dass er da ist. Er könnte doch an der Tür klingeln.» Elenor fand das logisch.

«Natürlich», erwiderte Bernhard sarkastisch, «er könnte sich auch zu uns an den Tisch setzen, etwas mitessen und mit uns plaudern.»

«Er ist seit seiner Flucht aus dem Badezimmerfenster nicht wieder aufgetaucht. Jedenfalls nicht bei mir. Ich glaube, den sind wir los.» Quentin sah Elenor fragend an. «Was meinst du, Leni?»

«Er ist weder bei mir gewesen, noch habe ich etwas von ihm gehört. Ich habe auch keine Lust auf seinen Besuch. Eine eingetretene Tür reicht mir völlig.»

Wortkarger als gewöhnlich beendeten sie das Abendessen. Das ungute Gefühl, beobachtet zu werden, war geblieben und als sich Quentin und Bernhard von Elenor verabschiedet hatten, schaltete Elenor in allen Räumen die Beleuchtung ein. Sie ging erst spät zu Bett. Bevor sie sich hinlegte, blieb sie einen Moment im abgedunkelten Schlafzimmer am Fenster stehen und schaute hinaus. Es war nichts zu sehen. Über ihr Beziehungsende mit Loris hatten sie den ganzen Abend nicht gesprochen.

27

Philipp wälzte sich schlaflos auf seinem Bett hin und her. Obschon, Bett war für dieses Brett zu viel gesagt. Er hatte, so gut er konnte, versucht, aus einer langen, aber schmalen Latte, die er im Verschlag gefunden hatte, eine Pritsche zu zimmern. Gemütlich war es nicht, aber besser als auf dem Boden zu schlafen.

Lange hatte er nach einer geeigneten Unterkunft suchen müssen. Was er gebraucht hatte, war in erster Linie kein bequemes Lager, sondern ein Versteck. Zahllose Tage und Nächte hatte er die Gegend um den Zugersee durchstreift. Oft biwakierte er unter freiem Himmel, was ihm, solange das Wetter gut war, keine Mühe bereitet hatte. Er mochte aber nicht mehr in der freien Natur wohnen müssen, wenn das Wetter umschlug oder die Herbststürme zu wüten begannen. Auf einem seiner Streifzüge hatte er diesen Schuppen, versteckt zwischen hohen Bäumen, die Wände dicht mit Gestrüpp bewachsen, am Abhang des Rossberges oberhalb von Arth gefunden. Die Tür war nicht abgeschlossen gewesen. Er hatte auf den ersten Blick gesehen, dass dieser windige Bretterverschlag ursprünglich als Notunterkunft für Tiere gedacht war, im Moment wurde er allerdings für die Lagerung von Gerätschaften genutzt. Sein Inneres war klein und mit staubigen Spinnweben verhangen, auf dem trockenen erdigen Fussboden waren Spuren von kleinen Tieren zu sehen gewesen. Als Unterschlupf auf Zeit war die Behausung in Ordnung, vor allem, da es den Anschein machte, dass seit geraumer Zeit niemand mehr hergekommen war, um nach dem Rechten zu sehen. Nur wenn es regnete, was in diesem Sommer glücklicherweise selten vorkam, tropfte das Wasser in einer nervtötenden Eintönigkeit vom durchlöcherten Dach herunter. Bei starkem Wind wankte und ächzte die schäbige Scheune furchterregend. Doch was blieb ihm anderes übrig, als sich in diese Situation zu schicken. Er, als ein international gesuchter Mörder, konnte sich schlecht in einem Hotel ein Zimmer buchen, die polizeiliche Meldepflicht machte einem Flüchtigen das Leben schwer. Eine Bed-and-Breakfast-Unterkunft oder ein Angebot von Airbnb hatte er in Betracht gezogen und wäre nach seinem Geschmack gewesen, aber die Gefahr war zu gross, dass ihn jemand erkannte.

Er seufzte und drehte sich auf seiner harten Pritsche auf die andere Seite. Er sehnte sich nach seinem eigenen weichen Bett mit den flauschigen Duvets und Kissen, seinem Kühlschrank und seiner Dusche. Er vermisste den riesigen Garten mit dem alten Baumbestand. Dort hatte er unzählige Partys mit seinen Freunden verbracht, gegrillt und gefeiert. All diese Annehmlichkeiten waren quasi in Reichweite, aber für ihn so unerreichbar wie der Mond geworden. Trotz der Gefahr, aufgegriffen zu werden, hatte er es sich nicht verkneifen können, sein eigenes Haus aus der Nähe zu beobachten. Das Gebäude mit den halb geschlossenen Jalousien hatte friedlich ausgesehen. Ihm war, als könnte er sich selbst jede Sekunde aus der Haustür treten sehen. In Gedanken öffnete er das Garagentor und sah sich in seinem neuen Tesla davonbrausen. Mehr als einmal stand er kurz davor, seinem Drang nachzugeben und wieder einzuziehen. Wenn er sich ruhig verhielt und nie Licht anmachte, was konnte dann passieren? Niemand würde bemerken, dass er wieder da war. Natürlich tat er es nicht. Was hätte es ihm gebracht? Er wusste, dass die Polizei das Haus ebenso wie er beobachtete und es regelmässig kontrollierte.

Es war erst früher Nachmittag und in der Bretterbude wurde es mit der aufsteigenden Sonne immer wärmer. Weder das Dach noch die Wände trugen dazu bei, das Klima im Inneren des Schuppens zu verbessern. Obwohl löchrig wie ein Schweizer Käse, sammelte sich die warme Luft zwischen den dunklen Brettern und die Sonnenstrahlen, die durch diese lange, blasse Finger in den Raum schickten, liessen die Myriaden von Staubpartikel in der Luft wie Feenstaub glitzern. Der einzige Vorteil war, dass der Neoprenanzug, den er an einem Eisengestell aufgehängt hatte, jeweils sehr schnell trocknete.

Er gab es auf, nach Schlaf zu suchen, stand auf, trat vor die Tür und setzte sich, nachdem er die Umgebung aufmerksam nach ungewöhnlichen Veränderungen abgesucht und nach verdächtigen Geräuschen gelauscht hatte, auf einen grossen Stein. Die Aussicht von hier oben war fantastisch. Die Rigi mit ihren bewaldeten Flanken und dem schroffen Bergspitz reckte sich majestätisch auf der anderen Talseite empor. Im Talkessel lagen Goldau und Arth zu seinen Füssen. Die typischen Findlinge, die noch vom historischen Felssturz herrührten und Mensch und Tier mit ihrer zerstörerischen Energie überrollt hatten, sprenkelten den Talboden wie aufbrechende Furunkel. Das südliche Ende des Zugersee gleisste hell im Sonnenlicht.

Er hatte sich viele Gedanken darüber gemacht, was an dem Abend in Elenors Badehaus geschehen war, wie er vergeblich um Gehör gebeten hatte. Es war demütigend gewesen. Aber er hatte es versucht, das war, was zählte.

Der fremde Mann am Tisch, er war ihm schon einmal begegnet. Er erinnerte sich daran, dass er zu Arlettes Mannschaft gehört hatte. Er war ein Teil der von ihr handverlesenen Gruppe gewesen, die sich um die unangenehmen Dinge gekümmert hatte. Ebenso gut aussehend wie charmant, hatte er mühelos zaudernde Klienten um den kleinen Finger wickeln können und sein taktisches Geschick dort eingesetzt, wo es von Nöten war, um von den Kaufinteressenten so viel Geld wie möglich herauszupressen. Ganz zu Beginn, als er und Arlette noch nicht zerstritten gewesen waren, hatte dieser Mann sie beide einmal zu einer Bilderübergabe begleitet. Xavier, wenn das denn sein Name war, war ihm damals sofort aufgefallen. Er hatte an dem besagten Tag das Geld des Kunden entgegengenommen, gezählt und an Arlette weitergereicht. Was wollte dieser Xavier hier und wie hatte dieser ihn gefunden? Er hatte viel Aufwand betrieben, um falsche Spuren zu legen, sich zu verstecken und hatte niemandem vertraut. Umsonst, wie es scheint. Seine Nackenhaare stellten sich auf bei dem Gedanken, dass dieser Kerl bei Elenor zu Besuch gewesen war. Alles war von langer Hand geplant und eingefädelt gewesen. Xavier hatte sich das Vertrauen Bernhards erschlichen und damit auch das seines Bruders und seiner Freunde. Danach wäre es für ihn ein leichtes gewesen, Aufnahme im Freundeskreis zu finden. Und er, Philipp, war in die Falle getappt, in eine inszenierte Anhörung, wobei nur Xavier seinen Auftritt geniessen konnte, die anderen waren zu sehr damit beschäftigt gewesen, ihm zu misstrauen, anstatt einem Fremden in ihrer Mitte.

Laut hörte er seinen Magen knurren. In seinem Rucksack wusste er noch hartes Brot, etwas Käse und Wurst. Die Trinkflasche hatte er im Brunnen vor dem Schuppen mit klarem und kaltem Wasser gefüllt. Genusslos ass er sein karges Frühstück. Er musste sich bald wieder um den Einkauf kümmern, der fantasielos geworden war. Die Lagerungsmöglichkeiten, was die Lebensmittel betraf, waren desolat. Ohne Kühlschrank und ohne Kochgelegenheit blieb ihm nichts anderes übrig als einzukaufen, was er innerhalb von ein bis zwei Tagen essen konnte. Die kalte Küche schlug ihm auf den Magen. Wie viel hätte er doch gegeben, wieder eine warme Mahlzeit geniessen zu können. Kurz hatte er mit dem Gedanken gespielt, einen Campingkocher zu kaufen, aber er befürchtete, dass man den Essensgeruch wahrnehmen oder während der Dunkelheit die Gasflamme sehen konnte. Den letzten Bissen Käse und das harte Brot spülte er mit einem kräftigen Schluck Wasser hinunter. Dann legte er sich wieder auf die Pritsche und wartete, bis die Nacht hereinbrach.

Nie hätte er gedacht, dass er einmal in eine solch missliche Lage kommen würde. Alle suchten nach ihm. Er wusste, er hatte

Fehler gemacht. Viele üble Fehler, die man nicht mehr gut machen konnte. In seiner Arglosigkeit hatte er den falschen Menschen vertraut. Die, die noch Vertrauen in ihn hatten, sie alle hatte er enttäuscht. Trotzdem hatte er nie aufgegeben, an das Gute im Menschen zu glauben. Was wäre die Alternative gewesen? Zu verbittern? Nein, so wollte und konnte er nicht leben. Er hoffte darauf, dass auch seine Freunde seinen guten Kern, seine guten Absichten eines Tages erkennen würden. Als er hierher aufgebrochen war, hatte er seine Rückkehr anders vorgestellt. In seiner Naivität hatte er geglaubt, dass sich alles wieder einrenken würde, dass die Menschen, die ihn schon seit seiner Kindheit kannten, ihm ihren Glauben schenken würden. Doch anstatt ihm zu helfen, trieben sie ihn wieder und wieder in die Flucht. Trotz der Widrigkeiten – aufgeben war keine Option. Er musste sich einfach etwas länger gedulden.

Während seiner Flucht hatte er sich so etwas wie Routine angeeignet, damit seine Tage Struktur bekamen. Eine dieser wiederkehrenden Aufgaben war, dass er sich im Schutz der Dunkelheit zu Elenors Haus begab. Nicht, weil er hoffte, sie alleine anzutreffen und sie wieder zu bedrängen, sondern um auf sie achtzugeben. Vor einigen Nächten hatte er mit Erstaunen bemerkt, dass er nicht der einzige war, der Interesse an ihr zeigte und im Schutz der Nacht den Park der Villa unbefugt betrat. Seine Hoffnung, dass es bei der Gestalt um ein Tier handelte, zerschlug sich rasch. Es war auch nicht jemand von der Polizei, denn die Person, die versuchte, sich zwischen den Bäumen zu verstecken, stellte sich zu dilettantisch an. Er glaubte nicht daran, dass ein ausgebildeter Fahnder leise fluchend durch den Wald stampfte. Es ärgerte ihn, dass er noch nicht herausgefunden hatte, wer dieser Kerl war. Die Nächte waren einfach zu dunkel, um Genaueres zu erkennen. Ein Nachtsichtgerät wäre hilfreich gewesen, aber er hatte nicht daran gedacht, eines im Ausland zu kaufen und hier war es ihm bisher nicht gelungen, eines aufzutreiben. Mehr als einmal war er versucht, die unbekannte Person zu stellen und sie nach den Absichten zu fragen. Das hätte allerdings bedeutet, dass er sich selbst hätte zu erkennen geben müssen. Was war, wenn sie sich als weiterer Kumpan

Arlettes entpuppte und sogar bewaffnet war? Er fühlte ein unangenehmes Kribbeln im Bauch. Die Gefahr machte ihn gleichermassen nervös und erwartungsvoll. Fast freute er sich darauf, in dieser Nacht wieder jemanden zu beobachten, der das Badehaus beobachtete.

Nach Sonnenuntergang, als die Vögel ihr Abendlied beendet hatten, packte er den trockenen Taucheranzug und all seine Habseligkeiten in die grosse, schwarze und wasserdichte Tasche. Viel war es nicht, das er bei sich hatte. Er wollte auf alle Eventualitäten vorbereitet sein. Es konnte gut sein, dass er in dieser Nacht nicht mehr hierher zurückkehren konnte. Er blickte sich kurz im Schuppen um, dann machte er sich auf den Weg.

28

Mörder des Toten aus dem Zuger Wald noch flüchtig, titelte die Tageszeitung. Elenor konnte die anklagende Titelzeile dem Journalisten nicht übel nehmen. Mit Interesse las sie den Artikel. Ein Foto des Jägers aus lebendigeren Zeiten, notabene mit einem schwarzen Balken über der Augenpartie, der mehr schlecht als recht abdeckte, prangte farbig neben der Schlagzeile. Die Fotounterschrift lautete: Eugen K. (†), passionierter Jäger. Darunter ein Bild eines Waldstückes, das den Lesern suggerierte, dass dies der Ort des Geschehens war. Auf einem weiteren Foto zeigte eine ältere blonde Frau mit ausgestrecktem Arm auf einen Baum. Das Interview der Jägerwitwe war emotionsgeladen. Dort habe man ihren toten Mann am Baum hängend gefunden, sagte sie. Ihr Mann habe wie jeden Abend den Hund ausgeführt. Währenddessen habe sie für ihn das Abendessen zubereitet. Sie habe sich keine Sorgen gemacht, als es Nacht wurde, denn ihr Mann blieb ab und zu länger mit dem Hund draussen. Manchmal übernachtete er auch in einer kleinen Hütte und kam erst am Morgen zurück. Der Hund war eine treue Seele und nicht nur ein guter Jagdhund, sondern beschützte ihren Mann auch vorbildlich. Erst als er bis am nächsten Mittag immer noch nicht zurückgekehrt war, habe sie die Polizei gerufen. Sie rief die Bevölkerung dazu auf, der Polizei alle Beobachtungen, auch noch so nebensächliche, zu melden. Denn leider blieb der Fahndungserfolg aus. Der oder die Täter waren immer noch flüchtig und was noch schlimmer war, unbekannt.

Sonst stand nichts weiter Aufschlussreiches oder Neues zum Fall im Artikel, nicht, wie er umgekommen war und auch nicht, dass eine Spielkarte bei ihm gefunden worden war.

Kaum hatte Elenor die Zeitung beiseitegelegt, klingelte das Telefon. Nach den üblichen Begrüssungsfloskeln erkundigte sich Greta Friedrich nach dem aktuellen Stand der Nachforschungen. Elenor konnte hören, dass so etwas wie Hoffnung mit der Frage mitschwang. Sie war scheinbar nicht die einzige, die den Zeitungsartikel gelesen hatte. Sie konnte spüren, dass die Witwe den Tod des Jägers mit dem Tod ihres Mannes in Verbindung brachte. Elenor versicherte der Bäuerin, dass sie immer noch am Fall arbeitete, aber leider keine Neuigkeiten zu berichten hatte.

Frau Friedrich klang plötzlich atemlos. «Könnten Sie bei mir vorbeischauen? Ich muss Ihnen etwas erzählen, Frau Epp.»

Nun, sie hatte nichts weiter zu tun, also nahm Elenor die Autoschlüssel hervor und machte sich auf den direkten Weg zum Friedrichschen Hof.

Sie erkannte die Bäuerin fast nicht wieder. Die langen blonden Haare waren verschwunden und ein dunkler Bob umrahmte ihr pausbäckiges Gesicht. Sie wirkte jünger, frischer, ausgeruhter. Elenor hatte sie vor dem Haus angetroffen und setzte sich zu ihr auf die Sitzbank. Eine leichte Brise wehte vom See herüber und machte die Sonnenwärme erträglicher. Elenor genoss die Aussicht über die hügelige Tallandschaft, den Wildspitz und die Mythenspitzen im Süden.

«Ich habe einen Mann kennengelernt», offenbarte Greta Friedrich nach einigen Minuten des Geniessens und lächelte das Lächeln einer Frischverliebten.

Elenor war zuerst überrascht, aber die Neuigkeit gefiel ihr. «Das freut mich sehr für Sie. Ich sehe, es geht Ihnen besser.»

«Oh, ja, Wendelin tut mir gut.» Greta Friedrich zog ihr Smartphone aus der Schosstasche. «Hier sehen Sie, das ist er.»

Ein etwa fünfzigjähriger Mann mit Brille und etwas schütterem dunklen Haar lächelte Elenor freundlich entgegen. «Er wirkt sehr sympathisch.»

«Er ist im Verkauf tätig. Irgendetwas in der Maschinenindustrie, ein Ingenieur. Er hat es mir erklärt, aber ich verstehe nicht alles.» Die Witwe lächelte entschuldigend. «Er kommt morgen aus Übersee zurück, dann treffen wir uns wieder.»

Elenor wollte keine Spielverderberin sein, doch diese Neuigkeit, so schön sie auch war, konnte nicht der Grund ihres Besuches sein. «Frau Friedrich, warum haben Sie mich hergebeten?»

«Ich wurde von der Polizei für ein Interview vorgeladen.»

Elenor stutzte, als sie die besorgte Miene der Witwe sah. «Warum machen Sie sich Sorgen? Das sind doch gute Neuigkeiten. Endlich wird der Tod Ihres Mannes wieder aufgerollt. Das ist genau das, was Sie wollten.»

Greta Friedrich nickte. «Natürlich. Ich bin nur etwas nervös.»

«Das brauchen Sie nicht. Erzählen Sie einfach, was Sie wissen. Die zwei Spielkarten hat die Polizei bereits und ich kann mir gut vorstellen, dass sie einfach Ihre Meinung dazu hören wollen.» Sie blickte auf die weissen Wolken, die sich hinter den Bergspitzen aufzutürmen begannen. Es konnte gut sein, dass es heute Abend ein Gewitter gab.

«Hat der Tod dieses Jägers mit dem Tod meines Mannes zu tun?»

«Warum fragen Sie?»

«Ach, es war nur so eine Idee.»

«Ich bin ehrlich zu Ihnen Frau Friedrich, ich weiss es nicht.»

«Würden Sie es mir sagen, wenn es so wäre?»

«Es ist die Sache der Polizei, das herauszufinden. Wenn Sie bei der Befragung sind, erkundigen Sie sich ruhig bei den Verantwortlichen.

Gemeinsam tranken die beiden Frauen die eiskalte hausgemachte Zitronenlimonade, dann verabschiedete sich Elenor.

Elenors Handy brummte leise auf der Tischplatte und Loris Nummer leuchtete auf dem Display auf. Sie hatte keine Lust abzuheben. Warum sollte sie auch? Er hatte Schluss gemacht.

Neugierig darauf, was er von ihr wollte, hob sie dennoch ab, bevor der Anruf auf die Combox umgeleitet wurde.

«Wir haben ihn gefunden.»

«Philipp? Ihr habt Philipp gefunden?» Elenor presste den Hörer schmerzhaft an ihr Ohr, um ja kein Wort zu verpassen.

«Philipp? Nein, die Wasserleiche.»

«Wie bitte? Loris du sprichst in Rätseln. Ist Philipp ertrunken?»

«Hör doch zu! Ich spreche nicht von diesem Halunken. Ein Taucher hat unweit des Ufers eine Leiche eines Mannes auf dem Seegrund entdeckt. Du hattest die ganze Zeit Recht gehabt. Freut dich das jetzt?»

Natürlich freute sie sich. Sie verspürte einen überraschend scharfen Stich der Genugtuung in ihrer Magengegend.

«Hallo? Bist du noch dran?»

«Konnte man den Toten schon identifizieren?»

«Nein, er ist in der Rechtsmedizin. Wir wissen erst in ein paar Tagen mehr.»

«Loris?»

«Ja?»

«Warum rufst du mich deswegen an?»

«Weil ich finde, dass du ein Anrecht auf diese Informationen hast. Und weil ich denke, dass du von Anfang an Recht hattest. Immer wenn eine Karte aufgetaucht ist, ist auch jemand gestorben. Jedenfalls haben wir Ermittlungen wegen Mordes in allen Fällen aufgenommen. Auch im Fall Franz Friedrich, wenn du mich das fragen willst.»

«Wissen Bacher oder Zubler, dass du mich deswegen anrufst?»

«Zum Teufel mit Bacher und Zubler. Ich habe den Fall zugeteilt bekommen. Anweisung von ganz zuoberst.»

«Oha. Was ist passiert? Ist Bacher in Ungnade gefallen?»

«Kann man so sagen, er hat einfach nicht vorwärts gemacht. Alle sind nervös. Die Politiker sind am hyperventilieren und die Kommandantin rennt wie ein aufgescheuchtes Huhn umher und macht alle ganz wuschig. Noch nie hat es in der Zuger Geschichte so viele ungeklärte Todesfälle in so kurzer Zeit gegeben. Ich kann die Schlagzeilen der Zeitungen von morgen schon vor mir sehen: *Ungelöste Mordserie erschüttert das reiche Zug.* Alle Mitarbeiter sind in Bereitschaft gestellt, was unser kleines Korps an den Rand eines Kollapses bringt.»

«Das kann ich mir gut vorstellen.» Elenors Mitleid hielt sich in Grenzen.

«Ach, übrigens, der Tote trug keine Schuhe und die Grösse des gefundenen Paares passt.»

«Kannst du mir ein Bild des Toten zur Verfügung stellen?»

«Warum?»

«Ich kann dir mehr sagen, wenn ich das Bild sehe.»

«Kommt in der nächsten Minute auf dein Handy. Und Elenor?»

Elenor hörte Loris am anderen Ende der Linie schlucken. «Hm?»

«Es tut mir leid, dass ich mich wie ein Arschloch benommen habe.»

«Okay.»

«Ich meine es ernst.»

«Ich auch.

«Ich melde mich, falls ich etwas Neues weiss.»

«Dito.»

Sie legten beide gleichzeitig auf.

29

Zuerst dachte Elenor sie hätte geträumt. Mit klopfendem Herzen und in die Nacht hinaushorchend lag sie bewegungslos im Bett. Der Mond schien sein blasses Licht durch die halb geöffneten Jalousien. Im Hintergrund hörte sie ein Donnergrollen. Die Gewitterwolken, die sie am Nachmittag auf dem Hof Greta Friedrichs beobachtetet hatte, rückten näher. Sie schaute nach Lotti und Kater, die neben ihr auf dem Bett lagen, nur um beide hellwach und mit starrem Blick zum Fenster und mit gespitzten Ohren zu sehen. Ein mulmiges Gefühl kroch ihr in die Brust. Sie hatte es sich also nicht eingebildet. Es war nicht das Gewitter, das die Tiere beunruhigte, sondern irgendetwas war draussen vor ihrem Haus und hatte sie alle aufgeweckt. Sie hoffte, dass es ein Ruf eines Tieres gewesen war. In der Stille kam ihr ihr Atmen laut vor. Viel zu laut.

Ein lautes Poltern liess Elenor auffahren und die Katzen panisch vom Bett hinunterstieben. Jemand hämmerte an die Haustür. Mit rasendem Herzen sah Elenor auf den Wecker. Es war zwei Uhr morgens. Wer zum Teufel konnte das sein? Jedenfalls war die Person, die Einlass begehrte, hartnäckig. Das Schrillen der Türglocke ging ihr durch Mark und Bein. Elenor schlich ohne Licht zu machen nach unten. Sie holte den Pfefferspray aus ihrer Handtasche und positionierte sich neben die

Eingangstür. «Wer ist da?» Sie war froh um ihr Polizeitraining. Ihre Stimme klang bestimmt und stark.

«Leni!»

Wer zum Kuckuck war das? «Nennen Sie mir Ihren Namen, sonst rufe ich die Polizei!»

«Elenor mach auf, ich bin's, Philipp!»

«Philipp? Bist du bescheuert? Mach, dass du wegkommst!»

«So mach schon auf. Ich tu dir doch nichts!»

Elenor drehte den Schlüssel um und riss die Tür auf. Er stand gebeugt, mit tief über das Gesicht gezogener Kapuze, vor ihr. Sie verpasste ihm in einem Schub von Zorn und Angst eine Ohrfeige.

Er streifte sich die Kapuze vom Kopf und starrte sie verdattert an. Während er seine Wange rieb, zischte er: «Na hör mal! Was erlaubst du dir!»

«Das hier.» Elenor knallte ihm noch eine. Ihre Handfläche fing an zu kribbeln.

Philipp ergriff ihre beiden Handgelenke. «Lass mich schon rein, du verrücktes Weib. Schlagen kannst du mich auch noch drinnen.» Er schob sie wie eine Puppe vor sich her ins Wohnzimmer. «Hier, setz dich hin.» Er bugsierte sie zu einem Stuhl am Esstisch und sah auf sie herunter.

Elenor sah mit Genugtuung, dass er immer noch seine Wange rieb, die puterrot angelaufen war. Mit wenigen Schritten war er bei der Haustür, die er abschloss und die schweren Nachtvorhänge, die Elenor selten zuzog, vor die Fenster drapierte.

«Was ist los? Ist dir die Polizei wieder auf den Fersen?» Der Sarkasmus half ihr sich zu beruhigen.

«Ach, tu nicht so überheblich. Du weisst ganz genau, dass ich immer noch auf der Most-Wanted-Liste stehe.» Er wartete Elenors Antwort nicht ab, die gerade den Mund aufmachte, um etwas zu erwidern. «Aber weisst du was? Du hockst hier und machst dich über mich lustig und draussen schleicht jemand ums Haus herum und beobachtet dich. Und das Beste daran ist, dass ich mir ganz sicher bin, dass es nicht die Polizei ist.»

Elenor blieb der Mund offen stehen. «Du willst mir doch nur Angst machen. Gratuliere, das hast du geschafft!»

Er verzog die Lippen zu einem dünnen Lächeln. «Du solltest mich besser kennen.»

«Wenn es nicht die Polizei ist, wer dann?»

«Das weiss ich nicht und das macht mir ein bisschen Sorgen, ehrlich gesagt.»

Elenor schaute Philipp skeptisch an. «Du machst dir Sorgen? Etwa um mich? Das ich nicht lache. Das ist doch nur wieder eines deiner Märchen, das du mir auftischst. Was willst du wirklich hier, mitten in der Nacht?»

Philipps dunkle Augen ruhten einige Sekunden auf Elenor, dann seufzte er. «Glaub, was du willst. Ich bin es müde, mich immer wieder erklären zu müssen. Du kannst mich hassen und verachten, das ist mir mittlerweile schnuppe geworden. Aber du, Elenor, bist mir nicht gleichgültig.» Er ging in die Küche. «Hast du etwas dagegen, wenn ich mir ein Sandwich mache?»

Elenor stand auf und folgte ihm. Sie nahm die Reste ihres Abendessens aus dem Kühlschrank. Es war nur ein einfacher Nudelsalat, doch es war noch genügend da. Sie wollte den Inhalt der Schüssel auf einen Teller schöpfen, als sie sah, dass Philipp sich schon einen Esslöffel aus der Besteckschublade herausgeholt hatte. Kein Problem. Dann gab es weniger abzuwaschen. Sie übergab ihm die Schüssel und er begann gierig den Salat in sich hineinzuschaufeln. Unterdessen stellte sie Wasser und Gläser auf den Esstisch. Schweigend sah sie zu, wie er sich setzte, die Schüssel leer ass und fast einen ganzen Liter Wasser trank. Als er alles vertilgt hatte, rieb er sich den vollen Bauch und rülpste herzhaft. «Das ist das Leckerste, was ich seit langem gegessen habe. Danke.»

Jetzt, da sie vollkommen wach war, sah sie, dass er noch schlimmer aussah, als beim letzten Besuch. Er hatte noch mehr abgenommen und in seinem hageren Gesicht hatten sich die Bartstoppeln zu einem veritablen Bart entwickelt, der sich tiefrot und dicht von seinen eingefallenen Wangen kringelte. Seine randlose Brille verdeckte mehr schlecht als recht die dunklen Ringe unter seinen Augen. Seine Haut an den Händen und Unterarmen war schuppig und rissig.

«Möchtest du eine warme Dusche nehmen, bevor du mir

erzählst, warum du, ausser um zu essen, wirklich hergekommen bist?»

«Das wäre himmlisch, danke. Ich verspreche auch, nicht noch einmal durchs Fenster abzuhauen.»

«Rasierzeug findest du da drin.»

Während er im Badezimmer verschwand, durchsuchte sie die Kleider, die Loris immer noch in ihrem Schrank lagerte. Philipp war viel grösser, aber sie fand in der hintersten Ecke eine Schlabberhose und ein weites Hemd, das passen konnte.

Sie wartete geduldig, bis er wieder ins Wohnzimmer trat. Er war frisch rasiert und roch nach ihrem Shampoo. Die Hose reichte ihm nur bis zur Mitte der Waden, war aber dank einem Gummiband an der Taille weit genug. Das Hemd spannte ein wenig über seiner Brust. Elenor steckte seine getragenen Kleider in die Waschmaschine und drückte den Schnelldurchlauf. Danach setzte sie sich wieder zu ihm an den Tisch.

«Nun?»

Er rieb sich das nun glatte Kinn. «Vor diesem Fremden, der bei euch war, müsst ihr euch in Acht nehmen. Er ist ein Gangster.»

«Xavier? Woher kennst du ihn?» Von dieser Wendung war Elenor überrascht.

«Sagen wir mal, er ist ein alter Bekannter.»

«Sein Name ist nicht Xavier. Er heisst Detlef Plenner und ist deutscher Staatsbürger. Momentan geht von ihm keine Gefahr aus. Er sitzt im Knast. Sie haben ihn festgenommen, als er dir durch das Badezimmer folgen wollte. Allerdings war er nicht so schnell und geschickt wie du.»

Philipp lachte lauthals heraus. «Wirklich? Wollte er auch abhauen? Er hat wohl Muffensausen bekommen. Geschieht im recht.»

«Kann es sein, dass er dein Komplize ist?»

Er schüttelte den Kopf. «Nein, das ist er nicht. Ich glaube, er ist einfach ein Ganove, der zur falschen Zeit am falschen Ort war.» Er erzählte von Arlette, ihren Handlangern und seiner Vermutung, dass sich Xavier alias Detlef über Bernhard an ihn heranmachen wollte.

Elenor nickte. «Das war eine der Optionen, die wir angedacht haben. Was will er von dir?»

«Das ist eine lange Geschichte, die ich dir gerne ein anderes Mal erzähle.»

Elenor war nicht zufrieden mit der Antwort, aber sie gab nach. Im Augenblick. «Was gedenkst du seinetwegen zu unternehmen?»

«Nichts. Wenn er der ist, der ich glaube und er im Gefängnis sitzt, dann kommt er so schnell da nicht wieder raus. Damit kann er es nicht sein, der auf dem Gelände herumschleicht.»

«Ich dachte die ganze Zeit, du wärst es.»

Philipp lächelte schief. «Das ehrt mich natürlich, dass du so oft an mich denkst. Aber Spass beiseite, ich bezweifle, dass du mich gesehen hast. Dafür bin ich zu geschickt.»

Elenor fand es nicht spassig und nutzte die Gelegenheit nachzuhaken. «Was ist denn nun mit diesem Detlef? Warum ist er hinter dir her? Was will Arlette von dir?»

«Ich weiss es nicht, ich kann nur mutmassen. Arlette war ein gieriger und machthungriger Mensch. Tag und Nacht drehte sich bei ihr alles um Geld. Davon konnte sie nie genug bekommen und genug haben. Ihre Missgunst hat sie jeden und alle verdächtigen lassen, Geld von ihr zu stehlen oder ihr vorzuenthalten. Sie hat mich und ihre Helfer fast in den Wahnsinn getrieben mit ihrer Paranoia. Ich glaube, dass Detlef denkt, ich hätte Geld gestohlen und will es zurückzuholen.»

«Hast du denn Geld von ihr gestohlen?»

«Ich habe selbst genug Kohle. Warum sollte ich denn so etwas Stupides tun? Aber das weiss Detlef wahrscheinlich nicht.»

Zweifel an der Geschichte Philipps nagten an Elenor. «Da steckt doch noch was anderes dahinter. Was hast du getan?»

Er schwieg lange und kratzte mit der Gabel in der leeren Nudelschüssel herum. Das kreischende Geräusch zerrte an Elenors Nerven. Kurz bevor sie ihm das Besteck aus der Hand reissen wollte, fing er an zu erzählen.

«Es ist etwas Schlimmes passiert. Ich bin mir nicht einmal sicher, ob Arlette noch lebt.»

«Arlette ist tot? Das wäre mal eine gute Nachricht.» Elenor

konnte ihre Freude über diese Möglichkeit nicht verhehlen.

«Elenor, das ist nicht witzig. Ich glaube, ich habe sie umgebracht.» Philipp besah seine grossen Hände, als wären sie mit Arlettes Blut besudelt.

«Wie bitte? Du hast sie umgebracht?» Elenor bemerkte erst jetzt, dass sie stand. Sie starrte auf Philipp hinunter, der immer noch intensiv seine langen, schlanken, ausgestreckten Finger musterte. Elenor bemerkte erstaunt, dass sie nicht zitterten. Warum konnte Arlette nicht einfach tot umgefallen sein, einen Herzstillstand oder einen Hirnschlag erlitten haben? «Was macht dich das denken? Du, von allen Menschen, der erst kürzlich in diesem Raum vor fünf Zeugen behauptete, noch niemanden umgebracht zu haben, willst sie getötet haben?»

Philipp sprach weiter, als habe er ihre Fragen nicht gehört. «Ich war ja so unglaublich naiv. Ich habe doch tatsächlich geglaubt, dass der Knall, den ich im Tunnel gehört habe, von einer zuschlagenden Tür stammte. Ich war draussen auf der Auffahrt der Villa vor dem Lieferwagen und habe die Bilder verstaut, die wir noch mitnehmen wollten. Ich erinnere mich, dass Arlette nochmals zurückgegangen war, um den letzten Canvas zu holen. Als sie zurückkam, hatte sie sich total normal verhalten. Warum sollte ich Verdacht schöpfen? Sie hat mir erst während unserer Fahrt erzählt, was sie getan hatte. Später erfuhr ich durch die Nachrichten, was wirklich passiert war. Wir waren nicht nur zu Kunstdieben, sondern auch zu gesuchten Mördern geworden.» Philipp griff nach dem Wasserglas und trank gierig den Rest aus.

Elenor machte keine Anstalten eine neue Flasche zu holen. Sie musste sich die Hand vor den Mund halten, damit Philipp ihre zitternden Lippen nicht sah. Doch die Gefahr schien nicht zu bestehen. Sein Blick war über ihren Kopf in die Ferne gerichtet.

«Sie hat mir erzählt, dass Emma ihr im Tunnel über den Weg gelaufen ist. Emma hatte ihr gedroht, sie würde alles der Polizei erzählen, wenn sie ihr nicht Geld, viel Geld für ihr Schweigen bezahle. Als Arlette sie ausgelacht hatte, habe Emma mit einem Messer bedrohlich vor ihr herumgefuchtelt und gedroht, die Leinwand des verbliebenen Bildes zu zerschneiden, wenn sie nicht tat, was sie forderte.» Mittlerweile knetete Philipp seine Hände so stark, dass seine Gelenke knackten. «Sie hat mir erzählt, dass sie in Notwehr gehandelt habe.» Er sah auf und suchte ihren Blick. «Oh, Elenor, ich weiss heute noch nicht, was die Wahrheit ist, aber ich kann mir einfach nicht vorstellen, dass Emma Geld von Arlette hatte erpressen wollen.»

Elenor wusste nicht, was sie denken sollte. «Ich habe keine Ahnung, ob das stimmt oder nicht. Für mich klingt es nicht nach Emma. Würdest du mir glauben, wenn ich dir dieselbe Geschichte erzählen würde?»

Er schüttelte den Kopf.

Elenor befeuchtete ihre spröden Lippen mit der Zunge. «Was passierte danach?»

«Aua!» Philipp verzog schmerzverzerrt das Gesicht und sah nach unten.

Elenor war alarmiert. «Was ist los?»

Philipp beugte sich unter den Tisch und hob Kater auf den Schoss. «Das. Es will jemand Aufmerksamkeit von uns.» Er setzte sich so hin, dass sich das Tier bequem auf seinen Beinen einrollen konnte. Gedankenverloren streichelte er über das seidige Fell der schnurrenden Katze.

Elenor liess sich nicht ablenken. «Weiter?»

«Wir flohen über die Grenze nach Frankreich. Dort hatte Arlette sich schon vor Jahren eine riesige Villa, versteckt in den Pyrenäen, gekauft. Über die Zeit hatte sie sich dort eine Zentrale aufgebaut, den Dreh- und Angelpunkt für all ihre Geschäfte. Das Haus liegt weitab vom nächsten Dorf. Selten verirrt sich jemand in dieses abgeschottete Tal, sonst wäre es sicher aufgefallen, dass eine Menge dubioser Leute in dem Haus ein- und ausgingen. Sie kam mir vor wie eine Ameisenkönigin. Sie war die Regentin in ihrem selbst erschaffenen Reich und alle verhätschelten sie und gehorchten ihr aufs Wort. Das Netzwerk, das sie schon von langer Hand gesponnen hatte, funktionierte reibungslos. Sie genoss ihre Macht und ihren Reichtum. Oh, sie war ja so geschickt und so klug. Ich habe sie total falsch eingeschätzt.» Philipp lachte ein bitteres Lachen. «Ich war von Beginn an nur einer ihrer Lakaien gewesen. Der dumme Gehilfe, der sie bei ihren Machenschaften unterstützt hat, bis es Zeit war zu verschwinden. Ich weiss überhaupt nicht, warum sie mich mitgenommen hat. Sie hätte mich ebenso gut im Tunnel abmurksen und zurücklassen können. Vielleicht war es gerade dieses Versäumnis, das sich nun rächt.»

Das durchdringende Miauen Katers ermahnte Philipp, keinesfalls für längere Zeit mit dem Ohrkraulen aufzuhören.

Er lächelte das Tier an. «Dann hat sie begonnen mich zu quälen. Mit der Geschichte Emmas, mit dir und Quentin. Bis ich es nicht mehr ausgehalten habe.» Philipp sah Elenor aus seinen dunkelblauen Augen an, als wollte er sagen: Sie her, auch ich bin nur ein Mensch.

Fast tonlos fragte Elenor: «Was hast du getan, Philipp?»

«Ich konnte es nicht mehr ertragen, wie sie prahlte und angab mit ihren Verbrechen. Als sie sah, dass es nicht die Wirkung auf mich hatte, die sie wollte, hat sie angefangen, mir aufs Übelste zu drohen. Sie wollte mich der Polizei ausliefern und ihnen erzählen, dass ich der Mörder Emmas war. Stell dir vor, sie hat sogar mit der Pistole, mit der sie Emma erschossen hatte, vor meiner Nase herumgefuchtelt. Ich weiss auch nicht, warum ich eines Tages bei einer ihrer, sagen wir Episoden, plötzlich ausgeflippt bin. Ich habe sie gepackt und zu Boden gestossen. Zuerst war ich entsetzt über mich selbst und wollte mich entschuldigen, aber sie hat nur gelacht. Stell dir vor, Elenor, sie lag vor mir auf dem Fussboden und hat nur gelacht! Ich kann es jetzt noch hören. Es war so ein gemeines Lachen.» Er sah Elenor direkt in die Augen. «Da habe ich mich auf sie gestürzt und sie gewürgt.» Er hob seine Hände und streckte sie ihr entgegen. «Mit diesen Händen habe ich es getan. Ich habe sie erdrosselt. Ich wünschte, ich hätte sie stattdessen nur beklaut und wäre mit dem Geld abgehauen. Das hätte sie am meisten verletzt. Es wäre auch ein leichtes gewesen. Ich wusste, wo ihre grössten Schätze lagen, wo der Tresor versteckt war und wie die Kombination lautete.» Er stützte den Kopf in die Hände. «Ich Trottel habe nichts angerührt. Wieso auch? Ich habe selbst genug. Stattdessen habe ich ihren Hals gepackt und zugedrückt.» Seine Stimme war nur noch ein Flüstern, als er sie anflehte. «Bitte, Elenor, verurteile mich nicht.»

Elenor war wie vom Donner gerührt. Am liebsten hätte sie den grossen Mann in die Arme genommen, ihn gewiegt, ihn besänftigend einlullende Worte ins Ohr geflüstert. Sie wollte ihm sagen, dass alles wieder gut wird. Doch das konnte sie nicht.

«Bist du sicher, dass sie tot ist?»

«Ich weiss nur noch, dass sie, als ich wieder bei Sinnen war, leblos auf dem Boden lag. Sie hatte ganz blaue Lippen und atmete nicht mehr.»

«Hast du ihr nicht den Puls gefühlt und dich versichert, dass sie tatsächlich tot ist?»

«Wie stellst du dir das vor? Zuerst bringe ich sie um, dann führe ich noch eine Mund zu Mund-Beatmung durch? Ich habe sie umgebracht und wollte nur noch eines – weg von ihr, weg von diesem unheilvollen Ort.»

Elenor dachte angestrengt nach. «Wenn Arlette tot ist, dann kann sie dir nicht Detlef an den Hals schicken. Was wollte er also hier?»

«Detlef will an das Geld und er weiss, dass ich den Tresorcode kenne.»

«Das mag sein, oder Arlette lebt noch.» Elenor stand auf und ging langsam im kleinen Wohnzimmer auf und ab. Kater sprang von Philipps Schoss und schaute sie fragend an. Automatisch ging sie in die Küche und streute ihm einige Brocken Trockenfutter in den Napf.

«Du hast dich nicht versichert, dass sie wirklich tot ist, obwohl du Arzt bist, Philipp. Wenn sie es nicht ist, wird sie nach Rache dürsten. Sie weiss nicht, wo du bist, aber sie denkt logisch und hofft, dass du früher oder später bei uns auftauchst. Du hast ihr ja erzählt, dass du uns um Verzeihung bitten wolltest und sie schleust Detlef über Bernhard bei uns ein. Sie weiss genau, dass du ihr nichts gestohlen hast. Aber wie du schon sagtest, das weiss Detlef wahrscheinlich nicht.»

«Denkst du wirklich, dass sie noch lebt?»

Zu ihrem Ärger war sein Blick hoffnungsvoll.

«Philipp, dies ist kein Spass mehr. Du weisst, wozu sie fähig ist. Du musst davon ausgehen, dass Detlef mehr von dir wollte, als nur Geld, das du nicht gestohlen hast.»

Langsam dämmerte ihm, was sie sagen wollte. «Gut, dass er im Gefängnis sitzt.»

Elenor konnte fast sehen, wie sein Gehirn die Informationen bearbeitete. Das Klappern der Katzentür riss sie aus ihren Gedanken. Der rot-weiss-geringelte Schwanz Katers ragte noch halb ins Wohnzimmer hinein, während sich der Rest seines Körpers schon draussen befand. Sie stand auf und setzte die Kaffeemaschine in Gang. An Schlaf war sowieso nicht mehr zu denken.

Eine Frage war noch nicht beantwortet. «Wenn Detlef im Gefängnis sitzt und du es nicht bist, wer schleicht dann hier um mein Haus herum? Ein anderer Laufbursche Arlettes vielleicht?»

«Ich weiss es nicht, aber ich bezweifle es. Detlef hat sich ungemein geschickt in eure Mitte eingeschlichen. Zeit scheint dabei keine Rolle zu spielen. Der Kerl, der da draussen ist, ist ein Dilettant, so wie er sich verhält.»

Dies beruhigte Elenor nicht sehr.

«Du brauchst keine Angst zu haben. Ich werde herausfinden, wer das ist. Jetzt erst recht.»

«Das wäre gut, danke. Zweibeinige Rehe gibt es nicht.»

Eine ganze Weile blieb es still im kleinen Badehaus am Ufer des Sees.

«Kennst du die Geschichten vom Struwwelpeter?» Sie brauchte Gewissheit.

«Ja, die mit dem Kerl mit den langen Fingernägeln. Ich glaube, meine Mutter hat mir das Buch als Kind geschenkt. Warum?»

«Ach, nur so eine Idee, die ich habe. Kennst du einen Franz oder eine Greta Friedrich?»

«Nein, die Namen sagen mir nichts.»

Elenor konnte keine Anzeichen einer Lüge sehen.

«Glaubst du mir?» Philipp schaute Elenor fragend an.

«Ja, tue ich. Ich glaube dir alles, was du mir erzählt hast.» Sie lächelte ihn an und hörte ihn erleichtert aufatmen. «Was wirst du nun tun?»

«Zuerst will ich den Schleicher erwischen, dann sehe ich

209

weiter.»

«Du kannst dich immer noch der Polizei stellen», offerierte Elenor.

«Das wäre eine Möglichkeit von vielen.»

«Die Einzige, wenn du dein früheres Leben wiederhaben willst.»

«Bevor ich das tue – falls ich das tue, habe ich noch einige Kleinigkeiten zu erledigen.»

«Und die wären?»

«Das, mein Fräulein, brauchst du nicht zu wissen. Ich danke dir für das Essen und die Dusche. Wir sehen uns.»

Philipp umarmte Elenor kurz und war mit wenigen Schritten aus dem Haus und im Wald verschwunden.

Elenor sah, als sie die Haustür hinter ihm schloss, dass die Morgendämmerung schon eingesetzt hatte.

30

Das Smartphone piepte zweimal und kündete eine MMS von Loris an. Die Bildnachricht titelte: *der Mann ohne Schuhe*. Elenor öffnete die Datei und starrte mit offenem Mund auf das Bild eines Mannes, der tot und auf dem Seziertisch beim Pathologen lag. Sie verfluchte die moderne Technik, die es ermöglichte, ein so gestochen scharfes Bild zu produzieren und ihr auf ein kleines Gerät zu senden. Es war aber nicht der Anblick der Leiche selbst, der sie den Atem anhalten liess. Obwohl aufgedunsen und von unbestimmter Farbe, war die Person eindeutig als Freund von Greta Friedrich identifizierbar. Derjenige, den die Witwe glaubte bald wiederzusehen. Sofort rief sie Loris an und erzählte ihm, was sie wusste.

«Bist du sicher?»

«Ja, bin ich. Auf Frau Friedrichs Foto trägt er eine Brille und sieht lebendig aus, sonst bin ich mir sicher.»

«Hat sie dir seinen Namen genannt?»

«Sie hat ihn Wendelin genannt und dass sie ihn von einer Geschäftsreise zurückerwartet.»

«Meinst du, du kannst sie nach seinem Nachnamen fragen, ohne dass sie misstrauisch wird?»

«Wie stellst du dir das vor? Die Frau ist nicht auf den Kopf gefallen. Sie wird sicher fragen, warum ich das wissen will.

Warum tust du es nicht selbst?»

«Damit alle wissen, dass wir miteinander gesprochen haben? Die Polizei weiss offiziell gar nicht, dass er als ihr Freund existiert.»

Elenor hatte keine Lust dazu, die heissen Eisen für ihn aus dem Feuer zu fischen. Das konnte nicht gut gehen. «Ich weiss nicht so recht. Sonst ist die Polizei auch nicht auf meine Mitarbeit erpicht. Was soll ich ihr nur sagen?»

«Du bist ein Profi. Dir wird sicher etwas einfallen.» Er legte ohne ein weiteres Wort auf.

Na wunderbar. Elenor hätte ihn am liebsten zurückgerufen, um ihm die Leviten zu lesen. Nach einigem Zögern rief sie die Witwe an. Nach kurzen Begrüssungsfloskeln fragte sie die Bäuerin direkt nach dem Befinden ihres Freundes. Wie sie es vermutete, war Frau Friedrich sofort alarmiert.

«Warum wollen Sie das wissen?» Es klang ablehnend.

Elenor wusste nicht, was sie weiter sagen sollte. «Ich will ehrlich mit Ihnen sein Frau Friedrich. Es wurde ein unbekannter Mann von der Polizei aufgefunden und ich wollte mich nur vergewissern, dass Ihr Freund wohlbehalten bei Ihnen angekommen ist oder Sie wenigstens etwas von ihm gehört haben. Ich weiss, es ist indiskret danach zu fragen, aber ich wäre froh, wenn Sie mir den Namen Ihres Freundes nennen könnten.»

«Oh, nein! Aufgefunden? Wo? Geht es ihm gut?» Greta Friedrichs Stimme überschlug sich vor Angst.

«Bitte beruhigen Sie sich, ich bin mir sicher, es ist nichts weiter. Es ist ganz sicher nicht Ihr Freund.»

«Wendelin. Sein Name ist Wendelin Buchmann. Ich habe noch nichts von ihm gehört, aber es war auch ausgemacht, dass er mich erst anruft, wenn er wieder da ist. Ich werde gleich versuchen, ihn zu erreichen.»

«Tun Sie das bitte. Das wäre eine grosse Hilfe.» Elenor versprach zurückzurufen, sobald sie mehr wusste. Sie fühlte sich mies, als sie auflegte. Es war grausam die Frau alleine mit ihren Ängsten zu lassen.

Sie rief Loris zurück. «Sein Name ist Wendelin Buchmann. Und, Loris?»

«Ja? Ist noch etwas?»

«Tu das nie wieder. Bitte mich nie wieder, die Arbeit der Polizei zu machen.»

«Okay, verstanden. Danke.»

Elenor war froh, dass sie nicht diejenige war, die herausfinden musste, wer die Angehörigen von Wendelin Buchmann waren und ihnen die Todesnachricht überbringen musste. Frau Friedrich gehörte nicht zum engeren Kreis dazu. Es konnte sogar ungemütlich für die Witwe werden, denn mit Elenors Informationen musste die Polizisten wohl oder übel auch sie nach ihrem Verhältnis zum Toten befragen.

Elenor versuchte sich abzulenken, indem sie die Akte Moleani hervor nahm. Das, was sie weiter über Alberto Moleani herausgefunden hatte, war dürftig geblieben. Über Wochen hatte sie diesen Mann beschattet, sie war ihm fast überall hin gefolgt, von der Haustüre zum Arbeitsplatz und wieder zurück. Sie hatte nicht die kleinste Unregelmässigkeit über ihn herausgefunden. Den Verdacht der Untreue, den seine Frau erhoben hatte, konnte sie nicht bestätigen. Das konnte nur zwei Dinge bedeuten: Entweder war sein Leben wirklich so langweilig und von Routine geprägt oder sie und ihr Zürcher Kollege waren aufgeflogen. Eine dritte Möglichkeit war, dass seine holde Gemahlin einen paranoiden Schub durchmachte und ihrem um Jahre jüngeren Mann Affären in die Schuhe schob, die gar nicht existierten. Bei allen drei Optionen blieb sich das Resultat das gleiche. So oder so, sie würde Frau Moleani den Schlussbericht vorlegen und den Fall zu den Akten legen müssen.

Am späten Nachmittag klingelte Elenor an der pompösen Tür des riesigen Anwesens der Moleanis. Eine ältere Frau öffnete und bat sie in den Salon. Dankend lehnte sie ein Getränk ab. Die Aussicht von hier oben auf den Zugersee und die Stadt war fantastisch und die Seebucht schien zum Greifen nahe. Leider sah sie von hier oben auch die negativen Seiten des Wachstums. Neue Gebäude schossen wie Giftpilze in die Höhe und die Quartiere frassen sich wie Geschwüre ins letzte verbliebene

Kulturland und in die anschliessenden Gemeinden hinein. Elenor war hier aufgewachsen und kannte die Gegend von früher. Der einst kleine und feine Kanton mit dem pittoresken Städtchen war unwiederbringlich verloren und hatte seinen kleinstädtischen Charme verloren. Es war nur ein flächendeckendes Häusermeer, da wo noch einst Schrebergärten und saftige Wiesen waren, zu sehen.

«Guten Tag, Frau Epp.»

Die schneidige Stimme Gianna Moleanis riss sie aus ihren Betrachtungen um die, in ihren Augen misslungene, Städteplanung des Kantons.

«Sie haben Neuigkeiten?» Mit einer Handbewegung deutete sie Elenor, sich zu setzen.

«Ja und nein.»

«Sie haben nichts herausgefunden.» Es war keine Frage.

«Nein, habe ich nicht. Ihr Mann verlässt am Morgen das Haus, fährt mit dem Zug nach Zürich ins Büro und am Abend wieder zurück. Jedes Mal zur gleichen Zeit und beides auf direktem Weg. Ich konnte keine ausserehelichen Aktivitäten feststellen.»

«Das ist sehr bedauerlich.»

Elenor war baff. Diese Reaktion hatte sie nicht erwartet. Gianna Moleani schien tatsächlich über diese eigentlich gute Nachricht enttäuscht zu sein.

«Schade. Ich habe mehr von Ihnen erwartet, Frau Epp. Aber nun gut, so sei es. Darf ich Ihnen einen Scheck ausstellen?»

«Äh, einen Scheck? Nein, ich werde Ihnen eine Rechnung schicken.»

«Auch gut. Darf ich Sie noch hinaus begleiten?» Frau Moleani war aufgestanden.

«Einen Moment bitte, Frau Moleani, das geht mir jetzt etwas zu schnell. Ich verstehe Ihre Reaktion auf diese gute Nachricht nicht. Warum sind Sie enttäuscht darüber, dass Ihr Mann Sie nicht betrügt?» Sie wollte nicht gehen, bis sie wusste, was hier vor sich ging.

«Frau Epp, ich weiss, dass mein Mann mich betrügt. Aber machen Sie sich keine Gedanken darüber. Ich werde einfach jemanden suchen, der herausfinden kann, mit wem.»

Mittlerweile war Frau Moleani bei der Haustür angelangt, wohin Elenor ihr gefolgt war. Zum Abschied offerierte ihr Albertos Frau eine kühle Hand. Als die schwere Tür hinter ihr ins Schloss fiel, war sie genauso gescheit wie vorher. Nur eines wusste sie mit Sicherheit: Sie war abserviert worden. Was sie am meisten wurmte, war, dass Frau Moleani ihre Arbeit so gering schätzte, dass sie sich nicht einmal für eine Erklärung herablassen konnte. Nun gut, sollte sich jemand anderes um dieses Problem kümmern, für sie war die Sache damit erledigt. Sie wollte sich davon nicht den Tag verderben lassen. Die Sache mit Frau Friedrich lag ihr jetzt mehr am Herzen als die Probleme der Reichen.

Trotz der fortgeschrittenen Zeit entschied sich Elenor spontan, nicht ins Büro zurückzufahren, sondern Frau Friedrich einen Besuch abzustatten. Sie liess das Verdeck ihres Cabrios hinunter und fuhr mit wehendem Haar über die Lorzentobelbrücke, dem Ägerital entgegen.

Der Hühnerhof lag friedlich in der Sonne. Im Garten summte und brummte es vor Insekten, die alle irgendwie betrunken wirkten, wie sie zwischen den bunten Blüten in der windstillen Hitze hin und her gaukelten. Elenor stand einen Moment am Zaun, der die Blumenpracht umfriedete und bewunderte und beneidete gleichzeitig die üppige Flora. Die meisten Namen der Blumen und Büsche kannte sie nicht. In ihrem eigenen Waldgarten gediehen zu ihrem Leidwesen nicht so viel Arten.

Sie klingelte an der Haustür, doch niemand öffnete. Sie schaute sich um. Nichts regte sich, nur das Gackern der Hühner im nahen Auslauf war zu hören. Sie versuchte ihr Glück und ging auf die Suche nach der Bäuerin. Sie fand sie im Hühnerstall, wie sie Futter in die Spender nachfüllte.

«Guten Tag, Frau Epp. Schön Sie zu sehen.»

Frau Friedrichs Gesicht war von der Hitze gerötet und das blaue Kopftuch, das sie über den Haaren trug, war von dunklen Schweissflecken getränkt.

«Machen Sie einen Höflichkeitsbesuch oder haben Sie herausgefunden, was mit meinem Mann passiert ist? Oder haben Sie etwas von Wendelin gehört?» Die Bäuerin kam ihr entgegengelaufen und streifte sich die Handschuhe ab.

«Können Sie ein paar Minuten entbehren, ich hätte ein paar Fragen, die mich beschäftigen.» Elenor wollte nicht unhöflich sein, aber sie hatte keine Lust, in der Hitze zu brüten, bis die Witwe ihre Arbeiten erledigt hatte.

«Wenn Sie kurz warten können, ich bin gleich fertig. Ich muss nur noch schnell nach einem Futterspender sehen, der sich irgendwie verklemmt hat. Gehen Sie doch schon ins Haus. Da drin ist es kühler als hier im Stall oder draussen auf dem Platz.»

Elenor nahm das Angebot nur zu gerne an und ging in die Stube. Sie nutzte die Zeit, bis die Bäuerin kam und schaute sich um. Auf dem antik aussehenden Bauernschrank stand neben dem Bild von Franz Friedrich neu ein Bild von Wendelin Buchmann. Sie setzte sich an den Stubentisch. Es dauerte nicht lange, bis sie hörte, wie die Bäuerin draussen den Dreck von den Stiefeln abtrat und bald darauf in Socken an der offenen Stubentür vorbei in die Küche ging. Dort hantierte sie herum, Gläser klirrten, die Tür des Kühlschrankes wurde zugeschlagen. Nach ein paar Minuten trat Frau Friedrich mit zwei mit einer trüben Flüssigkeit gefüllten Gläsern in die Stube.

«Möchten Sie von meiner selbst gemachten Limonade probieren?»

Dankbar nahm Elenor das beschlagene Glas entgegen und trank gierig einen Schluck des eiskalten, sauren Getränks.

«Wenn es Ihnen zu sauer ist, hat es hier Honig. Damit süsst man wunderbar.» Greta Friedrich schob ihr ein grosses Glas mit einer bernsteinfarbenen Substanz über den Tisch. Der Text auf dem Etikett war in einer fremdartigen Sprache verfasst.

«Nein, für mich ist es gut so.» Elenor drehte das Honigglas in den Händen, konnte aber kein Herkunftsland entziffern. «Woher stammt der Honig?»

«Den hat mir Wendelin aus der Türkei mitgebracht. Er schmeckt köstlich. Das Glas ist bereits fast leer. Ich habe Franz im Tee viel von diesem Honig gegeben. Man sagt ihm ja allerlei wundersame Eigenschaften nach, aber leider hat es Franz nichts genützt.» Sie seufzte laut.

Elenor stutzte. «Kennen Sie Herrn Buchmann schon länger?»

Peinlich berührt sah Greta Friedrich auf ihre Hände. «Ja, ich habe ihn schon vor dem Tod von Franz kennengelernt. Es ist aber nicht so, wie Sie vielleicht denken. Wir sind uns erst in der letzten Zeit näher gekommen.»

Elenor liess der Bäuerin einige Momente Zeit, bis sie eine weitere Frage stellte. «Kennen Sie oder Ihr Mann die Galerie Egger?»

«Nicht dass ich wüsste. Ist es eine Galerie für Bilder?»

«Die Namen Benedikt und Bernhard Egger, sagen die Ihnen etwas?»

Greta Friedrich dachte nach. «Irgendwie kommen mir die Namen bekannt vor, aber ich glaube nicht, dass ich die beiden Herren persönlich kenne.»

«War Ihr Mann Jäger?»

«Nein. Mein Mann war kein Fan der Jagd.»

«Wendelin Buchmann vielleicht?»

Frau Friedrich blies die Backen auf und dachte nach. «Ich glaube nicht, aber so gut kannte ich ihn noch nicht, um solche Themen diskutiert zu haben. Warum fragen Sie all diese sonderbaren Sachen?» Die Witwe schaute Elenor konsterniert an.

«Der Fall ist verzwickt. Ihre Antworten könnten helfen, ein paar Dinge zu klären.»

«Wenn ich alles mit nein beantworte, helfe ich Ihnen bestimmt nicht.» Frau Friedrich war deprimiert.

«Doch natürlich helfen Sie. Auch wenn damit Sachverhalte ausgeschlossen werden.» Elenor versuchte die gedrückte Stimmung wieder zu heben und nickte der Frau aufmunternd zu. Sie war sich zuerst selbst im Unklaren darüber, weshalb sie der Witwe all die Fragen stellte. Sie war einfach der Intuition gefolgt, dass die Witwe der gemeinsame Nenner all der Toten sein konnte. Es gab nur einen Weg das herauszufinden.

«Den Toten am Wildspitz, kannten Sie den? Eugen Kürster hiess der Mann.»

Greta Friedrich antwortete nicht sofort, sondern goss Limonade in die Gläser nach. «Ja, den Jäger, den kannte ich. Er war mein Freund gewesen.»

«Aha?» Elenor fiel nichts Klügeres ein, so überrascht war sie von der Antwort. «Wann war das?»

«Ich hatte Eugen etwa vor einem Jahr kennengelernt.»

31

Während der Regen den Park hinter einem Schleier von zartem Nebel verschwinden liess, sass Elenor bei geöffnetem Fenster auf dem Sofa und lauschte dem Rauschen des abendlichen Waldes. Die Luft war noch warm, aber bald würde der Herbst mit tieferen Temperaturen Einzug halten.

«Du solltest dich nicht so auf dem Präsentierteller zur Schau stellen.»

Elenor rutschte vor Schreck vom Sofa und stiess sich schmerzhaft den Steiss. Philipp streckte den Kopf zum Fenster hinein und grinste frech.

«Wenn du das nochmals tust, dann bringe ich dich um!» Elenor rappelte sich hoch und rieb sich den schmerzenden Po.

Aus dem dichten roten Haar Philipps stoben glitzernde Wassertropfen, als er sich wie ein Hund schüttelte. «Na, na, keine leere Drohungen, bitte.» Er sah sich im Wohnzimmer um. «Bist du alleine?»

«Was geht dich das an?» Sie ärgerte sich über seine plumpe Frage. «Bist du denn alleine oder hast du einen Auftragskiller im Schlepptau?»

«Ich bin mit meiner wunderhübschen Frau und meinen vier rothaarigen Kindern da, die ich dir vorstellen möchte.» Als er Elenor ungläubigen Blick sah, lachte er. «Natürlich bin ich alleine. Es ist auch sonst niemand hier. Ich meine ausser uns zweien, wenn du verstehst was ich meine.»

Sie schaute ihn verständnislos an.

«Der Schleicher? Der dich beobachtet?»

Elenor setzte sich wieder hin. «Ah, ja. Du hast ihn also noch nicht geschnappt.»

«Nein, leider nicht. Dieser Kerl scheint ein Schönwetter-Spanner zu sein. Jedenfalls habe ich ihn hier noch nie bei Regen gesehen.»

«Wie oft bist du denn hier? Du bist doch selbst zum Voyeur mutiert!»

«Könnte man so sagen. Aber ich bezeichne mich lieber als Bodyguard.»

«Ich weiss jetzt nicht, ob ich geschmeichelt oder besorgt sein soll.»

«Von mir aus kannst du dich geschmeichelt fühlen. Wegen des anderen Kerls sei bitte besorgt.»

«Wo kommst du überhaupt her? Biwakierst du im Unterholz? Du siehst aus, als würdest du in einem Fuchsloch hausen.»

«Keine Sorge, ich habe etwas Bequemeres als das.» Philipp sah sie eindringlich an. «Elenor?»

«Ja?»

«Darf ich reinkommen, oder sollen wir die Konversation durch das geöffnete Fenster weiterführen?»

«Na, wenn es sein muss.» Sie sprach ins Leere, denn er stand schon nicht mehr da. Sie schloss das Fenster und ging zur Tür. Sie wollte verhindern, dass er wieder wie ein Irrer klopfte oder die Klingel drückte. Sie kam gerade noch rechtzeitig, sein Daumen war schon auf dem Klingelknopf.

«Du kennst das Prozedere. Ab mit dir unter die Dusche und gib mir die Kleider zum Waschen.»

«Du bist die Beste.» Philipp drückte Elenor einen feuchten Kuss auf die Stirn.

Als Antwort knuffte sie ihm in die Seite. Sie fragte gar nicht erst nach seinem Hunger, sondern setzte Wasser auf, um Spaghetti zu kochen. Dazu öffnete sie eine grosse Dose gehackte Pelati, die sie mit Gewürzen aus dem Garten hinter dem Haus verfeinerte. An einer kleinen Raspel rieb sie frischen Parmesan.

Als er sich satt und zufrieden zurücklehnte und die Lippen leckte, fragte sie: «Du bist doch auch dieses Mal nicht gekommen, nur um zu essen und zu duschen?»

«Doch eigentlich schon. Meine Unterkunft ist nicht gerade eine Villa. Sie hat zwar eine fantastische Aussicht, aber leider keine sanitären Anlagen und keine Küche. Und kein Bett.»

«Klingt nicht gerade gemütlich. Wo bist du denn untergekrochen? In einem Stall?»

Ein rätselhaftes Lächeln umspielte Philipp Lippen. «Du wirst mir immer unheimlicher, Elenor Epp.»

«Wenn es nur das ist, dann kann ich damit leben.» Elenor runzelte die Stirn. «Komm schon, raus damit. Warum bist du wirklich hier?»

«Ich habe viel zu viel Zeit zum Grübeln und denke über unsere erste Begegnung nach und wie es dazu kommen konnte, dass wir uns verloren haben. Ich bedaure es sehr, den richtigen Zeitpunkt verpasst zu haben, dich und Quentin über Arlette einzuweihen.» Er zerdrückte mit der Gabel winzige Käsestücke.

Elenor wartete, bis er so weit war.

«Kannst du dich noch an den Abend erinnern, als Quentin mich aus dem Haus geworfen hat?» Er hielt seinen Blick weiterhin auf die Zinken gerichtet.

«Ich habe es nicht vergessen.»

«In der Nacht, als mich dein Bruder im Gang vor deinem Zimmer antraf, wollte ich dir alles beichten und nicht des Nachts in dein Schlafzimmer schleichen, um von dir etwas zu wollen.»

«Was wolltest du beichten?» Sie richtete sich im Stuhl auf und nahm ihm die Gabel aus der Hand.

«Ich vermutete da schon, dass Arlette in Betrügereien verwickelt war und dass sie nicht diejenige war, die sie vorgab zu sein. Ich wollte deinen Rat dazu hören, ich wusste nicht, was ich tun sollte.»

«Nur weil Quentin dich hinausgeworfen hatte, hast du nichts gesagt? Das finde ich jetzt ein wenig billig. Es wäre alles anders gekommen, hättest du nur ein Wort erwähnt. Emma könnte noch leben!» Sie hatte überhaupt nicht bemerkt, dass sie schrie. Erst als Philipp immer weiter von ihr abrückte und sie anstierte, als hätte sie Tollwut, mässigte sie sich.

«Elenor, bitte beruhige dich wieder. Ich mache mir jeden Tag Vorwürfe deswegen. Ich male mir jeden Tag aus, dass Emma hier mit uns am Tisch sitzen würde und ich nicht vor jedem und allem davon rennen müsste, hätte ich nur ein elendes Sterbenswort gesagt.» Seine Stimme klang brüchig.

Elenor atmete tief durch und versuchte sich wieder zu beruhigen. Es gelang ihr nur langsam. Sie spürte, wie ihr Tränen die Wangen hinunterliefen. Die Worte Philipps taten ihr im Herzen weh.

«Ich gehe am besten wieder.» Zögernd stand er auf. Es war fast so, als wartete er auf ein Wort des Trostes von ihr.

«Das wäre wohl das Beste.» Elenor war froh, dass er aus freien Stücken ging, sonst hätte sie ihn rauswerfen müssen. Sie ertrug im Augenblick niemanden um sich herum. Am wenigsten ihn.

«Vielen Dank für deine Gastfreundschaft.»

Er umarmte sie kurz, dann schloss sie hinter ihm ab.

Unsanft wurde Elenor von einem polternden Geräusch an der Haustür aufgeschreckt. Etwas orientierungslos schaute sie sich um. Sie musste auf dem Sofa eingeschlafen sein. Der Fernseher lief noch, draussen war es mittlerweile Nacht geworden. Zögernd stand sie auf, schlich zur Haustür und spähte durch den Spion. Draussen war nichts zu sehen, ausser dem diffusen Licht der kleinen Lampe vor der Tür. Sie wägte das Risiko ab – sollte sie die Tür öffnen, um nachzusehen? Vielleicht waren es auch nur Kater oder Lotti, die sich draussen zu schaffen machten. Sie hatte die Hand bereits auf der Türklinke, als ihr Smartphone klingelte. Unschlüssig, was sie nun als erstes tun sollte, entschied sie sich für das Beenden des Nerv tötenden Schrillens.

«Hallo?»

«Ich habe dir ein Päckchen vor die Tür gelegt.»

«Ich habe doch gar nicht Geburtstag.»

Sie hörte, wie Philipp am anderen Ende leise lachte.

«Es ist kein Geburtstagsgeschenk. Geh doch bitte raus und öffne es, es liegt auch eine Karte dabei. Du wirst deine Freude daran haben. Es ist etwas, das du schon lange haben wolltest.» Und nach einer kurzen Pause fügte er an: «Ich im Übrigen auch. Darum bin ich doppelt froh, dass ich es besorgen konnte.»

Elenor wollte noch etwas erwidern, doch er hatte bereits aufgelegt. Neugierig geworden, ging sie hinaus. Als sie sah, was vor ihrem Haus lag, konnte sie sich kaum mehr halten vor Lachen. Das Paket brauchte sie nicht auszupacken, nur aufzuschnüren. Vor ihren Füssen zappelte und wand sich ein Mensch. Sie beeilte sich, dem Bündel auf die Füsse zu helfen. Das stellte sich als schwieriger heraus als erwartet, denn der Mann reagierte mit heftiger Gegenwehr. Sie konnte sein Gesicht wegen der tief heruntergezogenen Kapuze nicht sehen, wohl aber ein kleines Schild und die Fotokamera, die um seinen Hals baumelten.

Sie zog die Kapuze vom seinem Kopf, bereute es aber sofort. Die Augen, die sie wutentbrannt anstarrten, waren die eines ihr unbekannten Mannes. Sein Mund war von einem Klebeband zugeklebt. Sie hielt es für besser, diesen Zustand nicht zu ändern, bis sie wusste, was um Himmels Willen vor sich ging. Die gurgelnden Geräusche aus seiner Kehle wurden lauter. Sie wollte nicht riskieren, dass der Kerl an seiner Wut erstickte, also riss sie ihm mit einem Ruck das Klebeband vom Mund.

«Aua! Binden Sie mich sofort los!»

«Nicht so schnell. Zuerst erklären Sie mir mal, was das hier soll und was Sie auf meinem Grundstück zu suchen haben.» Elenor unterdrückte den Impuls, ihm das Stück Klebeband wieder auf die Lippen zu drücken.

«Ich wurde überfallen, das sehen Sie doch. Jemand hat mich von hinten überwältigt, gefesselt und mich hierher verschleppt!»

«Überfallen also. Wer denn?» Elenor sah ihm über die Schultern. Es war niemand zu sehen.

«Keine Ahnung, so ein grosser Bursche. Ich konnte ihn nicht richtig erkennen, er war vermummt», knurrte der Unbekannte, während er sich abmühte, den Seilen zu entkommen, die seine Arme satt an seinen Körper fixierten. «Bitte machen Sie mich los!»

Doch Elenor hatte es nicht eilig. «So, so. Wer sind Sie und was tun Sie hier?» Sie betrachtete den Zettel, der neben der Kamera baumelte. *Kurt Gfeller, Journalist,* stand darauf in krakeliger Schrift geschrieben. «Oh, sieh einmal an. Ein Journalist. Haben Sie das bekommen, was Sie wollten?» Sie zeigte auf die Kamera.

Herr Gfeller schüttelte heftig den Kopf. «Das verstehen Sie falsch, Frau Epp, ich wollte mich nur umsehen.»

«Dann ist es nicht so schlimm, wenn ich die Polizei rufe und Sie den Beamten alles erklären können. Hausfriedensbruch haben Sie, mit ein wenig auf fremdem Besitz umsehen, ja nicht begangen.» Sie sah zu, wie die Zornesröte im Gesicht des Journalisten verblasste.

«Bitte tun Sie das nicht!»

«Warum nicht? Haben Sie von mir eine Einladung, mit der Erlaubnis herumzuschnüffeln, erhalten, die Sie vorweisen können?» Der Schweiss floss ihm in Strömen von der Stirn in den Kragen. Er sah erbärmlich aus, wie er wie ein Braten verschnürt vor ihr wankte. Ein bisschen tat er ihr leid. «Wenn ich Sie losbinde, hätten Sie dann die Güte, sich anständig zu benehmen, hereinzukommen und mir alles zu erzählen?»

«Natürlich.» Er wirkte erleichtert. «Darf ich Ihnen auch eine Frage stellen?»

«Nur zu.»

«Wer war dieser Grobian, der mich überwältigt hat?»

Elenor verkniff sich ein Lächeln. «Keine Ahnung. Es muss wohl noch jemand hier ungebeten herumschleichen. Langsam sollte ich Eintritt für die Besichtigung des Parks verlangen.» Sie sah seinen skeptischen Blick, liess sich aber nicht beirren, holte ein Messer aus der Küche und schnitt die Fesselung ab.

Etwas steif setzte sich Herr Gfeller an den Esstisch und trank gierig das Glas Wasser, das Elenor ihm gebracht hatte.

«Wie lange lungern Sie hier schon herum?» Sie hatte keine Lust auf Small Talk.

Der Journalist wirkte geknickt. «Ein paar Tage vielleicht?»

«Was wollen Sie von mir?»

«Ich, ähm, ich wollte sehen, was vor sich geht. Man munkelt so einiges.»

«Zum Beispiel?» Elenor wusste, es war nur eine rhetorische Frage. Die Antwort kam prompt.

«Sie machen mir Spass, Frau Epp. Haben Sie vergessen, was letztes Jahr hier passiert ist?» Er betrachtete sie ungläubig aus kleinen knopfartigen Augen.

«Für wen arbeiten Sie?»

«Ich bin freier Journalist.»

«Wollten Sie nur Fotos von meinem Haus oder mir machen oder ein Interview von mir?»

«Ein Interview wäre super. Ginge das denn?» Er lächelte freudig.

«Nein.»

«Sehen Sie, wie schwer wir Journalisten es haben? Keiner gibt mehr bereitwillig Auskunft. Aber mein Job ist die Sensation, der Voyeurismus, spannende Geschichten und aufregende Bilder. Das ist es, was die Leser interessiert, das kann ich verkaufen.»

«Auf Kosten anderer natürlich.» Der Mann wurde ihr immer unsympathischer. «Haben Sie Fotos von mir oder meinem Grundstück auf der Kamera gespeichert?»

Ein bitterer Ausdruck erschien auf seinem Gesicht. «Hatte ich. Dieser ... dieser Verbrecher, der mich überfallen hatte, hat mir den Speicherchip gestohlen.»

«So ein Pech aber auch. Waren alle Ihre Bilder auf diesem einen Chip? Haben Sie kein Back-up?»

Herr Gfeller seufzte resigniert und schüttelte den Kopf. «Sie haben allen Grund, schadenfreudig zu sein.»

Elenor war müde. Sie wollte diesen Kerl loswerden, doch er sollte nicht denken, er käme einfach so davon. «Was soll ich nur mit Ihnen anfangen? Es war ungeheuerlich, dass Sie meinen Besitz ungefragt betreten haben und mich und meine Familie bespitzelten. Ich sollte vielleicht doch die Polizei rufen.»

«Wenn Sie die Polizei rufen, bin ich meinen Job los.» Er wirkte ehrlich zerknirscht. «Was meinen Sie, könnten Sie eventuell von einer Anzeige absehen? Bitte?»

«Was hätte ich davon?»

«Meine Zusage, dass ich nichts über Sie veröffentlichen werde. Die Bilder sind sowieso verloren. Über das, was heute

Abend passiert ist, schweigen wir beide bis ans Ende unserer Tage.»

«Auch nicht über meine Familie?»

«Wie bitte?»

«Sie schreiben auch nichts über meine Familie.»

«Wenn Sie es wünschen.»

«Also gut», sagte Elenor nach einigem Zögern, während dem sie beobachtete, wie der Journalist nervös an der Kamera herumfingerte. «Geben Sie mir Ihre Hand darauf.»

Sie schüttelten sich die Hände. Seine war heiss und feucht.

«Ich möchte Sie hier nie mehr sehen», rief sie dem Mann zum Abschied nach, als dieser auf dem Weg zur Villa mit der Nacht verschmolz.

Elenor rief die unterdrückte Nummer zurück, um Philipp zu danken und zu erzählen, wie es gelaufen war. Es hob niemand ab.

32

Die Geräusche klangen äusserst merkwürdig. Den Telefonhörer an ihr Ohr gepresst, horchte Elenor dem Keuchen, Gurgeln und Atmen zu. Ihr erster Gedanke war, dass sich jemand einen schlechten Scherz mit ihr erlaubte und sie mit Obszönitäten belästigte. Es vergingen ein paar Sekunden, bis es ihr dämmerte, dass jemand am anderen Ende weinte.

«Hallo? Wer ist denn da? Kann ich Ihnen helfen?»

Das Schluchzen wurde lauter. Geduldig wartete Elenor, bis sich die Person gefangen hatte und antworten konnte.

«Ich weiss, wer meinen Mann auf dem Gewissen hat.»

«Frau Friedrich? Sind Sie das?» Greta Friedrich schien sie nicht zu hören.

«Ich habe ihn gesehen!»

«Wen? Wen haben Sie gesehen?» Elenor war alarmiert.

«Hören Sie doch zu! Den Mörder meines Mannes, ich habe Franz Mörder gesehen!»

«Wo denn?» Elenor verstand nicht, was Greta Friedrich ihr sagen wollte.

«Hier auf meinem Hof!»

Die nun schrille Stimme der Witwe verursachte schmerzende Stiche in Elenors Gehirn. Sie stellte das Telefon auf den Lautsprecher um. «Sehen Sie den Mann noch? Ist er noch da?»

Elenor dachte fieberhaft nach. Sie sollte die Polizei anrufen. Loris.

«Ich weiss nicht, wo er jetzt ist. Ich weiss nicht, ob er noch da ist. Ich sehe ihn nicht mehr. Vielleicht versteckt er sich. Bitte, Frau Epp, helfen Sie mir!»

«Frau Friedrich, hören Sie mir gut zu. Legen Sie auf und rufen Sie die Polizei!»

«Nein, das kann ich nicht. Ich habe Angst. Lassen Sie mich nicht alleine!»

«Also gut. Ich bleibe noch einen Moment am Apparat …» Elenor hatte den Satz nicht beendet, da hörte sie die Frau am anderen Ende schreien. «Oh, mein Gott, ich sehe ihn wieder! Er ist noch da, kommen Sie schnell! Helfen Sie mir!»

Dann hörte Elenor nur noch ein monotones Tuten. Die Witwe hatte aufgelegt. Sie rief die Notrufnummer der Polizei an und gab die Adresse des Friedrichschen Hofes durch und den Grund ihres Anrufes. Sie kramte ein paar Habseligkeiten in die Handtasche, dann rannte sie los.

Glücklicherweise war die Polizei schon da, als Elenor den Hof erreichte. Sie sah Frau Friedrich scheinbar unverletzt auf den Treppenstufen vor dem Haus sitzen. Die Hände hatte sie vor ihr Gesicht geschlagen und ihre Schultern zuckten. Elenor wollte zu ihr hingegen, doch sie wurde von einem Polizisten zurückgehalten. Sie erklärte, wer sie war und warum sie hier war. Der Beamte sprach kurz in sein Funkgerät und bekam eine quakende Antwort zurück. Darauf winkte er sie durch. Sie setzte sich neben die Bäuerin auf die Stufen und legte ihr tröstend den Arm um die Schultern.

«Sie haben nichts gefunden. Er war schon weg.» Greta Friedrich tupfte sich mit einem Papiertaschentuch, das schon ziemlich feucht und zerrissen aussah, die Augen und deutete mit einer Kopfbewegung auf einige Polizisten, die zusammenstanden und diskutierten. Einer löste sich aus der Gruppe und kam auf sie zu.

«Frau Friedrich? Mein Name ist Reto Bütikofer. Wäre es möglich, dass wir ins Haus gehen, damit ich Ihnen einige Fragen

228

stellen kann?»

Die Witwe nickte und stand auf. «Frau Epp darf doch mitkommen?»

Der Mann liess mit keiner Faser mutmassen, dass ihn diese Frage irritierte.

Elenor wollte gerade den Mund öffnen, als die Bäuerin antwortete: «Frau Epp ist meine Privatdetektivin.»

«Aha, und was hat sie mit diesem Fall zu tun?»

«Ich habe sie angerufen, damit sie mir hilft. Sie war es, die Sie gerufen hatte. Zudem ist sie die einzige, die ihre Arbeit macht.»

«Die da wäre?»

Das Pokergesicht des Polizisten beeindruckte Elenor.

«Sie versucht herauszufinden, warum und von wem mein Mann ermordet wurde. Das, was die Polizei schon längst hätte tun sollen.» Frau Friedrich zeigte mit dem Finger auf die Brust des Polizisten. Es hätte nicht viel gefehlt und sie hätte dagegen getippt.

«Meinetwegen, sie kann mitkommen.» Herr Bütikofer nickte Elenor zu, dann gingen sie zu dritt ins Haus.

Die Bäuerin beschrieb dem Polizisten, was sie so aufgebracht hatte. Sie hatte beobachtet, wie ein und derselbe ihr unbekannte Mann seit ein paar Wochen immer wieder auf ihrem Hof auftauchte. Beim ersten Mal hatte sie sich gedacht, er habe sich verlaufen, beim zweiten Mal war sie sich dann sicher, dass es nicht so war. Von Mal zu Mal war er immer dreister geworden, war in der Scheune bei den Hühnern herumspaziert und hatte sich den Fuhrpark angesehen, bis er dann heute Morgen an ihre Haustür geklopft hatte. Sie hatte sich dabei immens erschrocken, ihn leibhaftig vor ihrem Haus stehen zu sehen und in ihrer Panik hatte sie die Tür vor seiner Nase zugeschlagen. Darauf hatte sie die erstbeste Person, die ihr in den Sinn gekommen war, angerufen. Frau Epp.

Der Polizist liess sein digitales Tonaufnahmegerät während des Gesprächs laufen und machte sich zusätzliche Notizen. Seine Fragen beantwortete Greta Friedrich bereitwillig. Trotzdem kam sie Elenor bei der Beschreibung des Eindringlings einsilbig vor. Mit der Bitte, die Bäuerin solle doch morgen auf dem Polizeiposten vorbeikommen, um das Protokoll zu unterschreiben, verabschiedete sich der Beamte. Auf der Schwelle drehte er sich nochmals um und bat die Bäuerin, das nächste Mal doch direkt die Notrufnummer der Polizei zu wählen, sollte dieser Kerl nochmals hier auftauchen. Die Chance, ihn dabei in Flagranti zu erwischen, wäre so um ein Vielfaches höher.

Elenor und Greta Friedrich wechselten kein Wort miteinander, bis sie hörten, wie die Polizeiautos den Hofplatz verliessen.

«Ich kenne den Mann.» Die Witwe sprach als erstes wieder.

«Den Polizisten?» Diese Offenbarung kam so unvermittelt, dass Elenor zuerst gar nicht wusste, von wem die Frau sprach.

«Natürlich nicht. Denjenigen, der mich besuchte.»

Elenors Verdacht, dass Greta Friedrich bei ihrer Aussage nicht ganz ehrlich gewesen war, bestätigte sich. «Warum haben Sie das nicht der Polizei erzählt?» Elenor trieben solch unlogische Handlungen den Schweiss auf die Stirn. Irgendwie wurde sie das Gefühl nicht los, dass die Witwe ein Spiel trieb.

«Das fragen gerade Sie? Sie wissen doch, dass die Polizei bis jetzt nichts getan hat.» Greta Friedrichs Stimme troff vor Verachtung.

«Das haben Sie schon mehrmals erwähnt.» Elenor versuchte sich zu sammeln. In ihrem Kopf wirbelten die wüstesten Gedanken herum. «Wenn Sie den Mann kennen, warum haben Sie mich dann angerufen?» Und hysterisch geheult und geschrien. Doch sie verkniff sich diesen Nachtrag. «Sie hätten ihn einfach hereinbitten und ihm einen Kaffee anbieten können.» Das wiederum wollte gesagt sein.

«Weil es ein Mann aus meinem Dorf in Polen ist.»

«Ja und? Wollte er sie besuchen kommen und ist etwas ungelegen aufgetaucht?»

Greta Friedrich schnaubte verächtlich. «Der kommt bestimmt nicht auf Besuch. Er ist ein schlimmer Mann.»

Die Geschichte, die ihr die Bäuerin dann auftischte, klang so fantastisch, so unglaubwürdig, so absurd, dass sie wahr sein musste.

In Polen war Pawel Mazur, Sohn eines benachbarten Bauern und zwei Jahre jünger als die hübsche Greta, schon seit Kindertagen anhänglich gewesen. Wo Greta war, war auch Pawel. Zu Anfang hatte sie sich durch seine ewige Anwesenheit belästigt gefühlt, mit den Jahren aber damit zu leben gelernt, da er nicht gewillt war, sie aufzugeben. Sie hatte ihn nie gemocht und das lag nicht nur an seinem schmächtigen Körperbau und seinem von einer Skoliose verkrümmten Rücken. Er hatte etwas Unheimliches an sich, wie er jeweils ohne Vorwarnung aus dem Nichts aufgetaucht und sie regelmässig zu Tode erschreckt hatte. Er schien einen sechsten Sinn dafür zu haben, wo sie sich gerade befand und spürte sie mit der Sicherheit eines Bluthundes auf, egal wo und wie gut sie sich versteckte. Seine dünnen langen, rabenschwarzen Haare hingen ungepflegt über sein rundes Gesicht und seine dunklen Augen standen nie still und schienen alles in sich aufzusaugen. Greta fand, sie sahen aus wie schwarze Murmeln, die unruhig in den Augenhöhlen herumkullerten. Als sie beide in die Pubertät kamen, weiteten sich seine bisher platonischen Besuche in Flirts aus, die immer zudringlicher wurden. So beharrlich sie ihn abwies, wenn er sich ihr näherte, so hartnäckig versuchte er es immer wieder. Im Laufe der Jahre verselbstständigte sich dieses Balzverhalten der beiden, dass keiner von beiden mehr wusste, wann es angefangen und wann es aufgehört hatte. Die junge Greta wusste nur, dass sie Pawel nach der Schulzeit aus den Augen verloren hatte. Zu Anfang hatte sie seine Avancen vermisst, sie empfand kurioserweise ein Gefühl von Zurückweisung, was sie gekränkt hatte. War er ihr überdrüssig geworden und müde des ewigen fruchtlosen Werbens? Die Jahre gingen ins Land und allmählich vergass sie den blassen und hageren Nachbarsjungen. Bis er dann eines Tages vor dem Haus ihrer Eltern auftauchte. Sie war mit ihrem Verlobten auf Besuch aus der Stadt gekommen und wollte einige Tage dort verbringen. Greta hatte Pawel fast nicht wiedererkannt, als sie die Tür auf sein Klingeln hin öffnete. Sein Rücken war gerichtet worden, was ihn um einige Zentimeter grösser machte. Das schwarze, dünne Haar trug er kurz und hatte es sorgfältig nach hinten gekämmt. Den mitgebrachten Blumenstrauss streckte er ihr verlegen entgegen, während er sie von oben bis unten bewundernd musterte. Greta, mittlerweile zu einer jungen Frau herangewachsen, hatte sich in der Stadt in einen anderen verliebt. Sie war ins Dorf ihrer Kindheit zurückgekehrt, um mit ihren Eltern die baldige Hochzeitfeier zu organisieren. Nun, da Pawel vor ihr stand, sichtlich bewegt, aber wieder vergebens, tat er ihr ein bisschen leid. Sie wollte ihn hereinbitten, für einen Kaffee, einen Schwatz um der alten Zeiten willen, als ihr Bräutigam hinter sie trat. Unbedarft fragte er nach dem Grund, weshalb seine Braut immer noch dastehe und schwatze, es gebe doch noch so viel für die Hochzeit vorzubereiten. Greta hatte darauf mit Besorgnis beobachtet, wie sich das Mienenspiel Pawels von Freude in Abscheu verwandelte und er sich ohne ein Wort des Abschieds abwandte und eilig davon ging. Beim Abendessen hatten sich alle am Tisch über diesen wunderlichen Kerl amüsiert, der einfach so aufkreuzte und nicht gewusst zu haben schien, dass Greta bald Hochzeit feierte, obwohl das ganze Dorf schon seit Wochen von diesem Fest sprach.

«Ich brauche einen Schnaps. Das Erzählen hat meinen Mund ausgetrocknet.» Greta Friedrich stand auf und holte aus dem alten Bauernschrank eine Kirschflasche heraus und füllte zwei kleine Gläser randvoll mit der glasklaren Flüssigkeit. «Normalerweise ist mir dieses Gesöff zu stark. Hier, nehmen Sie auch einen.»

Elenor lehnte dankend ab. Sie wollte nüchtern bleiben und versuchen, die Begebenheiten von Greta Friedrichs Geschichte einzuordnen. Die Witwe leerte beide Schnapsgläser auf ex. Wenn Greta Friedrich in Polen geheiratet hatte, dann war ihr erster Ehemann nicht Franz Friedrich gewesen. Die Bäuerin hatte ihr erzählt, sie hätte ihren Mann während einer Ausstellung zufällig getroffen, zu der sie mit einem anderen Mann gegangen war.

«Ich kann es in Ihrem Gehirn arbeiten sehen, Frau Epp. Sie denken sich sicher, dass es unmöglich mein Franz gewesen sein kann, den ich in Polen geheiratet habe. Das stimmt.» Greta Friedrich goss das Glas erneut voll, aber nippte diesmal nur daran. «Franz ist nicht der Mann in Polen, den ich heiraten wollte. Ich habe in Polen nie geheiratet.» Einen Moment lang sass sie bewegungslos da, dann kippte sie sich mit einem Ruck den Rest des Alkohols in den Mund und schüttelte sich wie ein nasser Hund. «Das ist wirklich eklig, aber es gibt mir ein Gefühl von angenehmer Wärme in meinem Bauch.» Sie schloss und öffnete ihre Lippen mit einem schmatzenden Geräusch und goss sich noch einen ein und kippte ihn in einem Zug hinunter.

Elenor befürchtete, dass die Witwe bald sturzbetrunken war.

«Es gab nie eine Hochzeit, weil man meinen Verlobten zwei Tage vor der Hochzeit im Karpfenteich meiner Eltern tot aufgefunden hatte. Sich ertränkt haben soll der Igor sich.»

Greta Friedrichs Stimme klang bereits etwas schleppend. Elenor überlegte sich, ob sie die Flasche nicht aus ihren Händen nehmen sollte.

«Er soll sich ertränkt haben», wiederholte sie, «stellen Sie sich vor Frau Epp, ertränkt! Aber das konnte nicht sein, denn er war ein exzellenter Schwimmer. Das haben alle gewusst, aber niemand hatte sich darüber gewundert. Ausser mir!»

«Vielleicht wollte er Karpfen fangen oder einen Spaziergang machen», schlug Elenor vor, «und ist ausgerutscht und hat sich den Kopf gestossen. Dabei ist er ohnmächtig geworden und ins Wasser gefallen.»

Die Witwe prustete los. «Fische fangen? Er mochte keine Fische. Lange Spaziergänge waren auch nicht sein Hobby.» Sie seufzte und stützte den Kopf in die Hände, als wöge er Tonnen. «Die Leute im Dorf tratschten natürlich. Schnell kursierten Gerüchte über Igor. Ihm wurde alles Erdenkliche angedichtet. Sie sagten, er habe Depressionen oder Geldschulden oder beides gehabt. Sogar Frauengeschichten, die ihm über den Kopf gewachsen waren, soll er gehabt haben. Doch ich wusste, dass er an keiner Krankheit gelitten, keine Drogen genommen und keine Geldschulden gehabt hatte und er war mir treu gewesen. Für die Leute im Dorf musste es aber einen Grund gehabt haben, sonst brachte man sich ja nicht um.»

«Er hat sich also umgebracht?» Elenor hatte irgendwie den Verdacht, dass sie etwas verpasst hatte.

«Nein, natürlich nicht! Hören Sie mir doch zu!» Sie schnaubte verächtlich durch die Nase. «Ich war aber die Einzige, die nie an die Gerüchte glaubte. Es muss einen anderen Grund für seinen Tod gegeben haben. Ich hatte grosse Hoffnungen in die Untersuchungen der Polizei gehegt, doch die legte den Fall zu den Akten, ohne genauer hingesehen zu haben. Ich hatte sie angefleht, auch Pawel in die Untersuchungen mit einzubeziehen, aber niemand schenkte mir Glauben.»

Der Witwe kullerten die Tränen über die Wangen. Die Vergangenheit hatte sie wieder eingeholt. «Wissen Sie, Frau Epp, er war meine erste grosse Liebe gewesen.» Sie litt noch immer unter ihrem Verlust von damals.

Elenor kramte in der Tasche nach einem Papiertaschentuch, das sie Greta Friedrich reichte. Geräuschvoll blies sich diese die Nase.

«Das klingt in Ihren Ohren sicher überheblich und kalt, aber ich war jung und hübsch und verliebte mich wieder.» Noch ein Glas des Hochprozentigen floss ihre Kehle hinunter. Die Stimme der Bäuerin wurde zunehmend schwerfälliger und unverständlicher.

Elenor hatte genug. Sie wollte nicht einer Besoffenen zuhören, auch wenn sie verstand, warum es für die Witwe nicht einfach war, ihr ihre Lebensgeschichte zu erzählen. Sie nahm der Frau das Glas aus der Hand und trug es zusammen mit der Flasche in die Küche. Greta Friedrich protestierte nicht. Bei ihrer Rückkehr an den Tisch ermunterte sie die Witwe, weiter zu erzählen.

«Karol war sein Name. Wir haben uns auf einem Tanzfest kennengelernt. Wir trafen uns erst ein paar Wochen, dann war es auch schon wieder vorbei.»

«Warum?»

«Er verlor wie Igor sein Leben auf mysteriöse Weise. Man fand Karol aufgehängt in der Scheune seiner Eltern.» Greta Friedrich schluchzte leise auf. Die Tränen kullerten erneut und fielen schwer auf den Holztisch.

Elenor griff mitfühlend nach dem Arm der weinenden Frau. Was für ein tragisches Schicksal.

«Natürlich tuschelten die Leute wieder. Auf mir laste ein Fluch, sagten sie. Ich bringe alle Männer um, die mich liebten. Wie eine schwarze Witwe. Keiner wollte mehr mit mir zu tun haben. Manche beschimpften mich sogar als Hexe. Sogar meine Eltern wurden ausgegrenzt. Eines Tages hielt ich es nicht mehr aus. Ich verliess das Dorf und ging weg, dorthin, wo man mich nicht kannte. In Warschau fing ich ein neues Leben an. Ich fand eine Stelle als Kellnerin in einem Restaurant. Die Arbeit war anspruchslos und ich musste hart arbeiten. Die Arbeitstage wollten nie enden, aber ich war froh darum, weil ich abgelenkt war. Während der Arbeit lernte ich viele Menschen kennen, nicht nur Angestellte, sondern auch einige Ausländer, mehrheitlich Touristen, die bei uns assen.»

Die Bäuerin stand auf, aber nicht, um die Schnapsflasche zu holen, wie Elenor erst befürchtete, sondern um ein Foto aus der Schublade des Bauernschrankes zu nehmen. Sie betrachtete das Bild intensiv, bevor sie es an Elenor weiterreichte. «Eines Tages kam eine Gruppe deutscher Bauern zum Essen ins Restaurant. Die haben so ein Austauschprogramm, wo sich Deutsche und Polen treffen, sich gegenseitig auf den Höfen besuchen gehen und über landwirtschaftliche Fragen diskutieren. In dieser Gruppe war mir ein junger Bauer aufgefallen. Er war lustig, gut aussehend und sehr charmant.» Ein Lächeln huschte über ihr vom Weinen gerötete Gesicht. «Stellen Sie sich vor, Janek hat mich noch am selben Abend eingeladen mit ihm nach Deutschland zu gehen. Natürlich konnte ich seine Einladung nicht annehmen. Ich habe geglaubt, dass er es nicht ernst meint.»

Die Witwe tippte auf den Fotorahmen in Elenors Hand. «Nach seiner Abreise hatte er mir regelmässig E-Mails geschrieben. Das ging einige Monate lang hin und her. Dann eines Tages, als ich mich kaum mehr für die Arbeit aufraffen konnte, so müde war ich, habe ich seine Einladung angenommen. Ich habe Ferien beantragt und bin nach Deutschland auf seinen Hof nachgereist. Janek war ein netter Mann und konnte hart arbeiten. Sein Hof war auf dem neusten technischen Stand, seine Eltern, die mit ihm auf dem Hof lebten, waren sehr aufgeschlossen. Es war geplant, dass wir bald heiraten und es wäre auch so gekommen, wenn wir nicht an diese Messe gefahren wären.» Sie nahm das Foto aus Elenors Hand, strich mit den Fingern darüber und legte es in die Schublade zurück.

«Ich weiss noch, dass Janek und ich uns durch die Menschenmassen in den Ausstellungshallen und zwischen den Ständen durchgezwängt haben, als ein Mann mich so heftig anrempelte, dass ich den Kaffeebecher fallen liess, den ich in der Hand hielt. Zu meinem Glück verschloss der Deckel den Becher dicht und der Schaden blieb gering. Ich war verärgert, denn wir hatten lange anstehen müssen, um diesen zu bekommen. Der Rempler blieb stehen und entschuldigte sich bei mir unzählige Male für sein Ungeschick. Ihm war das ganz und gar peinlich und er offerierte, mir einen frischen Kaffee zu holen. Zuerst hatte ich dankend abgelehnt, denn ich hatte keine Lust so lange darauf zu warten, aber er bestand hartnäckig darauf. Janek und ich fanden es drollig, wie er sich bemühte und Janek war es auch, der ihm vorschlug, ihn zum Kaffeestand zu begleiten. Wir verabredeten einen Treffpunkt, wo wir uns wieder in einer halben Stunde treffen wollten. Ich freute mich auf den Kaffee. Und wissen Sie was, Frau Epp?»

Elenor schüttelte den Kopf. Sie war gespannt, wie die Geschichte weiterging.

«Ich habe Janek nie wiedergesehen.»

Elenor blieb der Mund offen stehen. «Sie haben was?»

«Der Mann, der mich angerempelt hatte, kam vor Janek zurück und brachte mir den Becher Kaffee, den er mir versprochen hatte. Während wir auf Janek warteten, erzählte er mir seine Lebensgeschichte. Auch wenn ich jetzt zurückblicke, kann ich mir immer noch nicht erklären, was genau in diesen Momenten zwischen uns passiert war. Es war keine Liebe auf den ersten Blick. Ich glaube, er hatte mich verhext, anders kann ich es nicht ausdrücken. Vielleicht hatte mich seine Lebenserfahrung in den Bann gezogen, er war ja einige Jahre älter als ich. Vielleicht war es seine Art sich auszudrücken. Ich weiss es nicht. Jedenfalls hatte Franz etwas an sich, das ich unwiderstehlich fand. Es war, als würden wir uns wie zwei Magnete anziehen und diese

Anziehung ist bis zu seinem Tod geblieben.» Sie blickte traurig auf ihre Hände. «Wer hätte gedacht, dass es so endet.»

«Was ist aus Janek geworden?»

«Er hat jemand anderen geheiratet und hat mittlerweile vier Kinder.»

«Ach, haben Sie noch Kontakt zu ihm?»

«Nicht zu ihm, sondern zu seiner Mutter. Sie schreibt mir regelmässig Briefe und teilt mir die familiären Begebenheiten mit. Sie hatte damals an mir einen Narren gefressen und mag mich immer noch, obwohl ich diese schreckliche Sache ihrem Sohn und ihrer ganzen Familie angetan habe. Falls Sie jetzt denken, dass es Janek sein könnte, der auf meinem Hof aufgetaucht ist, dann irren Sie sich. Es ist Pawel.»

Die Gedanken sind frei und ich tue damit was ich will, dachte sich Elenor. «Hat man jemals herausgefunden, woran ihre Freunde gestorben sind? Die Autopsien mussten doch die Ursachen an den Tag gebracht haben.»

«Nein. Nichts. Was mich aber nicht wirklich wundert. Die örtliche Polizei war korrupt. Jeder hat jeden mit Geldbeträgen unterstützt, wenn Sie wissen, was ich meine. Ich hatte grosse Hoffnungen auf die Untersuchung von Karols Tod gehegt. Es waren Beamte aus der Stadt angereist, um die örtliche Polizei zu unterstützen. Die haben auch ermittelt und gute Fragen gestellt. Aber als sie sich wieder in ihre Büros zurückgezogen hatten, versandeten die Fälle. Ich für meinen Teil denke, dass auch damals viel Geld im Spiel gewesen war. Sie können sich nicht vorstellen, wie wohlhabend Pawels Vater war. Er war der Bürgermeister unseres Ortes und Grossgrundbesitzer. Antoni Mazur hatte Geld wie Heu und hatte es natürlich auch gewinnbringend eingesetzt. Er unterstützte seinen Sohn, wo er nur konnte.»

Greta Friedrich seufzte tief. Elenor sah ihr an, dass sie immer noch mit ihrem Schicksal haderte.

«Sie denken, dass Pawel beide umgebracht hat?»

«Für mich besteht kein Zweifel daran, dass er meine Freunde aus Eifersucht tötete. Dass gleich beide starben, war kein Zufall.» Greta Friedrich nickte heftig mit dem Kopf, um ihre Aussage zu bekräftigen.

«Was denken Sie, will dieser Pawel nach all der langen Zeit von Ihnen? Es ist doch alles schon so lange her. Er muss doch mittlerweile ein eigenes Leben führen, vielleicht ist er verheiratet und hat Kinder.»

«Er will mich, so wie damals. Er hat sich nicht verändert. Er ist es auch, der meinen Franz umbrachte, genauso wie den Eugen und den Wendelin.» Greta Friedrich beobachtete jede Bewegung Elenors. «Sie denken doch dasselbe, habe ich Recht?»

Elenor wusste, dass die Bäuerin nicht wissen konnte, dass die Polizei Spielkarten bei Eugen Kürster und Wendelin Buchmann gefunden hatte. Oder vielleicht doch? Tief in Elenors Inneren nagten Zweifel an der gänzlichen Unbeteiligtheit der Witwe am Tod der Männer. War all das, was die Bäuerin ihr erzählte, am Ende einer blühenden Fantasie entsprungen? Warum gab sie wichtige Informationen, wie ihre Bekanntschaft mit dem Jäger, nur scheibchenweise preis?

«Warum haben Sie der Polizei nie von Pawel erzählt? Wenn er es war, wie Sie sagen, dann hätten Sie zumindest den Tod von Wendelin Buchmann und Eugen Kürster verhindern können.»

Greta Friedrich glotzte sie nur aus glasigen Augen an und zuckte mit den Schultern.

«Wie lange, sagen Sie, ist dieser Pawel schon hier?»

«Wahrscheinlich schon seit Monaten. Ich sehe ihn nicht immerzu. Ich vermute, er geht öfter fort und kehrt wieder zurück. Ich war mir nicht von Anfang an sicher, dass er es ist. Erst als er heute auf meiner Türschwelle stand und ich ihn mit eigenen Augen gesehen habe, da wusste ich Bescheid.» Greta Friedrich rieb sich die Hände, als müsste sie Schmutz von ihnen entfernen. «Ich hatte so gehofft und zu Gott gebetet, dass ich mich irre.» Die Verzweiflung war in das Gesicht der Bäuerin zurückgekehrt. «Frau Epp, bitte helfen Sie mir. Er ist wie ein verdammter Fluch, der mich durch mein ganzes Leben folgt. Was muss ich noch alles von diesem Monster erdulden? Er hat mir schon fünf liebe Menschen genommen. Was will er noch?»

«Ich empfehle Ihnen, alles, was Sie wissen, der Polizei zu sagen.»

«Nein. Das will ich nicht. Tun Sie es bitte für mich.»

«Ich verstehe Sie nicht, Frau Friedrich. Was ist das Problem?» Elenor ging das sture und unlogische Verhalten der Witwe langsam auf die Nerven. «Ich kann das nicht für Sie erledigen. Hier geht es, wie Sie sagen, um einen Mörder. Um einen Serienmörder, wenn Sie recht haben sollten. Da kann ich nicht einfach in Ihrem Namen sprechen. Nur Sie kennen diesen Pawel und nur Sie wissen, wie er aussieht und wie er tickt. Diese Angelegenheit gehört in die Hände der Polizei und zwar schleunigst. Es wäre fahrlässig, noch länger mit der Wahrheitsfindung zuzuwarten. Es könnte gut sein, dass noch mehr Menschenleben auf dem Spiel stehen. Wollen Sie das verantworten?» Elenors Stimme war mit jedem Wort lauter geworden. Dieser Pawel mochte raffiniert sein. Das Geld seiner Familie hatte damals vielleicht viel Einfluss in seinem Dorf gehabt, aber hier galten andere Regeln. «Also, was hält Sie zurück? Sie wollen doch auch Genugtuung für Ihren Mann und Ihre Freunde. Das kann nur geschehen, wenn man ihn dingfest macht.»

Die Bäuerin musterte intensiv die Fingernägel und fing an, sich dem Schmutz darunter anzunehmen.

«Frau Friedrich?»

Nach einigem Zögern, nickte Greta Friedrich langsam. «Also gut. Ich tu es.»

«Haben Sie zufälligerweise ein Foto von Pawel?»

«Tss, sind Sie noch bei Trost?» Es klang ehrlich entrüstet. Dann dachte die Witwe einen Augenblick nach. «Ich habe eine Idee. Menschen mit so einem grossen Ego, wie er es hat, sind sicher auf irgendwelchen sozialen Netzwerken zu finden. Vielleicht hat er ein Facebook-Account auf seinen Namen. Einen Moment, bitte.» Sie stand auf und ging aus der Stube.

Elenor hörte sie die Treppe nach oben steigen.

Nach einigen Minuten kam sie mit einem Laptop zurück. Nachdem sie sich installiert hatte, tippte sie hektisch auf den Tasten herum. «Habe ich es mir doch gedacht! So einer kann nicht widerstehen. Hier, sehen Sie, das ist er. Erstaunlicherweise hat er sich kaum verändert.»

Elenor betrachtete das kleine Foto auf dem Bildschirm. Der Mann hatte kohlrabenschwarzes schulterlanges dünnes Haar, dessen Ansatz weit hinter der Stirnlinie lag. Es umrahmte ein schmales, bleiches Gesicht, mit einer spitzen Nase und vollen Lippen, die zu einem Lächeln verzogen waren. Elenor fand, dass er nicht unsympathisch wirkte. Das also sollte ein kaltblütiger Mensch sein, der mindestens zwei Menschen in Polen und drei Männer hier auf dem Gewissen hat?

«Trauen Sie diesem Mann fünf Morde zu?»

«Natürlich bin ich mir sicher. Er ist es.»

«Könnte es sein, dass er Ihre Freunde in Polen umgebracht hat, aber es ein Zufall ist, dass er zur selben Zeit hier war, während Ihr Mann starb?»

«Frau Epp, ich sage Ihnen, er war es. Er hat mir auch die Karten geschickt.»

«Warum soll er das getan haben? Hat er Ihnen auch in Polen Spielkarten zukommen lassen?»

«Nein, in Polen ist nichts dergleichen geschehen. Trotzdem bin überzeugt davon, dass nur er in Frage kommt. Er will mir etwas mit diesen Karten sagen, ich komme einfach nicht dahinter, was das sein soll.»

«Wenn er Ihnen etwas mitteilen möchte, dann verstehe ich nicht, warum er mir die Karte mit dem Hanns Guck-in-die-Luft geschickt und die Struwwelpeter-Karte im Café liegen gelassen hat. Zudem kannte ich Sie letztes Jahr noch gar nicht.» Die Geschichte wurde immer verworrener und undurchsichtiger. Anstatt auf Elenors Bedenken einzugehen, murmelte Greta Friedrich vor sich hin. Zuerst verstand sie nicht, was die Frau sagen wollte.

«Oh, das war ein Fehler, ein ganz grosser Fehler, mein Freund. Zu blöd, dass ich dich gesehen habe. Du hättest mal lieber in dem Loch bleiben sollen, aus dem du gekrochen bist.»

Elenor war alarmiert. «Frau Friedrich, ich bitte Sie, machen Sie keinen Unsinn! Der Mann könnte gefährlich sein!»

Die Witwe schaute Elenor an, als wäre sie ganz wo anders und lächelte dabei milde. «Nein, nein, keine Angst.»

Elenor glaubte ihr nicht. Doch sie konnte momentan nichts tun, als sie zu warnen. Sie liess sich von Frau Friedrich den Link des Facebook-Kontos auf ihre E-Mail-Adresse schicken und verabschiedete sich von ihr mit dem Versprechen, sich bei der Polizei zu melden. Sie fuhr vom Hof und lenkte ihr Auto auf einen Parkplatz in der Nähe eines Campingplatzes. Sie rief Loris an, der sich sofort meldete.

«Ich habe dir ein Bild geschickt. Bitte schaue es dir an.»

«Wer ist das?»

«Das ist Pawel Mazur, der Kerl, der Greta Friedrich auf dem Hof belästigt. Sie glaubt, dass er ihren Mann und ihren Freund, Wendelin Buchmann, ermordet hat. Nicht nur das, er soll auch in Polen ihren damaligen Verlobten und einen weiteren Freund auf dem Gewissen haben. Weisst du, dass sie Eugen Kürster gekannt hat?»

«Jetzt mal langsam, Elenor. Wer hat wen gekannt und ermordet?»

Elenor erzählte Loris, was ihr Greta Friedrich erzählt hatte. Natürlich war er nicht erfreut darüber, dass die Witwe der Polizei so ziemlich alles verschwiegen hatte, was sie wusste.

«Was willst du nun tun?»

«Die holde Bäuerin verhaften.» Seine Stimmung war im Keller.

«Weswegen denn?»

«Behinderung der Polizeiarbeit.» Dann nach einer kurzen Pause: «Elenor, glaubst du der Frau?»

«Ich gebe zu, dass sich alles an den Haaren herbeigezogen anhört und ich Zweifel hege. Aber vielleicht solltest du selbst mit ihr sprechen und dir eine eigene Meinung bilden.»

«Gut, das werde ich tun. Ich für meinen Teil kann nicht ausschliessen, dass sie es selbst war, die ihren Mann und ihre Freunde umgebracht hat.»

Elenor wiegte den Kopf und erinnerte sich dann, dass Loris es nicht sehen konnte.

«Ich dachte einen Moment lang dasselbe. Aber mein Bauchgefühl sagt etwas anderes. Habt ihr schon herausgefunden, woran Franz Friedrich oder einer der anderen gestorben ist?»

«Bei Franz Friedrich steht immer noch Herzversagen im Vordergrund. Sollten noch weitere Analysen in Auftrag gegeben werden müssen, bräuchte der Staatsanwalt noch mehr Indizien.

Nur ein Verdacht basieren auf einem Mordanschlag reicht nicht aus.

«Was ist mit Wendelin Buchmann?»

«Der ist tatsächlich ertrunken. Bis jetzt konnten sich keine Anzeichen finden lassen, die auf einen Mord schliessen lassen, aber die Analysen sind auch noch nicht abgeschlossen.»

«Er geht also zum Ufermäuerchen, watet ins Wasser und ertrinkt? Einfach so? Wie stellst du dir das denn vor? Luftanhalten bis der Tod eintritt?»

«Die Gerichtsmediziner konnten keine Spuren von Gewalteinwirkung finden. Ich rechne aber in den nächsten Stunden mit einem Bericht über die toxikologischen Tests.»

«Bei Eugen Kürster sind sich hoffentlich alle einig. Der Jäger, der wurde umgebracht, nicht dass du jetzt sagst, er habe sich auch selbst getötet. Vielleicht mittels Harakiri?»

«Seppuku.»

«Was?»

«Es heisst Seppuku.»

«Klugscheisser.»

Loris überhörte ihre Bemerkung. «Bei ihm war es tatsächlich Mord. Man hat ihn am Baum aufgehängt, den Bauch aufgeschlitzt und regelrecht ausgeweidet. Du kannst dir die Sauerei sicher vorstellen.»

Elenor war froh, dass es schon länger her war, dass sie gegessen hatte. Ihr Mund fühlte sich plötzlich trocken an. Sie spürte, wie ihr das Blut aus dem Gesicht wich.

«Bist du noch dran, Elenor?»

Sie brachte nur ein würgendes Geräusch zustande.

«Falls du fragen willst, er war schon tot, als man ihm das angetan hatte. Er wurde vorher erschossen.»

«Ist ja beruhigend. Die Karte mit dem schiessenden Hasen trifft sein Schicksal also ziemlich genau.»

«Mit der Kugel und dem Gewehr, ja. Aber er wurde weder von einem Hasen, noch von seinem Hund gekillt.»

«Willst du immer noch behaupten, dass die Spielkarten bei den Toten Zufälle sind? Ich glaube, dass wir es mit einem Serienmörder zu tun haben. Einem Spielkartenkiller.»

«Ho, ho, nicht so schnell.»

Elenor konnte fast sehen, wie Loris am anderen Ende die Hände in einer abwehrenden Geste in die Höhe hob.

«Sag jetzt nur nicht, dass du nicht selbst schon daran gedacht hast.»

«Also wenn du mich fragst, haben die Karten nicht direkt mit den Todesfällen zu tun. Ich glaube, dass sich jemand einen Scherz erlaubt, um uns in die Irre zu führen.»

Sie fand, dass er sich extrem uneinsichtig zeigte. «Warum glaubst du das?»

«Erstens, Friedrich starb an einer Herzattacke, also eines natürlichen Todes. Zweitens, Wendelin Buchmann ist ertrunken. Möglich, dass er unbeabsichtigt ins tiefere Wasser geraten ist, einen Schock vom kalten Wasser bekam und ertrank.»

«Bleibt immer noch der Jäger.»

«Tja, der Jäger ist tatsächlich ermordet worden. Da gibt es keinen Zweifel.»

«Du denkst also, dass da draussen ein Irrer herumläuft und zufälligerweise über die Toten stolpert und jedem eine passende Karte dazulegt? Das klingt so fantastisch wie Greta Friedrichs Geschichte von Pawel. Wie ist es möglich herauszufinden, dass der Friedrich tot im Stall liegt, dass sich Buchmann anschickt, sich im Zugersee das Leben zu nehmen und irgendwo ein ausgeweideter Jäger in unwegsamen Gelände von einem Baum baumelt?» Sie war empört über seine Ignoranz. «Die einzige Gemeinsamkeit der Todesfälle ist Greta Friedrich. Sie hat alle gekannt. Sogar mehr als gekannt. Es waren alle ihre Freunde oder der Ehemann.» Sie hörte Loris am anderen Ende seufzen.

«Wir werden Frau Friedrich dazu befragen. Ein Kollege ist bereits unterwegs, okay? Wir werden den Verantwortlichen schon finden, Elenor. Es braucht halt seine Zeit.»

«Loris, die Spielkarten sind Visitenkarten.»

«Du vergisst, dass die ersten Karten erst nach dem Tod Friedrichs aufgetaucht sind.»

«Ich muss dich korrigieren. Die erste habe ich letztes Jahr im Café gefunden. Die Zweite hatte Frau Friedrich kurz nach dem Tod Friedrichs im Stall gefunden. Wir wissen schlicht nicht, ob sie schon vorher dort gelegen hatte.»

«Die dritte Karte mit dem Hanns Guck-in-die-Luft wurde dir abgegeben, als wir noch nicht wussten, dass jemand ertrunken ist», sagte Loris darauf. «Die zweite Karte vom Hanns wurde von einem Spaziergänger bei uns abgegeben und da hatten wir immer noch nicht nach einer Leiche im Wasser gesucht. Nur die Karte vom Jäger haben wir beim Jäger selbst gefunden. Es ist die einzige Karte, die man direkt mit dem Todesfall in Verbindung bringen kann.»

«Also, ihr ermittelt nicht in die Richtung, dass eine oder mehrere Personen den Franz Friedrich oder Wendelin Buchmann umgebracht haben?»

«Wir suchen nach dem Mörder des Jägers. Sonst nichts.»

«Warum willst du dann Frau Friedrich vernehmen? Sie wäre nach deiner Logik frei von allem Verdacht.»

«Es wäre doch interessant, mehr von diesem Pawel zu erfahren, der am Tod von so vielen Menschen verantwortlich sein soll.»

«Dann haben die Spielkarten nichts zu bedeuten?»

«Die sind ein Teil der Ermittlungen, aber haben für uns keine Priorität.»

Es war einer dieser Tage, an denen Elenor früher als sonst zu Hause war. Sie hatte keine Lust mehr verspürt, ins Büro zurückzufahren. Sie fütterte Kater und Lotti, bereitete sich einen Salat zu und liess sich mit dem Essen aufs Sofa fallen. Sie zappte durch die Fernsehprogramme, nur um festzustellen, dass sie sich nicht für die Talkshows und banalen Serien interessierte, die um diese Uhrzeit liefen. Immer wieder kehrten ihre Gedanken zu den Gesprächen mit Loris und Greta Friedrich zurück. Konnte es sein, dass die Witwe nicht das unschuldige Opfer war, das sie vorgab zu sein? Sie war die einzige Gemeinsamkeit aller Toten, sie hatte alle gekannt. War die Geschichte des mordenden Psychopathen Pawel ein Teil eines teuflischen Plans, den sie noch nicht durchschaut hatte? Hatte Greta wirklich die Kraft, einen gestandenen Mann wie den Jäger auf einen Baum zu knüpfen? Sollte sie die Mörderin sein, hatte sie die Spielkarten selbst an den Tatorten deponiert oder ihre Komplizen? Was waren ihre Motive für die Taten? Eines stand für Elenor glasklar fest. Der Kartenspieler war der Mörder.

33

Greta Friedrich hob nach dem zweiten Klingelton ab. Sie klang gut gelaunt. Elenor war überrascht. Die Bäuerin zeigte keine Nachwirkungen auf das Gespräch mit der Polizei.

«Wie schön, dass Sie zu Hause sind. Konnten Sie der Polizei gestern helfen?»

«Oh ja, ich denke schon. Ich habe denen alles erzählt, was ich wusste. Sie wissen schon, von Polen und Pawel, Eugen und Wendelin.»

«Gut, das ist gut.» Elenor war froh, dass sie nicht mehr die einzige war, die davon wusste.

«Die Polizisten waren ja so nett, besonders Herr Sauber und Frau Zubler. Sehr kompetente Leute.»

Das waren ja ganz neue Töne. «Prima.» Sie gönnte Frau Friedrich die gute Laune. «Haben Sie mit Herrn Sauber und Frau Zubler über das weitere Vorgehen gesprochen?» Das ging sie zwar nichts an, sie war aber dennoch neugierig auf die Antwort.

«Nein, haben wir nicht. Sie haben gesagt, dass ich wieder von ihnen hören werde, sobald sie neue Erkenntnisse haben werden. Von den Analysen und so. Das ist alles.»

Die Bäuerin schien ebenso enttäuscht zu sein über die verbliebenen Unsicherheiten wie sie. Sie wusste, dass sie Loris gar nicht anzurufen brauchte, denn er würde die nächsten Schritte der Behörde ganz sicher nicht mit ihr diskutieren. «Macht es Ihnen etwas aus, mir Ihre Geschichte nochmals zu erzählen? Nur damit ich nichts durcheinander bringe.»

«Überhaupt nicht. Dank Ihnen hat die Polizei die Untersuchung über den Tod meines Mannes wieder aufgenommen. Ich hoffe, dass die ganze Sache endlich einen würdigen Abschluss findet. Das bin ich meinem Mann schuldig. Heute Nachmittag habe ich nichts vor. Sie können gerne vorbeikommen, wann immer Sie Zeit haben.»

Elenor brachte es nicht übers Herz, die Witwe in ihrer Annahme zu korrigieren.

Greta Friedrichs Geschichte hatte sich nicht verändert, was Elenor mit Genugtuung zur Kenntnis nahm.

«Sie denken bestimmt, dass mein Mann und ich uns auseinandergelebt haben. Wir waren so in unsere Arbeiten hier auf dem Hof vertieft gewesen, dass wir ganz vergessen hatten, wie es war, gemeinsame Ziele zu haben. Es hatte nicht sein sollen, dass wir Kinder bekamen, also blieb uns nur der Hof. Wir gingen nicht in die Ferien, selten aus, alles spielte sich hier in einem engen Umkreis ab. Nicht, dass sie mich falsch verstehen, es soll keine Entschuldigung dafür sein, dass ich mich mit Eugen in ein Techtelmechtel eingelassen habe.»

Die Witwe blickte gedankenverloren aus dem Fenster, so als könnte sie ihr vergangenes Leben draussen als Theaterspiel nochmals erleben. Es war so still in der Stube, dass Elenor die Fliegen mit einem ärgerlichen Summen unermüdlich gegen das Fensterglas stossen hörte.

«Für mich war so ein Leben auf die Dauer zu öde. Franz war eher der häusliche Typ, also fing ich an, alleine auszugehen, zuerst ins Kino, dann anschliessend für einen Drink in eine Bar in der Stadt. Dort lernte ich Eugen Kürster kennen. Es war keine Liebe oder so was, sondern Einsamkeit, die mich in sein Bett trieb. Ich bin nicht stolz darauf, sondern schäme mich, dass es so weit mit mir gekommen ist.»

«Wie lange hat die Beziehung gedauert?»

Greta Friedrich lachte bitter. «Es war keine Beziehung. Eher eine unheilvolle Begegnung. Sie dauerte nicht lange, einige Wochen vielleicht?» Greta Friedrich stellte es als Frage hin, so als wäre sie selbst nicht sicher, wie lange es gedauert hatte.

«Warum? Ist etwas vorgefallen?»

«Er hatte angefangen mich zu schlagen. Zuerst dachte ich, es wäre ein Versehen gewesen, dann realisierte ich, dass es seine Art von Liebesbezeugung war.» Die Witwe zuckte hilflos mit den Schultern. «Er hatte mich immerzu auf den Hintern geschlagen. Nicht so leichte Klapse, sondern richtig fest. Es hatte unheimlich wehgetan.»

Elenor war entsetzt. «Warum haben Sie ihn dann immer weiter getroffen?»

«Ich weiss es nicht! Ich kann es selbst nicht verstehen. Aber als er mir eines Abends ein Veilchen und eine blutige Lippe verpasste, bin ich wohl aus meiner Trance erwacht und habe es beendet.»

Elenor kam ein Verdacht. «Sind so die Gerüchte im Dorf entstanden, dass Ihr Mann Sie schlägt?»

Die Witwe nickte beschämt.

«Und Sie haben nichts getan, um dies richtig zu stellen? Was hat Ihr Mann dazu gesagt?»

«Franz war schon krank und hatte nicht mitbekommen, was vor sich ging. Er hatte zwar die Verletzungen in meinem Gesicht gesehen, ich hatte ihm aber Lügen aufgetischt.» Plötzlich verlor Greta Friedrich die Fassung und fing an zu schluchzen. «Ich werfe mir bis heute vor, dass ich nichts, aber auch gar nichts getan habe, um die Vorwürfe an meinen Mann zu berichtigen. Der arme Kerl ist gestorben und die Leute denken immer noch, er wäre es gewesen, der die Tiere gequält und mich geschlagen hat.»

Elenor wurde hellhörig. «Dann ist es nicht so, wie Sie mir bei unserem ersten Treffen erzählt hatten, dass Ihr Mann derjenige war, der die Tiere quälte.»

Mit tränennassen Augen schaute die Witwe auf. «Ich weiss, dass ich das erzählt habe. Ich war ja so blöd. Ich wusste einfach nicht, ob ich Ihnen trauen kann. Jetzt weiss ich, dass ich es kann und ich sage Ihnen, dass es Pawel ist, der meinen Mann, Eugen,

Wendelin, die Hühner und auch den Hund getötet hat.»

«Wann fing das mit den Tieren an?» Elenors Kehle war staubtrocken.

«Letzten Herbst.»

«Nur damit wir uns richtig verstehen. Dann fing das Töten der Tiere an. Und ihre Liebschaft äh – Bekanntschaft mit Herrn Kürster?»

Die Witwe dachte nach. «Unsere Affäre fing später an.» Die Witwe wischte die Tränen mit den Handrücken von den Wangen.

«Im letzten Herbst habe ich den Struwwelpeter im Café gefunden.» Elenor dachte laut nach. «Wann haben Sie das erste Mal vermutet, dass jemand, oder sagen wir Pawel, auf Ihrem Hof ist?»

«Ich glaube, das war im September letzten Jahres. Zuerst war ich mir nicht sicher, schon gar nicht, was die toten Tiere anbelangt. Er war sehr vorsichtig und hat sich nicht gezeigt. Aber nach und nach bin ich ihm auf die Schliche gekommen. Dann starb Franz und ich war felsenfest überzeugt, dass es nur Pawel sein konnte, der mir das Gemüse stahl, die Eier und die Hühner. Auf unsere Kosten hat er ein gutes Leben geführt.»

«Passen würde auch der Verdacht, dass dieser Pawel Eugen Kürster umgebracht hat. Wenn er sich tatsächlich schon seit Monaten oder einem Jahr in der Gegend aufhält, dann könnte es sein, dass Pawel Sie und Herrn Kürster die ganze Zeit beobachtet hatte. Es hat ihn erzürnt, dass Sie sich einem fremden Mann hingaben und brachte ihn um. Das gleiche Schicksal ereilte auch Wendelin Buchmann. Es ist gut vorstellbar, dass Pawels Eifersucht wieder aufgeflammt ist und ihn dazu getrieben hat.»

Greta Friedrich nickte eifrig: «Genauso denke ich es mir auch. Alle drei haben mich gemocht. Mein Mann hatte mich auf Händen getragen, als er noch gesund war. Sogar Eugen liebte mich auf seine verquere Art.»

Für Elenor klang das alles schlüssig. Trotzdem nagten Zweifel an der Richtigkeit der Geschichte tief in einem Winkel ihres Gehirn, sie konnte aber nicht sagen warum. Vielleicht weil es zu einfach war? «Wurden irgendwelche Hinweise an den Orten der mutmasslichen Tötungen Ihrer Freunde in Polen gefunden?»

«Nein. Jedenfalls nicht dass ich wüsste. Ist das wichtig?»

«Ich finde schon. Wenn es nur einen Mörder gibt, dann finde ich es seltsam, dass er seine Vorgehensart geändert haben soll. Er ist in Polen mit seinen Taten durchgekommen. Man hatte ihn nicht gefasst.»

«Vielleicht», setzte Frau Friedrich zu einer Erklärung an, «vielleicht will er damit sagen, dass er es ist, der die Morde begangen hat, sie für sich beanspruchen.»

«Aber wieso ist die Frage. Warum jetzt und vorher nicht? Wenn dem so wäre, dann könnte er es uns auch einfacher machen.»

Die Bäuerin zuckte nur mit den Schultern. «Wenn es Ihnen weiterhilft, gebe ich Ihnen die Telefonnummer der Polizei in Polen.»

«Es bleibt noch eine Frage offen. Wie hat er Ihren Mann und die anderen beiden umgebracht?»

Elenor ging frustriert in ihrem kleinen Büro auf und ab. Sie waren der Lösung keinen Schritt näher gekommen. Sie hatte nur die Aussage Greta Friedrichs, dass dieser Pawel, der schon in Polen gemordet haben soll, nun hier in der Schweiz sein Unwesen trieb und die Liebhaber und den Ehemann der Witwe um die Ecke brachte. Die Variante von Loris könnte genauso gut passen: Nicht der Mörder hatte die Hinweise mit den Karten hinterlassen, sondern ein Komplize. Vielleicht zum Zweck der Verwirrung von Polizei und Detektivin. Es konnte aber genauso gut sein, dass die Spielkarten verteilt wurden, um Hinweise auf den Täter zu geben und der Mörder nichts davon wusste. Um Sicherheit zu erhalten, blieb ihr nichts anderes übrig, als in Polen anzurufen. Sie hoffte sehr, die Beamten dort gaben ihr Auskunft. Sie setzte sich hin und wählte die Nummer, die die Witwe ihr gegen hatte.

Die Unterhaltung mit dem diensthabenden Polizisten gestaltete sich holprig, da sein gebrochenes Englisch durch das Telefon schwer verständlich war. Bald musste Elenor jedoch feststellen, dass der Mann nicht derjenige sein konnte, der über die Fälle Bescheid wusste, obwohl dieser bereitwillig Auskunft gab. Zu lange waren die Geschehnisse her und zu jung war er damals gewesen, um ihr genaue Angaben machen zu können. Das einzige, was der Beamte mit Sicherheit wusste, war, dass es zwei merkwürdige Todesfälle in diesem ungefähren Zeitraum gegeben hatte. Enttäuscht wollte sie schon auflegen, als der polnische Polizist sie bat zu warten, denn er könne ihr gerne die Adresse des Beamten geben, der damals die Fälle untersucht hatte. Der war zwar nun pensioniert, aber vielleicht bereit, mit ihr zu sprechen. Elenor kritzelte sich den Namen und die Nummer auf ein Blatt Papier und bedankte sich. Schnell wählte sie sich ein, aber niemand antwortete. Morgen war auch noch ein Tag.

34

Vierundzwanzig Stunden später kam der erwartete Anruf Greta Friedrichs. Der ganze Tag war trist und regnerisch gewesen, der Sommer definitiv zu Ende. Elenor hatte mit Benedikt und Bernhard zu Mittag gegessen. Die Zwillingsbrüder hatten sich aufgekratzt gezeigt und plapperten über Bernhards anstehende Vernissage, die in zwei Wochen in Benedikts Galerie stattfinden würde. Sie kicherten albern über die Geschichte, wie sie Elenor das erste Mal getroffen hatten und als Bernhard noch Bernadette gewesen war. Sie hatte den Ort fluchtartig verlassen, so gekränkt war sie darüber gewesen, dass Bernadette sie nicht als kaufkräftig eingeschätzt und abgewiesen hatte. Die Erinnerung war für alle drei nicht schmeichelhaft, aber Elenor ärgerte es mehr als die anderen, dass die beiden diese unangenehme Episode immer wieder aufwärmten.

Den Nachmittag verbrachte Elenor in der Altstadt, brachte die Buchhaltung in Ordnung und erledigte Telefonate. Der Tag war unbemerkt in die Dämmerung übergegangen, als sie den Anruf entgegennahm.

«Er ist wieder da», flüsterte Greta Friedrich in Elenors Ohr.

«Pawel?», flüsterte Elenor zurück. Augenblicklich schoss ihr das Adrenalin durch den Körper.

«Ja.» Die Stimme der Witwe war kaum mehr hörbar.

«Haben Sie die Polizei angerufen? Wo sind Sie jetzt?»

«Ich habe die Polizei als erstes angerufen. Sie sind unterwegs. Ich bin in der Stube. Ich habe die Lichter gelöscht. Ich kann ihn draussen beim Stall rumlaufen sehen.»

«Bleiben Sie um Himmels Willen da, wo Sie jetzt sind. Rühren Sie sich nicht und warten Sie, bis die Polizei da ist!» Elenor bemühte sich um eine ruhige Stimme. Es nützte niemandem, wenn Greta Friedrich hysterisch wurde.

«Ich habe Angst!»

«Ich bleibe am Apparat, bis die Polizei da ist, einverstanden?»

«Ja, bitte, das wäre nett, danke.»

Elenor presste den Hörer fest an ihr Ohr, um ja keines der leisen Worte der Witwe zu verpassen. Ihr kam die Zeit lange vor, während sie dem aufgeregten Atem der Bäuerin lauschte. Der Schrei Frau Friedrichs kam für Elenor völlig überraschend. Sie zuckte zusammen, als stände das Telefon plötzlich unter Strom.

«Oh, nein! Er kommt auf das Haus zu. Was soll ich tun?»

«Versuchen Sie still zu sein, Frau Friedrich!» Elenor hoffte darauf, dass sich die Bäuerin wieder beruhigte. «Bleiben Sie vom Fenster weg und öffnen Sie keinesfalls die Tür.» Doch sie wusste, als sie in den Hörer sprach, dass Greta Friedrich ihr bereits nicht mehr zuhörte.

«Er ist bei der Haustür!»

«Pst, seien Sie leise! Versuchen Sie sich zu beruhigen! Die Polizei ist ganz sicher bald da!» Elenor hörte die Klingel der Haustür. Der war ja dreist!

«Was meinen Sie, soll ich durch den Spion gucken?»

«Nein! Besser ist es, wenn er annimmt, Sie seien nicht da.»

«Mein Auto steht vor der Scheune. Er weiss, dass ich zu Hause bin.»

Das war allerdings ein Argument.

«Er ist es nicht! Frau Epp, haben Sie gehört, es ist nicht Pawel.»

Elenor griff sich an die Stirn. Die Frau war unbelehrbar. «Wer dann?»

«Ich kenne den Mann nicht. Aber es ist definitiv nicht

Pawel.»

«Machen Sie trotzdem nicht auf!» Doch am anderen Ende hatte Greta Friedrich aufgelegt.

35

Es sollten zwei lange Tage vergehen, bis Elenor erfuhr, was nach ihrem Anruf geschehen war. Es waren die zwei längsten Tage seit langem und sie hatte begonnen an ihren Fingernägeln herumzukauen, nur damit sie etwas Spannung abbauen konnte. Unzählige Male hatte sie versucht, Greta Friedrich zu erreichen, vergeblich. Quentin, Benedikt und Bernhard hatten sie ausgelacht und sie ungeduldig gescholten. Das joviale Schulterklopfen der anderen war ihr auf die Nerven gegangen. Die Erlösung kam, als sie die Telefonnummer Greta Friedrichs auf dem Display sah.

Die Bäuerin erzählte von ihrem aufregenden Abend ohne Punkt und Komma und so, als wäre nichts weiter geschehen und Elenor zum Kaffeekränzchen geladen.

«Es war nicht Pawel vor der Tür, sondern ein freundlich aussehender Herr, der mir erzählte, dass er sich verlaufen habe und um ein Glas Wasser bat. Ich habe mir nichts dabei gedacht und ihn hereingebeten. Kaum sassen wir am Tisch, fuhr die Polizei vor und klingelte. Ich habe dem Polizisten erklärt, es sei falscher Alarm und er solle seinen hart verdienten Feierabend geniessen. Er liess sich aber nicht abwimmeln und liess nicht locker, bis ich ihm meinen Gast vorgestellt hatte. Sie können sich nicht vorstellen, Frau Epp, wie erstaunt ich war, als er den Mann auf der

Stelle verhaftete. Mich hat er übrigens auch gleich mitgenommen. Das war mir ein bisschen unangenehm.»

Elenor ergriff die günstige Gelegenheit, als Greta Friedrich das erste Mal Luft holte, um ihre Fragen zu platzieren. «Ich verstehe nicht, wer war denn nun der Mann und was wollte die Polizei von ihm und Ihnen?»

«Es ist der gleiche Mann, der die Spielkarte am Seeufer gefunden und auf dem Polizeiposten abgegeben hatte.»

«Aha? Na und? Das ist noch lange kein Grund, jemanden zu verhaften.» Elenor fand keinen Zusammenhang zwischen diesen beiden Informationen.

«Sie werden es nicht glauben, aber der Mann ist Pawels Vater, Antoni Mazur.»

«Pawels Vater? Der Vater des Pawel, der alle umgebracht haben soll?» Das musste Elenor zuerst verdauen.

«Ich war genauso erstaunt wie Sie, Frau Epp. Ich habe ihn nicht wiedererkannt, obwohl ich ihn ja aus dem Dorf, aus dem ich stamme, kannte. Er hat sich sehr verändert und sieht viel älter aus.»

Elenor hörte sie belustigt glucksen.

«Aber bei dem Kummer, der ihm sein Sohn beschert, ist das kein Wunder.»

«Ich finde das trotzdem seltsam. Haben Sie noch mehr erfahren? Wo Pawel ist zum Beispiel oder was es sich mit diesen Spielkarten auf sich hat?»

«Nein, das ist alles. Mehr weiss ich nicht.»

«Was wollte die Polizei von Ihnen?»

«Sie haben mir viele Fragen über die Karten, Pawel, meinen Mann und über meine Freunde gestellt.»

Elenor musste sich einen weiteren Tag gedulden, bis sie mehr erfuhr. Dieses Mal war es Loris, der sie auf den neusten Stand im Fall Greta/Pawel brachte. Die Zuger Polizei hatte einige Informationen von den Kollegen aus Polen erhalten. Ein Anruf erübrigte sich damit für sie. Antoni Mazurs Befragungen hatten weitere Details zutage gebracht.

Sie trafen sich im Café. Elenor merkte, dass es Loris

unangenehm war, sie in der Öffentlichkeit zu treffen. Nervös schaute er sich immer wieder um.

«Loris, hör bitte auf mit deinem Gezappel. Dürfen sich zwei alte Freunde nicht mehr zu einem Kaffee treffen und plaudern, ohne dass sich jemand darüber aufregt?»

Er sah sie kurz strafend an, bevor er ohne Umschweife zur Sache kam. «Unsere Treffen haben sich noch nie zu Plauderstündchen entwickelt. Du möchtest doch sicher etwas von mir, sonst hättest du mich nicht angerufen, oder irre ich mich?»

«Nein, du irrst dich nicht. Ich möchte etwas von dir haben.» Loris lehnte sich zurück. «Na, dann schiess los.»

«Ich möchte, dass du mich immer auf dem Laufenden hältst über die Fälle, die mit den Spielkarten zu tun haben.» Bevor Loris den Mund aufmachen und etwas erwidern konnte, fuhr Elenor fort. «Ich habe diesen Respekt verdient. Ich habe meinen Beitrag dazu geleistet, damit die Polizei diese Fälle aufklären kann. Ich habe mit Greta Friedrich über ihren Freund gesprochen, obwohl es über meine Kompetenzen ging. Daran muss ich dich sicher nicht erinnern. Dann habe ich dir die Spielkarten ausgehändigt, auch die, die für mich bestimmt waren und ich habe die Verbindungen zwischen den Todesfällen und den Karten hergestellt. Ich habe immer alles der Polizei mitgeteilt, was ich wusste. Im Gegenzug möchte ich alle dazugehörigen Informationen von dir haben.»

Loris liess sich Zeit mit der Antwort. Elenor befürchtete, dass er aufstand und ging und sie einfach sitzen liess.

«Also gut, einverstanden.»

Freudig überrascht klatschte sie um ein Haar in die Hände. Was sie zu hören bekam, liess sie die Freude wieder vergessen.

Der Mann, der bei Greta Friedrich unerschrocken an der Haustür geklingelt hatte, war tatsächlich Pawels Vater, Antoni. Er war auf der Suche nach seinem Sohn gewesen, den er in der Schweiz vermutete. Als er mehrere Monate nichts von seinem Sohn vernommen hatte, machte er sich auf den Weg, um ihn zu suchen. Seine Ahnung, dass etwas mit ihm passiert war, hatte sich bewahrheitet, nur nicht so, wie er es sich gedacht hatte. Es hatte seine Zeit gebraucht, bis er auf den Hof der Friedrichs gestossen war und noch etwas länger, bis er herausgefunden hatte, dass Pawel für die Morde in der Gegend verantwortlich war. Dass es für Antoni Mazur keinen Zweifel daran gab, dass sein Sohn mindestens drei Männer auf dem Gewissen hatte, war die Tatsache, dass er Greta erkannt hatte und sich daran erinnerte, was damals in seinem Dorf in Polen geschehen war.

Antoni hatte immer schon gewusst, dass sein Spross unsterblich in die schöne Greta verliebt war und darüber seinen Verstand verloren haben musste. Nur so konnte er es sich erklären, dass sein Sohn dazu fähig geworden war, alle seine Nebenbuhler zu beseitigen. Dass Pawel dabei seinem Ziel, dass Greta in ihm denjenigen erkennen würde, der er war, nämlich dass nur er alleine sie glücklich machen konnte, keinen Schritt näher kam, leuchtete diesem leider nicht ein. Antoni tat, was er fand die Aufgabe eines guten Vaters in dieser Situation war und half seinem Sohn aus der Misere. Er lieferte Pawel eigenhändig in eine psychiatrische Klinik in Polen ein, damit er die dringend benötigte Hilfe bekam. Für den steinreichen Antoni war es selbstverständlich, dass seinem tief in der Seele verletzten Sohn ein Platz in der besten Klinik des Landes zustand. Es hatte Jahre gedauert, bis Pawel wieder der alte war und in sein Elternhaus zurückkehren konnte. Alles schien wieder in Ordnung zu sein. Pawel arbeitete auf dem elterlichen Hof mit und leistete gute Arbeit. Am Ende hatte Antoni wieder Vertrauen in seinen Sohn gefasst und war guten Mutes, dass Pawel seine Krise überwunden hatte. Antoni überschrieb ihm das Gut und setzte sich selbst zur Ruhe. Alles ging gut, bis vor etwa zwei Jahren Pawel immer ruheloser geworden war und manchmal für Tage und Wochen verschwand, ohne dass jemand wusste wohin oder für wie lange. Für den Hof ergab sich keine Probleme, denn Antoni sprang für seinen Sohn ein und versorgte die Felder und die Tiere seiner statt.

Erst als Pawels Absenzen länger und häufiger wurden, wurde Antoni stutzig. Er setzte einen Privatdetektiv ein und liess seinen Sohn überwachen. Bald fand dieser heraus, dass Pawel während seiner Abwesenheiten in die Schweiz reiste. Antoni wunderte sich darüber, fand jedoch schnell heraus, wohin es seinen

Sohn zog und es war ein leichtes gewesen, den Hof der Friedrichs zu finden. Sein Staunen war allerdings umso grösser geworden, als er herausfand, dass auf dem Hühnerhof dieselbe Greta lebte, die vor Jahren im selben polnischen Dorf gewohnt hatte wie seine Familie und die damals abgöttisch von Pawel geliebt worden war. Diese Tatsache bereitete Antoni grosse Sorgen, denn er ahnte, was das bedeutete. Das, was er sich die langen Jahre über gewünscht hatte, war nicht eingetreten. Pawel hatte Greta nicht vergessen können. Das wiederum legte nahe, dass die Gefahr bestand, dass die unheilvollen Geschichten von dazumal sich wiederholten. Er versuchte ihn davon zu überzeugen, dass Greta ihn nie geliebt hatte und es auch nie tun würde. Zu seinem Leidwesen stiess er bei seinem Sohn auf taube Ohren und musste schweren Herzens unverrichteter Dinge wieder abreisen und ihn zurücklassen. Antoni konnte nur hoffen, dass Pawel sich doch noch besann und Greta von seiner erdrückenden Liebe verschonte. Aufmerksam suchte und las er im Internet alle Nachrichten über rätselhafte Todesfälle aus der Schweiz und war jedes Mal erleichtert, wenn er nichts fand. Nach langen bangen Monaten kam Pawel zur Weihnachtszeit nach Hause. Antoni freute sich darüber und war erleichtert, dass nun alles für immer überstanden war. Doch eines Tages im Spätfrühling war sein Sohn wieder verschwunden. Leider war Antoni kränklich geworden und musste sich von den Folgen einer schweren Grippe erholen, was ihn daran hinderte ihm sofort nachzureisen. Wochen später, als er wieder auf den Beinen war, folgte er ihm, doch es war zu spät. Wie damals in Polen, konnte er nicht verhindern, was nicht hatte passieren dürfen. Er fand Franz Friedrich nicht mehr auf seinem Hof vor. Es kam noch schlimmer, ein Mann ertrank und ein weiterer wurde ermordet. Für Antoni gab es keinen Zweifel, dass es die Taten von Pawel war. Greta musste die beiden Männer in einer intimen Weise kennen. Gift für die kranke Seele Pawels.

Antoni fand Gretas Mann Franz schliesslich auf dem Friedhof. Hier konnte er keinen Einfluss mehr auf den Verlauf dieses Lebens nehmen. Auf die Stelle am Seeufer, bei der man

Männerschuhe gefunden hatte, wurde er aufmerksam, als er der Detektivin aus der Altstadt gefolgt war. Er hatte die Frau bei Greta ein- und ausgehen sehen, hatte zugesehen, wie sie auf dem Hof herumschnüffelte. Das hatte ihm Angst gemacht. Was, wenn sie das Versteck Pawels unter dem Scheunendach, zwischen den Futtersäcken und Einstreu fand? An dem besagten Montagmorgen hatte er die Fremde beobachtet, wie sie die Tür zu ihrem Büroraum in der Oberen Altstadt aufschloss, lüftete und in ihren Papieren herumgewühlt hatte. Er war ihr gefolgt, als sie Richtung Süden lief. Den Grund kannte er nicht und fand es auch nie heraus. Abgelenkt durch eine Menschentraube auf dem Gehsteig verlor er sie aus den Augen, als sie die Fahrbahn überquerte und in eine Querstrasse abbog. Was er am Ufer des Sees zu sehen bekam, hinterliess in seiner Brust ein Gefühl von Hilflosigkeit. Er konnte nicht sagen, warum er sich sicher war, dass hier nichts anderes als ein Mord geschehen war. Es waren vielleicht die Schuhe oder ein unbestimmtes Gefühl, dass ihn nicht an einen Scherz oder an vergessene Kleidung glauben liessen. Ob all der Machtlosigkeit gegenüber dem Schicksal, das ihn mit seinem Sohn verband, mischte sich Erstaunen, als er bemerkte, dass die Detektivin wieder da war und sich unter die Zuschauer gemischt hatte. Dann beobachtete er, wie sie sich dreist unter dem Absperrband durchduckte und den kleinen Park nach Hinweisen absuchte. Danach sprach sie angeregt mit den Polizisten. Er war verwirrt. Was hatte diese Frau hier zu suchen? Wenn sie einen Auftrag erhalten hatte, sich umzusehen, wer war der Auftraggeber? Was ihn am meisten verblüffte, war aber, dass niemand ausser ihm die Zusammenhänge sehen konnte oder wollte. Unverrichteter Dinge rollten die Beamten das Absperrband wieder zusammen und zogen ab. Warum kapierten die nicht, dass die Schuhe ein Hinweis waren? Schon damals, zu Hause in Polen, konnte niemand erkennen, dass die Lösungen zum Greifen nahe waren. Die Hinweise lagen vor den Augen der Ermittler. Genauso wie vor vielen Jahren standen Schuhe auf dem Holzsteg des Karpfenteiches und der Strick mit der DNS des Mörders baumelte vom Balken in der Scheune. Antoni hatte gezittert und gebangt, doch niemand war gekommen, um seinen Sohn zu holen. Nach einiger Zeit war Greta weggezogen, wie auch die Familien ihres toten Verlobten und ihres ermordeten Freundes. Die Jahre waren gekommen und wieder vergangen, Pawel hatte seinen Hof übernommen und die Geschichten wurden vergessen. Antoni hatte gegenüber seinem Sohn nie erwähnt, dass er von seinen Taten wusste. Was ihn jetzt dazu bewog, wieder nach Greta zu suchen, wusste er nicht. Unsicher, was er im Fall des Ertrunkenen tun sollte, spazierte Antoni am nächsten Tag wieder zum Park, um über seine nächsten Schritte nachzudenken. Dort, wo die Schuhe gestanden hatten, lag nun eine Karte mit einer seltsamen Abbildung. Erfreut darüber, dass Pawel einen Hinweis zu seiner Tat hinterlassen hatte, brachte er diesen nach einigem Zögern zum Polizeiposten in der Hoffnung, dies würde den Beamten bei der Aufklärung helfen. In den folgenden Tagen las er wieder aufmerksam die Zeitungen durch. Die Schlagzeilen waren nicht die, die er erhofft hatte. Ein Zeitungsblatt sprach von einem anderen Todesfall im Kanton. Ein Interview mit einer traurig dreinblickenden Frau liess ihm das Blut in den Adern gefrieren. Es war die Leiche eines Jägers in einem Wald aufgefunden worden. Wieder war er zu spät gekommen. Was Antoni am meisten entsetzte, war die Brutalität, die Pawel an den Tag legte. So konnte es nicht weitergehen. Er konnte und wollte nicht mehr tatenlos zusehen, wie unschuldige Menschen starben. Er war alt und zu gebrechlich geworden, um weiterhin hinter seinem Sohn herzureisen und zu versuchen, dessen Untaten zu verhindern. Er war am Ende seiner Kräfte angekommen. Also kehrte er nach einem Spaziergang in der Stadt bei Anbruch der Dunkelheit auf den Friedrichschen Hof zurück und stellte seinen Sohn zur Rede. Es gab einen heftigen Streit, worauf Pawel ihm alles gestand. Die zwei Morde in Polen und die drei in der Schweiz. Er hatte seine Nebenbuhler für alle Zeiten los sein wollen. Greta gehörte ihm, ihm allein. Als Antoni seinen Sohn darum bat, sein Geständnis gegenüber Greta zu wiederholen, packte dieser wortlos seine Sachen und ging, ohne seinem Vater auf Wiedersehen zu sagen, davon. Verzweifelt darüber, was er als nächstes tun sollte, fand Antoni sich unvermittelt an die Haustüre Gretas klopfend wieder. Als er sie darum bat, ihn hereinzulassen, wusste er, dass sie ihn nicht erkannt hatte. Arglos bat sie ihn in die Stube und bot ihm ein Getränk an. Als er ihr gegenüber sass und das kleine, unschuldige Mädchen in ihr wiederentdeckte, das sie einmal war, da wollte er ihr alles beichten. Er wollte seine Seele und sein Gewissen von dem Wissen befreien, das ihm die Taten seines morbiden Sohnes eingebrockt hatten. Greta hatte es nicht verdient, weiter im Ungewissen gelassen zu werden. Hätte er gewusst, dass die Polizei auf dem Weg war um Pawel zu verhaften, er hätte einen anderen Tag für seine Geständnisse gewählt.

Sprachlos über diese ungeheuerliche Geschichte, starrte Elenor Loris verständnislos an. Sie musste sich räuspern, bis sie ihre Stimme wiederfand. «Wo ist dieser Pawel jetzt? Habt ihr ihn verhaften können?»

«Nein. Es ist so, wie Antoni Mazur sagte. Pawel ist spurlos verschwunden. Wohin, weiss niemand. Wir haben die polnische Polizei über die Entwicklungen informiert und eine internationale Fahndung über Interpol herausgegeben. Sollte er auf seinem Hof auftauchen, wird er verhaftet.»

«Wir wissen noch nicht, ob Pawel wirklich der Urheber der Spielkarten ist. Sein Vater glaubt es, aber sicher können wir nicht sein.»

«Du sagst es. Wir haben nur die Aussage von Antoni. Er sagte zwar, dass er seinen Sohn darauf angesprochen hatte und dieser alles zugegeben hatte, aber wir waren nicht dabei.»

36

Es wurde Zeit die nächsten Schritte zu planen. Nicht mehr lange und die warme Jahreszeit war vorüber. In diesem zugigen Verschlag konnte er keinen Winter überstehen. Zudem war sich Philipp sicher: Früher oder später würde er mit seinem Kommen und Gehen auf den eher wenig genutzten Waldwegen die Aufmerksamkeit der Anwohner erregen. Dann war es nicht sonderlich schlau, noch da zu sein. Er konnte ja die Landbesitzer schlecht zu einem Kaffee einladen und mit ihnen über sein Versteck und die Gründe dafür plaudern. Auch wenn sich widererwarten niemand für seine Heimlichtuerei interessierte, so stand der Laubfall bevor und sein Versteck würde dadurch weit herum sichtbar werden. Schweren Herzens war er zur Einsicht gekommen, dass es besser war, so schnell wie möglich von hier weg zu kommen. Mit hier war nicht nur dieser Stall gemeint, sondern auch dieses Land. Er hatte sein Allermöglichstes getan, um die Menschen, die einmal seine Freunde gewesen waren, davon zu überzeugen, dass nicht er derjenige war, den sie beschuldigen sollten. Zu seiner tiefen Enttäuschung hatte ihm keiner geglaubt. Nur Elenor hatte sich ihm etwas geöffnet, nur sie hinterfragte das Geschehen von damals kritisch und hatte Zweifel an der offiziellen Version gehegt.

Elenor – was war ihre gemeinsame Vergangenheit doch

sonderbar. Wie wäre es gekommen, hätte alles anders angefangen mit ihnen beiden. Was wäre gewesen, wenn sie nicht von Bern zurückgekommen wäre? Oder hätte Quentin nicht die Willkommensparty für sie organisiert, wäre er nicht eingeladen gewesen oder nicht gekommen? Auf diese Fragen blieb das Leben ihm die Antworten ewig schuldig.

Er fühlte sich erleichtert darüber, dass er diesen komischen, im Park herumschleichenden Journalisten doch noch erwischt hatte. Er konnte sich jetzt noch darüber amüsieren, wie er den Kerl schlafend unter einer Tanne aufgespürt hatte. Wie hatte der sich erschrocken und um Gnade gefleht. Philipp war es schwer gefallen, nicht laut über den Feigling zu lachen, der sich kaum gewehrt hatte. Es war ein leichtes gewesen, ihm den Strick umzubinden und das Schild um den Hals zu hängen. Er konnte es sich nicht verkneifen, ein Foto von dem menschlichen Paket zu machen. Zu schade, dass er es nicht posten konnte.

Leider machten all seine guten Taten den Haftbefehl gegen ihn nicht rückgängig. Die Polizei und Interpol suchten weiterhin nach ihm. Sich den Behörden zu stellen, kam nicht in Frage. Er war es müde und leid, sich zu rechtfertigen. In der ständigen Angst, geschnappt zu werden, sich immer umdrehen zu müssen, mochte er auch nicht leben. Er war überzeugt, dass er diesen einen Platz in der Welt, wo es ihm erlaubt war, in Frieden zu leben, fand. Seine finanziellen Angelegenheiten hatte er geregelt, am Geld scheiterte sein Traum nicht.

Er war dankbar dafür, dass es noch Menschen gab, die ihm halfen. Sein Anwalt war so ein Mann. Dessen Vater hatte schon seinen Vater beraten und diese Familienfreundschaft hatte die Generationen überdauert. Seine Hoffnung, dass dieser ihn noch mehr unterstützte, als nur seine finanziellen Belange zu regeln, war leider schnell verpufft. Als Vater von kleinen Kindern wollte und konnte er sich nicht weiter für einen Flüchtigen einsetzen.

Er schaute sich in der kleinen Hütte um. An einem der nächsten Tage war es soweit, er würde seine Habseligkeiten einsammeln und sie in einen Rucksack und eine Sporttasche packen. Viel war es nicht, er wollte nicht unnötigen Ballast herumschleppen. Er wollte so verschwinden, wie er gekommen war – möglichst unbeachtet, fast wie ein Geist.

Nur eines blieb noch. Er drehte das runde Päckchen in seinen Händen, als hätte es sich, ohne dass er es mitbekommen hatte, verändert und er müsse herausfinden, wie. Er wusste nicht, ob er erleichtert oder traurig darüber war, was er herausgefunden hatte.

37

Das Wetter war trüb und diesig. Der Sommer hatte sich definitiv für dieses Jahr verabschiedet und war dem Herbstnebel gewichen. Die Temperaturen waren auf ein übliches Herbstniveau gesunken. Durch die Hitze und die Trockenheit des Sommers hatten sich die Pflanzen verfrüht in die Herbstfarben geflüchtet. Der zugige Wind wehte trockenes Laub vor sich her.

Elenor sass im Büro und bereitete sich auf ihren nächsten Auftrag vor. Ab dem nächsten Monat durfte sie das Überwachungsteam von Coop City und Manor am Bundesplatz unterstützen. Sie war so vertieft in ihre Arbeit, dass sie zusammenfuhr, als es an der Tür klingelte. Genervt öffnete sie die Tür und war überrascht, die vertraute Gestalt Loris vor der Tür stehen zu sehen. Den Mantelkragen hatte er hochgeklappt, um sich vor dem kühlen Luftzug, der durch die eng stehenden Häuserreihen der Altstadt blies, zu schützen.

«Loris, was für eine Überraschung! Komm herein! Möchtest du einen Kaffee?» Umständlich setzte sich Loris auf den Stuhl und räusperte sich, sichtlich verlegen.

«Was führt dich in mein bescheidenes Reich?» Elenor versuchte seine spürbare Anspannung etwas aufzulockern. Gibt es

Neuigkeiten von Pawel?»

«Die gibt es tatsächlich. Die Schwyzer Kollegen haben ihn aufgegriffen.»

«Ach, das ist ja eine Überraschung. So schnell?»

Loris schien auf ihre verblüffte Frage gewartet zu haben, denn er grinste zufrieden. «Er ist nicht weit gekommen. Unsere Arbeit ist effizient.»

So interessant diese Information auch war, so spürte Elenor doch, dass Loris ihr noch nicht alles gesagt hatte. «Konntet ihr ihn schon vernehmen?»

«Ja, wir haben ihn die letzten Tage befragen können. Aber irgendwie machen seine Aussagen keinen Sinn.»

Elenor hob entnervt die Hände. «Mein Gott, so erzähl endlich, was ihr herausgefunden habt!» Das Grinsen auf Loris Lippen wurde breiter. Elenor hatte den Verdacht, dass er es auskostete, sie zappeln zu sehen.

«Er behauptet, er wäre es nicht gewesen, der die Freunde Greta Friedrichs umgebracht hatte. Weder die in Polen, noch Friedrich, Kürster oder Buchmann.»

«Und du glaubst ihm?»

«Ich bin mir nicht sicher, was ich noch glauben soll. Es widerspricht dem, was Frau Friedrich und sein Vater sagten. Beide hatten beteuert, dass es Pawel gewesen war, der die Männer tötete. Wie du dich sicher erinnerst, hat Antoni ausgesagt, dass sein Sohn ihm gegenüber gestanden hatte.»

«Wenn Pawel es nicht war, wer denn dann?» Elenor war verwirrt. Das ergab keinen Sinn.

«Tja, das ist die entscheidende Frage. Pawel schweigt sich eisern darüber aus und beteuert immerzu, dass er unschuldig ist. Ich bin mir sicher, dass er mehr weiss, als er uns erzählen will.»

«Was sagt er zu den Spielkarten? Gibt er wenigstens zu, diese an den Tatorten hinterlegt zu haben?»

Loris schüttelte den Kopf. «Er behauptet steif und fest, dass er keine Ahnung hat, wovon wir sprechen. Als wir ihm die Karte vom Struwwelpeter vorgelegt haben, hat er so getan, als sähe er sie zum ersten Mal. Er sagt, er habe weder die Karte hergestellt, noch wisse er, was sie bedeutet.»

«Das wird ja immer verworrener. Jetzt soll plötzlich jemand, der ein Hauptverdächtiger ist, nichts mehr mit alledem zu tun haben wollen?» Elenor war konsterniert. «Pawel tauchte just dann auf, als die Morde begannen und verschwand zum selben Zeitpunkt wieder, als die Morde endeten. Spielkarten tauchen an den Tatorten auf oder wurden mir und Frau Friedrich zugestellt. Die Motive auf den Spielkarten nehmen eindeutig Bezug zu den Todesfällen. Zwei Menschen fürchten sich vor ihm, einer davon ist sein eigener Vater. Beide Personen behaupten zudem, dass nur Pawel es gewesen sein konnte. Alle Indizien sprechen gegen ihn.» Elenor sah Loris fragend an. «Gibt es dazu von deiner Seite noch etwas hinzuzufügen?»

«In dubio pro reo.»

Elenor legte die Handfläche auf die kühle Tischplatte und atmete tief durch. «Es ist mir schon klar, dass Pawel so lange als unschuldig gilt, bis seine Schuld bewiesen ist. Aber du musst zugeben, dass die Beweise gegen ihn ziemlich schwer wiegen oder übersehe ich etwas?»

«Ich gebe zu», sagte Loris zögernd, «er ist ein komischer Kauz. Sein Äusseres wirkt seltsam. Aber hinter dieser Fassade steckt ein intelligenter Mensch, der mir ehrlich zu sein scheint.» Loris wiegte den Kopf hin und her, als würde er so Elenors Einwände abwehren können. «Ich werde Greta Friedrich noch einmal vorladen und sie mit Pawels Aussagen konfrontieren.»

«Was ist mit Antoni Mazur?»

«Der ist leider bereits wieder nach Polen abgereist.»

Es war schon dunkel, als Elenor nach Hause kam. Fast war sie über das Paket, das vor ihrer Tür lag, gestolpert. Sie hob es auf. Es war länglich rund und weich, der Inhalt war in gewöhnliches Packpapier gehüllt. Sie legte es auf den Wohnzimmertisch und fütterte zuerst Kater und Lotti, die sich laut schnurrend um ihre Beine wanden. Dann setzte sie sich in Ruhe an den Stubentisch und sah die Post durch, bevor sie sich wieder dem Paket zuwandte. Sie drehte und wendete es in den Händen, doch es waren weder ein Absender noch ein Adressat vermerkt. Vorsichtig klaubte sie die Klebestreifen ab, die die Enden des dicken

Papieres zusammenhielten. Eine zusammengerollte Zeitung fiel auf die Tischplatte. Es war eine Ausgabe von La Dépèche, datiert vom Montag letzter Woche. Elenor konnte sich keinen Reim darauf machen, wer ihr diese Zeitung vorbeigebracht haben konnte, noch was sie damit anfangen sollte. Ihre Französischkenntnisse waren nicht die besten, doch es konnte nicht schaden, wenn sie die Seiten durchsah. Auf der dritten Seite angekommen, bemerkte sie ein kleines weisses Kuvert, das mit einer Klammer an die Seite geheftet war. Sie öffnete es und entnahm eine Karte mit dem Motiv eines Marienkäfers. In zierlichen Buchstaben geschrieben, las sie die folgenden Worte:

Liebste Elenor

Das Schlimmste ist eingetreten, so wie ich es vermutet hatte.
Lies dazu bitte den Artikel auf Seite 3.
Du weisst, dass ich Emma nichts angetan habe. Leider konnte ich weder Quentin, Bernhard, noch Benedikt davon überzeugen. Wenn meine Freunde mir nicht glauben, dass ich unschuldig bin, so wird es auch die Polizei niemals tun.
Schweren Herzens habe ich mich deshalb dazu entschlossen, von hier fortzugehen, irgendwo hin, wo ich neu anfangen kann.
Ich gehe mit einem reinen Gewissen und mit der Sicherheit, dass du nicht mehr in Gefahr bist.
Bitte, denk nicht schlecht von mir.
Ich wünsche dir ein schönes Leben.

Philipp

Sofort griff Elenor zum Telefon und rief Philipps Nummer an. Doch wie schon viele Male zuvor hob er nicht ab. Sie starrte die Karte an und wollte es nicht glauben. Irgendwie hatte es Philipp geschafft, sich in ihr Leben zurückzuschleichen und war wieder ein Teil davon geworden. Anders konnte sie ihre Gefühle, die sie verspürte, nicht deuten. Sie machte sich sorgen um ihn. Nun ging er von neuem fort. Die Sätze klangen so, als wäre es diesmal für immer. Wollte sie das?

Sie war sich die ganze Zeit über im Klaren gewesen, dass es für ihn hier keinen Alltag mehr geben konnte, solange er sich nicht der Polizei stellte. Wie es schien, hatte er sich definitiv gegen diese Option entschieden, was sie trauriger machte, als sie sich eingestehen wollte. Mit Tränen in den Augen las sie den Artikel, den ihr Philipp empfohlen hatte. Obwohl sie nicht alles wortwörtlich verstand, so wurde ihr klar, dass man Arlette Schebert tot in ihrer Villa aufgefunden hatte. Die Todesursache blieb unklar, weil ihr Körper zu stark verwest war. Als sie die Tränen getrocknet hatte, rief sie Loris an, um mit ihm ein Treffen zu vereinbaren.

Am nächsten Nachmittag sassen sie sich im Café gegenüber.

«Ich habe eine Ausgabe einer französischen Zeitung vor meiner Haustür gefunden. Philipp hat sie mir hingelegt.»

«Warum denkst du, dass sie von Philipp ist?»

«Es war eine Karte von ihm dabei und bevor du fragst, es geht dich nichts an, was darin steht.»

«Okay und was steht Interessantes in der Zeitung?»

«Da, lies selbst.»

Während er den Artikel las, beobachtete Elenor, wie seine grimmig verzogenen Lippen sich zu einem stummen *Oh* formten. «Das ist ja ein Ding!» Er gab ihr die Zeitung wieder zurück.

«Ist Philipp jetzt bei dir?»

«Er ist weg und kommt nicht wieder.»

«Das mag sein, doch der Haftbefehl besteht immer noch. Du weisst nicht zufällig, wohin er gegangen ist?»

«Nein. Das hat er mir nicht geschrieben.»

Er kniff die Augen zusammen und sah sie skeptisch an. Ihr war es egal.

«Kannst du dich bei deinen Kollegen in Frankreich über Arlette erkundigen?»

«Warum?»

«Ich bin neugierig, wie sie zu Tode gekommen ist. In der Zeitung steht, dass man nichts Näheres weiss. Das muss aber nicht unbedingt den Tatsachen entsprechen. Vielleicht hat man Details aus verfahrenstechnischen Gründen zurückgehalten.»

Zögernd nickte er. «Meinetwegen.» Er wandte den Blick nicht ab. «Ich habe auch Neuigkeiten. Deutschland hat ein Auslieferungsbegehren an die Schweiz gestellt.»

«Interessant und seid ihr schon weiter mit ihm gekommen?»

«Leider nein. Dieser Xavier alias Detlef schweigt sich hartnäckig über den Grund seines Aufenthaltes in der Schweiz aus. Wir können ihm keine Straftaten nachweisen. Wir haben nichts weiter in der Hand, als dass er aus einem Badezimmerfenster gekrochen ist. In Deutschland aber hat er ein langes Vorstrafenregister mit Delikten wie Diebstahl, Betrug und Körperverletzung vorzuweisen. Die deutschen Behörden werden sich seiner annehmen und ihn für seine Vergehen zur Rechenschaft ziehen.»

Elenor war schmerzfrei gegenüber Detlefs Zukunft. Eine Sekunde lang dachte sie daran, Philipp anzurufen, um ihm darüber zu berichten. Er würde sich freuen. Dann fiel ihr ein, dass er nicht mehr da war.

Elenor kochte das Abendessen in der Villa, nur für sich und ihren Bruder. Beide hatten schon lange keine Abende ohne Gäste verbracht und genossen die Ruhe.

Quentin sah müde aus, aber er beteuerte Elenor, dass es ihm gut ging. Später setzten sie sich in den Salon und nippten heissen Tee, als Quentins Smartphone klingelte. Elenor beobachtete mit Besorgnis, wie sein anfängliches Lächeln aus seinem Gesicht verschwand, als er dem Anrufer lauschte. Ihr Bruder sah sie mit einem merkwürdigen Blick an.

Elenor wurde es bange ums Herz. «Was ist passiert? Etwas Schlimmes?»

«Ähm, ich bin mir nicht sicher.»

Sie machte seine Wortkargheit ganz hibbelig. «Sag schon, was ist es!»

«Es ist Loris. Er hat mit den französischen Kollegen telefoniert. Es geht um Arlette.»

Elenor verspürte, wie ihr Bauch zu kribbeln begann. Sie war

zum einen enttäuscht darüber, dass Loris Quentin angerufen hatte und nicht sie und zum anderen war jede Information, die Arlette betraf, eine Belastung. Verstohlen sah sie auf ihr Smartphone, um sicher zu sein, dass sie keinen Anruf verpasst hatte. Das Telefon war tot. Eine Ladung Strom täte ihm gut.

Quentin legte sein Smartphone auf den Salontisch und schaltete den Lautsprecher ein. «Elenor sitzt bei mir und hört dir zu.»

Aus dem kleinen Gerät quäkte die Stimme Loris: «Hallo Elenor. Wie im Artikel beschrieben, hat die französische Polizei Arlette nach einem anonymen Anruf in ihrem Haus in den Bergen im Süden Frankreichs gefunden. Sie ist es und sie ist eindeutig tot.»

Elenor wagte kaum mehr zu atmen. «Sind sich die Franzosen sicher? Ist es wirklich Arlette?»

«Die Leiche lag im Wohnzimmer und hat übel ausgesehen, aber sie wurde identifiziert.»

«Was ist die Todesursache?» Elenors Körper fühlte sich an, als wäre er aus Gummi. Warum konnte sie sich nicht über diese Nachricht freuen? Warum hatte sie immer noch Zweifel daran, dass die gefundene Leiche Arlette Schebert war?

«Sie konnten die Todesursache nicht mehr zweifelsfrei feststellen. Wie mir es der französische Kollege erklärt hatte, war nur noch wenig von den Weichteilen übrig geblieben. Sie musste schon Wochen bis Monate dort gelegen haben.»

Elenor schüttelte es vor Ekel bei dem Gedanken. «Haben sie eine DNS-Analyse gemacht? Ist sie einwandfrei identifiziert worden?»

Quentin betrachtete seine Schwester kritisch. «Warum fragst du immer wieder danach? Bist du nicht froh darüber, dass sie tot ist?»

«Doch natürlich. Ich will einfach nur sicher sein, dass sie wirklich nicht wieder kommt.»

«Das wollen wir doch irgendwie alle.» Quentin tätschelte ihr beruhigend den Arm, bevor er sich das Telefon wieder ans Ohr hielt, sich bei Loris bedankte und sich dann verabschiedete.

Auf dem Weg in ihr Badehaus dachte Elenor an Philipp.

Hatte er doch die Wahrheit gesagt, als er ihr erzählte, dass er Arlette umgebracht hatte?

38

Unerwartet war eine weitere Spielkarte aufgetaucht. Sie glich den anderen, sie war nicht kleiner, nicht grösser, nicht dikker, nicht dünner. Nur das Motiv war ein Neues – es war der fliegende Robert, wie er klein, an einem roten Schirm hängend, von einem gewaltigen Sturm fortgeblasen wurde. Der Sturm, durch einen dunklen Himmel mit einer dunkelgrauen Wolke dargestellt, trieb eine Wand von Regentropfen vor sich her. Die Figur des Robert war so winzig, wie er wie ein Blatt davonwehte, dass Elenor von blossem Auge die Farbe seiner Kleider nicht zweifelsfrei erkennen konnte. Hatte er einen gelben Mantel an?

Die Karte lag in einem unscheinbaren weissen Kuvert in ihrem Briefkasten. Elenor hatte die Post am Morgen mit ins Büro genommen und den Umschlag erst dort zwischen den anderen Sendungen entdeckt.

Loris brauchte nicht lange, bis er bei ihr war. Nun sass er ihr gegenüber auf dem Stuhl für Besucher und nippte an einem Espresso. Die Spielkarte und das Kuvert hatte er bereits in einen Plastiksack verpackt und beschriftet. Zu ihrem Ärger schien er die Ruhe selbst zu sein.

«Ich verstehe gar nichts mehr. Pawel sitzt immer noch in Untersuchungshaft. Er kann die Spielkarte nicht geschickt haben.

Wer war es dann?» Elenor pochte es sacht im Schädel. So kündigten sich bei ihr Kopfschmerzen an. Zuerst ein leises Klopfen, das sich innerhalb von Minuten zu einem schmerzhaften Hämmern entwickeln konnte. Sie rieb sich die Schläfen.

«Ich habe einen Verdacht.» Loris stellte die leer getrunkene Tasse auf den Bürotisch und stand auf.

Sie sah ihn erstaunt an, als er seine Sachen zusammenklaubte und sich anschickte zu gehen.

«Ich melde mich.»

Sie konnte nichts weiter tun, als auf den nun leeren Stuhl zu starren.

Loris hatte versprochen, sich zu melden, was er auch tat. Am nächsten Tag trafen sie sich wieder in Elenors Büro. Draussen jagten dunkle Wolken einander über den Himmel, die Pflastersteine in der Gasse waren dunkel vom Regen. Er legte einen zusammengehefteten Stapel Papier auf den Tisch.

«Was ist das?» Elenor wischte sich das Fett des Croissants von den Fingern, bevor sie die Blätter entgegen nahm.

«Wir haben das Haus von Greta Friedrich durchsucht und auch etwas gefunden. Etwas, was ein total anderes Licht auf den Fall wirft.»

Elenor spürte, wie ihr der Mund aufklappte. «Tatsächlich?» Der leichte Schock, den ihr die Nachricht versetzte, hielt sie davon ab nachzufragen.

«Wusstest du, dass Greta Friedrich ein eher ungewöhnliches Hobby hat?»

Elenor schüttelte den Kopf. Sie wusste nicht, worauf Loris hinauswollte. Aber der schien sich sowieso nicht für ihre Meinung zu interessieren, sondern sprach ungerührt weiter.

«Die gute Frau stellt Spielkarten her.» Er lächelte sie sanft an.

«Verarschst du mich jetzt?»

«Nein, tue ich nicht. Hier, lies selbst.»

Elenor tat genau das. Sie lehnte sich zurück und begann zu lesen. Es war Frau Friedrichs Vernehmungsprotokoll.

Anwesende sind:
Greta Friedrich: die Befragte
Klaus Imbrunnen: Anwalt von Frau Friedrich
von der Polizei: Loris Sauber, Protokollführer, und Klara Zubler, Befragende

Klara Zubler: Wir haben in Ihrem Haus verschiedene Materialien sowie einen Drucker gefunden. Können Sie mir sagen, wozu Sie diese genutzt haben?

Greta Friedrich: Das sind spezielle Folien und dünne Kartons, die man mit diesem Drucker verwenden kann.

Zubler: Was haben Sie damit hergestellt?

Friedrich: Ich habe ein Spiel erfunden. Ein Spiel mit Karten.

Zubler: Dieses Spiel haben Sie mit den Materialien und dem Drucker hergestellt?

Friedrich: Ja. Ich habe einige Zeit gebraucht, um herauszubekommen, wie man es am besten macht. Das ist ziemlich aufwendig.

Zubler: Was ist das für ein Kartenspiel? Können Sie mir erklären, wie man es spielt?

Friedrich: Also eigentlich ist es kein echtes Kartenspiel, wie man es für gewöhnlich kennt. Man kann es auch nicht so spielen wie einen Jass oder das UNO Kartenspiel. Ich hatte einfach Spass daran, die Karten zu basteln und zu verschenken.

Zubler: Zeigt der Befragten die Spielkarten mit den Motiven des Struwwelpeters, des kranken, im Bett liegenden bösen Friedrich und seines am Tisch sitzenden Hundes und die zwei Motive des Hanns Guck-in-die-Luft.

Diese fünf Karten hier haben aussergewöhnliche Motive. Können Sie uns etwas darüber sagen?

Friedrich: Die habe ich alle gemacht.

Zubler: Mit dem Drucker und den Materialien in Ihrem Haus?

Friedrich: Ja. Ich finde, sie sind mir besonders gut gelungen.

Zubler: Und was bedeuten sie?

Friedrich: Haben Sie das nicht erkannt? Es sind alles Motive aus dem Buch Struwwelpeter. Allerdings gefallen mir die Originalfarben nicht. Sie wirken so altbacken und langweilig. Also habe ich sie nach meinem Geschmack verändert. Ich finde, sie sind jetzt viel bunter und schöner.

Zubler: Warum haben Sie gerade die Geschichte des Struwwelpeters als Vorlage für das Spiel verwendet?

Friedrich: Ich weiss es eigentlich auch nicht. Das Buch hat mir Franz vor langer Zeit geschenkt. Er hat gesagt, ihm haben die Geschichten so gut gefallen und sie haben ihn an seine Kindheit erinnert. Zuerst war ich nicht begeistert, dass er mir ein so altes Kinderbuch gekauft hatte. Erst als ich mich mit den Geschichten befasst habe, gefiel mir das Buch besser.

Zubler: Sie haben sich also dazu entschlossen, Karten mit den Motiven aus diesem Buch zu basteln. Sie haben auch gesagt, Sie hätten vorgehabt, diese zu verschenken. Wann haben Sie begonnen, die ersten Karten ihren Freunden zu geben?

Friedrich: Das dürfte letztes Jahr gewesen sein. Ja, ich erinnere mich. Es war definitiv im letzten Herbst gewesen.

Zubler: Wem haben Sie die Karten geschenkt?

Friedrich: Die erste Karte habe ich Frau Epp gegeben.

Zubler: Frau Elenor Epp?

Friedrich: Ja, Elenor Epp, die Detektivin. Ihr gehörte das Café am Landsgemeindeplatz, sie ist aber jetzt selbstständige Detektivin und hat ihr Büro in der Altstadt.

Zubler: Was war auf der Karte, die Sie ihr geschenkt haben, zu sehen?

Friedrich: Der Struwwelpeter. Er war meine erste Karte. An der hatte ich eine besondere Freude.

Zubler: Wie haben Sie ihr die Karte gegeben? Als Geschenk verpackt?

Friedrich: Nein, ich habe sie ihr da gelassen.

Zubler: Was meinen Sie damit, ihr da gelassen?

Friedrich: Ich sass draussen auf dem Platz vor dem Café und habe einen Kaffee getrunken. Nachdem ich bezahlt hatte, habe ich die Karte auf dem Tisch liegen lassen und bin gegangen.

Zubler: Ohne Frau Epp darüber aufzuklären, dass die Karte ein Geschenk für sie ist? Hat sie sich bei Ihnen dafür bedankt?

Friedrich: Ich habe ihr nicht gesagt, dass es ein Geschenk ist. Ich

*habe die Karte zwischen den Servietten einfach liegen lassen und bin ge-
gangen.*

*Zubler: Wann hat Frau Epp herausgefunden, dass die Karte ein
Geschenk von Ihnen ist?*

*Friedrich: Das hat sie leider nie herausgefunden. Ich habe gedacht,
sie wäre schlauer.*

Zubler: Schlauer? Was meinen Sie damit?

*Friedrich: Frau Zubler, ich weiss nicht, was Sie von mir hören wol-
len. Ist es etwa verboten, anonym Geschenke zu machen?*

*Zubler: Wir wollen herausfinden, was es mit diesen Karten auf sich
hat. Diese scheinen nämlich immer wieder an aussergewöhnlichen Orten,
wie von Zauberhand, aufzutauchen. Seltsamerweise haben Sie selbst
auch solche Karten erhalten. Hier, diese zwei mit dem bösen Friedrich
haben Sie Elenor Epp gegeben und ihr erzählt, dass Sie eine im Stall
und die andere im Briefkasten gefunden haben. Das ist doch seltsam, da
Sie diese doch selbst herstellten. Frau Friedrich, es wäre hilfreich, wenn
Sie uns sagen, was Sie darüber wissen.*

*Friedrich: Das klingt ja so, als würden Sie mich verdächtigen, etwas
Unrechtes getan zu haben.*

Zubler: Was sollen Sie denn Unrechtes getan haben?

*Friedrich: Verdächtigen Sie mich, meinen Mann, Wendelin und
Eugen umgebracht zu haben? Das habe ich aber nicht!*

Zubler: Was haben die drei mit den Karten zu tun?

Friedrich: Nichts.

*Zubler: Das kann ich nicht recht glauben. Diese Spielkarten haben
etwas mit dem Tod von Menschen zu tun, denn dort wurden sie gefunden.
Wo liegt also der Zusammenhang, Frau Friedrich?*

*Friedrich: Na gut, ich werde es Ihnen sagen. Aber nur, um Ihnen
zu beweisen, dass ich nichts getan habe, um meinem Mann und meinen
Freunden zu schaden. Der Struwwelpeter war nicht als Geschenk für
Frau Epp gedacht. Es sollte ein Hinweis auf einen Mord sein. Leider
hat sie es nicht kapiert.*

Zubler: Ein Mord an wem?

*Friedrich: Mein Gott, versteht denn niemand, um was es hier geht?
Den Mord an meinem Mann, natürlich.*

Zubler: Ich kann den Zusammenhang zwischen dem Struwwelpeter und dem Tod Ihres Mannes nicht erkennen.

Friedrich: Was hätte ich denn tun sollen? Niemand hat mir geglaubt, dass mein Mann umgebracht wurde. Alle sagten, er wäre so krank gewesen, dass sein Herz das nicht mehr mitgemacht hatte. Ich wusste aber, dass dem nicht so war, denn Pawel war wieder da.

Zubler: Sie sprechen von Pawel Mazur?

Friedrich: Genau der. Ich weiss seit über einem Jahr, dass Pawel mich gefunden hatte. Ich war auf Shoppingtour in Zürich und habe in einer Buchhandlung herumgestöbert, als ich ihn gesehen habe. Zuerst hatte ich noch geglaubt, mich getäuscht zu haben, da ich nur sein Profil sehen konnte. Er war älter geworden, natürlich, aber als ich ihn länger beobachten konnte, gab es für mich keinen Zweifel daran, dass er es war. Ich bin erschrocken, verliess das Geschäft Hals über Kopf und fuhr direkt nach Hause. Seit dieser Begegnung sah ich ihn immer wieder in der Gegend um Zug herum. Während der Einkäufe, auf einem Parkplatz, im Kaffee, an der Tankstelle. Ich traf ihn zu oft, als dass es Zufälle sein konnten. Dann, eines Tages, folgte er mir bis nach Hause. Zuerst dachte ich, er habe sich in der Nähe eine Wohnung gemietet und habe den gleichen Heimweg. Dann tauchte er zu allen Tages- und Nachtzeiten auf dem Hof auf. Er hat mich nicht belästigt, im Sinne von angepöbelt oder so, wenn Sie das denken. Er war immer auf Abstand bedacht. Mit der Zeit habe ich mich daran gewöhnt, dass er da war.

Zubler: Hat es Ihren Mann nicht gestört, dass ein Mann aus Ihrem polnischen Dorf bei Ihnen auftaucht und sich auf Ihrem Hof breit macht? Vor allem wenn man bedenkt, was Sie ihm vorwerfen, getan zu haben.

Friedrich: Mein Mann hatte von alledem nichts mitbekommen. Pawel war im sich verstecken unglaublich geschickt und er zeigte sich mir nur, wenn Franz nicht in der Nähe war.

Zubler: Haben Sie Ihrem Mann nichts von Pawel Mazur erzählt?

Friedrich: Ich habe mit Franz nie über Pawel gesprochen. Weder was er mir in Polen angetan hatte, noch dass er hier war. Das hätte ihn nur beunruhigt und was hätte das gebracht? Zudem fing er an, kränklich zu werden, und ich habe viel Zeit damit verbracht, ihn zu pflegen.

Zubler: Das ist doch ein ziemlich, sagen wir, seltsames Verhalten, finden Sie nicht? Für mich klingt es so, als hätten Sie die Anwesenheit von Pawel Mazur geduldet, ja vielleicht sogar gewünscht. Sie hätten ihn auch vom Hof weisen oder die Polizei rufen können.

Friedrich: Natürlich hatte ich seine früheren Taten nicht vergessen, aber es konnte ihm ja nie jemand etwas nachweisen. Ich wäre schön blöd da gestanden, hätte ich die Polizei gerufen. Die hätte mir sowieso nicht geglaubt. Zudem hatte ich Angst vor Pawel und was er getan hätte, wäre die Polizei gekommen. Ich hatte die Hoffnung, dass er von selbst wieder verschwindet, wenn es ihm zu langweilig wird.

Zubler: Das ist er aber nicht. Was passierte dann?

Friedrich: Mein Mann wurde immer kränker. Die Ärzte konnten ihm nicht helfen, sie haben nicht herausgefunden, was ihm fehlte. Er selbst hatte mir immer versichert, dass schon es wieder werden wird mit ihm, es brauche halt seine Zeit. Leider wurde es nicht besser. Ich war so verzweifelt. Sie müssen wissen, dass Franz, kurz nachdem Pawel aufgetaucht war, krank wurde. Für mich war das kein Zufall. Und dann ist er gestorben. Ich bin felsenfest davon überzeugt, dass Pawel Schuld daran hat.

Zubler: Wie glauben Sie, könnte Herr Mazur, Pawel Mazur, Ihren Mann umgebracht haben?

Friedrich: Ich habe keine Ahnung. Wenn ich das wüsste, hätte ich es Ihnen schon lange gesagt. Dann hätte ich mir die ganze Aktion mit den Karten ersparen können und das Geld für die Detektivin ebenso.

Zubler: Na gut, fassen wir zusammen. Ihr Mann ist gestorben, von dem Sie glauben, dass er von Pawel Mazur umgebracht wurde. Dann haben Sie die Karte mit dem Struwwelpeter für Frau Epp im Café hinterlassen, um was zu tun?

Friedrich: Ich wollte sie auf die Spur von Pawel bringen.

Zubler: Pawel ist der Struwwelpeter?

Friedrich: Ja, genauso ist es. Ich wusste, dass Frau Epp Polizistin gewesen war. Ich hatte gehofft, dass ich sie mit der Karte neugierig machen konnte. Sie ist eine intelligente Frau und ich wollte, dass sie Nachforschungen über die Herkunft der Karte einleitet. Hätte sie dies, wie ich gehofft habe, getan, wäre sie auf mich gestossen und ich hätte ihr die Geschichte von Franz erzählt. Sie hätte sich für eine erneute Untersuchung seines Todes eingesetzt, da war ich mir sicher. Die Polizei hätte Pawel überführt und ihn eingesperrt. Das war mein Plan.

Zubler: Doch Frau Epp hat Ihre Absichten nicht erkannt und nichts unternommen.

Friedrich: Nein, hat sie nicht. Sie dachte, die Karte gehöre zu einem Spielkartenset und wartete darauf, dass der Besitzer zurückkommen und diese holen wird. Ich hatte mich geirrt und diese Variante nicht bedacht.

Zubler: Warum haben Sie die Karte nicht wieder abgeholt und sich bei Frau Epp zu erkennen gegeben?

Friedrich: Das hätte ich tun können, aber warum ich das nicht getan habe, weiss ich selbst nicht.

Zubler: Was haben Sie als nächstes getan?

Friedrich: Nichts.

Zubler: Nach unseren Informationen stimmt das so nicht, Frau Friedrich. Sie haben Frau Epp vor ein paar Wochen aufgesucht. Was wollten Sie damit erreichen?

Friedrich: Ich war verzweifelt, weil ich keinen Schritt weiter gekommen bin. Ich wollte, dass endlich etwas geschieht. Es kann doch nicht sein, dass jemand einen anderen Menschen tötet und niemand etwas unternimmt. Ich hatte in der Zeitung gelesen, dass Frau Epp unterdessen eine Detektei eröffnet hatte. Also habe ich meinen Mut zusammengenommen, bin zu ihr gegangen und habe sie gebeten den Fall zu übernehmen. Was sie auch getan hatte. Als sie mich darauf besuchen kam, habe ich eine zweite Karte ins Spiel gebracht. Ich wusste, dass diese ihre Erinnerungen auffrischen wird.

Zubler: Das ist diese Karte hier, die mit dem bösen Friedrich im Bett. Sie haben diese Karte nach dem Tod Ihres Mannes im Stall gefunden, wie Sie gegenüber Frau Epp erwähnt haben?

Friedrich: Nein, ich habe nichts im Stall gefunden. Diese Karte habe ich nachträglich hergestellt, um Frau Epp auf die richtige Fährte zu locken. Dass im Buch jemand mit dem Namen Friedrich vorkam, der sogar krank war, habe ich als ein Zeichen gedeutet. Und ich behielt Recht, Frau Epp erinnerte sich plötzlich daran, dass sie schon einmal eine ähnliche Karte gesehen hatte.

Zubler: Was war Ihre Beziehung zu Wendelin Buchmann?

Friedrich: Wir haben uns ineinander verliebt.

Zubler: Was geschah dann?

Friedrich: Ich war zu Hause und habe auf Wendelin gewartet. Ich hatte geglaubt, er sei auf einer Dienstreise. Durch den Anruf von Frau Epp und der Frage nach dem Verbleib von Wendelin bin ich nervös geworden und habe mir Sorgen gemacht. Ich wollte Frau Epp darauf in ihrem Büro besuchen und mich nach dem Grund der Frage erkundigen. Das war, glaube ich, an einem Montag, früh morgens. Aber ich stand vor verschlossener Tür. Da ich extra nach Zug gekommen war und es ein schöner Tag gewesen war, wollte ich ihn nutzen und einen Spaziergang am See machen. Ich war schon seit Jahren nicht mehr in der Gegend des Casinos und dem alten Gebäude des ehemaligen Kantonsspitals gewesen und hatte mich entschlossen, in Richtung Arth zu laufen. Vis-à-vis des Kantonsspitals gibt es einen kleinen Park mit Sitzbänken am Ufer. Dort habe ich mich ein paar Minuten hingesetzt. Ich habe die Schuhe erst gesehen, als ich wieder gehen wollte. Irgendwie wusste ich sofort, dass es Wendelins Schuhe waren. Die hatten einen unverkennbaren Kratzer quer über den rechten Rist. Ich habe mich nicht getraut etwas anzufassen.

Zubler: Sie glaubten also, die Schuhe Ihres Freundes am Seeufer gefunden zu haben und tun nichts? Warum?

Friedrich: Ich kann es nicht erklären. Ich bin in Panik geraten. Habe noch nach Wendelin gerufen, nach ihm das Ufer abgesucht, ihn verzweifelt versucht am Telefon zu erreichen.

Zubler: Was haben Sie dann getan?

Friedrich: Nichts. Ich bin einfach nach Hause gegangen.

Zubler: Einfach so.

Friedrich: Wissen Sie, als ich die Schuhe dort stehen sah und Wendelin sich nicht bei mir meldete, da wusste ich, es ist ihm irgendetwas Schlimmes passiert. Ich war mir auch sicher, dass sein Verschwinden etwas mit Pawel zu tun hatte. Er hat uns sicher beobachtet und es wieder getan. Gemordet, meine ich. Er eliminierte alle meine Lieben in Polen und hier, wo ich mich sicher fühlte. Zuerst meinen Mann und nun auch Wendelin. Ich war wie erschlagen, innerlich tot. Als ich wieder klar denken konnte, wollte ich mich auch für Wendelin wehren. Ich nahm das Struwwelpeterbuch hervor und habe die Spielkarte mit dem Hanns Guck-in-die-Luft gebastelt. Allerdings war ich nicht so zufrieden mit der Spielkarte, wie mit den anderen beiden. Ich musste mich beeilen, darum ist sie mir auch nicht gut gelungen.

Zubler: Warum mussten Sie sich beeilen?

Friedrich: Weil über kurz oder lang die Schuhe von jemand gefunden werden würden. Aber genau dort wollte ich den Hanns als Hinweis ablegen. Bei Wendelins Schuhen. Als ich zum Park zurückfuhr, war es bereits zu spät. Die Polizei war da und hatte alles abgesperrt. Ich versuchte, mich in der Menschenmenge zu verbergen und beobachtete, was geschah. Ich sah Frau Epp, wie sie über die Strasse kam und sich ebenfalls umsah. In mir keimte Hoffnung auf, dass doch noch alles zum Guten kommen würde.

Zubler: Sie standen also bei den Schaulustigen und haben Frau Epp beobachtet. Wurden Sie von Frau Epp gesehen?

Friedrich: Nein. Sie hat mich nicht gesehen.

Zubler: Was geschah darauf?

Friedrich: Ich hielt die Karte mit dem Hanns in meiner Hand und wollte sie nicht vergeuden. Doch ich hatte keine Ahnung, wie ich sie Frau Epp unerkannt geben konnte. Eine Weile hat es schon gedauert, bis ich den Einfall mit dem Boten hatte. Kinder standen genug herum und gafften, also habe ich kurz entschlossen einen kleinen Jungen angesprochen, damit er die Karte im Geschäft von Frau Epps Bruder abgab. Ich erinnerte mich, dass Frau Epp mir erzählt hatte, dass sie montags immer im Büro ihres Bruders arbeitete.

Zubler: Das ist diese Karte hier, mit dem Hanns, wie er ins Wasser zu fallen droht?

Friedrich: Nickt.

Zubler: Jemand hat diese Karte hier, mit dem Motiv des Hanns, wie er im Wasser liegt und Männer nach ihm hangeln, einen Tag später am Ufer des Sees gefunden und diese uns später vorbeigebracht. Wie kam sie dorthin?

Friedrich: Ich wollte sicher gehen, dass die Spielkarte, die der Junge Frau Epp gebracht hatte, nicht ihre Wirkung verlor. Um nachzudoppeln, habe ich eine zweite Hanns-Karte in der Nacht dorthin gelegt, wo Wendelins Schuhe gestanden haben. Ich wollte nichts mehr dem Zufall überlassen.

Die Befragung wird für 30 Minuten unterbrochen.

Elenor sah ratlos vom Protokoll auf. «Mir wird ganz schwindelig beim Lesen. Nie hatte Frau Friedrich mit einem Wort den Namen Pawel Mazur erwähnt, dabei hatte sie unzählige Gelegenheiten dazu. Was hat sie sich dabei nur gedacht?»

«Ich weiss es nicht», sagte Loris, «und ich glaube auch nicht, dass wir je eine zufriedenstellende Antwort von ihr erhalten werden.»

«Eigentlich traurig», erwiderte Elenor, «vielleicht hätten so Menschen vor dem Tod bewahrt werden können.»

«Wahrscheinlich.»

Während sich Loris noch einen Kaffee braute, beugte sich Elenor wieder über das Protokoll und las weiter.

Zubler: Sehen Sie hier, Frau Friedrich. Diese Karte hat man bei Eugen Kürster gefunden. Es zeigt einen Hasen, der ein Gewehr auf einen davonrennenden Jäger richtet. Können Sie mir etwas darüber sagen?

Friedrich: Diese Karte ist nicht von mir.

Zubler: Wie bitte? Sie haben diese Karte nicht hergestellt?

Friedrich: Nein, das habe ich nicht. Ich habe nicht gewusst, dass noch jemand tot ist, bis ich es in der Zeitung gelesen habe.

Zubler: Diese Karte sieht genauso aus, wie die anderen, die Sie gebastelt haben. Warum sollen wir glauben, dass Sie diese nicht auch gemacht haben?

Friedrich: Weil ich es nicht war. Ich hätte nie diese hässlichen Farben gewählt. Sehen Sie denn nicht den farblichen Unterschied zu den anderen Karten? Diese hier sieht aus, als wäre sie eins zu eins aus dem Buch kopiert worden. Wie langweilig. So etwas würde ich nie tun. Zudem sehen Sie hier, bei dieser Karte fehlen die Initialen. Hier, sehen Sie? Da sind keine. Aber hier, hier und hier, auf diesen Karten sind welche. Ich habe diese mit eingefügt. Bei der Spielkarte mit dem Hasen fehlen sie.

Zubler: Wir haben die Buchstaben gesehen. Sie könnten diese auf der Karte einfach weggelassen haben.

Friedrich: Warum sollte ich? Ich wiederhole mich, wenn ich sage, dass ich nicht gewusst habe, dass Eugen umgekommen ist. Ich weiss nicht einmal, wo sie ihn gefunden haben.

Zubler: Was ist mit dieser Karte hier, dem fliegenden Robert?

Friedrich: Die ist auch nicht von mir. Die Farben stimmen nicht und es fehlen die Buchstaben.

Zubler: Was bedeuten diese Buchstaben? Bei der Spielkarte mit dem Motiv des Struwwelpeters ist es GVK und bei den beiden Karten des bösen Friedrichs sind es FSF. Bei den zwei Hanns Guck-in-die-Luft sind es die Buchstaben WLB.

Friedrich: GVK sind meine Initialen. Greta Valesca Kowalska. Wobei Kowalska mein Mädchenname ist. Die anderen sind die Initialen von Franz und Wendelin. FSF für Franz Sebastian Friedrich und WLB für Wendelin Ludwig Buchmann.

Zubler: Was wollten Sie damit ausdrücken?

Friedrich: Hätte Frau Epp die Karten genauer untersucht, hätte sie die Initialen gefunden und die richtigen Schlüsse daraus gezogen. Als sie nicht angebissen hatte, habe ich es bei den anderen Spielkarten beibehalten, als eine Art Andenken an meine Liebsten.

Zubler: Wenn Sie es nicht waren, die die Karte mit dem Hasen gemacht hatte, wer ist es Ihrer Meinung nach gewesen? Und wie ist diese an den Tatort gekommen?»

Friedrich: Meine Güte, das weiss ich nicht. Das ist Ihre Arbeit es herauszufinden. Ich kann Ihnen aber gerne einen Tipp geben. Es war Pawel.

Die Befragung wurde beendet um 15:00 Uhr.

Elenor faltete die Papierbögen langsam zusammen. «Denkst du, sie sagt die Wahrheit?»

Loris hob die Schultern. «Für mich kam sie glaubwürdig rüber. So wirr sich das Ganze auch anhört, könnte es trotzdem die Wahrheit sein.»

«Jedenfalls hat sie, was sie wollte, Aufmerksamkeit. Nicht nur die meine, sondern jetzt auch wieder die der Polizei.» Elenor dachte einen Moment nach. «So wie ich sie kennengelernt habe, kann ich mir nicht vorstellen, dass sie ihre Freunde umbringt, um einzig und alleine die Ermittlungen wieder auf den Tod ihres

Mannes zu lenken und um dann alles Pawel in die Schuhe schieben zu können, der praktischerweise grade zu Besuch war. Das wäre doch wahrlich irrsinnig.»

Er stimmte ihr zu. «Ich denke auch, dass sie nicht abgebrüht genug ist, diese Taten zu vollbringen.»

«Das bringt uns aber wieder zurück auf Start. Wer hat die drei Männer umgebracht? Antoni Mazur und Greta Friedrich sagen, es war Pawel, nur Pawel sagt, dass er es nicht gewesen ist. Wer hat die Karte des Jägers hergestellt? Das könnte dann nur der wahre Mörder gewesen sein.»

«Ich glaube, es bleibt uns nichts anderes übrig, als dass wir einen Schritt in unseren Überlegungen zurückgehen», sagte Loris nachdenklich. «Dieser Pawel bleibt für mich immer noch ein Rätsel. Wer ist er? Ist er tatsächlich der Schurke, wie es sein eigener Vater und Greta Friedrich uns weismachen wollen?»

«Konnte die polnische Polizei kein Licht ins Dunkel der Geschichte von Pawel bringen?»

«Wir sind gespannt auf die Akten, die sie uns schicken wollten. Hoffentlich kommen sie bald.»

«Das hoffe ich auch.» Sie gab Loris die Protokolle zurück. Kurz darauf verabschiedete er sich.

39

Es regnete in Strömen, als Elenor nach Hause fuhr. Der Niederschlag war so stark, dass sie kaum das Heck des Autos vor ihr erkennen konnte. Auf die höchste Stufe eingestellt, flogen die Scheibenwischer hin und her, was leider nicht dazu beitrug, viel mehr zu sehen, als die vom Himmel stürzenden Wassermassen. Quälend langsam ging es voran. Das stockende Vorwärtskommen und das laute Prasseln auf der Windschutzscheibe wirkten einschläfernd. Elenor gab sich ihren Gedanken hin und dachte über das Gespräch mit Loris nach. Sie waren im Fall Greta Friedrich einen Schritt weitergekommen, sie hatten die Urheberin, der meisten Karten wenigstens, ausfindig gemacht. Ungeklärt blieb, wer die Spielkarte mit dem schiessenden Hasen und den fliegenden Robert hergestellt und den Jäger auf dem Gewissen hatte. Wenn es nach Greta Friedrich ging, so waren Wendelin Buchmann und ihr Mann auch Mordopfer. Wenn das stimmte, was hatten sie übersehen? Sie war heilfroh, als sie die Löwen auf den Säulen der Toreinfahrt passierte. Sie freute sich auf Kater und Lotti, die sich sicher vor der Nässe in das Haus geflüchtet hatten und nun sehnsüchtig auf ihre Streicheleinheiten und ihr Fressen warteten. Als sie die Haustür aufschloss, war sie völlig durchnässt. Die Kleider klebten an ihrem Körper und die Haare hingen ihr tropfend ins Gesicht. Einen

Regenschirm zu benutzen, wäre nützlich gewesen, der lag aber unglücklicherweise im Regenständer im Flur und nicht im Auto. Schnell füllte sie die Näpfe der beiden Stubentiger, die ihr schnurrend um die Beine strichen, bevor sie sich unter den heissen Strahl der Dusche stellte. Hungrig durchsuchte sie den Kühlschrank nach etwas Essbarem, als der Signalton einer eingehenden Voicemail-Nachricht sie unterbrach. Loris hatte schon dreimal versucht sie zu erreichen. Sie rief zurück, Loris antwortete beim ersten Klingelton.

«Wendelin Buchmann hatte Gifte im Blut.»

«Gifte? Was denn?» Elenor musste sich setzen.

«Wirkstoffe mit dem Namen, äh, warte mal …»

Elenor hörte Papier rascheln.

«Ah, hier steht es ja. Hyoscyamin und Scopolamin.»

«Und was bedeutet das?»

«Es sind Wirkstoffe aus dem Gemeinen Stechapfel und können konsumiert zu Trancezuständen führen und apathisch machen oder hochdosiert zu Euphorien führen. Sie wirken so stark, dass sie irrationales Handeln auslösen können. Es ist gut möglich, dass Wendelin Buchmann in so einem Zustand in den See gewatet ist, in der Annahme, dass er unter Wasser atmen kann und dabei ertrunken ist. Aber das ist natürlich reine Spekulation.»

«Interessant, Gemeiner Stechapfel kann also wie eine Droge wirken.» Elenor überlegte, ob sie ein solches Gewächs in Greta Friedrichs Garten gesehen hatte.

Loris teilte ihre Gedanken. «Hat Frau Friedrich irgendwo Stechapfel im Garten stehen?»

«Moment, ich schaue mir Bilder von dieser Pflanze im Internet an. Oh, die ist hübsch. Möglich wäre es, aber ich bin mir nicht sicher.»

«In Ordnung, wir werden selbst nachsehen.»

«Wie muss man die Wirkstoffe einnehmen?»

«Hm, hier steht nichts Weiteres darüber.»

«Vielleicht hat er einen Tee aus diesen Pflanzen getrunken. Ob der wohl schmeckt?»

«Vielleicht.»

«Da fällt mir ein, dass Frau Friedrich einen ausländischen Honigtopf hatte. Sie erzählte mir, dass sie diesen von Wendelin Buchmann bekommen hatte und der soll ihn in der Schwarzmeerregion gekauft haben. Könnte es sein, dass etwas von der Pflanze im Honig war?»

«Dann hätte er sich selbst damit vergiftet. Das ist doch eher unwahrscheinlich.»

«Stimmt, wobei – warte, hier steht, dass die Einnahme von Honig aus dem Nahen Osten zu Vergiftungen führen kann, wenn die Bienen Nektar aus einer speziellen Pflanze nutzen. Rhododendron ponticum heisst die Pflanze. Der Wirkstoff kann zu Durchfall, Erbrechen und Halluzinationen führen, überdosiert zu Herzrhythmusstörungen, Krampfanfällen, Lähmungszuständen, Kreislaufkollaps und im Extremfall zu Atemstillstand und Herzversagen. Man nennt diesen Honig auch Mad Honey oder Pontischer Honig. Klingelt bei dir auch etwas?»

«Du deutest an, dass sie ihren Mann versehentlich umgebracht haben könnte.»

Elenor war ganz aufgeregt. «Das könnte doch passen. Der Honigtopf war mit einer fremdartigen Schrift versehen. Als ich sie danach fragte, hatte sie mir erzählt, dass sie ihrem Mann diesen Honig löffelweise in den Tee gegeben hatte, in der Annahme, dass es gut für ihn wäre.»

«Das würde erklären, warum es ihm immer schlechter und nicht besser ging. Das Gift hat ihn immer kränker gemacht. Es kann gut sein, dass er Halluzinationen hatte und in den Stall ging, um wer weiss was zu tun. Dort ist er dann zusammengebrochen.»

«Kann man bei Franz Friedrich noch nach dem Gift suchen?»

«Keine Ahnung, ob die Pathologie noch Proben von ihm aufbewahrt. Sonst müsste man ihn exhumieren.»

«Was willst du nun tun?»

«Wir werden Frau Friedrich noch ein Weilchen bei uns behalten. Ich bin gespannt auf ihre Erklärungen.»

40

Als Elenor erwachte, fror sie. Sie stand auf und schloss das einen Spalt geöffnete Fenster. Der Blick in die Nacht hinaus offenbarte Nebel, der in trägen Schwaden über dem See trieb. Durch das mystisch anmutende Schauspiel glomm ein orangener Schein. Fasziniert blieb sie stehen und wunderte sich, woher das rätselhafte Glühen kam. Einen Augenblick lang wurden die Schwaden dünner und durch die nun klare Luft sah Elenor eine winzig kleine Flamme in der Ferne auf und ab tanzen. Angestrengt versuchte sie klarer zu sehen. Eilig holt sie ein Fernglas zu Hilfe. Es gab keinen Zweifel – in Zug brannte es. Das leichte Zittern ihrer Arme übertrug sich auf das Glas und machte eine exakte Ortung unmöglich. Es musste in der Nähe der Katastrophenbucht brennen, da war sie sich fast sicher. Der grellorange Schein erleuchtete den Nachthimmel über der Stadt, darüber wogten dicke schwarze Wolken in die Höhe. Trotz ihrer Vorahnung hoffte Elenor, dass es nicht eines der alten Häuser der Altstadt war. Diese standen Wand an Wand und wenn es anfing zu brennen, konnten gleich mehrere der Häuser oder ganze Häuserzeilen in Mitleidenschaft gezogen werden. Sie hoffte innig, dass ihr Büro und Benedikts Galerie verschont blieben. Am liebsten wäre sie in die Stadt gefahren, um sich selbst ein Bild von der Lage zu machen, doch sie wusste, es würde kein

Durchkommen geben. Benedikt würde sie bestimmt anrufen, sollte sie gebraucht werden. Trotzdem beunruhigte sie der Gedanke an das Unglück so sehr, dass sie den Schlaf nicht mehr fand, früh aufstand und zeitig ins Büro fuhr.

Schon lange bevor sie Zug erreichte, stand sie im Stau, was untypisch für diese Uhrzeit war. Mühsam ging es Autolänge um Autolänge voran. Bald sah sie den Grund dafür. Langsam, wie in einem Trauerzug, fuhren die Autos an den schwarzen Resten des einstigen letzten Hauses der Hauszeile an der Katastrophenbucht vorbei. Elenor wollte sich vorstellen, dass die Fahrer ihre Ehrerbietung und ihr Bedauern des Verlustes des alten Gebäudes zum Ausdruck bringen wollten, und nicht, was wahrscheinlich war, gafften. Glücklich, dass ihr Büro vor den Flammen verschont geblieben war, öffnete sie die Tür und liess frische Luft herein.

Eine dampfende Tasse Kaffee und die Zeitung vor sich, las Elenor den gleichen Absatz des Textes zum vierten Mal, bevor sie aufgab. Sie konnte sich nicht konzentrieren. Die Zeitung unter den Arm geklemmt, ging sie am Ufer entlang in Richtung Hafen. Als hätte sie nichts anderes vorgehabt, stand sie urplötzlich vor den orange-weissen Absperrbändern der Polizei, die die Neugierigen von dem nächtlichen Brandherd trennten. Der Geruch von verbranntem Holz lag schwer über dem Platz. Aus den schwarzen Trümmern waberte noch immer die verbliebene Hitze des Brandes. Das Gebäude war komplett niedergebrannt und die Backsteinmauern waren in sich zusammengefallen. Zwischen kohleschwarzen Holzbalken sah Elenor Personen in Overalls in gebückter Haltung vorsichtig in der Ruine herumsteigen. Ihre Gesichter waren von Sauerstoff-Schutzmasken verdeckt. Die Schutzkleidungen leuchteten in einem reinen Weiss absurd hell aus dem schwarzen Hintergrund. Elenor mochte es sich nicht vorstellen, wie unerträglich heiss es unter der Schutzkleidung und den Masken sein musste. Es gab nichts weiter zu sehen, also wandte sie sich zum Gehen. Ein Ruf eines der vermummten Gestalten liess sie neugierig wieder einige Schritte näher kommen. Jemand hatte etwas entdeckt. Sie beobachtete, wie eine andere vermummte Person herbeieilte und etwas fotografierte, das am Boden lag. Sie reckte den Hals, um besser zu sehen, was das Absperrband verhinderte. Die Entfernung war zu gross, um zu erkennen, was es Interessantes zu sehen gab. Eine der beiden hob etwas schwarzes, sackartiges auf und liess es in ihrer behandschuhten Hand baumeln. Was mochte das sein? Alarmiert, bückte sich Elenor unter dem Absperrband durch und ging auf die beiden Personen zu. Sie hoffte, dass es nicht das war, was sie befürchtete.

«He, Sie!»

Der Ruf klang dringend. Reflexartig drehte sie Elenor um und blickte in ein hinter einer Atemmaske verborgenes Gesicht. Nur die gehässig zusammen gekniffenen Augen verrieten den Gemütszustand des Mannes.

«Sind Sie von Sinnen? Was machen Sie hier? Sie verunreinigen diesen Ort mit Ihrer Anwesenheit. Machen Sie sofort, dass Sie von hier wegkommen.»

Der Unbekannte packte grob ihren Arm und zerrte sie mit sich fort, weg von den noch kokelnden Überresten des Hauses und dem Fund. Erst als er sie auf die andere Seite der Absperrung geschubst hatte, liess er sie wieder los.

Elenor rieb sich den rot angelaufenen Bereich des Armes. Die Zeitung hatte sie irgendwo verloren. Sie hoffte inständig, dass sie nicht zwischen den Trümmern lag. Sie bemerkte die missbilligenden Blicke der Menschen, die das Geschehen neugierig mitverfolgten. Als wäre die Zurückweisung nicht schon Schmach genug, sah sie Daniel Bacher auf sie zueilen. Das hatte gerade noch gefehlt.

«Epp, hast du vor, die Untersuchungen zu sabotieren oder einfach nur Lust, auf Brandruinen herumzuspazieren?» Seine von Ironie triefende Stimme erlaubte keine Frage.

«Keines von beiden.» Elenor wusste selbst nicht, was in sie gefahren war, als sie die Absperrung überwand.

«Warum latschst du schon wieder auf einem Tatort herum?»

Das gehässige Lächeln auf Bachers Lippen ärgerte Elenor. «Es ist also ein Tatort. Was ist passiert?»

Er hob mit der einen Hand seinen Uniformhut vom Kopf

und wischte mit der anderen mithilfe eines riesigen Taschentuchs über seine schweissnasse Stirn. «Das muss dich nicht interessieren. Du wirst zur gegebenen Zeit aus den Medien mehr erfahren.»

«Kannst du mir wenigstens sagen, ob jemand in dem Haus gelebt hatte, als es brannte?»

Der Polizist schüttelte nur den Kopf und wandte sich zum Gehen. Elenor sah ein, dass es sinnlos war, weiter mit Bacher zu diskutieren. Sie bahnte sich eine Schneise durch das unterdessen zahlreiche Publikum, welches sich auf die Füsse zu treten begann. Jeder wollte mehr sehen als der andere.

Sie war noch nicht weit gekommen, als sie eine Hand schwer auf ihrer Schulter verspürte.

«Entschuldigen Sie, aber Sie haben etwas verloren.»

Elenor sah in ein schmales Gesicht eines älteren Mannes, der sie freundlich anlächelte. Irgendwie kam er ihr bekannt vor.

«Sie haben etwas verloren», wiederholte er mit Nachdruck und zeigte auf etwas, das einige Schritte entfernt auf dem Boden lag. Sie wollte etwas erwidern, sah auf, wollte dem Mann sagen, dass er sich geirrt hatte, sie habe nichts verloren. Trotzdem lief sie zu dem Objekt und stutzte. Es war knallig rot und rechteckig. Sie bückte sich und klaubte die Karte auf, die mit der Vorderseite auf dem Asphalt lag. Zögernd drehte sie sie um. In bunten Farben brannte das grüne Kleid eines Mädchens lichterloh, während zwei Katzen links und rechts jämmerlich weinten. Es war Paulinchen mit Minz und Maunz, den Katzen. Ihr kroch eine eisige Kälte in die Knochen. Wie war das möglich? Als sie aufsah und den Mann befragen wollte, war dieser verschwunden. Ihrem ersten Impuls folgend, ging sie hastig einige Schritte zurück zum Brandplatz, besann sich aber anders. Bacher war nicht derjenige, dem sie die Spielkarte geben wollte. Sie holte ihr Smartphone hervor und wählte die Nummer Loris. Es klingelte längst, als ihr an dem Motiv etwas ins Auge stach. Pures Entsetzen machte sich in ihrer Magengrube breit, als sie begriff, was sie sah und beendete den Anruf. Sie wusste, was sie zu tun hatte. Die nächste Nummer, die sie wählte, war Quentins. Sie betete und hoffte inständig, dass er in der Villa war. Doch der Anruf ging auf die

Combox. Sie rannte los.

Auf dem Gemeindeplatz hielt sie kurz inne und rief Benedikts Festnetznummer an. Keiner ging ran, auch Bernhard nicht. Sie rannte auf ihrem Weg zum Auto an ihrem Büro vorbei zur Eggerschen Galerie. Obwohl sie klingelte und nach den Brüdern rief, blieb die Tür verschlossen. Wo waren nur alle, wenn man sie brauchte? Elenor hielt sich nicht damit auf, nochmals zurück in ihr Büro zu gehen oder die Brüder zu suchen. Sie hatte keine Zeit dazu.

Die Verkehrsteilnehmer nervten, alles ging viel zu langsam voran. Es verging eine quälend lange Zeit, bis sie endlich auf der Autobahn freie Fahrt hatte. Das Smartphone klingelte. Sie schaltete die Freisprechanlage ein.

«Loris?»

«Elenor, du hast mich angerufen? Wo steckst du?»

«Ich bin auf dem Weg nach Hause. Loris ...» Er liess sie nicht aussprechen.

«Du musst herkommen. Ich habe wichtige Neuigkeiten. Ich habe mit dem polnischen Polizisten gesprochen und du glaubst nicht, was er mir erzählt hat.»

«Loris, ich kann jetzt nicht bei dir vorbeikommen, ich muss nach Hause, weil ...»

«Na gut, dann erzähle ich es dir am Telefon.»

Sie gab es auf, ihm erklären zu wollen, warum es wichtig war, dass sie nach Hause fuhr. «Also gut, schiess los.»

«Der polnische Polizist konnte sich noch sehr gut an die Fälle von anno dazumal erinnern. Er war damals dabei gewesen und hatte den Polizeichef bei den Ermittlungen unterstützt. Dabei war ihm die Sache von Anfang an nicht geheuer gewesen, vor allem, da die genauen Todesursachen der beiden Männer nicht festgestellt werden konnten. Angeblich. Speziell der Tod von Greta Friedrichs Verlobten, der im Teich ertrunken war, war ihm suspekt gewesen. Seiner Meinung nach kam Ertrinken als Todesursache nicht in Frage.»

Elenor wollte nicht unhöflich klingen, doch sie hatte keine Nerven für blumige Ausführungen. «Komm zur Sache, bitte!»

«Also, für ihn stand es zweifelsfrei fest, dass die beiden Männer umgebracht worden waren.»

«Das ist das, was Antoni Mazur und Greta Friedrich bereits erzählt haben. Pawel soll die beiden umgebracht haben.»

«Es ist eben nicht Pawel. Gemäss dem Polizisten kann er es gar nicht gewesen sein.»

«Ach ja, warum denn nicht?»

«Für ihn war Pawel von Anfang an nicht als Täter in Frage gekommen. Er meint, Pawel sei zwar ein komischer Kauz gewesen, der sich sonderlich benahm und Greta sicherlich auf eine Art stalkte. Körperlich war er aber zu schwächlich gewesen, um erwachsene Männer zu ertränken oder aufzuhängen.»

«Warum hat er diesbezüglich nie etwas zu seinen Vorgesetzten gesagt?»

«Er hatte keine Beweise, die seine These bestätigten.»

«Er hat einfach geschwiegen und den Dingen seinen Lauf gelassen?» Elenor bremste brüsk und hupte, als ein Auto unvermittelt von der rechten Fahrspur knapp vor ihr einscherte. Sie wartete einige Sekunden, bis sich ihre Atemfrequenz wieder normalisiert hatte, bevor sie weitersprach. «Es ist zum Verzweifeln. Wir können weder die Aussagen Greta Friedrichs, noch die von Antoni und auch nicht die von Pawel nachprüfen.»

«Du klingst genervt. Was ist los?»

«Die Idioten vor mir fahren wie von Sinnen. Ich bin froh, dass ich bald zu Hause bin. Wer ist nach deiner Meinung der Mörder?»

«Antoni.»

«Antoni?» Elenor war baff. Das hatte sie nicht erwartet.

«Denk mal nach, es würde alles passen. Antoni ist immer dort, wo Pawel ist. Was, wenn Greta Friedrich im Unrecht ist und es die ganze Zeit Antoni und nicht Pawel war, der ihre Freunde umgebracht hat?»

Beinahe vergass Elenor am Ende der Autobahnausfahrt in die richtige Richtung abzubiegen. «Aber ja, das ergibt tatsächlich einen Sinn.»

«Nicht wahr?»

Elenor konnte beinahe Loris breites Grinsen sehen. «Lässt

du nach ihm suchen?»

«Aber ja. Alle suchen auf Hochtouren nach ihm.»

«Oh, mein Gott!»

«Was ist? Ist etwas passiert?»

«Wie sieht Antoni aus?»

«Er ist 85 Jahre alt, 165 gross und sehr drahtig gebaut. Er hat gelblich-gräuliches mittellanges dünnes Haar und trägt einen Seitenscheitel. Seine Gesichtshaut ist blass, seine Nase markant eckig und gross. Er hat schmale Lippen und stahlblaue Augen. Er und sein Sohn gleichen sich sehr.»

«Er ist es! Ich habe ihn gesehen. Jetzt weiss ich auch, woher ich ihn kenne. Er war auch beim kleinen Park, als man Herrn Buchmanns Schuhe gefunden hatte. Er war es, der mich vor ein paar Minuten auf dem Brandplatz darauf aufmerksam gemacht hatte, dass eine Spielkarte auf dem Boden liegt!»

«Bist du dir sicher?»

In kurzen Sätzen beschrieb ihm Elenor, was geschehen war.

«Wo bist du jetzt?»

«Es sind nur noch wenige hundert Meter, dann bin ich zu Hause.»

«Halte kurz an, bitte. Schau dir die Spielkarte nochmals genau an.»

Widerwillig hielt Elenor an. Von hier konnte sie fast die Villa sehen. Es sah friedlich aus, kein Rauch war zu sehen. Ungeduldig fragte sie: «Nach was muss ich suchen?»

«Du hast die Protokolle gelesen. Frau Friedrich hat ihre eigenen Kartenmotive immer sehr bunt interpretiert und mit Initialen versehen. Ist die Karte, die du hast, auch bunt und sind Buchstaben zu sehen?»

«Nein, oder doch – ich bin mir nicht ganz sicher.» Elenors Hand zitterte stark, aber sie konnte sehen, dass das Motiv dem Bild im Buch des Struwwelpeters zumindest stark glich. Initialen konnte sie keine entdecken.

«Nur noch eines, was ist das Motiv?»

«Es ist Paulinchen mit Minz und Maunz.»

«Das Mädchen, das mit dem Feuerzeug gespielt und sich dabei selbst angezündet hat?»

«Genau diese Geschichte. Ich muss jetzt wirklich gehen!» Elenor wurde bewusst, dass sie viel zu viel Zeit verplempert hatte.

«Nein, warte, warum rennst du denn nach Hause?»

«Paulinchen trägt ein grünes Kleid wie im Buch. Die beiden Katzen aber sind nicht grau wie in der Originalgeschichte. Die eine Katze hat ein weiss-rotes Fell, die andere ist dreifarbig.»

«Dann fahr los! Ich bleibe am Telefon, bis du da bist!»

Elenor drehte die Zündung und drückte aufs Gas. Die Räder drehten am Ort, bis die Kupplung griff. Sie rief sich zur Ruhe. Wenn sie nicht aufpasste, landete sie auf einer Kuhweide anstatt bei sich zu Hause. Sie hörte Loris atmen. Seine Anspannung war durch die Gegensprechanlage deutlich zu spüren.

«Ich bin jetzt vor der Villa und steige aus dem Auto.» Die Feststellung war mehr eine Beruhigungsstrategie für sie selbst denn eine Information an Loris.

«Ich bin noch da. Bitte sei vorsichtig!»

Elenor ging ums Haus und bog auf den Weg zum Badehäuschen ein und verlangsamte ihren Schritt. Auf dem kleinen Platz zwischen dem Seeufer und der Eingangstür, da wo der Grill und der grosse Esstisch standen, blieb sie stehen und beobachtete die Umgebung. «Ich stehe jetzt vor meinem Haus. Alles ist ruhig, kein Mensch ist zu sehen. Ich kann keinen Rauchgeruch feststellen.»

«Okay. Willst du alleine hineingehen?»

«Ja, kein Problem. Ich stehe jetzt vor der Haustür. Oh, hier liegt etwas.»

«Was ist es? Fass es nicht mit blossen Händen an.»

Elenor hörte, wie sich Loris Atemfrequenz erhöhte. Sie nahm aus der Handtasche ein Papiertaschentuch. «Es ist eine weitere Spielkarte. Sie liegt mit dem Rücken nach oben auf der obersten Stufe. Ich drehe sie jetzt um.»

«Elenor, sag schon. Was ist darauf?»

«Es ist ein Bild und ein Text.»

«Kannst du es entziffern?»

«Hier steht: *Lassen sie mich und meine Familie in Ruhe. Suchen sie nicht nach mir.* Beide Male ist das Wort *sie* klein geschrieben. Das

Bild zeigt eindeutig Kater und Lotti, wie sie in Flammen stehen. Was soll ich als nächstes tun?» Sie hörte selbst, wie verzweifelt sie klang.

«Versuche dich zu beruhigen. Gehe vorsichtig hinein und sieh nach den beiden. Er kann nicht schneller aus der Stadt gekommen sein als du. Ich werde dir jemanden schicken, der nach dir sieht. Falls du etwas entdeckst, das nicht sein soll, warte, bis der Kollege da ist. Wenn ich etwas Neues höre, melde ich mich. Ich lege jetzt auf. Viel Glück.»

Das Besetztzeichen tutete laut in Elenors Ohr. Einen Moment lang blieb sie unschlüssig stehen. Die Angst vor dem Unbekannten hinter der Tür lähmte sie. Schlussendlich gab sie sich einen Ruck und schloss auf. Bange spähte sie hinein. Zwei Augenpaare blickten sie aus dem Wohnzimmer an. Kater, der auf dem Sofa lag, gähnte herzhaft, während Lotti ihr mit hoch erhobenem Schwanz entgegen trottete. Die Anspannung fiel von ihr ab. Sie setzte sich erleichtert auf den Fussboden und streichelte Lotti ausgiebig, bevor sie den beiden einige Futterbrocken in die Fressnäpfe füllte.

Nach einer halben Stunde traf ein ihr unbekannter Kollege Loris bei ihr ein. Während sie auf dem Sofa sass, durchsuchte er das Haus akribisch und inspizierte sogar die nähere Umgebung des Parks. Ergebnislos. Elenor wollte ihm gerade einen Kaffee aufbrühen, als sein Telefon klingelte. Sie beobachtete ihn, während er sprach, konnte aber aus seiner Mimik nichts über die Informationen, die er erhielt, herleiten. Als er auflegte, lächelte er sie beruhigend an. «Antoni Mazur wurde gefasst. Sie können beruhigt sein, er wird Ihnen nichts mehr antun können.»

Beruhigt darüber, dass nichts Schlimmes geschehen war, verabschiedete sie den Polizisten und gab ihm die beiden in einen Plastiksack verpackten Spielkarten mit. Sie rief Loris an.

«Wir haben ihn. Der Schrecken ist vorüber.»

«Rufst du mich an, wenn du etwas mehr weisst?»

«Ja sicher. Alles wird gut. Hab noch etwas Geduld.»

Gerade diese Geduld wurde aufs Ärgste strapaziert. Die Tage

kamen und gingen, während Elenor versuchte, sich auf ihre Arbeit zu konzentrieren. Hätte sie neue Fälle zum Bearbeiten gehabt, wäre ihr das leichter gefallen, doch ohne konkrete Aufgabe drehten sich ihre Gedanken nur um die Spielkarten, Greta Friedrich, Pawel und Antoni Mazur. Am liebsten hätte sie jede halbe Stunde Loris angerufen, doch sie wusste selbst, dass es Zeit brauchte, um jemanden zu vernehmen und ihm Untaten nachzuweisen. Als der ersehnte Anruf schliesslich kam, ahnte sie bereits, was Loris sagen würde. Sie war mit ihren eigenen Analysen auf das gleiche Resultat gekommen.

«Antoni Mazur hat gestanden.» Loris Stimme klang müde.

«Dann war er es, der Franz Friedrich, Wendelin Buchmann und Eugen Kürster umgebracht hat?»

«Genau. Die drei und die zwei Männer in Polen.»

«Warum hat er es getan?»

«Eifersucht.»

«Eifersucht auf wen? Die fünf Männer?»

«Eigentlich war er eifersüchtig auf seinen Sohn und Greta Friedrich. Alles begann, als sein Sohn, den er selbst als seltsam bezeichnete, sich in die junge Greta verliebte. Antoni beobachtete das fruchtlose Gebaren seines Sprösslings eine Weile, während dem er sich selbst in Greta verliebt hatte. Von da an muss bei ihm irgendeine Sicherung im Gehirn durchgebrannt sein. Den Sohn konnte er in Schach halten, aber den Verlobten und den Freund Frau Friedrichs hatte er eigenhändig umgebracht. Den Verlobten ertränkte er im Teich und den anderen knüpfte er im Stall auf.»

«Antoni ist aber nicht viel grösser als Pawel. Wie hat er das geschafft?» Elenor konnte es sich nur schwer vorstellen, dass dieser alte Mann zu diesen Kraftakten imstande war.

«Antoni ist zwar eher schmächtig, doch unglaublich zäh und gekräftigt von harter Feldarbeit. Du hättest ihn sehen sollen, als unsere Männer ihn verhaften wollten. Er entwickelte unglaubliche Kräfte und es brauchte vier starke Männer, um ihn zu überwältigen.»

«Warum ist Pawel überhaupt in die Schweiz gekommen?»

Loris seufzte. «Ach, die Reize der Frau haben ihn angelockt.

Pawel, nun älter, aber nicht weiser geworden, machte seine alte Liebe, über die er nie hinweggekommen ist, hier ausfindig. Er wollte Greta oder ihrem Mann und ihren Freunden nichts antun. Es war aber nicht mehr als ein harmloses erneutes Schmachten um seine wiedergefundene Liebe. Wobei er es natürlich zu weit getrieben hatte. Er hat sich unter dem Dach des Stalles, wo selten jemand hinkam, ein heimliches Liebesnest eingerichtet. Er hatte dort wochen- und monatelang gehaust. Zu Anfang war das auch kein Problem, bis es Antoni zu bunt geworden ist, dass sein Sohn so lange vom eigenen Hof wegblieb. Daraufhin ist er ihm hierher gefolgt. Du kannst dir sicher vorstellen, wie überrascht er gewesen war, dass sein Sohn Greta wiedergefunden hatte. Antonis alte krankhafte Eifersucht flammte wieder auf und trieb ihn, wie anno dazumal in Polen, zum Äussersten. Er vergiftete den Ehemann mit dem Pontischen Honig, den er Greta Friedrich als vermeintliches Geschenk von Wendelin Buchmann verpackt unterjubelte und flösste dem Buchmann mit Gewalt einen Aufguss aus Stechapfel ein. Dann karrte er den vom Gift Beduselten in den Park und suggerierte ihm, dass er unter Wasser die schönsten Kreaturen sehen könne. Buchmann, nun psychedelisch gestimmt, watete mit Freude ins Wasser und ertrank. Was er übersehen hatte, war, dass Buchmann die Schuhe auszog, bevor er in den See stieg. Antoni wollte das Schuhwerk nachträglich beseitigen, wurde aber von Passanten gestört. Darum sind sie liegen geblieben, sonst hätten wir vielleicht nie herausgefunden, dass Frau Friedrichs Freund auf dem Seegrund lag.»

«Greta Friedrich hat mir gegenüber beteuert, dass sie gehört hätte, wenn ihr geschwächter Mann in den Stall gegangen wäre, wo er von ihr schliesslich tot aufgefunden wurde.»

«Ich weiss auch nicht, aber er muss sich alleine dorthin geschleppt haben. Sie hat es einfach nicht bemerkt, als sie in der Küche stand.»

«Was ist mit dem Jäger, Eugen Kürster? Was hat der verbrochen, um erschossen und auf so bestialische Weise verstümmelt zu werden?» Elenor presste den Hörer noch fester ans Ohr, um ja kein Wort Loris zu verpassen.

«Greta Friedrich und Herr Kürster kannten sich, das weisst

300

du bereits. Es war aber eine harmlose Liebelei gewesen, einige Male waren sie zusammen Kaffee trinken gegangen.»

Elenor stutzte. Das war nicht die ganze Wahrheit, aber sie klärte Loris nicht darüber auf. Stattdessen ergänzte sie das Logische: «Das hatte für Antoni gereicht, um den Armen mit dem eigenen Gewehr umzubringen.»

«Genau.»

«Diese Liebelei, wie du sagst, ist aber schon eine Weile her. Warum wurde er erst jetzt umgebracht?»

«Du vergisst, dass Antoni schon länger hier ist und alle Schritte Frau Friedrichs beobachtet hatte. Ihr Mann fand auch letztes Jahr den Tod und den Struwwelpeter hat dir die Bäuerin auch letztes Jahr im Café hinterlassen.»

«Wie kam Antoni darauf die Karten zu imitieren?»

«Er hat gesehen, wie Frau Friedrich die Karte mit dem Hanns Guck-in-die-Luft zu den Schuhen gelegt hat. Er war intelligent genug, um zu merken, dass sie etwas im Schilde führte. Um sicher zu sein, brach er unbemerkt bei ihr ein und hat eins und eins zusammengezählt. Was er aber nicht bedacht hatte, war, dass sie die Farben nach ihrem eigenen Geschmacksempfinden ausgewählt und zusätzlich die Spielkarten noch mit den Initialen ihres Mannes und ihrer Freunde versehen hatte.»

«Kann ich davon ausgehen, dass Greta Friedrich und Pawel Mansur unschuldig sind und rein gar nichts mit den Todesfällen zu tun haben?»

«Das ist korrekt. Greta Friedrich hat wohl die Spielkarten, jedenfalls die mit den Initialen, selbst hergestellt, um dich auf die richtige Fährte zu bringen. Nur, dass sie vom falschen Mansur ausgegangen ist.»

«Woher hatte Antoni den Stechapfelabsud?»

«Damit waren wir beide auf der richtigen Spur. Den hatte er aus dem Friedrichschen Garten entnommen. Frau Friedrich fiel aus allen Wolken, als wir ihr sagten, dass das Gift, das ihrem Freund den Tod brachte, aus der Pflanze kam, die sie gehegt und gepflegt hatte.»

«Es ist unglaublich niederträchtig von Antoni, seinem Sohn alles in die Schuhe zu schieben.» Elenor horchte in die eingetretene Stille hinein. «Wir haben den Fall gelöst.»

«Ja, das haben wir. Es gibt für mich allerdings noch viel zu erledigen. Der ganze Papierkram muss geschrieben werden, du weisst ja, wie das geht.»

Elenor nickte, obwohl Loris es nicht sehen konnte. Trotz des Erfolges war sie enttäuscht, dass es bei diesen Sätzen blieb. Tief in ihrem Inneren hatte sie gehofft, dass er ihr irgendeinen Grund geben würde zu hoffen, dass ihre Freundschaft erhalten bleiben wird. Es sollte wohl nicht so sein.

AUCH ERSCHIENEN

Elenor Epp-Serie:

Preziosen

| Taschenbuch | ISBN | 9783033050495 |
| E-Book | ISBN | 9783033051775 |

WEITERE

**„Wenn Schnecken schrecken
und andere kurzweilige Geschichten"**

Kurzgeschichten

| Taschenbuch | ISBN | 9783842346604 |
| E-Book | ISBN | 224400070640 |

Löwen, Höhlen und ein Wunuk

| Taschenbuch | ISBN | 9783033054400 |